「创造最有价值的阅读」

"阅读力"指导专家委员会

顾　问：朱永新

主　任：曹文轩

成　员：（以姓氏笔画为序）

王土荣　　方卫平　　朱芒芒　　刘克强　　杜德林
何立新　　张伟忠　　张祖庆　　周其星　　周益民
胡　勤　　顾之川　　倪文尖　　黄华伟　　梅子涵
章新其　　蒋红森　　滕春友

丛书主编：曹文轩

本书编写人员：刘佳宁

丛书统筹：王晓乐

名著阅读力养成丛书

钢铁是怎样炼成的

◆ [苏联] 奥斯特洛夫斯基 著
◆ 李兆林　徐玉琴　赵瑞平 译

图书在版编目(CIP)数据

钢铁是怎样炼成的 / (苏)奥斯托洛夫斯基著；李兆林，徐玉琴，赵瑞平译. —杭州：浙江文艺出版社，2018.8(2022.7重印)
(名著阅读力养成丛书)
ISBN 978-7-5339-5340-9

Ⅰ.①钢… Ⅱ.①奥… ②李… ③徐… ④赵… Ⅲ.①长篇小说—苏联 Ⅳ.①I512.45

中国版本图书馆CIP数据核字(2018)第162896号

责任编辑　沈路纲
装帧设计　吕翡翠
责任校对　陈　玲
责任印制　吴春娟

钢铁是怎样炼成的

[苏联]奥斯特洛夫斯基 著　李兆林　徐玉琴　赵瑞平 译

出版	浙江文艺出版社
地址	杭州市体育场路347号
邮编	310006
网址	www.zjwycbs.cn
经销	浙江省新华书店集团有限公司
制版	杭州天一图文制作有限公司
印刷	杭州杭新印务有限公司
开本	710毫米×1000毫米　1/16
字数	395千字
印张	25
插页	2
印数	33001-35000
版次	2018年8月第1版　2022年7月第4次印刷
书号	ISBN 978-7-5339-5340-9
定价	45.00元

版权所有　违者必究
(如有印、装质量问题，请寄承印单位调换)
团购电话:0571-85064309

出版说明

阅读不仅关乎个人的素养和语文教育的水平，也关乎整个社会的风尚和文明的品质。因此，国家统编语文教科书加强了阅读设计，提倡将阅读往课外延拓，倡导1+X的群文阅读模式，增加了课外阅读的比重。语文学习要建立在广泛的课外阅读的基础上，这既是教材编写的重要理念，也成为越来越多的人的共识。

浙江文艺出版社以文学立社，出名著，出精品，几十年来在古典文学、现当代文学、外国文学、儿童文学等领域积累了大量的资源和优秀的版本。早在2003年起就陆续推出"语文新课标必读丛书"，为中小学生的经典名著阅读助力，深受欢迎。随着国家统编语文教科书的使用，2017年开始，浙文社面向师生做了大量的教材使用调研。在深刻了解阅读教育的实际情况后，秉承国家统编语文教科书的编写精神和教学需求，我们多次邀请并集聚读书界、语文教育界、文学界、出版界等领域的专家把脉会诊，群策群力，为中小学生和老师们精心策划、精心编辑，推出了这套"名著阅读力养成丛书"。

这是一套充分领会国家统编语文教科书的编写精神，围绕阅读，紧扣教材，涵盖小学、初中、高中的名著阅读力养成丛书；不仅强调要读什么，更强调应该怎么读。该丛书由曹文轩先生担纲主编，延请一线教学名师，对入选的每一部作品编写阅读指导方案，阶段不同，阅读指导方案也略有差异，如"专题探究"板块，通过有针对性的阅读方法训练，把教学的目标要求融入到"专题探究"的设置中，熔铸着一线精英名师的教学思想精髓和对阅读的不懈探索。这样，通过阅读力养成训练,可以有方法有步骤地引领学生完成整本书阅读,了解小说、散文、诗歌、戏剧等不同文体的特征,切实有效地提高学生的阅读水平和阅读能力,同时也给老师的教学实践提供一种参照与借鉴。

该丛书紧扣教材要求阅读的书目,收录两类书:一类属于核心书目,如初中语文教材中"名著导读"里的书目、小学语文教材中"快乐读书吧"中的指定书目等;另一类属于拓展书目,指课文后要求阅读的作家作品,这些作品的阅读或帮助学生拓展对所选作家创作的了解,或增加对相应文体的认识和理解,起到拓展视野的作用。

该丛书在版本选用上精益求精。对于名家名著,精挑细选经典权威版本;对于名家选本,追求代表性,或由该领域权威研究者编选,或由作家自己编选;对于外国文学名著,囊括一批资深翻译家的经典译本,如傅雷译《名人传》《欧也妮·葛朗台》、力冈译《猎人笔记》等。由于"五四"白话文运动的发轫与推进,中国现代文学作品在语体上有着鲜明的用语特色,我们在编校中参阅相关文献对少量字词和标点做了适当的修改,尽可能地保留作品的原貌。

该丛书在设计上充分考虑阅读的舒适感和青少年的用眼卫生,尽可能地采用大号字体、米黄纸张,做到版面疏密有致、图书轻重得宜等。所有这些,旨在推出一套真正面向学生、服务学生的青少年版丛书。

培根说:"读书足以怡情,足以傅彩,足以长才。"经典名著的影响力是不可估量的,一本好书能够让一个人终身受益。让我们种下阅读的种子,学会阅读,爱上阅读,在阅读中唤起灵性和兴味;让我们在多姿多彩的阅读的花园里,去领略丰美而自由的天地!

浙江文艺出版社

总 序

曹文轩

"新课标"以及根据"新课标"编定的国家统一中小学语文教材，有一个重要的理念：语文学习必须建立在广泛的课外阅读基础之上。

语文学科与其他学科的重要区别是：其他一些学科的学习有可能在课堂上就得以完成，而对于语文学科来说，课堂学习只不过是其中的一部分，甚至不是最重要的一部分；语文学习的完成须有广泛而有深度的课外阅读做保证——如果没有这一保证，语文学习就不可能实现既定目标。我在有关语文教育和语文教学的各种场合，曾不止一次地说过：课堂并非是语文教学的唯一所在，语文课堂的空间并非只是教室；语文课本是一座山头，若要攻克这座山头，就必须调集其他山头的力量。而这里所说的其他山头，就是指广泛的课外阅读。一本一本书就是一座一座山头，这些山头屯兵百万，只有调集这些力量，语文课本这座山头才可被攻克。一旦涉及语文，语文老师眼前的情景永远应当是：一本语文课本，是由若干其他书重重包围着的。一个语文老师倘若只是看到一本语文教材，以为这本语文教材就是语文教学的全部，那么，要让学生从真正意义上学好语文，几乎是没有希望的。有些很有经验的语文老师往往采取一种看似有点极端的做法，用很短的时间一气完成一本语文教材的教学，而将其余时间交给学生，全部用于课外阅读，大概也就是基于这一理念。

关于这一点，经过这些年的教学实践，加之深入的理性论证，语文界已经基本形成共识。现在的问题是：这所谓的课外阅读，究竟阅读什么样的书？又怎样进行阅读？在形成"语文学习必须建立在广泛的课外阅读基础之上"这一共识之后，摆在语文教育专家、语文教师和学生面前的却是这样一个让人感到十分困惑的问题。

有关部门，只能确定基本的阅读方向，大致划定一个阅读框架，对阅读何种作品给出一个关于品质的界定，却是无法细化，开出一份地道的足可以供一个学生大量阅读的大书单来的。若要拿出这样一份大书单，使学生有足够的选择空间，既可以让他们阅读到最值得阅读的作品，又可避免因阅读的高度雷同化而导致知识和思维高度雷同化现象的发生，则需要动用读书界、语文教育界、文学界、出版界等领域和行业的联合力量。一向有着清晰领先的思维、宏大而又科学的出版理念，并有强大行动力的浙江文艺出版社，成功地组织了各领域的力量，在一份本就经过时间考验的书单基础上，邀请一流的专家学者、作家、有丰富教学经验的语文老师、阅读推广人，根据"新课标"所确定的阅读任务、阅读方向和阅读梯度，给出了一份高水准的阅读书单，并已开始按照这一书单有步骤地出版。

这些年，我们国家上上下下沉思阅读与国家民族强盛之关系，国家将阅读的意义上升到从未有过的高度，无数具有高度责任感的阅读推广人四处奔走游说，并引领人们如何阅读，有关阅读的重大意义已日益深入人心。事实上，广大中小学的课外阅读已经形成气候，并开始常态化，所谓"书香校园"已比比皆是。现在的问题是：阅读虽然蔚然成风，但阅读生态却并不理想，甚至很不理想。这个被商业化浪潮反复冲击的世界，阅读自然也难以幸免。那些纯粹出于商业目的的写作、阅读推广以及和各种利益直接挂钩的某些机构的阅读书目推荐，造成了阅读的极大混乱。许多中小学生手头上阅读的图书质量低下，阅读精力的投放与阅读收益严重不成比例。更严重的情况是，一些学生因为阅读了这些质量低下的图书，导致了天然语感被破坏，语文能力非但没有得到提高，还不断下降。如果这种情况大面积发生，我们还在毫无反思、毫无警觉地泛泛谈课外阅读对语文学习之意义，就可能事与愿违了。现实迫切需要有一份质量上乘、定位精准、真正能够匹配语文教材的阅读书目以及这些图书的高质量出版。

我们必须回到"经典"这个概念上来。

我们可能首先要回答"经典"这个词从何而来。

人们发现，这个世界上的书越来越多了，特别是到了今天，图书出版的门槛大大降低，加之出版在技术上的高度现代化，一本书的出版与竹简时代、活字印刷时代的所谓出版相比，其容易程度简直无法形容。书的汪洋大海正席卷这个星球。然而，人们很清楚地看到一个根本无法回避的事实，那就是：每一个人的生命长度都是有限的，我们根本不可能去阅读所有的图书。于是一个问题很久之前就被提出来了：怎么样才能在有限的生命过程中读到最值得读的书？人们聪明地想到了一个办法：将一些人——一些读书种子——养起来，让他们专门读书，让读书成为他们的事业和职业，然后由"苦读"的他们转身告诉普通的阅读大众，何为值得将宝贵的生命投入于此的上等图书，何为不值得将生命浪费于此的末流图书或是品质恶劣的图书。通过一代一代人漫长而辛劳的摸索，我们终于把握了那些优秀文字的基本品质。这些被认定的图书又经过时间之流的反复洗涤，穿越岁月的风尘，非但没有留下被岁月腐蚀的痕迹，反而越发光彩、青春焕发。

于是，我们称它们为"经典"。

阅读经典是人类找到的一种科学的阅读途径。阅读经典免去了我们生命的虚耗和损伤。我们可以通过对这些图书的阅读，让我们的生命得以充实和扩张。我们在这些文字中逐渐确立了正当的道义观，潜移默化之中培养了高雅的审美情趣，字里行间悲悯情怀的熏陶，使我们不断走向文明，我们的创造力因知识的积累而获得了足够的动力，并因为这些知识正确性，从而保证了创造力都用在人类的福祉上。阅读这些经典所获得的好处，根本无法说尽。而对于广大的中小学生来说，阅读经典无疑也是提高他们语文能力的明智选择。

这套书，也许不是所有篇章都堪称经典，但它们至少称得上名著，都具有经典性。

2018年7月15日于北京大学

点击名著

关于作者

奥斯特洛夫斯基（1904—1936），苏联著名的无产阶级革命作家，坚强的布尔什维克战士。他出身于乌克兰一个贫困的工人家庭，他的童年生活非常困苦，在教会小学里只读过三年书，从10岁起就给地主放牛。后来，他还做过车站食堂的小杂役、锅炉工的助手、电气匠等。从小就饱尝了底层社会的屈辱和痛苦，他的反抗性格和坚强意志也就此形成。奥斯特洛夫斯基1919年加入共青团，参加苏联国内战争。1920年秋天在战斗中负重伤，23岁时全身瘫痪，但他的毅力惊人，1928年写成处女作小说《暴风雨所诞生的》，可惜这篇小说的原稿在邮寄的过程中丢失了。他没有放弃，于1933年完成了《钢铁是怎样炼成的》这部伟大的作品。1935年底，苏联政府授予他列宁勋章。奥斯特洛夫斯基于1936年逝世，年仅32岁。

关于内容

作者奥斯特洛夫斯基出身于工人家庭，很早开始劳动生涯，15岁加入共青团，参加过保卫苏维埃政权的国内战争；后双目失明，口述了《钢铁是怎样炼成的》，由他人记录、编辑成书。作者自称："1924年以前不太懂俄语，而双目失明前也只上过一年函授共产主义大学。"《钢铁是怎样炼成的》以作者一生的经历为基础展现了俄国十月革命、国内战争到经济恢复时期的广阔社会历史画卷。作者根据自己的经历和同时期无数党和共青团的青年近卫军的斗争和工作进行典型概括写成此书。作者明确表示保尔是学习的榜样。当一位英国记者问作者为什么以"钢铁是怎样炼成的"为书名时，奥斯特洛夫斯基回答说："钢是在烈火里燃烧、高度冷却中炼成的，因此它很坚固。我们这一代人也是在斗争中和艰苦考验中锻炼出来的，并学会了在生活中从不灰心丧气。"因作品塑造了保尔•柯察金这个有着钢铁般意志的共产主义战士的形象，《钢铁是怎样炼成的》成为世界革命青年成才的"教科书"和"《圣经》"。在苏联国内，此书上百次地再版，在国外，也有50多种文字译本。

关于特色

1. 俗话说，猫有九条命。文学作品也应该有几种魂魄。《钢铁是怎样炼成的》至少有三种：第一种，革命者的革命信念和革命行动。第二种，情爱，这是永恒的，不会消失的。保尔对冬妮亚、对丽达的爱，对爱的理念，小说里都有动人的表述，这使作品魅力永存。第三种，与苦难和厄运抗争，战胜生命，这点更没有过时。

——梁晓声

2. 文学创作中最难的是——创造一种合理而真实的新类型的人，在他身上成千上万的读者能找到自己，找到自己的命运，自己的生活。保尔•柯察金就是这种新的类型、新的人，千百万读者感觉到的就是这种魔力，他们喜欢他，在某种程度上把他当作自己，或是跟自己近似的人。

——［保加利亚］柳德米尔•斯托亚诺夫

3. 这是一部闪烁着崇高的理想主义光芒的长篇小说；成功地塑造了保尔•柯察金这一无产阶级英雄形象；小说写人物以叙事和描写为主，同时穿插内心独白、书信和日记、格言警句等，使人物形象有血有肉。小说的景物描写、心理描写、环境描写也都相当出色，语言简洁优美，富有表现力。这本书在我的成长过程中有很大的影响，书中浓郁的英雄主义、理想主义、献身主义在相当长的时间里成为我精神生活中最重要的支柱。

——张　洁

时间规划

《钢铁是怎样炼成的》全书分成上下两部，共十八章。本书建议大致在六周内完成阅读，在阅读中，你可以参考下面的阅读时间有计划地安排，也可以根据自己的实际情况制订属于自己的阅读计划。

【略读规划任务单】

结合"专题一"中的思维提纲，完成规划任务单。

略读项目		略读规划
退学	被开除	学习第5页的旁注内容，了解一切故事的开始和原生态的保尔。
	车站食堂	学习第13页的旁注内容，理解作者多角度对保尔的成长进行的评价。
	偷手枪	学习第32、33页的旁注内容，体会主人公在历练和考验中不断提升的人生感悟。
	解救朱赫来	学习第89页的旁注内容，体会主人公在重要事件的考验下所展现的形象。
	任务规划	_____（时间）我读了_____（篇目）。 阅读笔记：

续表

略读项目	略读规划	
参军	任务规划	_____（时间）我读了_____（篇目）。 阅读笔记：
	任务规划	_____（时间）我读了_____（篇目）。 阅读笔记：
	任务规划	_____（时间）我读了_____（篇目）。 阅读笔记：
筑路	任务规划	_____（时间）我读了_____（篇目）。 阅读笔记：
	任务规划	_____（时间）我读了_____（篇目）。 阅读笔记：
	任务规划	_____（时间）我读了_____（篇目）。 阅读笔记：

续表

略读项目	略读规划	
著书	任务规划	_____（时间）我读了_____（篇目）。 阅读笔记：
	任务规划	_____（时间）我读了_____（篇目）。 阅读笔记：
	任务规划	_____（时间）我读了_____（篇目）。 阅读笔记：

【精读规划任务单】

精读项目	精读规划	
出色的环境描写，语言简洁优美，富有表现力	精读参考	阅读第19、20页的正文和旁注
	精读参考	阅读第61、62页的正文和旁注
	精读实践	_____（时间）我读了第_____页到_____页。 我的旁注：
	精读实践	_____（时间）我读了第_____页到_____页。 我的旁注：

续表

精读项目	精读规划	
人物巨大的人格魅力	精读参考	阅读第15至17页的正文和旁注
	精读参考	阅读第56至58页的正文和旁注
	精读实践	_____（时间）我读了第_____页到_____页。 我的旁注：
	精读实践	_____（时间）我读了第_____页到_____页。 我的旁注：
巧妙、出人意料的情节设计	精读参考	阅读第23至28页的正文和旁注
	精读参考	阅读第73、74页的正文和旁注
	精读实践	_____（时间）我读了第_____页到_____页。 我的旁注：
	精读实践	_____（时间）我读了第_____页到_____页。 我的旁注：

续表

精读项目	精读规划	
我喜欢的片段	精读实践	_____（时间）我读了第_____页到_____页。 我的旁注：
	精读实践	_____（时间）我读了第_____页到_____页。 我的旁注：
	精读实践	_____（时间）我读了第_____页到_____页。 我的旁注：

专题探究

围绕感兴趣的阅读任务，自主设计实践活动方式，并分小组进行探究，最终形成研究成果。

专题一：

根据思维提纲的提示，运用略读的方法，多种角度梳理保尔·柯察金的成长史，完成《略读规划任务单》。以你或者小组成员喜欢的方式展示主人公在历练和考验中成长的经过，形成创意式人物小传。（可以运用文字、表格、图表、图画等）

指导：◆小组成员依据《略读规划任务单》快速阅读名著的重要内容；

◆按照提纲或思维导图归纳和整合人物人生中的历练和考验，坎坷与起伏；

◆选取合适的方式分工完成展示作品。

示例：

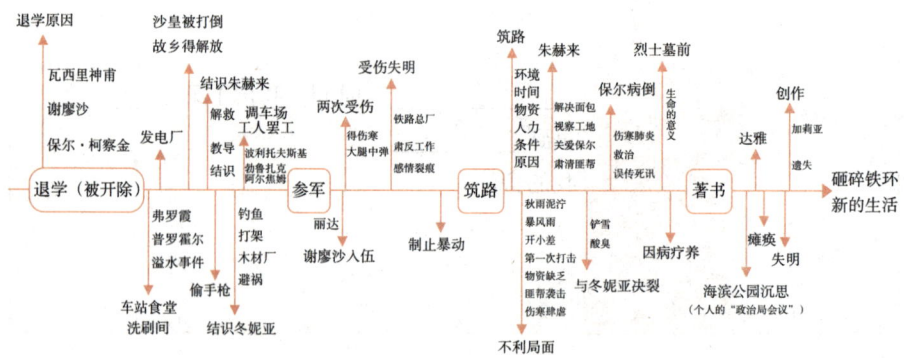

专题二：

精读书中塑造人物的精彩内容，完成《精读规划任务单》中的部分任务，结合具体的叙事与描写内容，选取主人公形象中的一个侧面，设计一个关于保尔·柯察金的阅读现场，最后以你或小组成员喜欢的方式展示出来。（可以读书笔记、海报图示等方式）

指导：◆小组成员依据《精读规划任务单》选读部分名著内容并完成任务单的部分任务；

◆摘录能够体现主人公不同侧面的句子和段落并在组内交流分享；

◆选取一个或多个侧面分工设计并完成展示作品。

示例：

"保尔·柯察金"阅读现场

　　选取主人公艺术形象中的某些侧面，回顾其生平、精神、典型生活场景等，进行"阅读现场"的海报创作。

要求： 1. 以主人公的一句话为标题；
2. 海报内容包括人物主体像、相关联的象征物、人物生活重要片段的典型场景或者自主创意；
3. 海报设计意图陈述，不超过150字。

专题三

　　在精读的过程中，注意联系生活实际，探究以《钢铁是怎样炼成的》为代表的"红色经典"的现实意义。

指导： ◆小组成员依据《精读规划任务单》选读部分内容并完成任务单的部分任务；
◆按照提示完成摘抄和笔记并在组内交流分享；
◆自主选择任务完成《阅读任务单》，或自己组内完善制作《阅读任务单》，组内交流，班级展示。

示例：

　　香山（白居易）才情，照映古今，然词沓意尽，调俗气靡，于诗家远微深厚之境，有间未达。其写怀学渊明（陶渊明）之闲适，则一高玄，一琐直，形而见绌矣。其写实比少陵（杜甫）之真质，则一忱挚，一铺张，况而自下矣。故余尝谓：香山作诗，欲使老妪（老太太）都解，而每似老妪作诗，欲使香山都解；盖使老妪解，必语意浅易，而老妪使解，必词气烦絮。浅易可也，烦絮不可也。西人（西方人）好之，当是乐其浅近易解，凡近易译，足以自便耳。

　　　　　　　　　　　　——钱锺书：《谈艺录》

本文段是钱锺书先生《谈艺录》的节选，《谈艺录》作为他阅读"中国古典文学"的读书笔记，成了经典著作。该片段是读了《白居易诗集》后的读书笔记，钱先生称白居易才情照映古今，如其创作的《长恨歌》《琵琶行》等，也指出他的诗有不足处，钱先生把他学陶渊明的诗，与陶诗比，一高玄，一琐直，把他学杜甫的诗，与杜诗比，一忧挚，一铺张，认为诗是文学，只求达意不求文，过于浅显不够正确。

今天看来，这些评价是十分中肯和客观的。好的读书心得可以启发、引导他人的阅读，还会产生推介和指导阅读的功效。同学们，希望你们在实践中也能创作出这样的读书心得，整理成读书笔记。

实践：阅读《钢铁是怎样炼成的》

探究主题：有人认为文学要有所担当，"红色经典"作为特定历史时期的精神路标，其厚重感与担当意识在现实生活中依然富有生命力，阅读本书，你认为"红色经典"的现实意义在于：_____
_____
_____
_____
_____。

前 言

《钢铁是怎样炼成的》是苏联著名作家尼·奥斯特洛夫斯基1932年至1935年创作的长篇小说。小说中译本1941年开始在中国出版,至今历时60余年。小说通过书籍、影视、戏剧作品的传播早为中国广大读者所熟悉,作品的中心形象保尔·柯察金也深深印入人们的脑海,成为几代青年行动的榜样,心目中的英雄。

小说作者尼古拉·阿列克谢耶维奇·奥斯特洛夫斯基(1904—1936)出身于乌克兰边界省份一个工人家庭,早年失学,后做童工。十月革命家乡解放后,他加入共青团,参加红军骑兵队赴前线作战,身负重伤后退役。退役后的奥斯特洛夫斯基转战劳动战线各个岗位,为恢复国民经济奋力工作。经过前线炮火和后方严寒的历练,奥斯特洛夫斯基奋斗目标更加明确,思想更加坚定,于1924年加入苏维埃共产党,之后成为乌克兰边区共青团的领导人。然而,就在同一时期,旧伤新病的积累使他的健康状况日益恶化,1925年由于脊椎硬化而卧床不起,1930年陷入全身瘫痪双目失明的境地。这时的他,不为伤痛所困扰,倒以惊人的毅力拿起笔来着手写他的自传体小说《钢铁是怎样炼成的》。历时三年,小说完成,1935年全书正式出版。小说的出版适逢其时,极大地鼓舞了投身火热社会主义建设的当代苏联青年,为苏联文坛和苏联青年教育事业献上了一份厚礼。苏联政府为表彰作家的辛勤劳作和卓越贡献,于1935年10月授予奥斯特洛夫斯基最高奖赏——列宁勋章。1936年12月22日,由于重病,奥斯特洛夫斯基在莫斯科逝世,年仅32岁。

小说出版后被译成多种文字,国外反响强烈。在当时苏联国内阶级划分鲜明、国际两大阵营对立的背景下,由于文化传统不同,价值取向各异，评价声音自然不一。不过，在这混声大合唱中，仍可听出一个共同的声音，承认作品具有巨大社会感染力和心理影响力，力量源自保尔·柯察金这一形象的精神力量。英国女作家伊丽莎白·鲍恩评价主人公说"外表是现实主义的，但内心却燃烧着火焰"。俄国移美评论家马克·斯洛宁指出："《钢铁是怎样炼成的》之所以能够紧紧抓住千百万读者是因为它喷射着一股纯洁的火焰。"

小说的中心形象保尔·柯察金（Павел·Корчагин，又译巴维尔·柯察金）诞生于十月革命前，成长在苏维埃时代，他出身贫苦，向往革命，信仰共产主义，经受过战火洗礼和劳动锻炼，他的这些经历和理想，无不打着时代和国度的烙印，使他成为历史时代的群体形象的写照，具有很强的认识作用。然而，作为一个富有永久感染力的艺术形象，还需有他与这些东西铸合为另一层面的东西，这就是"这个"形象的个性特征。保尔·柯察金有以人类共同幸福为终极目标的人生理想，有为实现理想而孜孜不倦的积极行动，有生命不息战斗不止的顽强毅力，以及纯净高尚的伦理道德观念。他在战场上策马扬刀，冲锋陷阵；在风雨泥泞中挥锹凿石；在伤痛到无法忍受的时候，为挣脱"铁环"，他握笔爬格，带着他的作品重新归队，重燃人生。保尔·柯察金一生都在实践着他在烈士墓前默念的那段人生格言："人最宝贵的是生命。生命每个人只有一次。人的一生应当这样度过：回忆往事，他不因虚度年华而悔恨，也不因碌碌无为而羞愧；临死的时候，他能够说：'我的整个生命和全部精力，都献给了世界上最壮丽的事业——为解放全人类而斗争。'"

长篇小说有明显的自传痕迹，但作为艺术形象的保尔·柯察金不是作者本人的简单翻版，也不是只有光环的单色英雄。他有由于教养不够带来的缺点，年幼无知造成的错误，过度克己失去的健康身体，思想偏激（他自称"革命浪漫主义"）留下的情感遗憾。成熟后的保尔·柯察金在重新审视自己往日的行为时，进行了越来越深刻的内心反省和自我剖析、小说的生动描写使他成了一个成长中的英雄，一个丰满、真实、鲜活而可信的形象。

2007年4月25日，俄新社举办了纪念《钢铁是怎样炼成的》首次发表75周年"莫斯科—北京"视频连线座谈会。出席视频会的有中外俄罗斯文学专家，其中有作家尼古拉·奥斯特洛夫斯的侄女加林娜·奥斯特洛夫斯卡娅、俄罗斯国立奥斯特洛夫斯基纪念馆科学部副主任加林娜·库津娜以及《俄罗斯文艺》杂志主编夏忠宪等。学者们对《钢铁是怎样炼成的》这部小说的现实意义和价值进行了探讨，充分肯定了它的文学史意义和重要的现实意义。

《钢铁是怎样炼成的》同许多优秀文学作品一样，都是一定时代的产物，有其精华，也有其历史的局限。为此，我们要用历史的审美的眼光和方法，对它进行分析，扬长避短，以陶冶我们的情操，促进人类文学艺术的发展。

1941年，在上海从事地下工作的我国革命先辈梅益先生接受党组织布置的任务，将美国出版的英文版《钢铁是怎样炼成的》一书译成中文。交由新知书店排印出版。从那时起，这部催人泪下的优秀作品也在中国青年中流传。青年们怀揣它奔赴延安，走向前线，以实际行动去迎接抗战的胜利，新中国的诞生。新中国成立后，《钢铁是怎样炼成的》被共青团中央推荐为青年优秀读物，小说整部或片段被选入大学、中学教材。那以后，在保尔·柯察金英雄精神的鼓舞下，一批以保尔命名的行业先进集体在各自岗位上创造着新奇迹。身残志坚被誉为"中国保尔"或"当代保尔"的先进人物也屡见不鲜。三次负重伤，受到过奥斯特洛夫斯基夫人亲自探望的全国劳模吴运铎，现任中国残联主席的一级作家并被日本NHK电台评为世界五大杰出残疾人的张海迪，是其中的杰出代表。

20世纪90年代初，我国教育部门将长篇小说《钢铁是怎样炼成的》列为对青少年进行教育的系列文艺作品之一，这是新时期青少年教育事业的一项新举措。为适应形势要求，浙江文艺出版社向我们发出从俄文原著重译长篇小说的稿约。作为从事多年俄苏文学教学的高校教师，我们认为接受任务义不容辞，而当了解到小说译本不止一个，且已流传甚广时，又深感译好新译本的难度很大。思虑再三，最后我们还是鼓起勇气承担了这一重译任务。根据出版社的构想，我们选择了苏联国家儿童出版社1954年出版的《钢铁是怎样炼成的》进行翻译。书中对某些历史事件、历史人物作了简明扼要的注释，便于青少年阅读。

该书由三人合译，分工为李兆林（教授、博导，第一部1—7章），徐玉琴（副教授，第一部8—9章，第二部1—4章），赵瑞平（教授，第二部5—9章），最后由李兆林统校定稿。在翻译和统校过程中，我们注重钻研原著，正确理解原文，同时也注意吸收现在已有的几个译本的长处，力求达到融会贯通，尽力提高译文水平，但是由于我们的能力有限，缺点错误在所难免，敬请读者批评指正。

第一部

第一章 /003

第二章 /019

第三章 /036

第四章 /061

第五章 /075

第六章 /090

第七章 /119

第八章 /142

第九章 /161

第二部

第一章 /175

第二章 /194

第三章 /223

第四章 /260

第五章 /289

第六章 /307

第七章 /321

第八章 /340

第九章 /356

阅读测评 /362

阅读拓展 /363

第一部

第一章

第一章

"节前到我家补考的,都给我站起来!"

一个脸皮松弛的胖神甫,身穿法衣,脖子上挂着沉甸甸的十字架,气势汹汹地瞪着全班学生。

六个学生,四个男的,两个女的,应声从座位上站了起来。神甫两只小眼睛闪着凶光,像要把他们一口吞下去似的。孩子们惊恐不安地望着他。

"你们俩坐下。"神甫朝女孩子挥了挥手说。

她们急忙坐下,松了一口气。

瓦西里神甫那对小眼睛死死盯住四个男孩子。

"过来吧,宝贝们!"

瓦西里神甫站了起来,推开椅子,走到紧紧挤在一起的四个男孩子跟前。

"你们几个小无赖,谁抽的烟?"

四个孩子都小声回答:

"我们不抽烟,神甫。"

神甫气得脸发紫。

"混账东西,你们不抽烟,那么面团里的烟末儿是谁撒的?都不抽烟吗?好,咱们就来看看!把口袋翻过来!快!听见了没有?快翻过来!"

有三个孩子开始把口袋里的东西掏出来,放在桌子上。

神甫仔细地检查他们口袋里的每一条缝,想找出一点烟末儿,但是什么也没有找到,便把目光转到第四个孩子身上。这孩子长着一对黑眼睛,穿着灰衬衣和膝盖上打着补丁的蓝裤子。

"你怎么像个木头人似的,站着不动哩?"

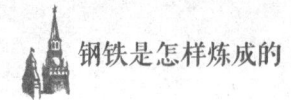

那黑眼睛的孩子压住心头的仇恨，怒视着神甫。

"我没有口袋。"他用手摸了摸缝死了的袋口。

"哼，没有口袋！你以为这么一来，我就不知道是谁干的坏事，把发面糟蹋了吗？你以为这回你还能在学校里待下去吗？没那么便宜，小宝贝儿。上次是你妈求情，才把你留下的，这回可不行了。你给我滚出去！"他使劲揪住男孩子的一只耳朵，把他推到走廊上，随手关上了门。

教室里鸦雀无声，学生们一个个都缩着脖子。谁也不明白保尔·柯察金为什么被赶出学校。只有他的好朋友谢廖沙·勃鲁扎克知道是怎么回事。那天他们六个考试不及格的学生到神甫家去补考，在厨房里等神甫的时候，他亲眼看见保尔把一撮烟末撒在神甫家过复活节做糕用的发面里。

保尔被赶了出来，坐在门口最低的一级台阶上。他想，该怎么回家呢？母亲在税务官家当厨娘，每天从清早忙到黑夜，为他操碎了心，该怎么向她说呢？

想到这里，保尔被眼泪哽住了。

"现在我可怎么办呢？都怨这该死的神甫。我为什么要给他撒上一把烟末呢？都是谢廖沙出的馊主意。他说：'来，咱们给这害人的老家伙撒上一把。'我们就把烟末撒了上去。现在谢廖沙倒没事，可我呢，说不定要被撵出校门的。"

保尔跟瓦西里神甫早就结下了仇。有一天，他跟米什卡·列夫丘科夫打架，老师罚他，不准他回家吃饭。老师怕他独自在空教室里胡闹，就把这个淘气鬼送到高年级的教室里，让他坐在后边的椅子上。

高年级的老师是个瘦子，穿着一件黑上衣，正在给学生讲地球和天体。他说地球已经存在好几百万年了，星星也同地球差不多。保尔听他这样说，惊讶得张大了嘴巴，他感到非常奇怪，差点儿要站起来对老师说："《圣经》上可不是这样说的。"但是又怕挨骂，没敢吱声。

《圣经》这门课，神甫总是给保尔打满分。新约、旧约和所有的祈祷词，他都背得滚瓜烂熟。上帝哪天创造了什么东西，他也都记得一清二楚。保尔拿定主意，要向瓦西里神甫问个明白。上《圣经》课的时候，神甫刚坐到椅子上，保尔就举起手来，得到允许以后，他便站起来说：

"神甫，为什么高年级老师说，地球已经存在好几百万年了，而不像《圣经》上说的五千年……"他刚说到这里，就被瓦西里神甫的尖叫声打断了：

"混账东西，你胡说什么？《圣经》课你是怎么学的！"

保尔还没来得及答话，神甫就揪住他的两只耳朵，把他的头往墙上撞。一分钟之后，保尔已经鼻青脸肿，吓得半死，被神甫推到走廊上去了。

保尔回到家，又挨了母亲的一顿责骂。

第二天，母亲到学校去恳求瓦西里神甫开恩，让他儿子回班上课。从那时起，保尔恨透了神甫。他又恨又怕。他不容许任何人对他稍加侮辱，当然也不会忘掉神甫那顿无端的毒打。他把仇恨藏在心里，不露声色。

后来保尔又受到瓦西里神甫多次的侮辱：往往为了鸡毛蒜皮的小事情，神甫就把他赶出教室，一连几个星期，天天罚他站墙角，而且从不过问他的功课。因此，他不得不在复活节前，和几个考试不及格的同学一起，到神甫家里去补考。就在神甫家的厨房里，他把一撮烟末撒到过复活节用的发面里了。

这事谁也没有看见，可是神甫马上就猜出是谁干的。

……下课了，孩子们一齐拥到院子里，围住了保尔。保尔愁眉苦脸地坐在那里，一声不吭。谢廖沙在教室里没有出来，他觉得自己也有过错，但又想不出什么办法来帮助他的伙伴。

校长叶夫列姆·瓦西里耶维奇的脑袋从教员休息室的窗口探了出来，他那低沉的声音使保尔大吃一惊。他喊道：

"叫柯察金马上到我这里来！"

保尔朝教研室走去，心里怦怦直跳。

车站食堂的老板是个上了年纪的人，面色苍白，两眼无神。他朝站在一旁的保尔瞥了一眼：

"他几岁了？"

"十二了。"保尔的母亲回答说。

> 保尔向神甫的蛋糕面团上撒烟末，因而被赶出学校。究其原因，是不满神甫的霸道强权，表明保尔从小就有着朴素的爱憎观。

"行啊,让他留下吧。条件是:工钱每月八个卢布,当班的时候管饭,顶班一天一夜,可以在家休息一天一夜,可不准偷东西。"

"啊,不会的,老板,决不会的!我担保他什么也不偷。"母亲惶恐不安地说。

"好啦,让他今天就上班。"老板命令说,随后他又转过身去,对旁边站柜台的女招待说:"济娜,把这个小伙计带到洗刷间去,叫弗罗霞给他派活,顶格里什卡。"

女招待正在切火腿,她放下刀,朝保尔点点头,就穿过餐室,朝通向洗刷间的旁门走去。保尔跟在他后面。母亲也赶紧跟上,小声嘱咐保尔:"保夫鲁沙,你可要好好干啊,别丢脸。"

她用忧郁的目光把儿子送走以后,才朝大门口走去。

洗刷间里忙得不可开交。桌子上的盘碟刀叉堆得像座小山。几个女工肩上搭着毛巾,在逐个地擦那堆东西。

一个长着乱蓬蓬红头发的男孩,年纪比保尔稍大一点,正在两个大茶炉前忙碌着。

洗家什的大木盆里的开水冒着热气,把整个洗刷间弄得雾气腾腾的。保尔刚进来的时候,连女工们的脸都看不清。他站在那里,不知道该干什么,甚至不知道站在哪里好。

女招待济娜走到一个正在洗家什的女工面前,拍着她的肩膀说:

"弗罗霞,这个新来的小伙计是给你们的,顶格里什卡。你给他讲讲都要干些什么活吧。"

济娜转过身来指着那个叫弗罗霞的女工,对保尔说:

"她是这儿的领班,她叫你干什么,你就干什么。"说完,就转身回餐室去了。

"嗯。"保尔小声地回答,同时看了看站在他面前的弗罗霞,等候她的吩咐。

弗罗霞一面擦去额上的汗水,一面从上到下地把他打量了一番,好像要估量他能干什么活似的,然后挽起从胳膊肘上滑下来的一只袖子,用非常悦耳的、响亮的声音说:

"小弟弟,你的活儿挺简单,就是一清早把这口锅烧开,一天别断热水。当然,柴要你自己劈。还有这两个大茶炉,也是你的活儿。再有,活紧的时候，你也得擦擦刀叉，倒倒脏水。小弟弟，活儿不少，够你忙的了。"她说的是科斯特罗马方言，总是把"a"音发得很重。保尔听到这一口乡音，看到她那泛着红晕的脸和翘起的小鼻子，情不自禁地有些高兴。

"看来，这位大婶还不坏。"保尔心里这样想，便鼓起勇气问弗罗霞：

"那我现在该干些什么呢，大婶？"

保尔说到这里，洗刷间的女工们一阵哈哈大笑，把他最后的话盖住了，于是他也发愣了。

"哈哈哈！……弗罗霞这回捡了个大侄儿……"

"哈哈……"弗罗霞笑得比谁都厉害。

因为屋里全是蒸汽，保尔没有看清弗罗霞的脸，其实她只有十八岁。

保尔感到很难为情，便转过身去问身边的一个男孩：

"我现在该干什么呢？"

男孩只是嬉皮笑脸地回答：

"还是问你大婶去吧，她会告诉你的，我在这儿只是临时帮帮忙。"说完，转身朝厨房跑去。

这时保尔听见一个上了年纪的女工说：

"过来，帮着擦擦叉子吧。你们为什么笑？这孩子究竟说了什么好笑的话？"她给保尔一条毛巾，说："给你，拿着。一头用牙咬住，一头用手拉紧，再把叉齿在上头来回蹭，要擦得干干净净，一点儿脏东西也不许有。咱们这儿干这种事挺认真，老爷们都很挑剔，总是翻来覆去，看了又看，只要叉子上有点脏东西，咱们可就倒霉了，老板娘马上就会把你撵出去。"

"什么，老板娘？"保尔不解地问，"雇我的那个老板不是男的吗？"

那女工笑了起来：

"孩子，我们这儿的老板只是个摆设，他是个草包。什么都是他老婆说了算。她今天不在，你干几天就会知道的。"

洗刷间的门开了，三个堂倌，每人捧着一大摞脏家什，走了进来。

其中有个宽肩膀、斜眼、四方大脸的堂倌说：

"加紧干啦，十二点的班车马上就要到了，你们还这么磨磨蹭蹭的。"

他看见了保尔，就问：

"这是谁？"

"新来的。"弗罗霞回答。

"哦,新来的。"他说,"那好吧。"他的一只大手按到保尔的肩上,把他推到两个大茶炉的跟前,说:"这两个大茶炉你都得烧好,什么时候要开水都得有。可是,你瞧,现在一个火已经灭了,另一个也快没有火星了。今天饶了你,要是明天再这样,你就得挨耳光。明白吗?"

保尔一句话也没有说,就烧茶炉去了。

保尔的劳动生活就这样开始了。他是第一天上班,干活从来还没有这样卖过力气。他知道,这个地方跟家里不一样,在家里可以不听母亲的话,这里可不行。斜眼说得很明白,要是不听话,就得挨耳光。

保尔脱下一只靴子,套在炉筒上,使劲地鼓起风来,能盛四桶水的大肚子茶炉立即冒出了火星。他一会儿提起脏水桶,飞快地跑到外面,把脏水倒进坑里;一会儿给锅炉添上劈柴;一会儿把湿毛巾搭在烧开了的茶炉上烘干。总之,叫他干的活儿,他都做了。直到深夜,保尔才拖着疲乏的身子,走到厨房去。有个上了年纪的女工阿尼西亚,望着他刚掩上的门,说:

"瞧,这孩子像个疯子似的,干起活来不要命。一定是家里实在没有办法,才打发到这儿来干活的。"

"是呀,挺好的小伙子,"弗罗霞说,"干起活来不用别人催。"

"做做就会偷懒的,"卢莎反驳说,"一开头全都很卖力……"

保尔手脚不停地忙了一个通宵,累得筋疲力尽。早晨七点钟,一个长着圆脸、两只小眼睛显得流里流气的男孩来接班。保尔把两个烧开的茶炉交给了他。

这个男孩一看什么都已经弄妥了,茶炉也烧开了,便把两只手往口袋里一插,从咬紧的牙缝里挤出一口唾沫,摆出一副不可一世的架势,斜着白眼看了看保尔,然后用一种不容争辩的腔调说:

"喂,你这个饭桶,明天早上要准六点来接班。"

"干吗六点?"保尔问,"不是七点接班吗?"

"谁乐意七点接班,就让他七点接班好了。可你得六点来。要是再说废话,我马上就打肿你的狗脸。你这小子也不想一想,才来就摆臭架子。"

那些刚刚交了班的女工,蛮有兴趣地看着两个孩子在对话。那个孩子盛气凌人的腔调和寻衅的态度,激怒了保尔。他朝那个接班的男孩逼近一步,本想狠狠地揍他一顿,但是又怕头一天上工就给开除了,才没有动

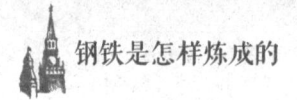

手。他气得满脸发紫,说:

"你老实点,别吓唬人,要不你会搬起石头砸自己的脚。明天我就七点来,要说打架,我可不在乎,你想试一试,那就请吧!"

对手朝着开水锅倒退了一步,吃惊地瞧着怒气冲冲的保尔,没有料到会碰这么大的钉子,有点儿不知所措了。

"好,咱们走着瞧吧。"他含含糊糊地说。

头一天总算平安无事地过去了。保尔走在回家的路上,感到自己是一个用诚实劳动挣得了休息的人。现在他工作了,谁也不能再说他吃闲饭了。

早晨的太阳从锯木厂高大的厂房后面懒洋洋地升起来。保尔家的小房子很快就要到了。瞧,就在眼前了,列辛斯基庄园后面就是。

"妈大概起来了,我呢,才下工回家。"保尔想到这里,一边吹着口哨,一边加快了步伐,"学校把我赶出来,倒也不坏,反正那个该死的神甫不会让你安宁,现在我真想吐他一脸唾沫。"保尔这样思量着,已经到了家门口。他推开小院门的时候,又想起来:"对,还有那个黄毛小子,一定得对准他的狗脸狠揍一顿。"

母亲正在院子里忙着烧茶炊,一看见儿子回来,就慌忙问:

"怎么样?"

"挺好。"保尔回答。

母亲好像有什么事要告诉他,可是他已经明白了。他从敞开的窗户里,看到了哥哥阿尔焦姆宽大的后背。

"怎么,阿尔焦姆回来了?"他忐忑不安地问。

"昨天回来的,这回他留在家里不走了,就在机车库干活。"

保尔有点踌躇地推开了房门。

身材魁梧的阿尔焦姆坐在桌子旁边,背朝着保尔。他扭过头来,看看弟弟,又黑又浓的眉毛下面射出两道严厉的目光。

"啊,撒烟末的英雄回来了?好,你可真行!"

保尔预感到,哥哥回家后的这场谈话对他准没个好。

"阿尔焦姆已经都知道了。"保尔心里想,说不定要挨骂,也许要挨一顿揍。

保尔有点怕阿尔焦姆。

但是阿尔焦姆并没有要打他的意思。他坐在凳子上,两只胳膊撑在桌子上,目不转睛地望着保尔,说不清是嘲弄还是蔑视。

"这么说,你已经大学毕业,各种学问都学到手了,所以现在干起倒脏水的活来了?"阿尔焦姆说。

保尔两眼盯着一块破地板,专心致志地琢磨着上面冒出来的一个钉子头。可是阿尔焦姆却从桌旁站了起来,到厨房里去了。

"看样子,不会挨揍了。"保尔松了一口气。

喝茶的时候,阿尔焦姆平心静气地详细询问了保尔班上发生的事。

保尔原原本本地讲了一遍。

"你现在就这样不成器,往后怎么得了啊。"母亲发愁地说,"唉,可拿他怎么办呢?他这个样子究竟像谁呢?我的上帝,这孩子多让我操心啊!"母亲诉苦地说。

阿尔焦姆推开茶杯,对保尔说:

"好吧,弟弟,过去的事就算了,往后可得小心,干活别耍花招,该干的都得干好;要是再从那儿给撵出来,我就要你的好看,叫你脱一层皮。这点你得记住。妈够操心的了。你这鬼东西,走到哪儿,就闹到哪儿,到哪儿都得闯点祸。现在该闹够了吧。你先在这儿做满一年,然后我再求人把你弄到机车库去当学徒,老给人家洗家什是不会有出息的,应该学一门手艺。现在你还小,再过一年我求求人看,机车库也许能收下你。我已经转到这儿来了,往后就在这儿干活。妈也不用再去伺候人了。见到什么样的混蛋都弯腰,也弯够了。可是保尔,你自己得争口气,要好好做人。"

他站了起来,挺直高大的身躯,把搭在椅背上的上衣穿上,突然对母亲说:

"我出去个把钟头,办点事。"说完,一弯腰跨出了房门。他走到院子里,从窗前经过的时候,对保尔说:

"我给你带来了一双靴子和一把小刀,妈会给你的。"

车站食堂昼夜不停地营业。

有五条铁路线在这个枢纽站交轨。车站总是挤满了人,只有在夜里,在两班火车间隙才能安静两三个钟头。这个车站上有几百列军车从各地开来,然后又开到各地去。有的从前线开来,然后又开到前线去。从前线运

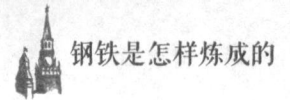

来的是缺胳膊少腿的伤兵，送到前线去的是大批穿一色灰大衣的新兵。

保尔在食堂里辛辛苦苦干了两年。这两年里，他看到的只有厨房和洗刷间。在地下室的大厨房里，工作异常繁忙，干活的有二十多人。十个堂倌从餐室到厨房穿梭似的来回奔忙着。

保尔的工钱从八个卢布长到十个卢布。这两年里，他长高了，身体也结实了。他经受了许多苦难。在厨房里打下手，烟熏火燎地干了半年。那个有权有势的厨子头不喜欢这个犟孩子，常常给他几个耳光。他生怕保尔突然捅他一刀，所以干脆把他撵回了洗刷间。要不是因为保尔干起活来有使不完的力气，他们早就把他赶走了。保尔干的活比谁都多，从来不知道疲劳。

在食堂最忙的时候，一会儿端着托盘，一步跨四五级楼梯，跑到下面的厨房去，一会儿又从厨房跑上来。

每天夜里，当食堂的两个餐室的喧闹声稍停下来的时候，堂倌们就聚在下面厨房的储藏室里大赌特赌，打起"二十一点"和"九点"来。保尔不止一次地看见赌桌上堆着一沓沓钞票。他们有这么多钱，保尔并不感到惊讶。他知道，他们每个人当一天一夜班，都能捞到三四个卢布的小费，客人一次给他们半个或一个卢布是常事。有了钱，他们就大喝大赌。保尔非常憎恶他们。

"这帮该死的混蛋！"他心里想，"像阿尔焦姆这样头等的钳工，每月才赚四十八个卢布，我呢，只赚十个卢布。可是他们一天一夜就捞这么多的钱，凭什么？不就是把菜端上去，把空盘子撤下来，回头就把这些得来的钱喝尽赌光。"

保尔认为，他们跟那些老板是一路货，都是他的冤家对头。"这帮下流坯，别看他们在这儿低三下四地伺候人，可是他们的老婆孩子在城里却像有钱人一样摆阔气。"

有时他们把穿着中学生制服的儿子和养得滚圆的老婆带来。"他们的钱大概比他们伺候的老爷还要多。"保尔这样想。他对夜间在厨房的角落里和食堂的仓库里发生的事情也不大惊小怪。保尔清楚地知道，任何一个洗家什的女工和女招待，要是不愿意以几个卢布的代价把自己的肉体出卖给食堂里每个有权有势的人，她们在食堂里就待不长。

保尔向生活的最深处，生活的底层探索着，他追求一切新事物，渴望打开一个新天地,可是朝他扑面而来的,却是霉烂的臭味和泥沼里的潮气。

阿尔焦姆想把弟弟弄到机车库去当学徒,但是没有成功,因为那里不收未满十五岁的少年。保尔期待着有朝一日能够摆脱这个地方,机车库那座熏黑了的大石头房子吸引着他。

他常到阿尔焦姆那里去,跟着他检查车辆,尽力帮他干点活儿。

弗罗霞离开食堂以后,保尔就更加感到烦闷了。

这个爱笑的、乐呵呵的姑娘已经不在这儿了,保尔这才深深地体会到,他和她的友谊是多么的深厚。现在呢,早上到洗刷间来,听到这些从难民中招来的女工们的争吵,他就会感到一种说不出的空虚和孤独。

夜间休息的时候,保尔蹲在敞开的炉门前,往炉膛里添劈柴。他眯缝着眼睛,瞧着炉膛里的火。炉火烤得他暖烘烘的,挺舒服。这时洗刷间只剩下他一个人了。

他的思绪不知不觉地回到不久以前发生的事情上,他想起了弗罗霞。那时的情景又清晰地浮现在眼前。

那是一个星期六。夜间休息的时候,保尔顺着楼梯到厨房去。在转弯的地方,他好奇地爬上柴堆,想看一看储藏室,因为赌博的人通常都聚在那里赌钱。

那里赌得正起劲,扎利瓦诺夫坐庄,他兴奋得满脸通红。

楼梯上传来脚步声,保尔回头一看,原来是堂倌普罗霍尔从上边走下来。保尔连忙躲到楼梯下面,等他走到厨房去。楼梯下面黑洞洞的,普罗霍尔看不见他。

普罗霍尔转了个弯,往下面走去。保尔看见了他的宽肩膀和大脑袋。

正在这时候,又有人从上面轻轻地快步跑下来,保尔听到了一个熟悉的声音:

"普罗霍尔,你等一下。"

> 在车站食堂,他见识到了生活的最深处,在生活的底层明确地感受到了封建社会的黑暗腐朽,加深了他对新事物新体验的追求和渴望。

普罗霍尔站住了，掉头朝上面看了一眼。

"什么事？"他嘟哝了一句。

有人顺着楼梯走了下来，保尔认出是弗罗霞。

她拉住堂倌的袖子，压低声音，结结巴巴地说：

"普罗霍尔，中尉给你的钱呢？"

普罗霍尔猛力挣脱胳膊，恶狠狠地说：

"什么？钱？难道我没有给你吗？"

"可是，他给你的是三百个卢布啊。"弗罗霞控制不住自己，几乎要放声大哭了。

"你说什么，三百卢布？"普罗霍尔挖苦地说，"怎么，你都要拿去？好小姐，一个洗家什的女人，值那么多钱吗？照我看，给你五十卢布就不少了。你想想，你有多走运吧！就是那些有文化的年轻太太，比你干净得多，还拿不到这么多钱呢？陪着睡一夜，就能挣得五十卢布，你得谢天谢地。哪儿有那么多傻瓜。行了，我再给你一二十个卢布就算了事。只要你放聪明点，往后挣钱的事有的是，我给你拉主顾。"普罗霍尔说完最后一句话，转身到厨房里去了。

"你这个流氓，坏蛋！"弗罗霞追着他骂了两句，随后便靠着柴堆呜呜地哭了起来。

保尔站在楼梯下面的暗处，听到了这番谈话，又看到弗罗霞浑身颤抖，把头往柴堆上撞，这时他心头的滋味真是不可名状。保尔没有露面，也没有做声，只是猛然死死地抓住楼梯的铁栏杆，脑袋里轰的一声掠过一个清晰而明确的念头：

"连她也给出卖了，这帮该死的家伙。唉，弗罗霞，弗罗霞……"

保尔对普罗霍尔的仇恨更深更大了。他厌恶和仇视周围的一切："唉，我要是个大力士，一定要揍死这个无赖！我怎么不像阿尔焦姆那样高大、那样壮实呢？"

炉膛里的火时起时落，火苗抖动着，聚在一起，卷成了一条长长的蓝色火舌。保尔好像觉得有一个人在讥笑他，嘲弄他，朝他吐舌头。

屋里静悄悄的，只有炉子里不时发出的毕剥声和水龙头均匀的滴水声。

克利姆卡把最后一只擦得亮光光的平底锅放到架子上之后，擦了擦手。厨房里已经没有别人了。值班的厨师和打下手的女工们都在更衣室里睡了。夜里厨房可以安静三个小时。这时候，克利姆卡总是跑上来跟保尔一起消磨时间。厨房里的这个小徒弟跟黑眼睛的烧水工很要好。克利姆卡一上来，就看见保尔蹲在敞开的炉门前面。保尔在墙上也看见了那个熟悉的、头发蓬松的人影，他头也不回地说：

"坐下吧，克利姆卡。"

厨房的小徒弟爬上了劈柴堆，躺了下来，看了看坐在那儿一声不吭的保尔，笑着说：

"你怎么啦？在对火施魔法吗？"

保尔好不容易才把眼睛从火苗上移开，一对闪亮的大眼睛直盯着克利姆卡。克利姆卡从他的眼神里看见了一种难以形容的悲哀。他还是第一次看到伙伴这种忧郁的神情。

"保尔，你今天有点古怪……"他沉默一会儿，又问保尔，"你碰到什么事了？"

保尔站起来，坐到克利姆卡的身旁。

"没什么，"他闷声闷气地回答，"我在这儿待着很不痛快。"他把放在膝上的两只手紧紧地攥成拳头。

"你今天是怎么了？"克利姆卡用胳膊肘支起身子，接着问。

"你问我怎么了？我从到这儿来干活的那天起，就一直不高兴。你看看，这儿是个什么地方！咱们像骆驼一样干活，到头来不但没有人感激你，反而要挨揍！谁高兴谁就赏你几个嘴巴，连一个护着你的人都没有。老板雇咱们，是要咱们给他干活，可是这里随便哪一个都有权揍你，只要他有劲。就算你有分身法，也不能一下子把人人都伺候到。只要有一个伺候不到，就得挨揍。你就是拼命干，该做的都做得好好的，谁也挑不出毛病，你就是哪儿叫哪儿到，忙得脚打后脑勺，也总有伺候不到的时候，那又是一顿耳光。"

克利姆卡吃了一惊，马上打断他的话，说："别这么

> 两人的对话交代了当时的社会生活背景，生活在底层的贫穷的人们每天处在挨揍的境地之中，被欺压、被剥削、被侮辱。

大声嚷嚷，要是有人过来，会听见的。"

保尔跳了起来。

"听见就听见，反正我不打算在这儿干了。到马路上去扫雪也比这儿强，这儿是什么地方……是地狱。这帮家伙除了骗子还是骗子。他们有的是钱！咱们在他们眼里不过是畜生。对姑娘们，他们要怎么样就怎么样；要是哪个长得漂亮一点，又不肯服服帖帖，马上就会给赶出去。她们能到哪儿去呢？她们都是些难民，吃没吃的，住没住的。她们总得填饱肚子，这儿好歹有口饭吃。为了不挨饿，只好任人摆布。"

> 克利姆卡"吃了一惊"和保尔"跳了起来"形成对比，表现出保尔的爱憎分明和敢作敢为。

保尔讲起这些事情，是那样愤愤不平，克利姆卡担心别人会听见他们的谈话，急忙起来，把通向厨房的门关上。可是保尔还是滔滔不绝地倾吐他那满腔的积愤：

"拿你来说吧，克利姆卡，人家打你，你总是不吭声，你为什么不吭声呢？"

保尔坐到桌旁的凳子上，疲倦地用手托着头，克利姆卡往炉子里添了些劈柴，也在桌旁坐下。

"今天咱们还读不读书呢？"他问保尔。

"没书读了，"保尔回答，"书亭没有开门。"

"怎么，难道今天书亭休息？"克利姆卡惊讶地问。

"卖书的被宪兵抓走了。还搜走了一些什么东西。"保尔回答。

> 交代保尔时常与克利姆卡读书，为后文保尔的认识与其他工人不同埋下伏笔，也暗示了沙皇统治被推翻的结局。

"为什么抓他？"

"听说是因为政治。"

克利姆卡莫名其妙地瞧了保尔一眼。

"政治是什么呀？"

保尔耸一耸肩膀，说：

"鬼才知道！听说，谁要是反对沙皇，这就叫政治。"

克利姆卡吓得打了个冷战，问：

"难道还有这样的人？"

"不知道。"保尔答道。

洗刷间的门开了,睡眼惺忪的格拉莎走了进来。

"你们怎么不睡觉呢,孩子们?趁火车没来,还可以睡上一个钟头,去睡吧,保尔。我替你看一会儿水锅。"

保尔没有想到,他这样快就离开了食堂,离开的原因也出乎他的意料。

这是一月的一个严寒的日子,保尔干完自己的一班,准备回家了,但是接班的人没有来。保尔到老板娘那里,说他要回家,老板娘却不放他走。他虽然已经很累,还是不得不留下来,连班再干一天一夜。到了夜里,他实在筋疲力尽了。大家休息的时候,他还要把几口锅灌满水,赶在三点钟的火车进站以前烧开。

保尔拧开水龙头,可是没有水。看来是水塔没有放水。他让水龙头开着,自己倒在柴堆上歇了一会儿。不料实在支持不住,一下就睡着了。

过了几分钟,水龙头咕嘟咕嘟地响起来,水流进了水槽,不一会儿就溢了出来,顺着瓷砖淌到洗刷间的地板上。洗刷间里和往常一样,一个人也没有。水流得越来越多,漫过地板,从门底下流进了餐室。

一股股水流悄悄地流到熟睡的旅客们的行李下面,谁也没有发觉。直到水浸醒了一个躺在地板上的旅客,他一下跳了起来,大喊大叫,旅客们才慌忙去抢各自的行李。食堂顿时乱作一团。

水还是流个不停,越流越多。

正在隔壁餐室收拾桌子的普罗霍尔听到旅客的喊叫声,急忙跳过来。他跳过积水,冲到门旁,用力把门打开,这样,原来被门挡住的水一下子全涌进了餐室。

叫喊声更大了。几个当班的堂倌一齐跑进了洗刷间。普罗霍尔立即对酣睡的保尔扑过去。

拳头像雨点似的落在保尔头上。保尔简直痛糊涂了。

保尔刚被打醒,什么也不明白,眼里直冒金星,浑身火辣辣地疼。

他浑身是伤,一步一步地勉强回到了家。

早晨,阿尔焦姆阴沉着脸,要保尔把事情的经过告诉他。

保尔把事情的经过从头至尾讲了一遍。

"是谁打你的?"阿尔焦姆瓮声瓮气地问弟弟。

"普罗霍尔。"

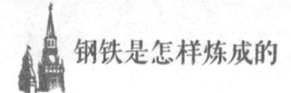

"好，你躺着吧。"

阿尔焦姆穿上羊皮袄，一句话也没有说，走出去了。

"我找堂倌普罗霍尔，行吗？"一个陌生的工人问格拉莎。

"请等一下，他马上就来。"格拉莎回答。

这个身材魁梧的人靠在门框上。

"好，我等一下。"

普罗霍尔端着一大摞盘子，一脚踢开门，走进了洗刷间。

"他就是普罗霍尔。"格拉莎指着他说。

阿尔焦姆朝前迈了一步，一只有力的手使劲按着堂倌的肩膀，两只眼睛紧逼着他，问：

"你为什么打我弟弟保尔？"

普罗霍尔想挣开肩膀，但是阿尔焦姆狠狠一拳已经把他打翻在地；他想爬起来，紧接着又是一拳，比头一拳更厉害，把他钉在地板上，他再也起不来了。

洗家什的女工都吓呆了，急忙躲到一边去。

阿尔焦姆转身走了出去。

普罗霍尔满脸是血，在地上挣扎着。

这天晚上，阿尔焦姆下工后没有回家。

母亲打听到，阿尔焦姆被关进了宪兵队。

六天以后，阿尔焦姆才回到家里。那是在晚上，母亲已经睡了，保尔还在床上坐着。阿尔焦姆走到他跟前，深情地问：

"怎么样，弟弟，好点了吗？"他在弟弟身旁坐了下来，"比这更倒霉的事有的是。"沉默了一会儿，他又接着说："没关系，你到发电厂去干活吧，我已经替你说好了。你可以在那儿学门手艺。"

保尔双手紧紧握住阿尔焦姆的手。

第二章

一个惊天动地的消息旋风似的刮进了小城:"沙皇被推翻了!"

城里的人都不敢相信。

一列火车在暴风雪中爬进了车站。两个穿军大衣、背着步枪的大学生和一队戴着红袖标的革命士兵,从车上跳下来。他们逮捕了站上的宪兵、年老的陆军上校和警备队长。城里的人这才相信传来的消息是真的了。于是成千的居民踏着雪,穿过街道,拥到广场。人们如饥似渴地听着那些新名词:自由、平等、博爱。

喧闹的、充满兴奋和喜悦的日子过去了。小城又恢复了平静。只有孟什维克①和"崩得"②分子把持的市参议会的楼房顶上那面红旗,才告诉人们发生了变动。其他一切都同过去一样。

冬末,城里进驻了一个近卫骑兵团。每天早晨,团里都派骑兵小分队到车站去抓从西南前线开小差下来的逃兵。

近卫骑兵个个红光满面,身材高大。军官大都是伯爵和公爵,戴着金黄色的肩章,马裤上还镶着银色的绦子,

> 交代了故事发生的背景,在此时,沙皇被推翻,但是镇上的人的生活并没有发生很大的变化。革命士兵来了,很快撤走,近卫骑兵团又开进来。点明这时政局不稳,人民生活在战乱之中。引出下文保尔等人与朱赫来的交往。

---

① 孟什维克:俄国工人运动中的机会主义派别。

② "崩得":犹太社会民主主义总同盟的简称,是孟什维克的一个派别。——译者注

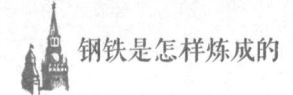

一切都跟沙皇时代一样，好像没有发生过革命似的。

1917年将要过去了。对保尔、克利姆卡和谢廖沙来说，什么都没有改变。主人还是原来那帮家伙。只是到了多雨的11月，情况才有点不同寻常。车站上出现了许多陌生的人，他们大多是从前线回来的士兵，而且都有一个奇怪的称号："布尔什维克①"。

这个响亮有力的称号是从哪里来的，谁也不知道。

近卫骑兵要抓住从前线回来的逃兵可不那么容易。车站上的枪声不断，被打碎的玻璃越来越多。士兵们成群结队地从前线跑回来，一遇到阻拦，便用刺刀开路。到了12月初，他们已经是一列火车又一列火车地拥来了。

车站上布满了近卫骑兵，准备截住列车，但是遭到了机枪的迎头痛击。那些不怕死的人从车厢里冲了出来。

从前线回来的穿灰军服的士兵把近卫骑兵赶回城里去了。然后他们又回到车站，火车便一列跟着一列地开了过去。

1918年的春天，三个好朋友在谢廖沙家玩了一会儿"六十六点"，就跑了出来，到柯察金家小园子的草地上，躺了下来。真是无聊，平时的那些游戏都玩腻了。他们便开动脑筋想，怎么才能更好地消磨这一天的时间。这时背后响起了嗒嗒的马蹄声。一个骑马的人沿着大路疾驰而来。那马一纵身，便跳过了公路和小园子矮栅栏之间的排水沟。骑马的人朝躺在地上的保尔和克利姆卡挥了挥马鞭，说：

"喂，小伙子，过来！"

保尔和克利姆卡跳了起来，跑到栅栏前。骑马人浑身尘土，歪戴在后脑勺的军帽和保护色的军服都沾上了厚厚的一层灰尘，结实的军用皮带上，挂着一支转轮手枪和德国造的手榴弹。

"小朋友们，劳驾，弄点水来喝喝。"骑马人请求说。

保尔跑回家取水的时候，骑马人转过来问正瞧着他的谢廖沙："告诉我，小弟弟，现在城里谁掌权？"

谢廖沙急急忙忙地讲起城里的各种消息：

---

① 布尔什维克：俄国社会民主工党内以列宁为代表的马克思主义派。——译者注

"我们这儿已经有两个星期没有人管了，只有一个自卫队。老百姓轮流守夜，你们是什么人？"谢廖沙也提出了问题。

"我说你呀，操心过头了，很快就会变成小老头。"骑马人微笑着回答。

保尔端着一大杯水，从家里跑了出来。

骑马人贪婪地一口气喝了个精光，把杯子还给保尔，接着抖了抖缰绳，朝松林奔驰而去。

"他是什么人？"保尔困惑地问克利姆卡。

"我怎么知道呢？"克利姆卡耸耸肩膀，回答说。

"大概，又要换政府了，要不列辛斯基一家昨天怎么都跑了呢？有钱人跑了，那就是说游击队要来了。"谢廖沙肯定而坚决地解决了这个政治问题。

他的推论是那样令人信服，保尔和克利姆卡马上就同意了。

三个朋友还没有谈论完这个问题，公路上又传来了嗒嗒的马蹄声。他们三个一起朝栅栏跑去。

在他们目力所能及的地方，从树林里，从林务官家的房后，转出来许多人和车辆，而在公路近旁，有十五六个人骑着马，枪横放在马鞍上，朝这边走来。最前面的两个，一个是中年人，穿着保护色军装，系着军官武装带，胸前挂着望远镜；另一个和他并排走的，正是三个朋友刚才见过的那个骑马人。中年人的上衣上别着一个红蝴蝶结。

"瞧，我说什么来着？"谢廖沙用胳膊肘从旁边捅了保尔一下，"看见了吧，红蝴蝶结，准是游击队，要不是游击队，就让我瞎了眼……"说着，高兴地喊了一声，像小鸟似的越过栅栏，跳到外面去了。

两个朋友紧跟着也跳了出去。现在他们三个一起站在路旁，看着开来的队伍。

那些骑马的人已经来到跟前。三个朋友刚才见过的那个人朝他们点了点头，用马鞭指着列辛斯基的房子，问：

"这是谁家的房子？"

保尔紧紧跟在骑马人的后面，边走边说：

"这是律师列辛斯基的房子。他昨天就跑了，看样子，是怕你们。"

"你知道我们是什么人吗？"那中年人微笑着问。

保尔指着红蝴蝶结，说：

"这是什么？一眼就看得出来。"

居民纷纷拥上街头，好奇地看着这支新开来的队伍。三个朋友也站在路旁，望着这些浑身是尘土的、疲倦的红军战士。

队伍里唯一的一门大炮沿着石头街道隆隆驶过，架着机枪的马车也开过去了。这时，他们就跟在游击队的后面，直到队伍停在市中心，游击队开始分散到各家去住的时候，他们才各自回家。

游击队的指挥部设在列辛斯基家的房子里。当天晚上，大客厅里那张四脚雕花的大桌子周围，四个人坐着开会：一个是队长布尔加科夫同志，他是个有了白头发的中年人，另外三个是指挥部的成员。

布尔加科夫在桌上打开一张本省地图，一边在地图上移动指头，寻找路线，一边朝对面那个长着一口结实牙齿的高颧骨的人说：

"叶尔马琴科同志，你说我们应该在这儿打一仗，可我认为明天一早咱们就撤走，今天连夜撤更好，不过大家太累了。我们的任务是抢在德国人的前头，先赶到卡扎京。拿我们现在这点兵力去抵抗，简直是开玩笑……一门大炮，三十发炮弹，二百个步兵和六十个骑兵能顶什么用，德国人正像潮水一样涌来。我们只有跟其他后撤的红军部队联合在一起才能作战。同志，我们还应该注意，除了德国人之外，沿路还有许多各式各样的反革命匪帮。我的意见是，明天一早就撤，把车站后面的那座小桥炸掉。德国人修桥得花两三天的时间。这样，他们暂时就不能沿铁路线往前推进了。同志们，你们的意见怎么样？咱们决定一下吧。"他对在座的人说。

坐在布尔加科夫斜对面的斯特鲁日科夫动了一下嘴唇，看了看地图，又看了看布尔加科夫，终于费劲地从嗓子眼里挤出一句话来：

"我……赞……成布尔加科夫的意见。"

那个穿工人服的年轻人也表示同意：

"布尔加科夫说得有道理。"

只有叶尔马琴科，就是白天跟三个小朋友说过话的那个人摇头表示反对，他说：

"那我们还要组织这支队伍干吗？是为了在德国人面前不战而退吗？依我看，我们应当在这儿跟他们干一仗。跑得真叫人厌烦……要是依着我的性子，非在这儿打一仗不可。"他用力把椅子推开，站起身，在屋子里走来

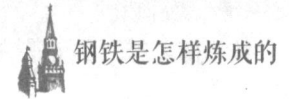

走去。

布尔加科夫不以为然地看了他一眼,说:

"仗要打得有道理,叶尔马琴科同志。明知道要吃败仗,要送死,还硬要战士往上冲,这种事我们不能干。要是这样蛮干,那就太可笑了。在我们的后面,有敌人一个整师,而且配备有重炮和装甲车……叶尔马琴科同志,咱们可不能耍小孩子脾气……"接着,他又对大家说:"就这么决定了,明天一早撤。""下一个是建立联系的问题。"布尔加科夫继续说,"因为咱们是最后一批撤,当然就得担负起组织敌后工作的任务。这儿是铁路枢纽站,地方虽小,可是有两个车站,应该安排一个可靠的同志在这个车站上工作。现在我们就决定,把谁留下来。大家提名吧。"

"我认为应当把水兵朱赫来留下来。"叶尔马琴科走到桌子跟前说,"第一,他是本地人;第二,他又会钳工,准能在车站上找到工作;第三,谁也没有看见他跟咱们的队伍在一起,他今天夜里才赶到这儿。这个人很有头脑,一定能把这儿的事情办好。依我看,他是最合适的人选。"

布尔加科夫点点头说:

"对,叶尔马琴科,我同意你的意见。"

"同志们,你们有没有反对意见?"他问另外两个人,"没有。那么,就这样定了。咱们留下一笔钱和委任状……"

"同志们,现在讨论第三个,也是最后一个问题。"布尔加科夫继续说,"就是处理本地存放的武器问题。这儿存着一大批步枪,一共有两万支,还是沙皇时代打仗遗留下来的。这些枪支堆放在一个农民的棚子里,人们早把这件事给忘了。棚子的主人把这件事告诉了我。他不愿再担这个风险……把这些枪支留给德国人当然不行。我认为应该把它烧掉。马上就动手。一切都得在明天拂晓前办妥。不过烧起来也有危险:棚子都在城边上,周围住的都是穷苦人,说不定会把他们的房子烧掉。"

斯特鲁日科夫是个身体很结实的人,胡子又粗又硬,已经很久没有刮了。他的身子微微动了一下,说:

"干……吗……要烧掉?我认为……我们应该把这些枪发给居……民。"

布尔加科夫立即转过脸去,问他:

"你是说把这些枪都发出去?"

"对。一点也不错!"叶尔马琴科热烈地拥护说,"把这些枪发给工人和别的老百姓，谁要就给谁。德国人要是逼得大家走投无路，这些枪至少还可以给他们点颜色看看。德国人来了，日子肯定不好过。到了忍无可忍的时候，人们就会拿起武器反抗。斯特鲁日科夫说得很对：把枪发下去。要是能运到乡下去，那就更好了。农民会把枪藏得更严实，一旦德国人要征用老百姓的财物，逼得他们倾家荡产，嘿，那你就瞧吧，这些可爱的枪支该发挥多大的作用啊！"

布尔加科夫笑了起来，说：

"是呀，不过要是德国人下命令，让把枪都交回去，那么到时候，这些枪都会交出去的。"

叶尔马琴科反驳说：

"不，不会都交出去的。有人交，也有人不交。"

布尔加科夫用询问的眼光看了看在座的人。

"把枪发下去，发吧。"那个年轻的工人也赞成叶尔马琴科和斯特鲁日科夫的意见。

"好吧，那就发下去。"布尔加科夫也同意了，"问题都讨论完了。"说着，他从桌旁站了起来。"现在咱们可以休息到明天早晨。要是朱赫来到了，就让他到这儿来一下。我要跟他谈谈。叶尔马琴科，你去查查岗吧。"

大家都离去了，只剩下布尔加科夫一个人。他走进客厅旁的卧室里，把军大衣铺在垫子上，躺了下来。

早晨，保尔从发电厂回家去。他在厂里当锅炉工助手已经整整一年了。

今天城里非常热闹。这一点他一下子就发现了。一路上，拿着步枪的人越来越多，有的一支，有的两支，还有拿三支的。保尔不明白是怎么回事，急急忙忙往家走。在列辛斯基的庄园旁，他昨天见到的那些人正在上马，准备出发。

保尔跑到家里，匆匆忙忙洗了把脸，听母亲说阿尔焦姆还没有回来，随即跑了出去，直奔小城的另一头，去找住在那儿的谢廖沙。

谢廖沙是一个副司机的儿子，他父亲自己有一所小房子，还有一份薄家产。谢廖沙不在家。他母亲是个又白又胖的妇女，她闷闷不乐地看了保尔一眼说：

"鬼才知道他上哪儿去了！天还没有亮，就让魔鬼给拽跑了。说是什么地方在发枪，他准在那儿。你们这些鼻涕将军，一个个都该用鞭子抽，太不像话了，真拿你们没有办法。比瓦罐才高两寸，也跑去领枪。你告诉我的那个小无赖，别说枪，就是带回一粒子弹，我也要揪下他的脑袋。什么乱七八糟的东西都拿回家，往后还得受连累。你干吗，也想上那儿去？"

保尔早就不愿再听谢廖沙母亲的唠叨了，他一阵风似的跑到街上去了。

路上过来一个人，两肩各背着一支枪。保尔飞快地跑到他跟前，问：

"大叔，请问，枪在哪儿领？"

"在韦尔霍维纳大街，那儿正在发呢。"

保尔撒开腿，拼命朝那个地点跑去。他跑过两条街，碰见一个小男孩拖着一支沉重的、带刺刀的步枪。保尔拦住他问：

"你从哪儿搞来的枪？"

"游击队在学校对面发的，现在一支也没有了，全发光了。发了整整一夜，现在只剩下一堆空箱子。我连这支一共拿了两支。"小男孩得意洋洋地说。

这个消息使得保尔大为懊丧。

"哎，真见鬼，直接跑到那儿去就好了，不应该先回家！"他失望地想，"我怎么就错过了这个机会呢？"

突然，保尔灵机一动，急忙转过身去，三步并作两步，追上已经走过去的那个小男孩，用力从他手里把枪夺了过来。

"你已经有了一支，够了，这支该是我的。"保尔用一种不容争辩的口气说。

小男孩见他大白天拦路抢劫，气得要命，就朝他扑过去。保尔后退一步，端起刺刀，喊道：

"走开，小心刺刀碰着你！"

小男孩非常气恼，哭了起来，但是又没有办法，只好一边骂，一边转身跑开了。保尔却心满意足地跑回家去了。他跳过栅栏，跑进小棚子，把弄来的枪藏在棚顶下面的梁上，然后开心地吹着口哨，走进屋去。

在乌克兰，像舍佩托夫卡这样的小城——中心是市区，四郊是农村——夏天的夜晚是很美丽的。

一到夏天，在宁静的夜晚，年轻人全都跑到外面来。姑娘们和小伙子们，或者成群结伙，或者成双成对，有的在自家门口，有的在花园和庭院里，有的就在大街上，坐在盖房用的木料堆上。到处是欢笑，到处是歌声。

微微流动的空气里，充满着浓郁的花香；星星像萤火虫一样，在天空的深处闪着微光，人的声音传得很远很远……

保尔挺喜欢他的手风琴。他总是非常爱惜地把那维也纳造的、音色优美的双键手风琴放在膝上，灵活的手指刚刚能触动键盘，它们飞快地由上面滑到下面，低音键长长地吐了一口气，接着就奏出了一连串欢快的旋律。

手风琴扭动身子，起劲地演奏着。这时候你怎么能不闻声起舞，跳个痛快呢？你是忍不住的，两只脚会不由自主地跳起来。手风琴热情地演奏着——生活在人世间是多么美好啊！

今天晚上特别欢快。一群年轻人聚在保尔家对面的木料堆上，又说又笑，声音最响的是保尔的邻居加莉娜。这个石匠的女儿，喜欢跟男孩子们跳舞，唱歌。她是女中音，声音又嘹亮，又圆润。

保尔一向有点怕她。她口齿很伶俐。现在她挨着保尔，坐在木料堆上，紧紧地搂住他，大声地笑着说：

"嘿，你这个手风琴手真棒！可惜就是小了点儿，要不然你倒是我称心如意的小丈夫！我就爱拉手风琴的，他们把我的心都融化了。"

保尔羞得满脸通红，幸亏是晚上，谁也看不见。他想推开这个淘气的女孩子，可是她却紧紧地抱住他不放。

"亲爱的，你要往哪儿躲？哎哟，多好的小爱人啊！"她开玩笑地说。

保尔觉得她那富有弹性的胸脯紧贴在他的肩膀上，这使他感到局促不安。四周的笑声惊醒了平素寂静的街道。

保尔用手抵住加莉娜的肩膀说：

"你闹得我不能拉手风琴了，离远点儿。"

于是又是一阵戏谑和哄笑声。

玛鲁霞插嘴说：

"保尔，拉一个忧伤点儿的曲子吧。要能动人心弦的。"

手风琴的风箱慢慢地拉开了，手指慢慢地移动着。这是一支大家熟悉的家乡曲调。加莉娜带头唱了起来。玛鲁霞和其他人随着跟上：

　　所有的纤夫

都回到了故乡。
唱起歌儿
抒发心头的忧伤。
我们感到亲切,
我们感到舒畅……

青年们的嘹亮歌声传向远方,传向森林。

"保尔!"这是阿尔焦姆的声音。保尔收起手风琴,扣好皮带。

"叫我了,我得走了。"

玛鲁霞央求他说:

"再待一会儿,再拉几个吧,耽误不了你回家。"

但是保尔忙着要走,他说:

"不行,咱们明天再见吧,现在该回家了,阿尔焦姆叫我哩。"他穿过马路,往家里跑去。

他推开房门,就看见阿尔焦姆的同事罗曼坐在桌子旁边,另外还有一个陌生人。

"是你叫我吗?"保尔问。

阿尔焦姆向保尔点了点头,然后对那个陌生人说:

"他就是我弟弟。"

陌生人向保尔伸出了一只粗大的手。

"是这么回事,保尔。"阿尔焦姆对他说,"你不是说你们发电厂的电工病了吗?明天你打听一下,他们要不要雇一个内行的人来替他。要是他们要的话,你就回来告诉一声。"

那个陌生人插嘴说:

"不用了,我跟他一道去,我自己跟老板说吧。"

"当然要雇人啦。"保尔说,"因为斯坦科维奇生病,今天机器都停了。老板跑来两趟,要找人替他,就是没有找到,单靠一个锅炉工发电,他又不敢。我们的电工得的是伤寒病。"

> 情节安排,人物出场的巧妙设计。未见其人,先听其事。由布尔什维克党人的对话介绍点明了朱赫来的身份和特点,侧面写出他的优秀及适合留下来开展工作。
>
> 再由阿尔焦姆正面出场,并继续使用"陌生人"来称呼,设置悬念,有神秘感,引人入胜。也表明红军开展工作的隐蔽性,也为下文保尔有机会与朱赫来接触做铺垫。

"这么说，事情就算妥了。"陌生人说，"明天我来找你，咱们一道去。"他对保尔说。

"好吧。"

保尔看到陌生人那双安详的灰色眼睛正在仔细地观察他。那坚定、凝视的目光使保尔有点不好意思。他那灰色的短上衣，从上到下都扣着纽扣，紧紧箍在结实的宽肩膀上，显得太小了。他的脖子像牛脖子一样粗，整个人就像一棵粗壮的老橡树，浑身是劲。

他临走的时候，阿尔焦姆对他说：

"好吧，再见，朱赫来。明天你跟我弟弟一道去，事情会办妥的。"

游击队撤走三天之后，德国人就进了城。几天来，一直冷冷清清的车站上，响起了火车头的汽笛声，这是他们到来的信号。消息很快传遍了全城：

"德国人来了。"

全城像是捅开的蚂蚁窝一样骚动起来。虽然大家早就知道德国人迟早是要来的，但总是不大相信。可现在这些可怕的德国人居然已经不是远在天边，而是近在眼前，开到城里来了。

德国人不是在马路中间，而是排成两个单行，沿着马路两侧行进。他们穿着墨绿色的制服，平端着枪，枪上插着宽刺刀，头上戴着沉重的钢盔，身上背着大行军袋。他们把队伍拉成长条，从车站到市区，连绵不断；他们小心翼翼地走着，随时准备应付抵抗，虽然这儿并没有人想抗击他们。

走在队伍前头的是两个拿着盒子枪的军官。马路中间走着的是一个担任翻译的乌克兰伪军头目。他穿着蓝色的乌克兰短上衣，戴着一顶羊皮高帽。

德国人在市中心的广场上列成方阵。鼓手敲起鼓来。只有少数老百姓壮着胆聚拢过来。

穿乌克兰短上衣的伪军小头目走到一家药房的台阶上，大声宣读了城防司令科尔夫少校的命令。

命令如下：

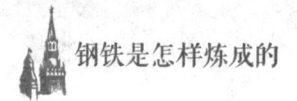

第一条 本市全体居民,限于二十四小时内,将所有火器及其他各种武器交出,违者枪决。

第二条 本市宣布戒严,每晚八时起禁止通行。

城防司令科尔夫少校

从前的市参议会所在地,革命后是工人代表苏维埃的办公处,现在又成了德军的城防司令部。房前的台阶上站着一个卫兵,他头上戴的已经不是钢盔,而是缀着一个很大的鹰形帝国徽章的军帽了。院子里划出一块地方用来堆放收缴的武器。

整天都有怕被枪毙的居民来交武器。成年人不敢露面,来交枪的都是年轻人和小孩。德国人没有扣留一个人。

那些不愿去交枪的人,就在夜里把枪扔到街上。第二天早晨,德国巡逻兵就把枪捡起来,装上军用马车,运到城防司令部去。

中午十二点多,规定交枪的期限一过,德国兵就清点他们的战利品,收到的步枪总共是一万四千支,这就是说,还有六千支枪没有交出来。他们就挨家挨户搜查,但是搜到的却很少很少。

第二天清晨,在城外古老的犹太人墓地旁边,有两个铁路工人被枪毙了,因为在他们家搜出了步枪。

阿尔焦姆一听到命令,就急忙赶回家来。他在院子里遇到了保尔,就一把抓住他的肩膀,郑重其事地小声问道:

"你从外面往家里拿什么东西没有?"

保尔本想瞒住步枪的事,但是他不愿对哥哥撒谎,就全部照实说了。

他们一道走进小棚子。阿尔焦姆把藏在梁上的枪取下来,卸下枪栓和刺刀,把枪托砸得粉碎。其余的部分则远远地扔到小园子外面的荒地里,回头又把刺刀和枪栓扔到茅坑里。

收拾完了以后,阿尔焦姆转身对弟弟说:

"你已经不是小孩子了。保尔,你要知道,武器可不是闹着玩的。我得跟你说清楚,往后什么也不许往家里拿。现在因为这种事连命都会送掉。记住,往后不许瞒着我,要是你把这种东西带回来,让他们发现了,头一个抓去枪毙的就是我。你还是个毛孩子,他们倒是不会碰你的。眼下正是兵荒马乱的时候,你明白吗?"

保尔答应以后再也不往家拿东西了。

当他们穿过院子往屋里走的时候,一辆四轮马车在列辛斯基家的大门口停住了。律师和他的妻子,还有两个孩子——涅莉和维克多从车里走了出来。

"这些宝贝又回来了。"阿尔焦姆恶狠狠地说,"又有好戏看了,他妈的!"说着就进屋去了。

保尔为枪的事难过了一整天。就在这同一天,他的朋友谢廖沙却在一个没有人要的破棚子里,拼命用铁锹挖土。他终于在墙根底下挖了一个大坑,把领到的三支新枪用布包好,放了下去。他不想把这些枪交给德国人。昨天他翻来覆去折腾了一整夜,怎么也舍不得这些到手的宝贝。

他用土把坑填平,夯结实了,又弄来一大堆垃圾和破烂,盖在新土上。然后他又严格地检查一番,觉得挑不出什么毛病了,这才摘下帽子,擦掉额上的汗珠。

"这回让他们搜吧,就是搜到了,也查不清是谁家的棚子。"

朱赫来在发电厂工作已经一个月了。保尔已不知不觉地和这个严肃的电工成了亲密的朋友。

朱赫来常常给他讲解发电机的构造,教他电工技术,让他很快熟悉这一行。

水兵朱赫来很喜欢这个机灵的孩子。他得空的时候,常常来看阿尔焦姆。这个通情达理、严肃认真的水兵,总是耐心地倾听他们讲述各种日常生活琐事。尤其是当母亲唠叨保尔怎样淘气的时候,他更是耐心地听下去,而且他总会想出办法来安慰玛丽亚·雅科夫列夫娜,使她忘掉种种烦恼,过得舒坦些。

有一天,保尔走过发电厂院子里的木柴堆,朱赫来叫住了他,微笑着对他说:

"你母亲说你爱打架。她说你就像一只小公鸡那样好斗。"朱赫来大笑起来,像是蛮赞成似的,接着又说,"打架倒不算坏事,不过得知道打谁,

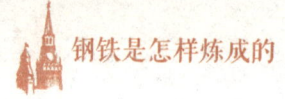
钢铁是怎样炼成的

> 小说语言通常是意在言外的，想想看朱赫来指的"打架"到底是什么意思。

为什么打。"

保尔不知道朱赫来是取笑他还是说正经话，便回答说："我可不平白无故地打架，总是有理由才动手的。"

朱赫来出其不意地对他说：

"打架要有真本领，我教你，好不好？"

保尔惊讶地看了他一眼。

"怎样才算是有真本领？"

"好，你瞧着。"

他扼要地讲了讲英国式拳击的打法，给保尔上了头一课。

保尔为了掌握这套本领，吃了不少苦头，但是他学得很不错。在朱赫来的拳头打击下，他不知摔了多少个倒栽葱，但是这徒弟还是耐心地学下去。

有一天，天气很热，保尔从克利姆卡家回来，在屋子里转悠了一阵子，觉得没有什么活儿可干，就决定到房后园子角落里的小棚子顶上去，那是他最喜爱去的地方。他穿过院子，走进小园子，登着横梁上突出的地方，爬上了棚顶。他拨开板棚上面繁茂的樱桃树枝，爬到棚顶当中，躺在可爱而温暖的阳光下。

这棚子有一面对着列辛斯基家的花园，要是爬到棚顶的边上，就可望见整个花园和前面的房子。保尔把头探过棚顶，看到院落的一角和一辆停在那里的四轮马车。他看见住在列辛斯基家的德国中尉的勤务兵正在用刷子刷他长官的衣物。保尔不止一次在列辛斯基家的大门口看见过那个中尉。

那个中尉是个矮个子，红脸盘，留着一小撮剪得短短的胡须，戴着夹鼻眼镜和漆皮帽舌的军帽。保尔知道他住在厢房里，厢房的窗口朝着花园，从棚顶上可以看得清清楚楚。

这时，中尉正坐在桌旁写什么东西。过了一会儿，他拿着写好的东西走了出去。他把一封信交给勤务兵，就沿着花园的小径朝临街的栅栏门口走去。走到凉亭旁边,他站住了,显然是在跟谁说话。列辛斯基的女儿涅莉从凉亭走了出来。中尉挎着她的胳膊,两个人出了栅栏门,上街去了。

这些保尔都看在眼里。他正打算睡一会儿,抬头又看见勤务兵走进中尉的房间,把中尉的军服挂在衣架上,打开了对着花园的窗子,收拾完屋子,走了出去,随手把门关上,转眼间保尔又看见他走到了拴着马匹的马厩旁边。

保尔朝那敞开的窗户望去,整个房间看得清清楚楚。桌上放着皮带和一件发亮的东西。

保尔按捺不住好奇心,悄悄地从棚顶爬到樱桃树上,顺着树身溜到列辛斯基家的花园里。他弯着腰,几个箭步就到了那敞开的窗子跟前,朝屋里看去,桌子上放着的是一副武装带和一支装在皮套里的很漂亮的十二发"曼利赫尔"手枪。

保尔紧张得上气不接下气。有几秒钟的工夫,他心里斗争得很激烈,但是最后还是被一种力量所支配。他不顾死活,弯着身子,跳进房里,抓住枪套,拔出那支崭新的黑色手枪,连忙跳回花园。他向四周环顾了一下,小心翼翼地把枪塞进裤口袋,迅速穿过花园,向樱桃树跑去。他像猴子似的攀上棚顶,又回过头来看了一眼。勤务兵正悠闲地跟马夫聊天。花园里静悄悄的……他从板棚上溜下来,急忙跑回家去。

母亲在厨房里忙着做饭,没有注意到他。

保尔从箱子后面抓起一块破布塞进口袋里,悄悄地溜出房门,穿过院子,翻过栅栏,走上通向森林的大路。他一只手按住那支不时碰撞他大腿的沉重的手枪,拼命朝一座废弃的老砖厂跑去。

他的两只脚简直像腾空似的,风在耳边呼呼叫。

老砖厂里很僻静。木板房顶有的地方已经塌了下来,碎砖东一块,西一块的。砖窑也毁坏了,显出一片凄凉景

他冒险从邻居资产阶级律师家偷出了手枪,用来解决之前阿尔焦姆摔枪的困惑,感悟到这类冒险行为有时也能安然无事,坚定了他敢于斗争和冒险的信念,为后文好奇而冒险的革命之路张本。

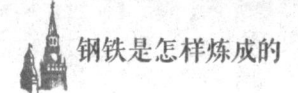

象。这里杂草丛生,只有他们三个好朋友有时候一起到这里来玩。保尔知道许多安全可靠的隐蔽场所,可以藏他偷来的宝贝。

他钻进一座砖窑的豁口,小心地回头望了望,路上一个人也没有。松林在飒飒作响,微风轻轻扬起路边的尘土,松脂散发出浓烈的气味。

保尔把那支用布包好的手枪,放到窑底的一个角落里,盖上一大堆碎砖。他从窑洞里钻出来之后,又用砖头把豁口堵死,做了个记号,然后才回到大路上,慢腾腾地走回家。

他的腿一路上不停地打颤。

"这件事的结果会怎样呢?"他想到这里,心情有些沉重,感到惶恐不安。

这一天,还没有到上工的时间,他就到发电厂去了,免得在家里待着。他从门房那里拿了钥匙,打开门,进了安装着发动机的厂房。当他擦着风箱,给锅炉上水和生火的时候,还一直在想:

"列辛斯基家里现在不知怎么样了?"

已经很晚了,大概是夜里十一点的时候,朱赫来来找保尔,把他叫到院子里,小声地问他:

"今天为什么有人到你们家里去搜查?"

保尔吓了一跳:

"什么?搜查?"

朱赫来沉默了一会儿,补充说:

"没有什么了不得的。你不知道他们搜查什么吗?"

保尔很清楚他们要搜查什么,但他不敢把偷枪的事告诉朱赫来。他提心吊胆地问:

"是把阿尔焦姆抓走了吗?"

"谁也没有抓走,可是家里的东西都给翻了个底朝天!"

保尔听了这话,心里稍微踏实了些,但是依然感到不安。有几分钟,他们俩各自想着自己的心事。一个知道搜查的原因,担心以后的结果;一个不知道搜查的原因,却因此变得警惕起来。

"真见鬼,莫不是他们听到了我的什么风声?我的事情,阿尔焦姆是一点也不知道的,可是为什么要到他家去搜查呢?往后得格外小心才好。"朱赫来这样想。

他们默默地分开，干活儿去了。

列辛斯基家这时可闹翻了天。

德国中尉发现手枪不见了，就把勤务兵喊来，问他是怎么回事。等到查明手枪确实是丢了，这个平素彬彬有礼、似乎颇有涵养的中尉，勃然大怒，挥手给了勤务兵一个耳光。勤务兵挨了这一下，身子晃了晃，又直挺挺地站住了。他内疚地眨着眼睛，恭顺地听候发落。

被叫来查问的律师也很气愤，他因为家里发生这种不愉快的事，一再向中尉道歉。

这时候，在场的维克多对父亲说，手枪可能是邻居偷的，尤其是那个小流氓保尔·柯察金嫌疑最大。父亲连忙把儿子的想法告诉了中尉，中尉马上下令进行搜查。

搜查毫无结果。这次偷手枪的事使保尔更加坚信，即使是这样冒险的举动，有时也可以平安无事。

第三章

冬妮亚站在敞开的窗户前,闷闷不乐地望着那熟悉而亲切的花园;望着花园四周那些挺拔的、在微风中轻轻摇曳的白杨。她简直不敢相信,离开自己的家园已经整整一年了。她仿佛觉得昨天才离开这个童年时代就熟悉的地方,今天又乘早班车回来了。

这里什么都没有变:依然是一排排修剪得整整齐齐的覆盆子灌木丛;依然是按几何图形布局的小径;两旁种着妈妈喜爱的蝴蝶花。花园里的一切都是那样干净利落,处处显示出一个学究式的林学家的匠心。但是这些干净的、图案似的小径却使冬妮亚感到乏味。

冬妮亚拿着一本没有读完的小说,打开通外廊的门,下了台阶,走进花园。她又推开油漆的小栅栏门,漫步朝车站水塔旁边的池塘走去。

她走过一座小桥,上了大路。这条路很像公园里的林荫道,右边是池塘,池塘周围长着垂柳和茂密的柳丛,左边是一片树林。

她正想朝池塘附近的旧采石场走去,突然看见下面池塘岸边扬起一根钓竿,于是停住了脚步。

她从一棵弯曲的柳树上面探过身去,用手拨开柳丛的枝条,看见一个晒得黝黑的男孩子。他光着脚,裤腿一直卷到大腿上,身旁放着一只盛着蚯蚓的铁罐子。那少年正聚精会神地钓鱼,没有发现冬妮亚在看他。

"难道这里还能钓到鱼?"

保尔生气地回头看了看。

他看见一个陌生的姑娘站在那里,手扶着柳树,身子探向水面。她身着领子上有蓝条子的白色水兵服和浅灰色短裙。一双带花边的短袜紧紧裹住晒黑了的匀称的小腿,脚上穿着一双棕色的便鞋。栗色的头发梳成一条

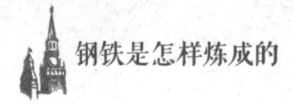

粗大的辫子。

拿着钓竿的手轻轻动了一下,鹅毛鱼漂点了点头,在平静的水面上,荡起一圈圈涟漪。

背后随即响起了她那焦急的声音:

"咬钩了,瞧,咬钩了……"

保尔慌了手脚,急忙拉起钓竿。钩着蚯蚓的钓钩打着转浮出水面,带起一束水花。

"这还能钓个屁!真是活见鬼,跑来这么个姑娘。"保尔气恼地想。为了掩饰自己的笨拙,他把钓钩甩到更远的水面,钓钩落在两棵牛蒡的中间。这恰恰是他不应当下钩的地方,因为鱼钩可能会挂到牛蒡根上。

保尔知道钩下错了地方,他头也不回,低声埋怨起坐在上面的姑娘来:

"你瞎嚷嚷什么?把鱼都吓跑了。"

他立刻听到从上面传来的几句连嘲笑带挖苦的答话:

"凭您这副模样,也早就把鱼吓跑了。再说,大白天能钓到鱼吗?瞧您这个渔夫,有多能干!"

保尔竭力保持礼貌,但是对方未免太过分了点儿。他站了起来,把帽子扯到前额上——这向来是他生气的表示——尽量挑选最客气的字眼说:

"小姐,您还是靠边待着去,好不好?"

冬妮亚眯起眼睛,微微一笑说:

"难道我妨碍您吗?"

这回她的声音里已经没有嘲笑的味道,而是一种友好与和解的口吻了。保尔本来想对这位不知从哪里冒出来的"小姐"发一通脾气,现在自己却被解除了武装。

"也没有什么,您要是愿意看,就看好了。我并不是舍不得地方给你坐。"说罢,他坐了下来,重新看着他的鱼漂。鱼漂紧贴着牛蒡不动,显然是鱼钩挂在牛蒡根上了。保尔不敢起钩,心里嘀咕着:

"钩要是挂上,就摘不下来了。这姑娘肯定要笑话我。她要是走掉该多好啊!"

然而,冬妮亚却在一棵微微摇摆着的、弯曲的柳树上,舒适地坐了下来。她把书放在膝盖上,看着这个晒得黝黑的、黑眼睛的孩子。他先是那样不客气地对待她,现在又故意不理睬她,真是粗野的家伙。

保尔从光滑如镜的水面上清楚地看到了那姑娘的侧影,她正坐着看书。于是他悄悄地往外拉那被挂住的鱼线,鱼漂在下沉,鱼线绷得紧紧的。

"真给挂住了,妈的!"他心里想,一斜眼,看见水中有一张顽皮的笑脸。

水塔旁边的小桥上,有两个年轻人正朝这边走过来,他们都是文科学校七年级学生。一个是机车库主任苏哈里科工程师的儿子。他是个愚蠢而又爱惹是生非的家伙,今年十七岁,浅黄头发,一脸雀斑,同学们给他起了个绰号,叫麻子舒拉。他手里拿着一副精美的钓竿,嘴里神气活现地叼着一支香烟。同他并排走着的是维克多,一个身材匀称的、娇生惯养的青年。

苏哈里科侧着身子,对维克多挤眉弄眼地说:

"这个姑娘像葡萄干一样香甜,别有风味,这样的姑娘本地再也找不出第二个了。我担保她是个浪——漫——女郎。她在基辅上小学,读六年级,现在是到父亲这儿来消夏的。她父亲是本地的林务官。她跟我妹妹莉莎很熟。我给她写过一封情书,你知道通篇都是动人的词句。我说我发狂地爱她,战栗地期待她的回音。我甚至把纳德松①的诗也抄了些进去。"

"结果怎么样?"维克多兴致勃勃地问。

苏哈里科有点狼狈,说:

"你知道,还不是装腔作势,摆臭架子……她说什么别糟蹋信纸了。不过,这种事儿,开头总是这一套。对这一行,我倒是个老手。你知道,我才不愿意没完没了地去献殷勤。晚上到工棚那儿去,花上三个卢布,就能弄到一个让你见了流口水的美人,比这好多了。而且人家一点也不扭扭捏捏。你认得铁路上的那个工头瓦利卡·季洪诺夫吗?我们俩就去过。"

维克多轻蔑地皱起眉头,说:

"舒拉,你还干这种下流勾当?"

舒拉·苏哈里科咬了咬纸烟,吐了一口唾沫,讥笑地说:

"你像个一尘不染的正人君子,其实你干的事,我们都知道。"

维克多打断他的话,问:

"那么,你能把她介绍给我吗?"

---

① 纳德松(1862—1887):俄国诗人。

"当然可以。咱们快点儿去。趁她还没有走。昨天早上,她还在这儿钓鱼来着。"

他们俩走到冬妮亚的跟前。苏哈里科取出嘴里的纸烟,挺有派头地鞠了一躬。

"您好,图曼诺娃小姐。怎么,您在钓鱼吗?"

"不,我在看别人钓鱼。"冬妮亚回答。

苏哈里科拉着维克多的手,说:

"你们两位还不认识吧?这位是我的朋友维克多·列辛斯基。"

维克多很不自然地把手伸给冬妮亚。

"今天您怎么没有钓鱼呢?"苏哈里科竭力想引出话题。

"我没有带钓竿。"冬妮亚回答。

"我马上再去拿一副来。"苏哈里科连忙说,"请您先用我的钓吧,我这就去拿。"

他履行了对维克多许下的诺言,介绍他跟冬妮亚认识之后,便设法走开,好让他们俩在一起。

但冬妮亚阻止他说:"不,咱们这样会打搅别人的,这儿已经有人在钓了。"

"打搅谁?"苏哈里科问,"啊,是这小子吗?"他这时才看见坐在柳丛前面的保尔,"好办,我马上叫这小子滚蛋!"

冬妮亚还没有来得及阻止他,他已经走下坡去,走到了正在钓鱼的保尔跟前。

"喂,马上给我把钓竿收起来,滚蛋!"苏哈里科对保尔呵斥道。他看见保尔还在稳稳当当地钓鱼,又喊叫:

"听见没有,快点,快点!"

保尔抬起头狠狠地瞪了苏哈里科一眼,说:

"你小点声,龇牙咧嘴地嚷嚷什么?"

"什——么!"苏哈里科动了肝火,"你这穷光蛋,竟敢顶嘴!给我滚开!"说着,便用脚踢了一下装蚯蚓的铁罐子。铁罐子在空中翻了几翻,扑通一声掉进水里,激起的水星溅到了冬妮亚的脸上。

"苏哈里科,您怎么不害臊啊!"她喊了起来。

保尔跳了起来。他知道苏哈里科是机车库主任的儿子,阿尔焦姆就在他父亲手下干活，要是他现在打了这个虚胖蜡黄的家伙，他准要向他父亲告状，那样就一定会牵累到阿尔焦姆。正是因为这一点，保尔才竭力克制住，没立即惩罚他。

苏哈里科却以为保尔要动手打他，便扑了过去，用双手去推站在水边的保尔。保尔双手一扬，身子晃了一下，又站稳了，没有跌到水里。

苏哈里科比保尔大两岁，又是个出了名的打架斗殴能手和招惹是非的家伙。

保尔胸口挨了这一下，忍无可忍了。

"啊，你真动手？好吧，瞧我的！"说着，把手稍稍一扬，朝苏哈里科的脸狠狠打了一拳。紧接着，没有容他还手，一把紧紧抓住他的学生装，使劲一拉，把他拖到了水里。

苏哈里科站在没膝的水中，锃亮的皮鞋和裤子全都湿了。他拼命想挣脱保尔那双像铁钳一样的手。保尔把他拖下水以后，就跳到岸上。

气得发狂的苏哈里科朝保尔猛扑过来，恨不得要把保尔撕成碎片。

保尔上岸以后，很快转过身来，面对着扑过来的苏哈里科。这时他想起了拳击的要领：左腿支住全身，右腿稍弯，使它容易伸屈。不仅用手和胳膊，还要用全身力气，从下往上打对方的下巴。

他按照要领狠狠地打了一下……

只听得上下颚两排牙齿咔嗒的撞击声。苏哈里科感到下巴一阵剧烈的疼痛，舌头被咬破了，他尖叫了一声，双手在空中乱舞了几下，整个身子往后一仰，扑通一声倒在水里。

冬妮亚在岸上忍不住哈哈大笑起来。

"打得好，打得好！"她拍着手，"真有两下子！"

保尔抓住钓竿，使劲一拽，拉断了挂在牛蒡上的鱼线，往大路上跑去。

临走的时候，他听到维克多对冬妮亚说：

"这家伙是个头号流氓，叫保尔·柯察金。"

车站上变得安宁了。铁路沿线传来消息说，铁路工人已经开始罢工。邻近的一个大站上机车库的工人也开始干起来了。德国人抓走了两名司机，怀疑他们传送宣言。德军在乡下横征暴敛，逃亡的地主又重返家园，这两件事使那些同农村有联系的工人极为愤怒。

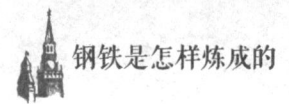

乌克兰伪乡警的皮鞭抽打着庄稼汉的脊梁。省里的游击运动发展起来了。布尔什维克组织的游击队已经有十个左右。

这几天,朱赫来忙得不可开交。他留在城里以后,做了大量的工作。他时常参加青年人的晚会,组织了许多铁路工人,在机车库钳工和锯木厂工人中建立了一个强有力的组织。他试探过阿尔焦姆,问他对布尔什维克党和党的事业有什么看法,这个身强力壮的钳工回答他说:

"费奥多尔,你知道我对党派的事弄不太清楚,但是,什么时候需要我帮忙,我一定尽力,你可以相信我。"

朱赫来对这种回答很满意。他知道阿尔焦姆是自己人,说到做到。至于入党,显然条件还不够成熟。"没关系,在现在这种时候,这一课很快就会补上的。"朱赫来这样想。

朱赫来已经由发电厂转到机车库干活了,这样更便于开展工作。因为他在发电厂工作的时候很难与铁路上取得联系。

现在铁路运输格外繁忙。德国人正用成千上万节车皮,把他们从乌克兰掠夺到的黑麦、小麦、牲畜等等,运到德国去。

有一天,乌克兰伪警备队突然从车站抓走了报务员波诺马连科。他们把他带到队部,严刑拷打。看来他供出了阿尔焦姆机车库的同事罗曼·西多连科,说罗曼进行过鼓动工作。

罗曼正在干活,两个德国兵和一个伪军军官前来抓他。伪军军官是德军驻站长官的助手,他走到罗曼的工作台前,一句话也没说,照着他的脸就是一鞭子。

"畜生,跟我们走,有话跟你说!"接着他狞笑了一声,用力拽了一下钳工的袖子,说:"走,到我们那儿去煽动吧!"

这时候,阿尔焦姆正在邻近的钳工台上干活。他扔下锉刀,像一个巨人似的逼近伪军军官,强忍住涌上心头的怒火,用沙哑的声音说:

"你这个坏蛋,凭什么打人?"

伪军军官倒退了一步,同时伸手去解手枪的皮套。一个短腿的、矮个子德国兵也赶忙从肩上摘下插着宽刺刀的笨重步枪,哗啦一声,推上了子弹。

"不许动!"他号叫着。只要阿尔焦姆一动,他就开枪。

高大的钳工只好眼巴巴地看着面前这个丑八怪小兵，一点办法也没有。

两个人都给抓走了。过了一小时，阿尔焦姆总算放了回来，但是罗曼却被关进了堆放行李的地下室。

十分钟后，机车库里没有一个人干活了。工人们聚集在车站的花园里开会。扳道工和材料库的工人也都赶来参加，大家都很气愤，有人还写了要求释放罗曼和波诺马连科的请愿书。

那个伪军军官带着一伙警备队员急忙赶到花园。他挥舞着手枪，大声喊叫：

"马上干活去！要不，就把你们全都抓起来，还得枪毙几个。"这时，群情更加激愤，工人们愤怒的吼声吓得他溜进站房里去了。德军驻站长官从城里调来德国兵。他们乘着几辆卡车，沿公路飞驰而来。

这时工人们才各自回家去。所有的人都罢工了，连值班站长也走了。看来，朱赫来的工作产生了效果。这是车站上第一次群众性的示威。

德国兵在站上架起了重机枪。它支在那里，活像一只随时准备扑出去的猎狗。一个德军班长蹲在旁边，手按着枪把。

车站上的人都跑光了。

当天夜里，大搜捕开始了。阿尔焦姆被抓走。朱赫来没有在家过夜，他们没有抓到他。

抓来的人都被关在一个大货仓里，德军向他们发出了最后通牒：立即复工，否则就交野战军军事法庭审判。

几乎全线的铁路工人都罢工了。这一昼夜连一列火车也没有通过。离这里一百二十公里的地方发生了战斗。一支强大的游击队切断了铁路线，炸毁了几座桥梁。

夜里有一列德国军用列车开进车站，一到站，司机、副司机和司炉就都跑了。除了这一列军车外，还有两列火车等着开出去。

货仓的大铁门打开了，驻站长官德军中尉带着他的助手和一群德国兵走了进来。

驻站长官的助手叫道：

"柯察金、波利托夫斯基、勃鲁扎克，你们三个一组，马上去开车。要是违抗就就地枪决！去不去？"

三个工人只好沮丧地点了点头。他们被押上了机车。接着，长官的助

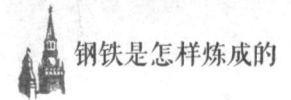

手又点了一组司机、副司机和司炉的名字,让他们去开另一列火车。

火车头愤怒地喷吐出发亮的火星,沉重地喘着气,冲破黑暗,沿着铁轨驶向夜色茫茫的远方。阿尔焦姆给炉子添好煤,用脚踢上炉门,从箱子里拿起短嘴壶喝了一口水,对上了年纪的司机说:

"大叔,咱们真就这么给他们开吗?"

波利托夫斯基紧锁浓眉,生气地眨了眨眼睛。

"是啊,刺刀顶在脊梁上,那就开呗。"

"咱们扔下机车,跳车跑吧。"勃鲁扎克斜眼看了看坐在煤水车上的德国兵,建议说。

"我也这么想。"阿尔焦姆低声说,"就是这个家伙老在背后盯着,不好办。"

"是——啊!"勃鲁扎克含糊地拖长声音说,同时把头探出车窗,往外看看。

老司机波利托夫斯基凑到阿尔焦姆的跟前,低声说:

"这车咱们不能开,你明白吗?那边正在打仗,起义的人炸坏了铁路,可是咱们反倒往那儿送这帮狗东西,他们一下子就会把起义的弟兄们消灭掉。你知道吗,孩子,就是沙皇时代,罢工的时候我也没有出过车,现在我也不能开。送敌人去打自己人,一辈子都是耻辱。原先开这台机车的小伙子们不都跑了吗?他们虽然冒着生命危险,还是都跑了。说什么咱们也不能把车开到那儿去。你说对不对?"

"你说得对,大叔,可怎么对付这家伙呢?"阿尔焦姆瞥了德国兵一眼。

老司机皱着眉头,抓起一把棉花团,擦掉额上的汗水,用布满血丝的眼睛看了一下压力计,似乎想找到这个难题的答案。接着,他怀着绝望的心情,恶狠狠地咒骂起来。

阿尔焦姆拿起茶壶,喝了一口水。他们俩都在盘算着一件事,但是谁也不肯先开口。这时,阿尔焦姆想起了朱赫来的话:

"老弟,你对布尔什维克和共产主义思想有什么看法?"

他记得当时是这样回答的:

"随时准备尽力帮忙,你可以相信我……"

"这个忙可倒帮得好!运送起讨伐队来了……"

波利托夫斯基弯腰伏在工具箱上，紧靠着阿尔焦姆，好不容易才吐出一句话：

"干掉这家伙，你懂吗？"

阿尔焦姆哆嗦了一下。波利托夫斯基把牙咬得直响，接着说：

"没有别的办法，咱们先给他一家伙，再把调节器、操纵杆扔到炉子里，让车减速，跳车就跑。"

阿尔焦姆好像从肩上卸下了千斤重担，说：

"好吧。"

阿尔焦姆又探过身去，靠近副司机勃鲁扎克，把这个决定告诉了他。

勃鲁扎克没有马上回答。他们每个人都要冒极大的风险，因为他们三个人的家眷都在城里。特别是波利托夫斯基，家里人口多，有九口人靠他养活。但是他们三个人都很清楚，这趟车不能再往前开了。

"那好吧，我同意。"勃鲁扎克说，"不过，谁去……"他没有说完，阿尔焦姆已经懂得他的意思了。

阿尔焦姆转身朝在调节器旁边忙碌着的老司机点了点头，表示勃鲁扎克也同意他们的意见，但是，他马上又想起了这个使他很伤脑筋的难题，于是他凑到波利托夫斯基跟前，说：

"那咱们怎么下手呢？"

老司机看了阿尔焦姆一眼，说：

"你来动手，你力气最大。用铁棍敲他一下，不就完了！"老司机说话的时候非常激动。

阿尔焦姆皱了皱眉头，说：

"这我可不行，我不忍心下手。细想起来，这个当兵的并没有罪，他也是被刺刀逼来的。"

波利托夫斯基瞪了他一眼，说：

"什么，你说他没有罪？那么咱们也没有罪，咱们也是被逼出来的。可是咱们是在运送讨伐队。就是这些没有罪的家伙要去杀害游击队员。难道游击队员们有罪吗？唉，你呀，你这个糊涂虫！身体壮得像只熊，就是脑袋不怎么开窍……"

"好吧。"阿尔焦姆一面声音嘶哑地说，一面伸手去拿铁棍。但是波利托夫斯基把他拦住了，小声说：

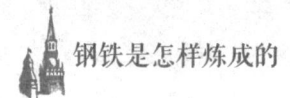

"还是我来吧,我比你更有把握些。你拿铁锹到煤水车上去扒煤,必要的时候,就用铁锹给他一下子。我现在装作去砸煤块。"

勃鲁扎克点了点头,说:

"对,大叔,这么办好。"说着,就站到调节器的旁边。

德国兵戴着镶红边的无檐呢帽,两腿夹着枪,坐在煤水车边上抽烟,偶尔朝机车上忙碌着的三个工人看一眼。

阿尔焦姆到煤水车上去扒煤,并没有引起那个德国兵的特别注意。后来,波利托夫斯基装要从煤水车边上把大煤块扒过来,打着手势,让德国兵挪动一下,他顺从地溜了下来,向司机室的门走去。

突然,响起了铁棍击物的短促而沉重的声音,阿尔焦姆和勃鲁扎克像被火烧着似的,吓了一跳。德国兵的头盖骨被敲碎了,他的身子像一口袋东西那样,沉甸甸地倒在机车和煤水车中间的过道上。

灰色无檐呢帽马上被血染红了。步枪也当啷一声撞在车帮的铁板上。

"完了。"波利托夫斯基扔掉铁棍,小声说,他的脸抽搐了一下,又补充说:"现在咱们只能进不能退了!"

他的话音突然停住了,但是立即又大声喊叫起来,打破了令人窒息的沉默:

"快,把调节器拧下来!"

十分钟之后,一切都弄妥了。没有人驾驶的机车在缓慢地减速。

铁路两旁,黑黝黝的树木阴森森地闪进机车的灯光里,随即又消失在一片黑暗之中。车灯的亮光竭力想穿透黑暗,但是却被厚厚的夜幕挡住了,只能照亮十米以内的地方。机车好像耗尽了最后的力气,呼吸越来越弱了。

"跳下去,孩子!"阿尔焦姆听到波利托夫斯基在背后喊,就松开了紧握扶手的手。他那粗壮的身子由于惯性而向前飞去,两只脚触到急速向后退去的地面。他跑了两步,沉重地摔倒在地上,翻了一个筋斗。紧接着又有两个人从机车两侧的踏板上跳了下来。

勃鲁扎克一家人都在发愁。谢廖沙的母亲安东尼娜·瓦西里耶夫娜四天来更是坐立不安。丈夫没有一点儿消息。她只知道德国人把他和柯察金、波利托夫斯基三人一起抓去开火车了。昨天,伪警备队三个家伙来家里,嘴里不干不净地骂着,粗暴地把她审问了一阵。

从他们的问话里,她隐约地猜到出了什么事。警备队走后,这个心事重重的妇女便扎起头巾,准备到保尔的母亲玛丽亚·雅科夫列夫娜那里去,希望从她那里打听到一点丈夫的消息。

大女儿瓦莉亚正在收拾厨房,看见母亲要出门,便问:

"妈,你上哪儿去?远吗?"

安东尼娜·瓦西里耶夫娜噙着眼泪看了看女儿,说:

"我到柯察金家去,也许能从他们那里打听到你爸爸的消息。要是谢廖沙回来,就叫他到车站上波利托夫斯基家去问问。"

瓦莉亚亲切地搂着母亲的肩膀,把她送到门口,安慰地说:

"妈,你别太着急。"

玛丽亚·雅科夫列夫娜像往常一样,热情地接待了安东尼娜·瓦西里耶夫娜。两个妇女都想从对方那里打听到一点消息,但是刚一交谈,就都失望了。

昨天夜里,警备队也到柯察金家去搜查过。他们是要搜捕阿尔焦姆。临走的时候,还命令玛丽亚·雅科夫列夫娜,要她儿子一回家来,马上就到警备队去报告。

警备队夜里的搜查,把保尔的母亲吓坏了。当时家里只有她一个人:夜间保尔一向是在发电厂干活的。

清晨,保尔回到家里。听母亲说警备队夜里来搜捕阿尔焦姆,他感到很忧虑,为哥哥的安全担心。尽管他和哥哥的性格不同,阿尔焦姆似乎很严厉,但兄弟俩却十分友爱。这是一种严肃的爱,谁也没有表白过,可是保尔心里十分清楚,只要哥哥需要他,他就会毫不犹豫地做出牺牲。

保尔没有顾得上休息,就跑到车站上机车库去找朱赫来,但是没有找到;从熟悉的工人那里,也没有打听到哥哥和另外两个人的任何消息。老司机波利托夫斯基家的人也是什么都不知道。保尔在院子里碰上了波利托夫斯基的小儿子鲍里斯。从他那里听说,昨天夜里警备队也到波利托夫斯基家搜查过,要抓他父亲。

保尔只好回家了,没有能给母亲带回任何消息。他疲倦地往床上一倒,马上沉入了不安的梦境。

瓦莉亚听见有人敲门，转过身来。

"谁呀？"她边问，边打开门钩。

门一开，她看到的是克利姆卡那一头乱蓬蓬的红头发。显然，他是跑着来的。他满脸通红，呼哧呼哧地喘着气。

"你妈在家吗？"他问瓦莉亚。

"不在，出去了。"

"上哪儿去了？"

"好像是上柯察金家去了。你找我妈干吗？"克利姆卡一听，转身就跑，瓦莉亚一把抓住他的袖子。

他犹豫不决地看了瓦莉亚一眼，说：

"你不知道，我有要紧的事找她。"

"什么事？"瓦莉亚缠住小伙子不放，"跟我说吧，快点，你这个红毛熊，你倒是说呀，把人都急死了。"瓦莉亚用命令的口气说。

克利姆卡把朱赫来的嘱咐全都忘光了。朱赫来曾反复向他交代过，字条只能交给安东尼娜·瓦西里耶夫娜本人。现在他却把这张又脏又皱的字条从口袋里掏出来，交给了瓦莉亚。他无法拒绝谢廖沙姐姐的要求。红头发的克利姆卡同这个浅黄色头发的好姑娘打交道的时候，总是感到局促不安。自然，他喜欢瓦莉亚。他把字条递给瓦莉亚，瓦莉亚急忙读了起来：

亲爱的安东尼娜！别着急，一切都好。我们全都平平安安。你很快就会知道更多的消息。请你转告那两家，说他们也都好，用不着挂念。把这张字条烧掉。

扎哈尔

瓦莉亚一念完这张字条，差点儿要扑到克利姆卡身上去：

"红毛熊，亲爱的，这字条你是从哪儿拿来的？快说，从哪儿拿来的？"瓦莉亚使劲抓住克利姆卡，紧紧追问，弄得他手足无措，不知不觉又犯了第二个错误。

"这是朱赫来在车站上交给我的。"他说完之后，才想起这是不该说的，就赶忙添上一句："他可是说过，绝对不能交给别人。"

"好啦，好啦！"瓦莉亚笑着说，"我谁都不告诉。你这个小红毛，快去吧，到保尔家去。我妈也在那儿。"她在小厨工背上轻轻地推了两下。

转瞬间，克利姆卡那长满红头发的脑袋就在门外消失了。

波利托夫斯基他们三个人一个也没有回家。晚上，朱赫来到柯察金家，把机车上发生的一切都告诉了玛丽亚·雅科夫列夫娜。他竭力安慰这个受了惊吓的女人，说他们三个人都到了远处偏僻的乡下，住在勃鲁扎克的叔叔那里，平安无事，只是他们现在还不能回家。不过，德国人的日子已经很不好过了，时局很快就会发生变化。

这件事发生以后，三家的关系更加亲密了。他们总是怀着喜悦的心情去读那些托人捎回来的珍贵的家信。不过男人们不在，三家都显得有些寂寞冷清。

一天，朱赫来装作路过波利托夫斯基家，交给老太婆一些钱。

"大婶，这是大叔捎来的。您可要当心，对谁都不能说。"

老太婆非常感激地握着他的手。

"谢谢，要不然真够受的，孩子们都没吃的了。"

这些钱是从布尔加科夫留下的经费里拨出来的。

"哼，走着瞧吧。罢工虽然失败了，工人们在死刑的威胁下不得不复工，但是烈火已经燃烧起来了，就再也扑不灭了。这三个人都是好样的，真正的无产阶级。"水兵朱赫来在离开波利托夫斯基家回机车库的路上，兴奋地想着。

一家墙壁被煤烟熏得漆黑的老铁匠铺，坐落在沃罗比约夫·巴尔加村外的大路旁。波利托夫斯基正在炉子前面，对着熊熊的炉火，微微眯起双眼，用长把钳子翻动着一块烧得通红的铁。

阿尔焦姆握着吊在横梁上的杠杆，鼓动皮风箱，在给炉子鼓风。

老司机透过他那大胡子，温厚地露出一丝笑意，对阿尔焦姆说：

"眼下手艺人在乡下错不了，活儿有的是。只要干上一两个礼拜，说不定咱们就能给家里捎点腌肉和面粉去。孩子，庄稼人向来看重铁匠。咱们在这儿过得不会比资本家们差，哈哈。可是扎哈尔就是另一码事了。他跟农民倒挺合得来，这回跟他叔叔埋头种地去了。当然喽，这也难怪。阿尔焦姆，咱们爷俩是房无一间，地无一垄，就像常言说的那样，是地道的无产阶级，哈哈。可扎哈尔呢，脚踩两条船，一只脚在火车头上，一只脚在庄稼地里。"他把钳着的铁块翻动了一下，又认真地边思索边说："咱们的事不大妙。要是不能很快把德国人撵走，咱们就得逃到叶卡捷琳诺斯拉夫或者罗斯托夫去。要不他们准会把咱们吊到半空中去，像晒干鱼一样。"

"是这么回事。"阿尔焦姆含糊地说。

"家里人也不知道怎么样了，那帮土匪不会放过他们的吧？"

"大叔，事情闹到这个地步，家里的事只好不去想了。"

老司机从炉子里钳出那块蓝灰色的铁块，迅速放到铁砧上。

"来，孩子，使劲捶吧！"

阿尔焦姆抓起铁砧旁边的大锤，举过了头，使劲捶下去。明亮的火星，带着轻微的咝咝声，向小屋四面飞溅，刹那间照亮各个黑暗的角落。

随着大锤的起落，波利托夫斯基不断地翻动着铁块，铁块像软化了的蜡一样服帖，渐渐给打平了。

一阵阵温暖的夜风从敞开的门口吹了进来。

下面是一个深暗色的大湖。湖四周的松树不断地摆动着强劲的头。

"这些树就像活人一样。"冬妮亚心里想。她躺在花岗石岸边的低洼草地上。上面，在草地的背后，是一片松林；下面，在悬崖的脚下，是大湖。环湖的峭壁，把阴影投在水上，使湖边的水格外发暗。

这是冬妮亚最喜爱的地方。这里离车站有一俄里，过去是采石场，现在废弃了，泉水从泉眼里涌出来，形成了三个活水湖。冬妮亚突然听到下面湖边有击水的声音。她抬起头来，用手拨开树枝往下看，只见一个晒得黑黑的人有力地划着水，身子一屈一伸地朝湖心游去。冬妮亚可以看到他那黑里透红的后背和一头黑发。他像海象一样打着响鼻，挥臂分水前进，在水中上下左右翻滚，再不就潜入水底。后来，他终于疲倦了，就平舒两臂，身子微屈，眯缝起眼睛，遮住强烈的阳光，一动不动地仰卧在水面上。

冬妮亚放开树枝，心里觉得好笑，想："这也太不雅观了。"于是又看起她的书来。

冬妮亚聚精会神地读着维克多借给她的那本书，没有注意到有人爬过草地和松林之间的岩石。只是当那人无意踩落的石子掉到她书上的时候，她才吃了一惊，抬起头来，看见保尔·柯察金站在她眼前。这意想不到的相遇，使保尔感到惊奇，也有些难为情，他想走开。

"刚才游泳的原来是他呀。"冬妮亚见保尔的头发还湿漉漉的,心里这么想着。

"怎么,我把您吓了一跳吧?我不知道您在这儿,我不是有意到这儿来的。"保尔说着,伸手攀住岩石,他也认出了冬妮亚。

"您没有打搅我。如果您愿意,咱们还可以随便说说。"

保尔惊疑地望着冬妮亚。

"咱们有什么可谈的呢?"

冬妮亚微微一笑。

"您为什么老站着呢?可以坐到这儿来。"冬妮亚指着一块石头说,"请您告诉我,您叫什么名字?"

"保夫卡·柯察金。"

"我叫冬妮亚。您瞧,咱们这不就认识了吗?"

保尔不好意思地揉着手里的帽子。

"您叫保夫卡吗?"冬妮亚打破了沉默,"为什么叫保夫卡呢?这不好听,还是叫保尔好。我以后就叫您保尔,您常到这儿……"她本来想说"来游泳吗?",但是不愿意让对方知道她刚才看见他游泳了,就改口说:"……来散步吗?"

"不,不常来,有空的时候才来。"保尔回答。

"那么您在什么地方工作呢?"冬妮亚追问。

"在发电厂烧锅炉。"

"请您告诉我,您打架打得这么好,是在什么地方学的?"冬妮亚突然拎出了这个意想不到的问题。

"我打架关您什么事?"保尔不满地嘟哝了一句。

"您别生气,柯察金。"她觉得自己提的问题引起了保尔的不满,"我对这事很感兴趣。那一拳打得可真漂亮!不过打人可不能那么毫不留情。"冬妮亚说完,哈哈大笑起来。

"怎么您可怜他吗?"保尔问。

"哪里,我才不可怜他呢,正相反,苏哈里科是罪有应得。那个场面真叫我开心。听说您常打架。"

"谁说的?"保尔警觉起来。

"维克多说的。他说您是个打架大王。"

保尔一下子脸色都变了。

"啊,维克多,这个坏蛋,寄生虫。那天让他溜过去了,他得谢天谢地。我听见他说我的坏话了,只不过我怕弄脏了手,才没有……"

"您为什么要这样骂人呢,保尔?这可不好。"冬妮亚打断了他的话。

保尔闷闷不乐起来,心里想:活见鬼,我干吗要同这个妖精闲扯呢?瞧那副神气,一会儿是"保夫卡"这个名字不好听,一会儿又是"不要骂人"。

"为什么您那么恨维克多?"冬妮亚问。

"那个男不男、女不女的公子哥儿,没有灵魂的家伙。我看到这种人,手就发痒。他仗着有钱,以为什么事都可以干,就横行霸道。他钱多又怎么样?呸,我才不买这个账呢。只要他碰我一下,我就要他好看。这种人就得用拳头教训。"保尔气愤地说。

冬妮亚后悔不该提起维克多的名字。看来这个小伙子同那个娇生惯养的中学生显然是有旧仇的。于是,她就转到可以平心静气谈的话题上,开始询问保尔的家庭和工作情况。

保尔不知不觉地详详细细回答了姑娘的询问,把想走的念头也给忘了。

"您怎么不多念几年书呢?"冬妮亚问。

"学校把我撵出来了。"

"为什么呢?"

保尔脸红了。

"我在神甫家的发面上撒了点烟末。就为这个,他们把我赶了出来。那个神甫凶极了,专门给人苦头吃。"接着,保尔把事情的经过都告诉了冬妮亚。

冬妮亚好奇地听着。保尔已经不再感到拘束了,他像对待老朋友一样,把哥哥没有回家的事,也对冬妮亚讲了。他们亲切而热烈地交谈着。谁也没有注意到,他们在草地上已经坐了好几个小时。最后,保尔突然想起他还有事,立刻跳了起来,说:

"我该上工去了。只顾说话,要误事了。我得去生火烧锅炉。达尼拉今天准得发脾气。"他不安地说,"好吧,小姐,再见。我得马上跑步回城里去。"

冬妮亚也立刻站了起来,穿上外衣。

"我也该走了,咱们一起去吧。"

"这可不行,我得快跑,您跟我走不到一块儿。"

"为什么不行?咱们一起跑,比一比,看谁跑得快。"

保尔轻视地看了她一眼。

"赛跑?您能跟我比?"

"那就比比看吧。咱们先从这儿走出去。"

保尔跳过石头,又伸手帮冬妮亚跳了过去。他们一起来到林中一条通向车站的又宽又平的大道上。

冬妮亚在大路的中央站好,喊道:

"现在开始跑:一、二、三!您追吧!"冬妮亚像旋风一样向前冲去。她那双皮鞋的后跟飞快地闪动着,蓝色外衣随风飘舞。

保尔在后边紧紧追赶。

"两步就能赶上。"他心里想。他在那飘动着的蓝色外衣后面飞奔着,可是一直跑到大路的尽头,离车站已经不远了,才追上她。他猛冲过去,双手紧紧抓住冬妮亚的肩膀。

"捉住了,小鸟给捉住了!"他快活地叫喊着,累得几乎喘不过气来。

"放手,怪疼的。"冬妮亚想挣脱他的手。

两个人都气喘吁吁地站着,心怦怦直跳。冬妮亚因为疯狂地奔跑,累得一点力气也没有了。她仿佛无意地稍稍偎依在保尔身上,保尔感到她是那么可亲。这虽然只是一瞬间的事,但是却深深地留在他的记忆里了。

"过去,谁也没有追上过我。"她说着,掰开了保尔的手。

他们马上就分别了。保尔挥动着帽子向冬妮亚告别,快步往城里跑去。

当保尔打开锅炉房门的时候,锅炉工达尼拉正在炉旁忙着。他生气地转过身来说:

"你还可以再晚一点来。怎么,我该替你生火,是不是?"

但是,保尔却愉快地拍拍他的肩膀,和气地说:

"老爷子,别着急,火马上就会生好的。"他立刻动手,在柴垛旁边干起活来。

到了午夜,达尼拉躺在柴垛上,已经像马打响鼻一样,打起呼噜了。保尔爬上爬下给发动机的各个机件上好油,用棉纱头把手擦干净,从箱子里拿出第六十二册《朱泽培·加里波第》①,埋头读起来。这本小说写的是那不勒斯"红衫军"的传奇领袖加里波第,他的无数冒险的故事使保尔入了迷。

"她用她那秀美的蓝眼睛瞟了公爵一眼……"

"是的,她也有一对蓝眼睛。"保尔想起了冬妮亚,"不过,她有点特殊,跟别的有钱人家的女孩子不一样,"他想,"而且跑起来跟魔鬼一样快。"

保尔沉浸在白天同冬妮亚相遇的回忆里,没有听到发电机愈来愈大的响声。机器由于气压太大而暴躁地跳动着;那庞大的飞轮在疯狂地旋转,连水泥底座也跟着剧烈地颤动起来。

保尔朝压力计看了一眼:指针已经越过危险信号的红线好几度了。

"哎呀,糟了!"保尔从箱子上跳了下来,冲向排气阀,急忙扳了两下,于是锅炉房外面响起了排气管向河里排气的咝咝声。他放下排气阀,把皮带套在开动水泵的轮子上。

保尔回头看了看达尼拉,他仍然张着大嘴酣睡,鼻子里不断发出可怕的鼾声。

半分钟后,压力计的指针又回到了正常的位置上。

冬妮亚同保尔分手之后,往家里走去。她想着刚才和这个黑眼睛少年见面的情景,连她自己也没有意识到,这次相遇竟然使她感到很高兴。

"他是多么热情,多么倔强啊!他根本不像我原先想的那样粗野。至少,他完全不像那些懦弱无能的中学生……"他是另外一种人,来自另一个社会环境。这种人冬妮亚还从来没有接近过。

"可以叫他听话的。"她想,"这样的友谊一定挺有意思。"

快到家的时候,冬妮亚看见莉莎、涅莉和维克多坐在花园里。维克多在看书。看样子,他们都在等她。

冬妮亚同他们打过招呼后就坐到长凳上。他们漫无边际地闲聊起来。维克多找了个机会挪到冬妮亚旁边坐下,悄声地问:

"那本小说您看完了吗?"

---

① 这是一部记述意大利资产阶级革命家加里波第(1807—1882)的传记小说。

"哎呀！那本小说，"冬妮亚突然想起来了，"我把它……"她差点儿脱口说出，把书忘在湖边了。

"您喜欢看吗？"维克多注视着冬妮亚。

冬妮亚想了想。她用鞋尖在小路的沙地上慢慢地画着一个神秘的图形，过了一会儿，才抬起头，瞥了维克多一眼，说：

"不，不喜欢。我现在开始读另外一本，比您的那本有意思得多。"

"是吗？"维克多自觉无趣地拖长声音说。"作者是谁呢？"他问道。

冬妮亚眼睛闪闪发光，嘲弄地看了看维克多。

"没有作者……"

"冬妮亚，请客人到屋里来坐吧，茶已经准备好了。"冬妮亚的母亲站在阳台上喊。

冬妮亚挽着两个姑娘的手走进屋里。维克多跟在后面，苦苦思索着冬妮亚刚才所说的那番话。捉摸不透是什么意思。

> 真的有这本书吗？冬妮亚的意思应该是指"保尔"吧，联系上下文看看冬妮亚的"有意思得多"的另外一本书是什么意思。

一种从来没有过的、模模糊糊的感情，已经悄悄地钻进这个年轻锅炉工的生活里。这种感情是那样新鲜，又是那样难以名状地激动人心。它使这个具有反抗性格的顽皮少年心神不安了。

冬妮亚是林务官的女儿。而在保尔看来，林务官和列辛斯基是一类人。

在贫困和饥饿中长大的保尔，对他眼中的富人都怀有敌意。而他对自己现在所产生的这种感情，也不能没有戒备和疑虑。他知道冬妮亚和石匠的女儿加莉娜不一样，加莉娜是朴实的，可以理解的，是自己人；冬妮亚却不同，他对她不那么信任。只要这个漂亮的、受过教育的姑娘敢于嘲笑或者轻视他这个锅炉工，那他就随时给予坚决的反击。

保尔已经有一个星期没有看见林务官的女儿了。今天，他决定再到湖边去一趟。他故意从她家路过，希望能碰上她。他沿着花园的栅栏慢慢地走着，走到栅栏尽头，终于看见了那熟悉的水手服。他拾起栅栏旁边的一颗松球，朝她那白色衣服掷了过去。

冬妮亚迅速转过身来。她看见是保尔，连忙跑到栅栏跟前，快活地笑着，把手伸给他：

"您到底来了。"她高兴地说，"这么长时间，您跑到哪儿去了？我又到湖边去过一趟，我把书忘在那儿了。我想您一定会来的。请进，到我们花园里来吧。"

保尔摇摇头说：

"我不进去。"

"为什么？"她惊讶地扬起眉毛。

"您父亲说不定要发脾气的。您也会因为我而挨骂。他会问您，干吗把这个傻小子领进来。"

"您尽瞎说，保尔。"冬妮亚生气了，"快点进来吧，我爸爸绝不会说什么的，等一下您就知道了。进来吧。"

她跑去开了园门，保尔犹豫不决地跟在她后面走了进去。

"您喜欢看书吗？"他们在一张桌腿埋在地里的圆桌旁边坐下来之后，冬妮亚问他。

"很喜欢。"保尔马上兴奋起来。

"您读过的书里，哪一本您最喜欢？"

保尔想了一下，说：

"《朱泽倍·加里波第》。"

"是《朱泽培·加里波第》。"冬妮亚马上纠正他。接着又问："您很喜欢这部书吗？"

"是的，我已读完六十八本了。每次领到工钱，就买五本。加里波第可真了不起！"保尔赞赏地说，"那才是个英雄呢！我真佩服他。他同敌人打过那么多仗，每次都打胜了。所有的国家，他都到过。唉！要是他现在还活着，我一定去投奔他。他把手艺人都组织起来了。他总是为穷人而奋斗。"

"您想看看我们的图书馆吗？"冬妮亚问他，说着，就拉起他的手。

"这可不行,我不到屋里去。"保尔断然拒绝了。

"您为什么这样固执呢?也许是害怕?"

保尔看见他自己那光着的两只脚,实在太脏了。他挠挠后脑勺说:

"您的父母不会把我撵出去吧?"

"您别瞎说了,不然我可真要生气了。"冬妮亚发起脾气来。

"那好吧,不过列辛斯基家是不让我们这样的人进屋的,有话只许在厨房里讲。有一回,有事到他们家,涅莉就没有让我进屋。大概是怕我弄脏地毯吧,鬼知道她是什么心思。"保尔说着,笑了起来。

"走吧,走吧。"冬妮亚抓住他的肩膀,友好地把他推到阳台上。

冬妮亚带他穿过饭厅,走进一间屋子。屋里有一个很大的橡木书橱。她打开了书橱的门。保尔看见那里有几百本书整整齐齐地排列着。他第一次看到这么丰富的藏书,真有些吃惊。

"我马上给您找一本有趣的书,您得答应我以后经常到我家来拿书看,行吗?"

保尔高兴地点了点头,说:

"我就是爱看书。"

他们在一起待了好几个小时,感到很快乐,很满足。冬妮亚还让保尔同她母亲见面。事情并不像原先想象的那样可怕。保尔觉得冬妮亚的母亲也挺好。

冬妮亚又把保尔领到她自己的房间里,让他看她的书籍和课本。

小梳妆台旁边立着一面不大的镜子,冬妮亚把他拉到镜子前面,笑着对他说:

"为什么您的头发要弄得像野人一样呢?您从来不理不梳吗?"

"长得长了,剪掉就是,还叫我怎么办呢?"保尔不好

冬妮亚的母亲表现出来的"挺好"让保尔暂时忘记了身份的差别,从而产生了"好感",但当冬妮亚用挑剔的眼光看待他的衣着打扮时,他又一次意识到二人身份的差距,而变得自卑起来。

意思地辩解说。

冬妮亚笑着从梳妆台上拿起梳子，很快就把那乱蓬蓬的头发梳顺当了。

"这才像个样子。"她打量着保尔说，"头发应该理得漂亮些，不然就会像个野人。"

冬妮亚用挑剔的眼光看了看保尔那件退了色的、灰不灰黄不黄的衬衫和破了的裤子，但是没有再说什么。

保尔觉察到了冬妮亚的眼神，他为自己的穿戴感到很不自在。

临别时，冬妮亚再三要求保尔常到她家来玩，并同他约好过两天一起去钓鱼。

保尔不愿再穿过房间，怕碰见冬妮亚的母亲，就从窗口一下子跳到了花园里。

阿尔焦姆走后，家里的生活越来越困难了，光靠保尔的工钱是不够开销的。

玛丽亚·雅科夫列夫娜决定同保尔商量一下，看她要不要出去找点活做，恰好列辛斯基家要雇一个老妈子。可是保尔坚决不同意。他说：

"不行，妈。我可以再找一份活干。锯木厂正要雇人搬木板，我到那儿去干半天，就够咱俩花的了。你别出去干活。要不，阿尔焦姆该生我的气了。他准得埋怨我，说我不想办法，还让妈出去受累。"

母亲向他说明了一定要出去做工的道理，但是保尔执意不肯，母亲也只好作罢。

第二天，保尔就到锯木厂去做工了。他的工作是把新锯好的木板分散放好，晾干。他在那儿遇到了两个熟人：一个是老同学米什卡·列夫丘科夫；另一个是瓦尼亚·库利绍夫。保尔同米什卡一起干计件活，收入相当不错。他白天在锯木厂做工，晚上再到发电厂去。

到了第二天的晚上，保尔把在锯木厂挣到的工钱交给母亲的时候，不好意思地踌躇了一会儿，终于开口说：

"妈，给我买件布衬衫吧，蓝的，就像去年穿的那件，你还记得吗？用一半工钱就够了。往后我再去挣，你别担心。你看，我身上这件太旧了。"保尔这样解释，好像很过意不去似的。

"是啊，是啊，保夫鲁沙，是得买了。我今天去买布，明天就给你做上。可不是，你连一件新衬衫都没有。"她以疼爱的目光瞅着儿子说。

保尔在理发馆门口站住了。他摸了摸口袋里的一个卢布，走了进去。

理发师是个机灵的小伙子，看见有人进来，就习惯地朝椅子点了点头，说：

"请坐！"

保尔坐到一张宽大而舒适的椅子上，从镜子里看见自己那副慌张不安的面孔。

"理分头吗？"理发师问。

"是的。啊，不。我是说，这么大致剪一剪就行。你们管这个叫什么来着？"保尔说不明白，只好做了一个无可奈何的手势。

"明白了。"理发师笑了起来。

一刻钟以后，保尔满身大汗，狼狈不堪地走出理发馆，但是头发总算理得整整齐齐的了。他那一头蓬乱的头发叫理发师花了不少工夫，最后，水和梳子终于把它制服了。现在头发变得服服帖帖的了。

保尔在街上轻松地舒了一口气，把帽子拉低了一些。

"妈妈看见了，会说什么呢？"

保尔没有如约去钓鱼，冬妮亚感到很不高兴。

"这个小火夫不怎么会体贴人。"她恼恨地想。但是保尔一连好几天没有露面，她又感到寂寞无聊了。

这天她正要出去散步，母亲推开她的房门，说：

"冬妮亚，有客人找你。让他进来吗？"

门口站着的是保尔，冬妮亚开始简直认不出他来了。

他穿着一身新衣服，蓝衬衫，黑裤子，皮鞋也擦得亮亮的。再有，冬妮亚一眼就看到，他理了发，头发不再是乱蓬蓬的了。一句话，这个黑黝黝的小火夫已经完全变了样。

冬妮亚本想说几句表示惊讶的话，但是看到他已经有些发窘，不愿意再让他难堪，就装出一副完全没有注意到他的变化的样子，只是责备他说：

"您不觉得不好意思吗？为什么不来钓鱼呢？您就是这样守信用的吗？"

"这些天我一直在锯木厂干活，脱不开身。"

他没好意思说，为了买这件衬衫和这条裤子，这些天，他不得不拼命干活，累得几乎连腰都直不起来。

但是，冬妮亚也猜到了这一点，她对保尔的恼怒顿时烟消云散了。

"走，咱们到池边去散散步吧！"她提议说。他们穿过花园，上了大路。

保尔已经把冬妮亚当作自己的好朋友，把那件最大的秘密——从德国中尉那里偷了一支手枪的事，也告诉了她。他还约她过几天一起到树林深处去放枪。

"你要当心，别把我的秘密泄漏了。"保尔不知不觉地把"您"改成了"你"。

"我决不把你的秘密告诉任何人。"冬妮亚庄严地保证说。

第四章

　　激烈而残酷的阶级斗争风暴席卷了乌克兰。愈来愈多的人拿起了武器，每一次战斗都有一些新人参加进来。

　　小市民们过惯了的那种安宁平静的日子，已经成为遥远的往事。

　　战争的风暴袭来，隆隆的炮声震撼着破旧的小屋，小市民们蜷缩在地窖的墙根底下，或者躲在自家挖的掩体里。

　　佩特留拉手下那些五花八门的匪帮在全省横冲直撞，什么戈卢勃、阿尔汉格尔、安格尔、戈尔季以及诸如此类的大小头目，这些数不清的各式各样的匪徒，到处为非作歹。

　　过去的军官、右翼和"左翼"乌克兰社会革命党党徒，一句话，任何一个不要命的冒险家，只要能纠集一批亡命徒，就都自封为首领，不时还打起佩特留拉的蓝黄旗，用一切力量和手段夺取政权。

　　大头目佩特留拉的团和师，就是由这些乌七八糟的匪帮，加上富农，还有小头目科诺瓦利茨指挥的加里西亚地方的攻城部队拼凑起来的。红色游击队不断向这帮社会革命党和富农组成的乌合之众冲杀，大地在无数马蹄和炮车车轮下颤抖。

　　在那动乱的1919年的4月，吓得昏头昏脑的小市民，早上起来，揉着惺忪的睡眼，推开窗户，提心吊胆地询问那些比他起得早的邻居。

　　"阿夫托诺姆·彼得罗维奇，今天城里是哪一派掌权？"

　　那个阿夫托诺姆·彼得罗维奇一边系裤带，一边东张西望，惶恐地回答：

　　"我不知道呀，阿法纳斯·基里洛维奇。夜里开进来一些队伍。等着瞧吧。要是抢劫犹太人，那就准是佩特留拉的人。要是'同志们'，那一听说

> 描写了动荡的一九一九年的社会状况，政权的更迭和各方势力的战争导致市民胆战心惊，无所适从。交代当时的社会背景，而通过市民之间关于"挂谁的像"等令人啼笑皆非的遭遇，也表现了作者对各方势力的讽刺。

话，也就知道了。我这不是在看吗，看到底该挂谁的像，可别弄错了，招惹是非。您知道吗，隔壁的格拉西姆·列昂季耶维奇，就是因为没看准，糊里糊涂地把列宁像挂了出去。恰好有三个人冲他走过来，没想到是佩特留拉手下的人。他们一看见列宁像，就把格拉西姆抓走了。好家伙，一口气抽了他二十鞭子，一边打一边骂：'狗杂种，共产党，我们扒你的皮，抽你的筋！'不管格拉西姆怎么分辩，怎么哭喊，都不管用。"

正说着，有一群武装人员沿着公路走来，他们俩看见了，就马上关上窗户，藏了起来。日子不太平啊！

至于说到工人们，他们却是怀着满腔的仇恨瞧着佩特留拉匪帮的蓝黄旗。他们还没有力量对抗"乌克兰独立运动"这股沙文主义逆流。只有当浴血奋战的红军部队击退佩特留拉匪帮的围攻，从这一带路过，像楔子一样插到城里来的时候，工人们才活跃起来。亲爱的红旗只在参议会房顶上飘扬了一两天，部队一撤，黑暗又重新降临了。

现在这座小城的主人是外第聂伯师的"荣耀和骄傲"的戈卢勃上校。

昨天他那支两千个亡命徒的队伍趾高气扬地开进了城。上校老爷骑着黑色高头大马走在队伍的前面。尽管4月的太阳已经很暖和了，他还是披着高加索式的毡斗篷，戴着扎波罗什哥萨克式的红顶羔羊皮帽子，里面穿的是切尔克斯长袍，全副武装：一把短剑、一把镶银马刀。

戈卢勃上校老爷是个美男子：黑黑的眉毛，白白的脸，只是由于狂欢无度，脸色白里透着微黄，而且嘴里总是叼着烟斗。革命前，上校老爷在一家糖厂的种植园里当农艺师，但是那种生活太寂寞无聊，根本不能同哥萨克头目的赫赫声势相比。于是，这个农艺师就乘着浊流在全国泛滥的机会，浮游上来，成了戈卢勃上校老爷。

为了欢迎新来的队伍，城里唯一的剧院正举行盛大的晚会。佩特留拉派知识界的全部"精华"都出席了：一些乌克兰的教师、神甫的大女儿、美人阿尼亚，小女儿季娜，一些小地主，波托茨基伯爵过去的管事，自称"自由哥萨克"的一帮小市民，以及乌克兰社会革命党的党徒。

剧院挤得满满的。女教师、神甫的女儿和小市民太太们穿着鲜艳的乌克兰绣花民族服装，戴着珠光宝气的项链，饰着五彩缤纷的飘带，她们周围是一群响着马刺的军官。这些军官的装束活像古画上的扎波罗什哥萨克。

军乐队奏着乐曲。舞台上正在忙乱地准备《纳扎尔·斯托多利亚》的演出。

但是没有电。事情报告到司令部上校老爷那里。上校老爷正打算光临今天的晚会，为晚会锦上添花。他听了副官（此人原是沙皇陆军少尉）帕利亚内查的报告以后，漫不经心但又威风凛凛地下命令说：

"电灯一定要亮。你就是掉了脑袋，也要给我找到电工，立即发电。"

"是，上校大人。"

帕利亚内查少尉并没有掉脑袋，他找到了电工。

一小时之后，他的两个士兵押着保尔来到发电厂。另一个电工和机务员也是用同样的办法找来的。

帕利亚内查直截了当地说：

"要是到七点钟电灯还不亮，我就把你们三个统统吊死在这里！"

这个简短的命令奏了效，到了指定的时间电灯果然亮了。

当上校老爷带着他的情人到达剧场的时候，晚会进入了高潮。上校的情人是一个胸部丰满的、长着浅褐色头发的姑娘，是上校的房东、酒店老板的女儿。

酒店老板很有钱，他曾把女儿送到省城中学念过书。

他们在前排荣誉席就座之后，上校老爷示意节目可以开演了，于是帷幕立刻拉开，观众看到了匆忙跑进后台的导演的背影。

演戏的时候，军官们带着女伴在酒吧间里大吃大喝。那里有神通广大的帕利亚内查搜罗来的头等好酒和强征来的各种美味。到剧终的时候，他们都喝得酩酊大醉了。

帕利亚内查跳上舞台，装腔作势地把手一扬，用乌克兰话宣布：

"诸位先生，现在开始跳舞！"

在座的人们一齐鼓起掌来，接着就都走到院子里，好让那些担任晚会

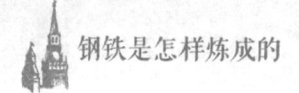

警卫的士兵搬出椅子，把剧场腾出来。

半小时以后，剧场里又热闹起来。

舞兴大发的佩特留拉军官们同那些热得满脸通红的当地美人儿疯狂地跳着"果拍克"舞。他们使劲跺着脚，震得这座旧剧场的墙壁直发颤。就在这时候，一队骑兵正从磨坊那边朝城里跑来。

城边有佩特留拉部队的机枪岗哨。哨兵发现了正在走近的骑兵，警觉起来，急忙扑到机枪前面，哗啦一声推上了枪机。夜空里响起了厉声的呼喊：

"站住！干什么的？"

黑暗中有两个模模糊糊的人影走上前来。其中一个走到岗哨跟前，用醉鬼的破锣嗓子吼道：

"我是头目帕夫柳克，后边是我的队伍，你们是戈卢勃的人吗？"

"是的。"一个军官迎上前去说。

"把我的队伍安顿在哪儿？"帕夫柳克问。

"我马上打电话问司令部。"军官说完，走进了路边的小屋。

一分钟以后，他从小屋里跑出来，命令说：

"弟兄们，把机枪从大路上撤走，给帕夫柳克大人让路。"

帕夫柳克勒住缰绳，在灯火辉煌的剧院门口停住了。剧场外面十分热闹。

"嘀，这儿挺快活呢。"他转身对身边的哥萨克大尉说，"下马吧，咱们也来乐一乐。这儿有的是姑娘，挑几个可心的玩玩。"接着他喊了一声："喂，斯塔列日科！你安排弟兄们住到各家去。我们就留在这儿了。"他一翻身，笨重地跳到地上，把马带得摇晃了一下。

两名佩特留拉的武装卫兵在剧院门口拦住他说：

"票？"

帕夫柳克轻蔑地瞧了他们一眼，用肩膀一拱，把一个卫兵推到了一边。他身后的十二个人也这样跟着闯进了剧院。他们把马留在外边，拴在栅栏上。

这些新到来的人马立刻引起场内人们的注意。特别显眼的是帕夫柳克。他身材高大，穿着上等呢料的军官制服和蓝色近卫军裤子，戴着毛茸茸的高加索皮帽，肩上斜挎着一支毛瑟枪，衣袋里露出一颗手榴弹。

"这人是谁?"人们交头接耳地问。他们正在看"风雷舞",戈卢勃的助手领着一帮人,围成一圈,跳得正起劲。

他的舞伴是神甫的大女儿。她兴奋到了极点。飞速地旋转着,裙子就像扇子一样展开,露出她那丝织的三角裤衩。这使周围的军官们看得非常开心。

帕夫柳克用肩膀挤开人群,走进圈子里。

他用混浊的目光盯着神甫女儿的大腿,舔了舔干燥的嘴唇,然后又从圈子里挤了出来,径直朝乐队走去。他走到舞台脚灯前站住,挥了一下马鞭,喊道:

"奏'果拍克'舞曲,卖点力气!"

乐队指挥没有理睬他。

帕夫柳克扬起马鞭,朝着乐队指挥的后背猛抽了一鞭。指挥像给蝎子蛰了似的,跳了起来。

音乐立刻停止了,全场顿时寂静下来。

"太霸道了!"酒店老板的女儿气愤地说,"你可不能轻饶了他。"她神经质地抓住坐在身旁的戈卢勃的胳膊。

戈卢勃气愤地站了起来,一脚踢开了面前的椅子,三大步就走到了帕夫柳克跟前,面对面站住了。他马上认出这个人就是同他在本县争地盘的对手帕夫柳克。他正好有一笔旧账要找这家伙算呢。

一个星期以前,就是这个帕夫柳克曾用最卑鄙的手段暗算过他戈卢勃上校老爷。

事情是这样的:一周以前,当戈卢勃的队伍同多次叫他吃苦头的红军酣战的时候,帕夫柳克本应该从背后袭击布尔什维克,但是他没有这样做,反而把部队拉到一个小镇上,消灭了几个红军岗哨,轻而易举地占领了小镇。接着就把周围警戒起来,在镇上撒开手大肆抢劫。自然,作为佩特留拉的"嫡系"部队,他们要蹂躏的对象是犹太人。

就在那个时候,红军把戈卢勃的右翼打得落花流水,然后便撤走了。

现在,这个恬不知耻的骑兵大尉又闯到这里,竟敢当着他上校老爷的面,动手打他的乐队指挥。不行,他决不善罢甘休。戈卢勃的心里明白,要是他现在不给这个妄自尊大的小头目一点厉害瞧瞧,往后他在部下的心目中就会威信扫地。

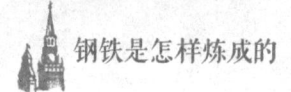

他们俩虎视眈眈地对峙了几秒钟。

戈卢勃一只手紧紧握住马刀柄,另一只手去摸口袋里的手枪,大声嚷道:

"混蛋!你竟敢打我的部下!"

帕夫柳克的手也慢慢地移向毛瑟枪的枪套上:

"冷静点,冷静点,戈卢勃大人,小心栽个大跟头。不要专揭别人的烂疮疤嘛,我也会发火的。"

这实在太过分了。

"把他们抓起来,拉出去,每人二十五鞭子,给我狠狠地抽!"戈卢勃大声喊叫。

戈卢勃手下的军官们顿时像猎狗似的,从四面八方扑向帕夫柳克那一伙。

啪的一声,有人放了一枪,如同电灯泡摔在地上一样。接着这两群野狗扭到一起,厮打起来,他们用马刀胡乱对砍,你揪我的头发,我掐你的脖子。吓破了胆的女人们,像猪崽子一样尖叫着,朝四面八方逃去。

几分钟后,帕夫柳克一伙被解除了武装。戈卢勃的人一边打一边拖,把他们弄到院子里,然后又把他们扔到大街上。

帕夫柳克被打得鼻青脸肿,羊皮高帽丢了,武器也没有了。他气得暴跳如雷,带着手下的人,跳上马,沿大街飞奔而去。

晚会无法进行下去了。在这场厮打之后,谁也没有心思再寻欢作乐了。女人们都坚决拒绝跳舞,要求送她们回家。可是戈卢勃执意不肯,他下命令说:

"谁都不许离开剧场,派人把住门!"

帕利亚内查赶忙执行命令。

剧场里喧声四起,戈卢勃却置之不理,仍然固执地宣布:

"诸位先生和女士,我们今天要跳个通宵。现在我来领头跳个'华尔兹'舞。"

乐队又奏起乐曲,但是舞还是没有跳成。

上校同神甫女儿还没有跳完第一圈,哨兵就闯了进来,大声报告:

"帕夫柳克的人把剧院包围了!"

舞台旁边的一个临街窗户哗啦一声被打得粉碎,一挺机枪的枪筒像猪嘴似的，从破窗户探了进来。它笨拙地左右转动着，似乎在搜索剧场里慌忙逃跑的人群。人们一齐拥向剧场的中央，躲避这个可怕的魔鬼。

帕利亚内查瞄准顶棚上那只一千支光的大灯泡放了一枪。灯泡炸开了，碎玻璃像雨点似的散落在人们的身上。

场内顿时一片漆黑。街上传来了吼叫声：

"都给我滚出来！"跟着是一连串下流的咒骂。

女人们歇斯底里地尖叫着，戈卢勃在场内来回奔跑，厉声吆喝，想把惊慌失措的军官们集合起来。这些声音跟外面的喊声、枪声汇成一片，混乱到了极点。谁也没有料到帕利亚内查像一条泥鳅似的，从后门溜到了空荡荡的后街上，向戈卢勃的司令部跑去。

半小时后，城里展开了剧烈的枪战。爆豆般的枪声夹杂着机枪的哒哒声，打破了夜的寂静。吓得昏头昏脑的小市民们从热乎乎的被窝里跳了出来，脸贴着窗户向外张望。

枪声逐渐稀疏。只有一挺机枪像狗叫似的还在城边断断续续地响着。

战斗沉寂了，东方透出了鱼肚白……

城里有个传闻不胫而走，说烧杀掳掠犹太人的事不久就要发生。消息也传到了犹太居民区。那里是一些歪歪扭扭、又矮又窄的破房子，凑合着修建在肮脏的河岸上。犹太贫民拥挤不堪地住在这些勉强可以称作房屋的盒子里。

谢廖沙在印刷厂做工已经一年多了。厂里的排字工和其他工人全都是犹太人。谢廖沙同他们处得很好，亲如一家。他们同心协力，团结一致，共同对付那个傲慢的大肚子老板勃柳姆斯坦。印刷厂工人同老板不断地进行斗争。老板总是拼命想多榨取一些利润，少支付一些工钱。就是因为这个原因，工人们多次举行罢工，印刷厂一停工就是两三个星期。厂里有十四名工人，数谢廖沙最年轻，但是摇起印刷机来，一气也要干十二个小时。

今天，谢廖沙发现工人们情绪不安。在最近这几个动乱的月份里，印刷厂没有经常的订货，只是印刷哥萨克大头目的告示。

患肺病的排字工人门德利把谢廖沙叫到一个角落里，用忧郁的目光看着他，问：

"城里又要虐杀犹太人了，你知道吗？"

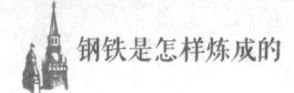

谢廖沙吃惊地看了他一眼，说：

"没有听说，不知道。"

门德利把又瘦又黄的手放在谢廖沙肩上，用长辈的口气信赖地对他说：

"没有错，虐杀犹太人的事十有八九要发生。犹太人又要遭殃了。我想问问你，你愿不愿意帮助自己的伙伴躲过这场大灾大难？"

"只要我办得到，当然愿意。你说吧，门德利，要我干什么？"

排字工人们都在倾听他们俩的说话。

"谢廖沙，你是个好小伙。对你，我们信得过。再说，你爸爸也是个工人。你现在赶快回家，同家里人合计合计，看谁家还能帮忙藏几个。这帮土匪暂时还不会碰俄罗斯人。快去吧，谢廖沙，晚了就来不及了。"

"行，门德利，你放心，我马上到保尔和克利姆卡家去一趟，他们两家也一定会收留你们的。"

"等一等。"门德利有点担心，急忙叫住要走的谢廖沙，"保尔和克利姆卡是什么人？靠得住吗？"

谢廖沙很有把握地点点头，说：

"看你说的，当然靠得住。他们都是我的好朋友。保尔的哥哥是个钳工。"

"啊，原来是阿尔焦姆。"门德利这才放了心，"我认得他，我们还在一个房子里住过。他很可靠。去吧，谢廖沙。快去快回，给我个回话。"

谢廖沙飞也似的往门外跑去。

戈卢勃和帕夫柳克双方发生冲突后的第三天，虐杀犹太人的暴行开始了。

那天，帕夫柳克打败了，被赶出了城。他夹起尾巴溜到了邻近的一个小镇，占领了那个地方。在夜战中，他损失了二十几个人，戈卢勃方面的损失也差不多。

死者的尸体被匆忙运到公墓，草草埋葬了，没有举行葬礼，因为这种事儿没有什么可以炫耀的。两个头目一见面就像野狗一样对咬起来，再大办丧事，可不是什么体面的事。帕利亚内查本想在下葬的时候铺张一番，并且宣布帕夫柳克是赤匪，但是以瓦西里为首的社会革命党委员会反对这样做。

那天夜里的冲突在戈卢勃的部队里引起了不满，特别是警卫连，因为这个连的损失最大。为了平息不满情绪，提高士气，帕利亚内查建议戈卢勃让部下"消遣"一下。这个无耻的家伙所说的"消遣"，就是虐杀犹太人。他说，这样做是非常必要的，不然，就没有办法消除部队中的不满情绪。上校本来不打算在他和酒店老板的女儿举行婚礼之前破坏城里的平静，但是听帕利亚内查讲得那么严重，也就同意了。

说实话，戈卢勃上校老爷已经加入了社会革命党，再搞这种名堂，多少有些顾虑。他的对手又会乘机制造反对他的舆论，说他戈卢勃上校是个虐犹狂，而且要在大头目面前说他许多坏话。好在他戈卢勃目前并不靠大头目过日子。他的给养全是自己筹措的。其实大头目自己也很清楚，他手下的弟兄是些什么货色。他本人就不止一次要他们奉献所谓征来的财物，以解决他那个"政府"的财政困难。至于说戈卢勃是虐犹狂，那么在这一点上，他早就名声在外了，再干一次，他的名声也不见得再坏到哪里去。

抢劫是从清早开始的。

小城笼罩在破晓前的灰色的薄雾里。犹太居民区的街道空空荡荡，毫无生气。这些街道像一条条浸过水的麻布，把那些歪歪斜斜的犹太人住房胡乱地捆在一起。小屋的窗户上都挂了窗帘，上着窗板，不透一点光亮。

表面上看来，小屋里的人都沉浸在黎明前的甜梦里。其实，他们并没有睡，而是穿着衣服，一家人挤在一个小房间里，准备应付即将来临的灾难，只有不懂事的婴儿才无忧无虑地、香甜地睡在妈妈的怀抱里。

这天早晨，戈卢勃的卫士长萨洛梅加，一个脸长得像吉卜赛人、腮上有一条绛紫色刀痕的黝黑的家伙，好久都没能摇醒戈卢勃的副官帕利亚内查。

帕利亚内查睡得死死的，他正在做噩梦，怎么也醒不过来。他梦见一个龇牙咧嘴的驼背妖怪，伸着爪子搔他的喉咙。这个妖怪折磨了他一整夜。最后，他终于抬起那疼得要裂开来的脑袋，明白过来，原来是萨洛梅加在叫他。

"醒醒吧，你这个瘟神！"萨洛梅加一面抓住他的肩膀摇晃，一面喊道，"已经不早了，该动手啦！让酒把你灌死才好呢！"

帕利亚内查总算完全清醒了，坐了起来。胃疼得他歪扭着嘴，他吐了一口苦水。

"什么该动手了？"他用那无精打采的眼睛瞪着萨洛梅加。

"怎么？干犹太人去呀，你糊涂了？"

这回帕利亚内查想起来了：可不是，他把这都给忘了。昨天上校带着未婚妻和一群酒鬼溜到郊外田庄里，他们一个个都喝得酩酊大醉。

戈卢勃认为，在抢劫和屠杀犹太人期间，他自己最好回避一下，别留在城里。往后他可以推脱责任，说这是他不在的时候发生的一场误会。他离开的这段时间，足够帕利亚内查漂漂亮亮地大干一场了。这个帕利亚内查，搞这种"消遣"可是个大行家！

帕利亚内查往头上浇了一桶冷水，思考的能力完全恢复了。他在司令部里东跑西颠，忙活了一阵子，下达了一连串的命令。

警卫连已经上了马。办事精明的帕利亚内查为了避免可能引起的麻烦，又命令设置岗哨，把工人住宅区和车站通城区的道路切断。

在列辛斯基家的花园里架起了一挺机枪，监视着大路。

如果工人出来干涉，就用铅弹对付他们。

一切安排就绪之后，帕利亚内查和萨洛梅加才跨上马。

刚要出发的时候，帕利亚内查突然想起一件事，立即命令：

"站住。差点儿忘了大事。带上两辆大车，咱们给戈卢勃弄点儿礼物，好办喜事。哈，哈，哈！……第一批到手的东西照例归司令。第一个娘儿们，哈，哈，哈，可得归我这个副官。明白吗，傻瓜？"

最后这句话他是向萨洛梅加说的。

萨洛梅加朝他翻翻黄眼珠，说：

"有的是，够大伙儿受用的。"

队伍沿着大路出发了。副官和萨洛梅加走在前头，警卫连乱哄哄地跟在后面。

晨雾消散了。眼前是一座两层楼房，生锈的招牌上写着：福克斯百货商店。帕利亚内查勒住了马缰。

他那匹细腿灰肚马不耐烦地用脚踢了一下石头路。

"好啦，上帝保佑，就打这儿开始吧。"帕利亚内查说着，就从马上下来了。

"喂，弟兄们，下马吧！"他转身对围上来的卫兵说，"好戏开场了。弟兄们，要小心，可别敲碎了那些猪猡的脑壳，收拾他们的机会多得很。说到娘们呢，要是还能熬得住，那就等到晚上再说。"

有一个卫兵露着大牙抗议说：

"少尉大人，这话怎么说？要是两厢情愿呢？"

周围的人听了，发出一阵哄笑。帕利亚内查以赞赏的眼光看了看那个卫兵。

"当然喽，要是两厢情愿，那就尽管干好了。谁也没有权利禁止这种事。"

帕利亚内查走到紧闭着的商店门前，使劲踢了一脚。但是结实的橡木大门却纹丝不动。

是啊，真不该从这儿开始。副官握着军刀，绕过墙角，朝福克斯的住宅门口走去。萨洛梅加跟在后面。

房子里的人早就听到马路上的马蹄声。当马走到店铺前停下，墙外传来说话声的时候，他们紧张得心都要蹦出来了，吓得连气都不敢出。这时屋里只有三个人。

财主福克斯昨天带着妻子和女儿逃出了城，只留下女仆丽娃看守房子。丽娃是一个温顺胆小的女孩子，才十九岁。福克斯怕她一个人不敢住这么大的空房子，就叫她把父母接来同住，直到福克斯回来。

起初丽娃不肯同意留下，可这个狡猾的商人骗她说，虐犹的事不一定会发生。再说，他们能从你们穷人手里抢到什么东西呢？等他回来以后，一定赏钱给她买衣服。

现在，三个人都在侧耳倾听外面的动静，他们忧心忡忡，又心怀侥幸：也许外面的人只是路过？也许是自己听错了，那些人是停在别人家门口？也许门外根本就没有什么人，只是错觉？但是，商店门口传来的沉重的砸门声，一下子把他们的希望打得粉碎。

白发苍苍的老人佩萨赫，像孩子那样瞪着恐惧的蓝眼睛，站在通往店铺的门旁，小声地祈祷着。这个虔诚的教徒用他全部的热忱祈求万能的耶和华帮助他逃脱不幸。因为他在喃喃地祷告，以至站在他身旁的老太婆竟没能立刻听到门外越来越近的脚步声。

丽娃赶忙跑到最里面的一个房间，躲藏在一只橡木橱子的后面。

猛烈而粗暴的砸门声，吓得两个老人浑身痉挛。

"开门！"跟着就是一阵更加猛烈的砸门声，夹杂着狂暴的咒骂声。

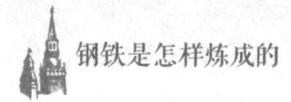

两个老人连抬手摘门钩的力气都没有了。

外面，枪托雨点般地打在门上，闩着的门跳动起来，终于哗啦一声裂开了。

屋子里顿时挤满了全副武装的匪兵。他们奔向各个角落。由住宅通向店铺的门也被枪托砸开了，匪兵们拥了进去，拔掉大门的门闩。

抢劫开始了。

两辆马车已经装满了布料、鞋子和其他物品。萨洛梅加马上把这些东西押送到戈卢勃的公馆。他回来的时候，听到屋里传出一声惨叫。

原来，帕利亚内查放手让部下去抢劫店铺，自己却进了里屋。他用野猫似的绿眼睛凶恶地打量了一下屋里的三个人，然后对两个老人吼道：

"滚出去！"

但是两个老人一个也没有动。

帕利亚内查朝前逼近一步，慢慢地把军刀抽出来。

"妈呀！"姑娘凄厉地叫了一声。

这就是萨洛梅加听到的那声惨叫。

帕利亚内查转过身，对那些听到喊声跑进来的士兵命令说：

"把他们赶出去！"他指着两个老人。两个老人被推出了门。帕利亚内查对走进屋来的萨洛梅加说："你先在门外站一会儿，我跟这个女孩子说几句话。"

佩萨赫老人听到屋里又是一声惨叫，就朝房门冲过去。但是重重的一拳打在了他的胸口，把他撞到墙上。他疼得连气都喘不上来了。这时候，一向温和安静的老妇人托伊芭突然像母狼一样扑向萨洛梅加，紧紧抓住他。

"放了她吧！你们要干什么呀！"

托伊芭挣扎着要进屋去，两只枯瘦的手像铁钩似的拼命抓住萨洛梅加的上衣。萨洛梅加竟没能挣脱开。

佩萨赫缓过气来后，马上跑来帮助她。

"放了她吧！放了她吧！……哎哟，我的女儿呀！"

他们俩把萨洛梅加从门口推开了。萨洛梅加赶紧拔出手枪，恶狠狠地用枪柄在佩萨赫白发苍苍的头上敲了一下。老人一声不响地倒下了。

屋里的丽娃仍在挣扎着呼救。

匪徒们把急疯了的托伊芭拖到街上。凄厉的叫喊和求救的呼声立刻在街心回荡起来。

屋里的喊声突然停止了。

帕利亚内查走了出来。萨洛梅加抓住门把手，正要推门进屋，帕利亚内查看也没有看他一眼，只是拦住他说：

"别进去了，她已经完了。我用枕头把她捂得太严了。"说着，他跨过佩萨赫老人的尸体，一脚踩在一摊浓稠的血泊里。

"一开头就不顺手。"他咬牙切齿地说了一句，就朝街上走去。

其余的人没有做声，跟着他们走了出来。他们的脚在地板上、台阶上留下了一个个血印。

这时，城里一片混乱。匪徒们因为分赃不均，常常像野兽一样，你争我夺，有的甚至拔刀相见。到处都可以看到他们在厮打。

他们把十维德①装的橡木啤酒桶从酒馆里滚到街上。

随后又挨家去抢东西。

没有人起来反抗。匪徒们翻遍了每个小屋，找遍了每个角落，然后满载而去。留下的只是一堆堆破烂衣物、撕破了的枕头和褥垫的绒毛。白天只有两个牺牲者——丽娃和她的父亲。但是，接踵而来的黑夜却带来了难以逃避的死亡。

天黑之前，那帮豺狼都喝得醉醺醺的。兽性发作的佩特留拉匪徒早就等待黑夜的降临了。

黑夜里，他们可以放开手脚大干。在黑咕隆咚的夜里，他们杀起人来更方便。豺狼也是喜欢黑夜的。它们也是专门伤害那些听天由命的弱者。

许多人永远都忘不了那可怕的三天两夜。多少生命被杀戮，被摧残！多少青年在这血腥的时刻白了头，多少眼泪渗进了大地！谁又能说，那些幸存者比死者幸运些呢？他们的心掏空了，留下的只是洗刷不尽的羞耻和侮辱带来的痛苦、无法形容的忧伤和失掉亲人的悲哀。受尽折磨和蹂躏的少女们的尸体蜷缩着，痉挛地向后伸着双手，毫无知觉地躺在许多小胡同里。

只是在小河旁铁匠纳乌姆的小屋里，当这些豺狼扑向他那年轻的妻子萨拉的时候，才遇到了猛烈的抵抗。这个身强力壮的二十四岁的铁匠，浑

---

① 十维德：一维德等于十二点三公升。

身都是抡铁锤练出来的刚健肌肉。他誓死护卫着妻子。

在他那小小的屋子里发生的一场短促、凶猛的搏斗中，两个佩特留拉匪徒的脑袋被砸成了烂西瓜。铁匠像一只可怕的困兽，不顾一切地保卫着他和他的妻子两条性命。匪徒们知道出了事，纷纷跑到小河旁，与纳乌姆进行长时间的对射。纳乌姆的子弹就要打完了，他用最后一粒子弹结束了妻子的生命，自己则端着刺刀冲出去同匪徒拼命。但是，他在台阶上刚一露头，密集的子弹就朝他扫过来。他那沉重的身体倒了下去。

附近乡下的大户人家骑着高头大马来到城里，把他们看中的好东西装满大车，然后由他们在戈卢勃队伍里当兵的儿子或亲戚护送，运回家去，就这样匆忙地一趟又一趟搬运着。

谢廖沙和父亲一起把印刷厂的一半工人藏在自己家的地窖里和阁楼上。现在他准备穿过菜园子回家。忽然，他看见一个人沿着公路跑过来。

这是一个吓得面无人色的犹太老人。他穿着满是补丁的外衣，光着头，边跑边挥动着双手，累得直喘气。他的后面是一个骑着灰马的佩特留拉匪兵，眼看就要追上了。那个匪兵弯着腰，做出要砍杀的样子。老人听到已经逼近的马蹄声，就举起双手，像是要保护脑袋似的。谢廖沙一个箭步跳上大路，冲到马跟前，用身子护着老人，大声喊道：

"住手，狗强盗！"

那个骑马的匪徒并不想收回马刀，他顺势用刀背朝这个金发青年的脑袋砍了下去。

> 匪徒与谢廖沙的冲突没有交代结果，第四章就结束了，而第五章开头也并没有继续交代，这样评书式结尾造成强烈的戏剧冲突，对于谢廖沙是否被杀或受伤的结果形成悬疑，吸引读者阅读兴趣。

第五章

红军步步紧逼，不断向大头目佩特留拉的部队发动猛烈进攻。戈卢勃团奉命调上了前线，城里只留下少量后方警卫部队和警备司令部。

人们又开始活动起来。犹太居民利用这暂时的平静，掩埋了被杀害的亲人。犹太居民区的那些小屋里又出现了生机。

寂静的夜晚，隐隐约约可以听到枪炮声。战斗就在不远的地方进行。

铁路工人都离开了车站，到农村找活干去了。

中学关门了。

城里宣布戒严。

这是一个漆黑的夜，阴沉沉的。

在这样的黑夜里，即使你把眼睛睁得大大的，仍然是什么也看不见。于是人们只好像瞎子一样走路，张开手去摸，伸出脚去探，而且随时都有跌进壕沟、摔得头破血流的危险。

小市民都知道，这种时候得坐在家里，最好也别点灯。灯光会招来"不速之客"。当然还有那么一些人，他们从来不肯老老实实地待着。要是有人耐不得寂寞，非要出门不可，那就让他们去好了。不过，这与小市民毫不相干。小市民才不出去乱跑呢。放心好了，他们绝不会出去的。

可就是在这样一个夜深人静的时候，却有一个人匆匆忙忙地在街上行走。

他走到柯察金家的小屋前，小心翼翼地敲了敲窗户，没有人应声。他又敲了敲，比第一次更响些，也更坚决些。

保尔正在做梦。他梦见一个似人非人的怪物用机枪对着他，他想逃跑，可是又无处可逃。那挺机枪发出了可怕的响声。

外面的人固执地敲着窗户，把玻璃震得直响。

保尔跳下床，走到窗前，想看看是谁在敲。但是，外面只有一个模糊的人影，根本看不清是谁。

家里只有他一个人，母亲到他姐姐家去了。他姐夫在一家糖厂开机器，阿尔焦姆在邻近的村子里当铁匠，靠抡大锤挣饭吃。

敲窗户的人一定是阿尔焦姆。

保尔决定打开窗子。

"谁呀？"他朝人影问了一声。

窗外那个人影晃了一下，用压低的粗嗓门说：

"是我，朱赫来。"

接着，他两手按住窗台，纵力一跳，头就同保尔的脸一般高了。

"我到你家借宿来了，小弟弟，行吗？"他小声地问。

"当然行，那还用说！"保尔友好地回答，"你就从窗口爬进来吧。"

朱赫来粗壮的身体从窗口挤了进来。

他随手关好窗户，但是没有马上离开那里。

他站在窗户旁边，倾听着窗外的动静。这时月亮从云层里钻了出来，照亮了大路。他仔细观察了路上的情景，然后转过身来，对保尔说：

"咱们会把你母亲吵醒吗？她大概睡了吧？"

保尔告诉他，家里只有他一个人。水兵朱赫来这才放心，提高嗓音说：

"小弟弟，那帮吃人的野兽正在到处抓我。为了车站上最近发生的事，他们要找我算账。在虐杀犹太人的时候，要是大伙儿心再齐点，本来可以给那帮'灰狗子'一点厉害看的。但是人们可没有下大海的决心，所以没有干成。现在敌人正盯着我。今天我差点被逮住。刚才我正回住处，当然啦，是从后门进的，走到板棚旁边一瞧，有个家伙藏在院子里，身子紧贴大树，可是刺刀露在外面，让我看见了。不用说，我转身就跑。这不是，一直跑到你家来了。小弟弟，我打算在你家抛锚，停几天船。你不反对吧？行。那就好了！"

朱赫来一边呼哧呼哧地喘气，一边脱下那双沾满污泥的靴子。

朱赫来的到来使保尔十分高兴。最近发电厂停工，他一个人待在家里，冷冷清清的，觉得非常无聊。

两个人躺到床上。保尔马上就入睡了,朱赫来却一直在抽烟。后来,他又从床上起来,光着脚轻轻地走到窗前,朝街上看了很久,才回到床上。他十分疲倦,躺下就睡着了。他的一只手伸到枕头底下,按在沉甸甸的手枪上,枪柄被焐得暖暖的。

朱赫来突然深夜来保尔家借宿,同保尔一起住了八天,这件事成了保尔生活中的一件大事。保尔第一次从水兵朱赫来的嘴里听了这么多令人激动的新鲜道理。这八天对这个年轻的锅炉工的成长,有着决定的意义。

水兵朱赫来已经两次遇险,他像关在笼子里的猛兽一样,暂时待在这间小屋里。他对打着蓝黄旗蹂躏乌克兰大地的匪帮充满了仇恨。现在他就利用这段迫不得已而闲着的时间,把满腔怒火和仇恨都传给如饥似渴地听他讲话的保尔。

朱赫来讲得鲜明生动,通俗易懂。他对一切问题都有清楚的认识。他坚信自己走的道路是正确的。保尔从他那里懂得了一大堆名称好听的党派,什么社会革命党、社会民主党、波兰社会党等等,原来都是工人阶级的凶恶敌人。只有一个政党是不屈不挠地同所有财主做斗争的革命党,这就是布尔什维克党。

以前保尔被这些名称弄得糊里糊涂的。

费奥多尔·朱赫来是位健壮有力的、饱经狂风巨浪的波罗的海舰队的水兵,1915年就加入俄国社会民主工党的坚强的老布尔什维克。他现在对年轻的锅炉工讲述着严峻的生活真理。保尔两眼紧紧地盯着他,听得入了神。

"小弟弟,我小时候跟你差不多,"朱赫来说,"浑身是劲,就是不知道力气往哪儿使。我家里很穷。一看到财主家那些吃得好穿得好的小少爷,我就恨得牙都痒痒,我对他们毫不留情,常常使劲揍他们。可是有什么用呢,过后还得挨爸爸的一顿打。单枪匹马地干,改变不了这个世道。保夫鲁沙,你完全可以成为工人阶级的好战士,一切条件你都具备,只是年纪小了点,阶级斗争的道理,懂得还不多。小弟弟,我看你挺有出息,所以想跟你说说应该走什么路。我最讨厌那些胆小怕事、低声下气的家伙。现在全世界都燃起了烈火。奴隶们都起来造反了,要把旧世界沉到海底去。但是,干这种事需要的是勇敢坚强的阶级弟兄,而不是娇生惯养的公子哥

> 思考一下这里的"有出息"与第11页阿尔焦姆评价的"有出息"含义是否相同，如果不相同又是由什么决定的呢？

儿；需要的是坚决斗争的钢铁战士，而不是战斗一打响就像蟑螂躲亮光那样钻墙缝的软骨头。"

朱赫来紧握着拳头，用力捶了一下桌子。

他站起身来，两手插在衣袋里，皱着眉头，在屋里大步走来走去。

朱赫来闲得太难受了。他很后悔不该留在这个城里。他认为再待下去已经没有什么意义，所以，毅然决定穿过火线找红军部队去。

城里还有九个人的党组织，可以继续进行工作。

"没有我，他们照样可以干下去。我可不能在这闲待着。已经浪费了十个月，够了。"朱赫来生气地想。

"费奥多尔，你究竟是干什么的？"有一天，保尔问他。

朱赫来站起来，把手插进口袋里。他一时没有弄明白这句话的意思。

"难道你还不知道我是干什么的吗？"

"我想你准是个布尔什维克，要么就是共产党。"保尔低声回答。

朱赫来哈哈大笑起来，逗乐似的拍了拍他那蓝白条水手衫紧箍着的宽大的胸脯。

"小弟弟，这是明摆着的事，不过布尔什维克就是共产党，共产党就是布尔什维克，这也是明摆着的事。"他接着严肃地说："既然你已经知道了，你就应该记住：要是你不愿意他们整死我，那你就不论在什么地方，不论对什么人，都不能泄露这件事。懂吗？"

"我懂。"保尔坚定地回答。

这时，院子里突然传出说话的声音，没有敲门，人就进来了。朱赫来急忙把手伸到衣袋里，但是立刻又抽了出来。进来的是谢廖沙，他头上缠着绷带，脸色苍白，比以前瘦了。跟在他后面进来的是瓦莉亚和克利姆卡。

"你好，小鬼头！"谢廖沙笑着把手伸给保尔，"我们三个一道来看你。瓦莉亚不让我一个人来，不放心。克利姆卡又不让瓦莉亚一个人来，也是不放心。别看他一头红毛，傻呵呵的，活像马戏团里的小丑，倒还挺懂事儿，知道让一个人独自到哪去有危险。"

瓦莉亚捂住谢廖沙的嘴，笑着说：

"尽胡扯！今天他一直跟克利姆卡过不去。"

克利姆卡憨厚地笑着，露出洁白的牙齿：

"对病人只能将就点了。脑袋上挨了一刀，难怪要胡说八道。"

大家都笑了。

谢廖沙的伤口还没完全复原，就靠在保尔的床上。朋友们随即热烈地交谈起来。谢廖沙一向乐呵呵的，有说有笑，今天却显得沉静、抑郁，他把佩特留拉匪兵砍伤他的经过告诉了朱赫来。

朱赫来对来看保尔的这三个青年都很了解。他到勃鲁扎克家去过多次。他喜欢这些青年人。在斗争的漩涡中，他们虽然还没有找到应该走的道路，但是却已经鲜明地表现出了他们的阶级意识。朱赫来认真地听这些年轻人讲，他们每个人怎样把犹太人藏在自己的家里，帮助他们躲过虐犹暴行。这天晚上，朱赫来也给这些青年讲了许多关于布尔什维克和列宁的故事，帮助他们认清当前发生的种种事件。

保尔把客人送走的时候，天已经很晚了。

朱赫来每天傍晚出去，深夜才回来。他正忙着同留在城里的同志商量今后的工作。

有一天，朱赫来一夜没有回来。第二天早上保尔醒来，看见床铺还空着。保尔模糊地预感到出了什么事，慌忙穿好衣服，走了出去。他锁好门，把钥匙放在约定的地方，就去找克利姆卡，打听朱赫来的消息。克利姆卡的母亲是一个大脸盘、长着麻子的又矮又胖的妇女，她正在洗衣服。保尔问她知道不知道朱赫来在什么地方。她闷闷不乐，生硬地回答：

"怎么，我没事干，专给你看朱赫来的？就是为了这个家伙，佐祖利哈家给翻了个底朝天。你们凑在一起，倒真是好搭档，克利姆卡，你……"她一边说，一边狠狠地搓着衣服。

克利姆卡的母亲一向嘴皮子厉害，爱唠叨。

保尔从克利姆卡家出来，去找谢廖沙。他把自己正担心的事对谢廖沙说了。瓦莉亚在一旁插嘴说：

"你担什么心？他也许在熟人家住下了。"可是她的语气并不怎么自信。

保尔忧心忡忡，不能再在谢廖沙家里待着了，不管他们怎样留他吃午饭，他还是走了。

保尔走近家门的时候，满心希望能在屋里看到朱赫来。

但是，房门还是紧锁着。他站住了，心情很沉重，真不愿意进这间空屋子。

他在门口站了好几分钟，左思右想，一种说不出的力量推着他向板棚走去。他拨开蜘蛛网，把手伸到棚顶下面。从那个秘密的角落里掏出用破布包着的挺沉的曼利赫尔手枪。

保尔从板棚出来，朝车站走去。口袋里装着那把沉甸甸的手枪，他感到有些紧张。

在车站上也没打听到朱赫来的下落。回来的路上，他走到林务官家那熟悉的花园旁的时候，突然放慢了脚步，怀着连他自己也不明白的希望，瞧着房子的窗户。但是花园里和房子里都没有人。走过去之后，他又回头朝花园的小径看了一眼，只见遍地都是去年的枯叶，整个花园显得十分荒凉。显然，那位爱护花草的主人已经好久没有照料这座花园了。古老的大房子，冷落而又空荡的景象，更增添了保尔的愁思。

他和冬妮亚最后一次拌嘴，比以往任何一次都厉害。这是一个月以前突然发生的事。

保尔一面两手深深插在上衣口袋里，漫步朝城里走去，一面回忆着他和冬妮亚争吵的经过。

那天，他和冬妮亚偶然在路上相遇。冬妮亚邀他到家里去玩。

"我爸和妈到帕利尚斯基家去参加命名礼了，只有我一个人在家。保夫鲁沙，你来吧，咱们一起读列奥尼德·安德列耶奇的《萨什卡·日古廖夫》，这本书很有意思，我已经看过了，可是非常愿意和你再读一遍。晚上你来，咱们一定会过得很愉快。你来吗？"

她那长着浓密栗色秀发的头上戴着一顶小白帽，帽子下面那双大眼睛期待地望着保尔。

"我一定来。"

他们分手了。

保尔急忙回到机房，一想到他要和冬妮亚在一起度过整整一个晚上，觉得炉火都显得格外明亮,木柴的噼啪声也似乎格外欢畅。

当天黄昏,冬妮亚听到他的敲门声,亲自跑来打开宽大的正门。她有点抱歉地说:

"我来了几个客人。保夫鲁沙,我没料到他们会来,不过你不许走。"

保尔转身想走。但是冬妮亚拉着他的袖子,说:

"进来吧,让他们跟你认识认识,也有好处。"说着,就用一只手挽着他的胳膊,穿过饭厅,把他带到自己的房里。

一进屋,她就微笑着对在座的几个年轻人说:

"你们不认识吧?这就是我的朋友保尔·柯察金。"

房间里的小桌子周围坐着三个人:一个是莉莎·苏哈里科,她是个漂亮的中学生,肤色微黑,生着一张任性的小嘴,梳着风流的发式;另一个是保尔没有见过的青年,他穿着整洁的黑外衣,细高个子,油光光的头发梳得服服帖帖的,一双灰眼睛显出寂寞忧郁的神情;第三个坐在他们两个人中间,穿着非常时髦的中学生制服,他就是维克多·列辛斯基。冬妮亚推开门的时候,保尔第一个看到的就是他。

维克多也立刻认出了保尔,他诧异地扬起尖细的眉毛。

保尔一声不响地在门口站了几秒钟,用充满敌意的目光盯着维克多。冬妮亚急于打破这种难堪的局面,一面请保尔进来,一面转身对莉莎说:

"来,给你介绍一下。"

莉莎好奇地打量着保尔,欠了欠身子。

保尔急转弯,快步穿过半明半暗的饭厅,朝大门口走去。冬妮亚追到台阶上,才追上他。她一把抓住他的肩膀,激动地说:

"你为什么要走呢?我是有意叫他们同你认识的呀。"

但是保尔把她的手从肩膀上推开,不客气地说:

"用不着拿我在这些蠢材面前展览。我跟这帮讨厌的家伙坐不到一起。也许你觉得他们可爱,可是我却恨他们。我不知道他们是你的朋友,早知道这样,我是决不会到这儿来的。"

冬妮亚压住心头的火气,打断他的话说:

"谁给你的权利这样跟我说话?我从来没有问过你,你跟谁交朋友,谁常到你家去。"

保尔沿着台阶走了下来,进入花园。一边走,一边斩钉截铁地说:

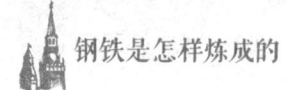

"那就让他们来好了,我反正是不来了。"说完,就朝栅栏门跑去。

从那以后,保尔再没有见到冬妮亚。在发生虐犹暴力期间,他和电工一道忙着在发电厂藏匿犹太人家属,把他和冬妮亚的这次争吵给忘掉了。但是今天,他又很想见到冬妮亚。

朱赫来失踪了,家里等待着保尔的是孤独、寂寞。一想到这些,他的心情就特别沉重。春天化冻以后,公路上的泥泞还没有全干,车辙里积满了褐色的泥浆。整个公路像一条灰色的带子似的,向右弯去。

紧挨着路边有一座破损不堪的房子,墙皮已经剥落,像长满疥癣一样。公路拐过这所房子,分成了两条岔道。

公路的岔路口上有一个废弃的售货亭,门板已经毁坏,"出售矿泉水"的招牌倒挂着。就在这个破烂不堪的售货亭旁边,维克多正在同莉莎告别。

他久久握着莉莎的手,情意缠绵地看着她的眼睛,问:

"您来吗?您不会骗我吧?"

莉莎卖弄风情地回答:

"来,我一定来。您等我好了。"

临别的时候,莉莎又对他媚笑了一下,那双懒洋洋的脉脉含情的眼睛含着允诺的表情。

莉莎刚走了十来步,就看见两个人从拐角后面走出来,上了大路。走在前面的是一个矮壮的、宽肩膀的工人。他敞着上衣,露出里面的水手衫,黑色的帽子低低地压住前额,一只眼睛又青又肿。

这个工人穿着一双短筒黄皮鞋,腿稍微有点弯曲,坚定地往前走着。

在他后面约三步远,是一个穿灰军装的佩特留拉匪兵,腰带上挂着两盒子弹,刺刀尖几乎顶着前面那个人的后背。

毛茸茸的皮帽下面,他那双眯缝着的眼睛警惕地盯着被捕者的后脑勺。他那被马合烟熏黄了的胡子朝两边翘着。

莉莎稍微放慢了脚步,走到公路的另一边去。这时,保尔在她的后面也走上了公路。

当他向右转往家里走的时候,也看见了这两个人。

他马上认出了走在前面的是朱赫来。他的两只脚像在地上生了根一样,再也挪不动了。

"怪不得他没回家呢！"

朱赫来越来越近了。保尔的心猛烈地跳动着。各种想法一个接着一个地涌上心头，简直理不出个头绪来。时间太仓促，拿不定主意。只有一点是清楚的：朱赫来这下子可要牺牲了。

保尔瞧着他们走过来，心里非常乱，不知道怎么办才好。

"怎么办呢？"

在最后一分钟，他才骤然想起口袋里的手枪。等他们走过去，朝这个端枪的家伙背后放一枪，朱赫来就能得救。一瞬间做出了这样的决定之后，他的思绪立即变得清晰了。他紧紧地咬着牙，咬得很疼。就在昨天，朱赫来不是还对他说过："干这种事，需要的是勇敢坚强的阶级弟兄……"

保尔迅速地朝后面瞥了一眼。通往城里的大路上空荡荡的。连个人影儿也没有。前面的路上，有一个身穿春季短大衣的女人急急忙忙地走着。她不会碍事的。岔路口的另一侧路上的情况，他看不见。只是在远处通向车站的路上，有几个人影。

保尔走到公路的边上。当他们相距只有几步远的时候，朱赫来也看见了他。

朱赫来用那只好的眼睛看了看他，两道浓眉微微一颤，他认出了保尔，感到意外，一下子愣住了，脚步也放慢了。于是刺刀尖立刻顶着了他的后背。

"喂，快走，再磨蹭，我就给你两枪托！"押送兵用刺耳的假嗓子尖声吆喝着。

朱赫来加快了脚步。他很想跟保尔说几句话，但是克制住了，只是挥了挥手，像打招呼似的。

保尔怕引起黄胡子匪兵的疑心，赶紧转过身，让朱赫来走过去，仿佛他对这两个人毫不在意似的。

正在这里，他脑子里突然又钻出一个令人不安的想法："要是这一枪打偏了，子弹说不定会打中朱赫来……"

那个佩特留拉匪兵已经走到了他身旁，事到如今难道还能迟疑吗？

接下来发生的事是这样的：当黄胡子押送兵走到保尔跟前的时候，保尔突然猛烈地向他扑去，抓住他的步枪，使劲地往下压。

刺刀碰在石头路面发出哧哧的响声。

佩特留拉匪兵没有想到会有人袭击，愣了一下。他立即拼命往回夺枪。保尔用整个身子压在枪上，死也不放手。突然一声枪响，子弹打在石头上，蹦了起来，落到路旁的壕沟里去了。

朱赫来听到枪声，就往旁边一闪，转过身来，看见押送兵正在狂怒地从保尔手里往回夺枪。他扳转着枪身，扭绞着少年的双手，但是保尔还是紧紧抓住不放。押送兵简直气疯了，猛一使劲，把保尔摔倒在地。就是这样，他还是没有把枪夺走。保尔摔倒的时候，就势也把那个押送兵拖倒了。在这样的关头，简直没有什么力量能叫保尔松开手里的武器。

朱赫来两个箭步，跳到他们跟前，挥起铁拳头，朝押送兵的头上打去。紧接着，那个家伙的脸上又挨了两下铅一样沉重的打击。他松手放开躺在地下的保尔，像一只装满粮食的口袋滚到壕沟里去了。

还是那双强有力的手，把保尔从地上扶了起来。

维克多已经从岔路口走出了一百多步。他一边走，一边用口哨低声吹着流行歌曲《美人的心朝三暮四》。他仍然在回味刚才同莉莎见面的情景：她答应明天到那座废弃的砖厂去会面。想到这里，他不禁飘飘然起来。

在追逐女性的中学生中间有一种说法，他们说莉莎是一个在谈情说爱问题上满不在乎的姑娘。

厚颜无耻而又骄傲自负的谢苗·扎利瓦诺夫有一次就告诉过维克多，说他已经占有了莉莎。维克多虽然不完全相信这家伙的话，但又认为莉莎毕竟是个动人的、有诱惑力的妞儿，因此他决意明天去证实一下，谢苗讲的话是不是真的。

"只要她一来，我就单刀直入。她不是不在乎人家吻她吗？要是谢苗这小子没撒谎……"他的思路突然被打断了。迎面来了两个佩特留拉匪兵，维克多闪在一旁给他们让路。一个匪兵骑着一匹短尾巴的马，手里晃荡着一只帆布水桶，看样子是去饮马。另一个匪兵穿着一件紧腰长外套和一条肥大的蓝裤子，一只手拉着骑马人的裤腿，兴致勃勃地讲着什么。

维克多让这两个人过去以后，正要继续往前走，公路上突然响起了枪声。他停住了脚步，回头一看，骑马的匪兵抖了抖缰绳，朝枪响的地方驰去，另一个匪兵提着马刀，跟在后面跑。

维克多也跟着他们跑过去。当他快跑到公路上的时候，又听到一声枪

响。骑马的匪兵惊慌地从拐角后面冲出来,差点儿撞在维克多身上。他既用脚踢,又用水桶打,催马快跑,一冲进兵营的第一道门,就对院子里的人大声喊道:

"兄弟们,快拿枪,咱们的人给打死了!"

立刻有几个人一边扳动枪机,一边从院子里冲了出来。

他们把维克多抓住了。

公路上已经抓来了好几个人。其中有维克多和莉莎。莉莎是作为公证人被扣留的。

当朱赫来和保尔从莉莎身边跑过去的时候,她大吃一惊,呆呆地站住了。她认出了袭击押送兵的少年,不是别人,正是前些日子冬妮亚打算介绍给她的那个人。

他们两个相继翻过了一家院子的栅栏。就在这个时候,一个骑兵冲上了公路,他发现了拿着步枪逃跑的朱赫来和挣扎着要从地上爬起来的押送兵,就立即驱马向栅栏这边扑来。

朱赫来转过身来朝他开了一枪,吓得他掉头就跑。

押送兵吃力地抖动着被打伤的嘴唇,把刚才发生的事说了一遍。

"你这个笨蛋,让犯人从眼皮底下跑了!这回不打你屁股才怪呢,少不了二十军棍。"

押送兵恶狠狠地顶了他一句:

"我看就你聪明!从眼皮底下跑了,是我放了的吗?谁知道从哪儿蹦出那么一个狗崽子,像疯子一样向我猛扑过来。"

莉莎也受到了盘问。她讲的同押送兵所说的一样,就是没有说她认识袭击押送兵的那个少年。抓来的人都被带到了警备司令部。

直到晚上,警备司令才下令释放他们。警备司令甚至要亲自送莉莎回家,但是她谢绝了。警备司令酒气熏人,要送她回家,显然是不怀好意的。

后来由维克多送她回家。

从这里到火车站有很长一段路。维克多挽着莉莎的手,心里为这件偶然发生的事感到乐滋滋的。

快到家的时候,莉莎问他:

"您知道解救犯人的是谁吗?"

"不知道,我怎么会知道呢?"

"您还记得那天晚上冬妮亚要给咱们介绍的那个小伙子吗?"

维克多站住了。

"您说的是保尔·柯察金?"他惊奇地问。

"是的,他好像是姓柯察金。您还记得吗,那天他多么古怪,转身就走了?没错,就是他。"

维克多站在那里呆住了。

"您没认错人吧?"他追问莉莎。

"不会错的,他的相貌我记得很清楚。"

"那么怎么不向警备司令告发呢?"

莉莎气愤地说:

"您认为我会做出这种卑鄙的事情来吗?"

"您怎么认为这是卑鄙呢?难道您认为,告发一个袭击押送兵的人,就是卑鄙吗?"

"那么依您看来,这是高尚的了?您把他们干的那些事都忘了吗?您难道不知道学校里有多少犹太孤儿?您还让我去告发柯察金?谢谢您,我可真没想到,您是这种人。"

维克多没想到她会这样回答,他并不打算同莉莎争吵,所以就尽量把话题岔开。

"您别生气,莉莎,我是说着玩的。我不知道,您竟会这样认真。"

"您这个玩笑开得可不怎么好。"莉莎冷淡地说。

在莉莎家门口分手的时候,维克多问:

"莉莎,您明天来吗?"

他得到的是一句模棱两可的回答:

"不知道。"

在回城的路上,维克多思量着:"好嘛,小姐,您尽可以认为这是卑鄙的,可我有我的看法。当然喽,谁放跑了谁,跟我都不相干。"

他,列辛斯基,一个波兰世袭贵族,对冲突双方都十分厌恶。反正波兰军队很快就要开来。到了那个时候,一定会建立一个真正的政权——正牌的波兰贵族政权,眼下,既然有干掉柯察金这个坏蛋的好机会,当然也不必错过。他们——佩特留拉的部下会马上把他的脑袋揪下来的。

维克多一家只有他一个人留在这座小城里。他住在姨母家里。他的姨

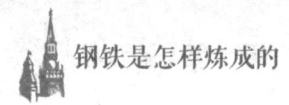

父是一家糖厂的副经理。维克多的父亲西吉菲蒙德·列辛斯基在华沙身居要职。母亲和涅莉早就跟着父亲到华沙去了。

维克多来到警备司令部,走进了敞开的大门。

过了一会儿,他领着四个佩特留拉匪兵往柯察金家里走去。

他指着那个有灯光的窗户,小声地说:

"就是这儿。"然后,转身问他身旁的哥萨克少尉:"我可以走了吗?"

"您请便吧,我们自己能对付。谢谢您帮忙。"

维克多迅速迈开大步,顺着人行道走了。

保尔背上又挨了一拳,被推进里屋,伸出的两只手撞在墙壁上。他摸来摸去,摸到一张木板床似的东西,坐了下来。他受尽了折磨和毒打,心情十分沉重。

保尔完全没有想到会被捕:"佩特留拉匪徒怎么会知道的呢?压根没有人看见我呀!现在该怎么办?朱赫来在哪儿呢?"

保尔是在克利姆卡家同水兵朱赫来分手的。他又去看了谢廖沙,而朱赫来就留在克利姆卡家,等天黑混出城去。

"幸亏我把手枪藏到老鸹窝里去了。"保尔想,"要是让他们翻出来,我就没命了。但是,他们怎么知道是我呢?"这个问题叫他伤透了脑筋,就是找不到答案。

佩特留拉兵士从柯察金家里并没有翻到什么有用的东西。衣服和手风琴被哥哥拿到乡下去了。他妈也把自己的小箱子带走了。匪徒们翻遍了各个角落,但捞到的东西却少得可怜。

然而,从家里到司令部这一路上的遭遇,保尔是永远忘不了的。漆黑的夜,伸手不见五指,天空布满了乌云。匪兵们推搡着他,从背后或两侧对他不停地拳打脚踢,毫不留情。保尔昏昏沉沉地茫然向前走着。

门外有人说话。司令部的警卫就住在外屋。门的下边透出一条明亮的光线。保尔站起身来,扶着墙壁,摸索着在屋里走了一圈。在木板床的对面,他摸到了一面窗户,上面安着牢固的尖齿状的铁栏杆,用手摇了一下——纹丝不动。看样子,这房子以前是个仓库。

他又摸到门口,停了下来,听了听动静,然后,轻轻地推了一下门把手,门讨厌地吱呀了一声。

"妈的，真活见鬼！"保尔骂了一句。

从打开的门缝里，他看见床沿上搁着两只脚，十个脚趾叉开着，皮肤很粗糙。他又抓住门把手，轻轻推了一下，门又毫不留情地尖叫起来。一个头发蓬乱，睡眼惺忪的家伙从床上坐了起来。他用五个指头恶狠狠地挠着生满虱子的脑袋，懒洋洋地扯着单调的嗓音破口大骂起来。骂了一阵之后，摸了一下放在床头的步枪，有气无力地吆喝道："把门关上！再往外看，就给你一巴掌……"

保尔把门关上，外面房间里顿时响起了一阵狂笑声。

这一夜，保尔翻来覆去想了许多。他柯察金第一次参加战斗，就这么不顺利，刚刚迈出第一步，就像老鼠一样给人家捉住了，关在铁笼里。

他坐在那里心神不宁地打起瞌睡来。这时候，母亲的形象在他的脑海里浮现出来：她面孔瘦削、满脸皱纹，那双眼睛多么熟悉，多么慈祥啊！他想："幸亏妈不在家，不然的话，她要伤心的！"

从窗口透进来的光线照在地上，映出一个灰色的方块。

黑暗在逐渐退却，黎明已经接近了。

保尔此时是凭着做一个"勇敢坚强的阶级弟兄"的劲头去救人的，被捕后他只感到第一次参加战斗"不顺利"，进而想到母亲伤心的形象，此时保尔还没有完全领悟"干这种事"的真谛。

第六章

古老的大房子,只有一个挂着窗帘的窗子透出灯光。院子里,用铁链子拴着的狗——特列佐尔突然汪汪地狂吠起来。

冬妮亚在睡意蒙眬中听到母亲的轻轻的说话声:

"冬妮亚还没睡,进来吧,莉莎。"

女友轻轻的脚步声和她那亲切热烈的拥抱把冬妮亚的睡意完全驱散了。冬妮亚面带倦容,微笑着。

"莉莎,你来得太好了。我们全家都很高兴,因为昨天爸爸已经脱离了危险期,今天他安安静静睡了一整天。我和妈妈熬了好几夜,今天也休息一下。莉莎,有什么新闻,讲给我听听。"冬妮亚把莉莎拉到身边,在长沙发上坐了下来。

"新闻吗,多得很!不过有一些我只能对你一个人讲。"莉莎一边笑,一边调皮地望着冬妮亚的母亲叶卡捷琳娜·米哈伊洛夫娜。

冬妮亚的母亲也笑了。她是一个落落大方的妇女,虽然已经三十六岁了,举止仍然像年轻姑娘那样轻盈。她有一双聪明的灰眼睛,容貌虽然不出众,却很精神,惹人喜欢。

"好吧,过一会儿,我就让你们俩留下来单独谈。现在你就把能公开的新闻谈一谈吧。"她开玩笑说,随手把椅子挪到沙发前面。

"第一件新闻是:我们再也不用上学了。校务会议已经决定给七年级学生发毕业证书。我高兴极了。"莉莎眉飞色舞地说,"那些代数呀,几何呀,简直烦死我了!为什么要学这些东西呢?男同学也许还能继续上学,不过到哪儿去上学,他们自己也不知道。现在到处都是战场,到处都在打仗。真是可怕!……我们反正都是要出嫁的。做妻子的懂代数有什么用?"

莉莎说到这里，大声笑了起来。

叶卡捷琳娜·米哈伊洛夫娜陪姑娘们坐了一会儿，就到自己的房间里去了。

莉莎往冬妮亚跟前挪了挪，搂着她，小声给她讲了岔路口发生的事情。

"冬妮亚，你想想，当我认出那个逃跑的人的时候，我是多么的惊讶！……你猜那人是谁？"

听得出了神的冬妮亚只是莫名其妙地耸了耸肩膀。

莉莎突然脱口而出："是保尔·柯察金！"

冬妮亚战栗了一下，痛苦地缩作一团。

"是保尔·柯察金？"

莉莎对自己的话所产生的效果很得意，接着讲了她同维克多吵嘴的经过。

莉莎只顾讲话，没有发现冬妮亚的脸色已经变得煞白，纤细的手指神经质地拉扯着蓝上衣的衣襟。莉莎完全不知道，冬妮亚是多么惊慌，连心脏都紧缩了。她也不知道，冬妮亚那美丽的浓密的睫毛为什么那样紧张地抖动。

莉莎后来又讲那个喝醉了的佩特留拉少尉军官的故事。冬妮亚已经完全顾不上听了，她脑子里只有一个想法："维克多已经知道了是谁袭击押送兵的。莉莎为什么要告诉他呢？"她不知不觉地把这句话说了出来。

"我告诉什么啦？"莉莎没有明白她的意思，这样问。

"你为什么要把保夫鲁沙，我是说，把柯察金的事告诉维克多呢？你要知道，维克多会出卖他的……"

莉莎反驳说：

"不会的，我看他不会。这么做对他究竟有什么好处呢？"

冬妮亚突然挺直了身子，双手使劲地抓住膝盖，以致她都感到疼痛。

"你呀，莉莎，什么也不明白！维克多和柯察金本来就是仇人，何况又加上别的原因……你把保夫鲁沙的事情告诉维克多，是大错特错。"

这时，莉莎才发现冬妮亚很着急。冬妮亚脱口说出"保夫鲁沙"这样亲昵的称呼，使她终于明白了自己一直来模模糊糊猜测着的事情。

莉莎情不自禁地觉得自己做错了事，感到难为情，不再做声了。

她想："看来，真有这么回事了。真怪，冬妮亚怎么会突然爱上他，他

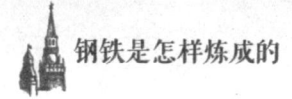

是个什么人呢？一个普普通通的工人……"莉莎很想同她谈谈这件事，但是怕失礼，没有开口。为了弥补自己的过失，她拉住冬妮亚的两只手，说：

"冬妮亚，你很担心吗？"

"不，也许维克多比我想象的要好一些。"

不一会儿，她们的同班同学杰米亚诺夫来了，他是个笨手笨脚的、朴实的小伙子。

杰米亚诺夫到来之前，她们俩怎么也谈不到一起。

冬妮亚送走了两个同学，独自在门口站了很久。她倚着栅栏门，凝视着通向城里的那条灰暗的大路。风，到处飘荡、永不停息，夹带着春天湿土的霉味和潮湿的寒气朝她吹来。远处，城里许多房子的窗户不怀好意地闪着暗红的灯光。那就是她所恼恨的小城。在这座小城的一间房里，住着她那不安分的朋友。他恐怕还不知道大祸就要临头了。也许他已经把她忘了。自从上次见面以后，又过去了多少天哪！那一次是他不对，不过这件事她早就淡忘了。明天她再见到他，往日的友谊，那使人激动的美好的友谊，就会恢复。他们一定会言归于好。这一点冬妮亚深信不疑。但愿这一夜平安无事。然而，这不祥的黑夜，仿佛在一旁窥伺着，随时准备对他……好冷啊。

冬妮亚朝大路瞥了一眼，回到了屋里，她靠在床上，裹着被子，临睡前还在想：但愿他能平安无事。

第二天清晨，家里的人还在熟睡，冬妮亚就醒了。她迅速穿好衣服，为了不惊醒别人，她悄悄地走到院子里，放开长毛大狗特列佐尔，领着它往城里走去。在柯察金家的对面，她犹豫不决地站了一会儿，随后，她推开栅栏门，走进了院子。特列佐尔摇着尾巴，跑在前面。

就在这一天的清晨，阿尔焦姆也从乡下回来了。他是坐大车回来的，同来的是一个一起干活的铁匠师傅。他把挣来的一袋面粉扛在肩上，走进了院子。铁匠师傅拿着其他东西跟在后面。阿尔焦姆走到敞开的门口，放下那袋面粉，喊了一声：

"保尔！"

没有人答应。

"待在这儿干吗，搬到屋里去吧！"铁匠师傅走到跟前说。

阿尔焦姆把东西放在厨房里，进了屋，一看就愣住了。屋里翻得乱七八糟，破破烂烂的东西扔得满地都是。

"真见鬼！"阿尔焦姆莫名其妙，转身对铁匠说。

"可不是吗，太乱了。"铁匠附和着。

"这小家伙跑到哪儿去了？"阿尔焦姆开始生气了。

但是，屋里空空的，要打听都没人好问。

铁匠辞别后，就赶着大车走了。

阿尔焦姆走到院子里，仔细地看了看周围的情况。

"真不明白，这是怎么回事！房门大开着，保尔却不在家。"

这时，背后传来了脚步声。阿尔焦姆转过身来，一条大狗竖着耳朵站在他面前。还有一个陌生的姑娘进了栅栏门，朝屋里走来。

"我找保尔·柯察金。"她打量着阿尔焦姆，小声地说。

"我也在找他呢。谁知道他跑到哪儿去了！我刚刚回来，房门开着，家里没人。您找他有事吗？"他问姑娘。

姑娘没有回答，反问了他一句：

"您是保尔·柯察金的哥哥阿尔焦姆吧？"

"是啊，有什么事吗？"

姑娘仍然没有回答他，只是忧虑地望着敞开的房门。"我怎么昨天晚上不来呢？难道，难道出事了？是真的？……"她的心情更沉重了。

"您回来的时候，门就敞开着，就没有见到保尔吗？"她问惊奇地注视着她的阿尔焦姆。

"您找保尔到底有什么事？"

冬妮亚走到阿尔焦姆跟前，向周围望了望，急促地说：

"我也说不准。不过，要是保尔没在家，那他就是被捕了。"

"因为什么？"阿尔焦姆不由得打了一个寒噤。

"咱们到屋里说吧。"冬妮亚说。

阿尔焦姆一声不响地听她讲着。当冬妮亚把她知道的一切全都告诉了他之后，他异常沮丧。

"唉，真糟糕！本来就够受的了，偏偏又碰上这桩倒霉的事……"他愁眉苦脸地嘟哝着，"这就清楚了，为什么这样乱糟糟的，这孩子是鬼迷心窍了，惹出这种事来……现在上哪儿去找他？请问，您是哪家的小姐？"

"我是林务官图曼诺夫的女儿。我认识保尔。"

"哦——哦……是这样……"阿尔焦姆含含糊糊地拖长声音说,"我给这孩子送面粉来了,想不到出了这种事……"

冬妮亚和阿尔焦姆你看着我,我看着你,谁也没有再做声。

"我要走了。您也许能找到他。"冬妮亚在向阿尔焦姆告别的时候小声地说,"晚上我再来听您的信。"

阿尔焦姆默默地点了点头。

一只干瘪的苍蝇,刚从冬眠中醒来,在窗角上嗡嗡地叫着。一个农村姑娘,双手支着膝盖,坐在破旧的沙发边上,呆呆地望着肮脏的地板。

警备司令嘴角上叼着一支香烟,龙飞凤舞地写完了最后几行字,然后在"舍佩托夫卡警备司令哥萨克少尉"几个字下面,得意地签了名,名字写得很花哨,最后一笔还甩了一个钩。这时,门口传来马刺的响声。警备司令抬起头来。

站在他面前的是一只手缠着绷带的萨洛梅加。

"是什么风把你吹来了?"警备司令欢迎他说。

"风倒是好风,就是胳膊给博贡团①打穿了。"

萨洛梅加不顾有妇女在场,就粗野地破口大骂起来。

"这么说,你是到这儿养伤来了?"

"下辈子再去养吧!前线吃紧,我们都快给压扁了。"

警备司令朝妇女那边扬了扬头,示意不要再讲下去:

"咱们以后再谈吧。"

萨洛梅加一屁股坐在凳子上,摘下了军帽,帽子上有一个三叉戟的珐琅帽徽,这是乌克兰共和国的国徽。

"是戈卢勃派我来的。"他小声地说,"谢乔夫狙击师就要来驻防。你这里可要有大大的麻烦了,我先到这里来,把秩序整顿一下。大头目也可能来,还有一位洋大人跟他一起来。所以,这儿谁也不许提起那次'消遣'的事。你在写什么?"

警备司令把香烟叼到另一边的嘴角上,说:

"我这儿关押着一个小坏蛋。你知道吧,我们在车站抓住了那个朱赫

---

① 博贡团:1918年建立的乌克兰著名红军团。

来。你也许记得，就是煽动铁路工人反对咱们的那个人。"

"记得，他怎么啦？"萨洛梅加很感兴趣地往前挪了挪。

"你知道，驻站警备队长奥梅利琴科这个笨蛋，只派了一个哥萨克往我们这儿押送。就是我这儿现在关押着的这个小坏蛋，公然在大白天把朱赫来劫走了。朱赫来跑得无影无踪，那小坏蛋却叫我们抓住了。材料就在这儿，你看看吧。"他把一份写好的公文推到萨洛梅加面前。

萨洛梅加用没有受伤的左手翻看材料，草草地看了一遍。然后两眼盯着警备司令，问：

"你没有得到他的一点口供吗？"

警备司令烦躁地扯了扯帽檐。

"我审问了他五天，他什么也不招，老是一句话：'我什么也不知道。不是我放走的。'简直是个天生的土匪。你知道，那个押送的哥萨克兵认出了这个小坏蛋，差点把他掐死。我费了好大劲才把他拉开。他因为跑了犯人，在车站挨了奥梅利琴科二十五军棍，所以一见这个小坏蛋，就狠狠地揍了他一顿。现在这个小坏蛋没有必要再关下去了，我给上司写个呈文，上头一批，我就把他干掉。"

萨洛梅加轻蔑地吐了一口唾沫，说：

"他要是落在我手里，保管早就招了。审犯人这种事，你这个神甫的儿子根本干不了。神学院的学生，怎么能当司令呢？你没用通条抽他吗？"

警备司令发火了。

"你也太放肆了。还是嘲笑嘲笑你自己吧！我是这儿的司令，你少管闲事！"

萨洛梅加瞧了瞧怒气冲冲的警备司令，哈哈大笑起来。

"哈哈！……小神甫，别生气，当心气破了肚皮。我才不管你的事呢！废话少说，你还是告诉我，哪儿能搞到两瓶好酒喝喝呀！"

警备司令得意地笑了笑：

"这好办。"

"这小子，"萨洛梅加用手指着公文说，"假如你想要他的命，就得把16岁改成18岁，把'6'字上面的小钩往这边一弯，就行了。"

仓库里一共关押着三个人。一个是大胡子老头，他穿着破长袍和肥大的麻布裤子，蜷着两条瘦腿，侧着身子躺在木板床上。他之所以被抓来，是因为住在他家的佩特留拉士兵，有一匹马拴在他家的板棚里不见了。地上坐着的是一个上了年纪的女人，贼眉鼠眼，尖下巴，是个酿私酒的。她是因为有人告她偷了表和别的贵重物品而被抓来的。在窗子下面的角落里，头枕着帽子，昏昏沉沉地躺着的是保尔·柯察金。

仓库里又带进来一个姑娘，她睁着两只惊恐不安的大眼睛，头上扎着花头巾，一副农村打扮。她站了一会儿，就在那个酿私酒的女人身旁坐下了。

酿私酒的老太婆把新来的姑娘仔细打量了一番，连珠炮似的追问：

"小姑娘，你也来坐牢啦？"

她没有得到回答，不肯罢休，又问：

"你是为什么给抓进来的？兴许也是为造私酒吧？"

农村姑娘站起来，看了看这个纠缠不休的老太婆，小声回答说：

"不是的，我是因为哥哥的事给抓进来的。"

"你哥哥怎么啦？"老太婆非要问个究竟。

这时候，那个老头子插嘴了：

"你干吗惹她伤心呢？说不定人家够难受的了，可你问起来没个完。"

老太婆立刻转过身来，朝着木板床那边说：

"谁指派你来教训我的？我是跟你说话吗？"

老头子吐了一口唾沫说：

"我是说，你别老缠着人家。"

仓库里安静下来。姑娘把大头巾铺在地上，枕着一只胳膊躺下了。

酿私酒的女人开始吃起东西来。老头把脚垂到地上，不慌不忙地卷起了一支烟抽起来。一股难闻的烟味，立即在仓库里扩散开来。

老太婆嘴里塞得满满的，一面咀嚼，一面唠叨：

"抽起烟来没完没了，臭得要命。就不能让人吃顿安生饭？"

老头子哈哈一笑，挖苦地说：

"你是怕饿瘦了吧？眼看这门都挤不出去了。你怎不给那个小伙子吃点？别总往自己嘴里塞。"

老太婆委屈地摆了摆手说：

"我一个劲地跟他说：'你吃，吃吧。'他不想吃嘛！能怨我吗？我吃多少，用不着你多嘴多舌的，又不是吃你的。"

姑娘转过身来对着老太婆，又朝保尔·柯察金那边扬了扬头，问：

"您知道他为什么坐牢吗？"

老太婆见到有人跟她说话，心里高兴起来，乐呵呵地告诉姑娘：

"他是本地人，是老妈子柯察金娜的小儿子。"她弯下身子，紧贴着姑娘的耳朵，悄悄地说："他救走了一个布尔什维克。那个人是水兵，就住在我们的邻居佐祖利哈家。"

这时姑娘想起了警备司令的话："我给上司写个呈文，上头一批，就把他干掉……"

军车一列接着一列开过来，塞满了车站。谢乔夫狙击师所属各个分队（营）乱哄哄地从车上挤下来，由四节包着钢板的车厢组成的"扎波罗什哥萨克"号装甲车，缓缓地在铁路线上爬行。从敞车上卸下了大炮，从货车上牵出了马匹。骑兵们就地整鞍上马，挤开那群乱得不成队形的步兵，到车站广场去集合整队。

军官们跑来跑去，喊着自己部队的番号。

车站上十分嘈杂，好似有一窝蜜蜂在嗡嗡地叫。喧嚷、纷乱的人群，逐渐按班、排组成队伍。随后，这股武装的人流就往城里拥去。直到傍晚，谢乔夫师的辎重马车和后勤人员还络绎不绝地沿着公路开进城去。最后的司令部警卫连终于开进去了。一百二十个人，一面走，一面扯着嗓子唱：

> 为什么喧哗？
> 为什么呐喊？
> 因为佩特留拉
> 来到了乌克兰……

保尔站了起来，走到小窗户前面。街上车轮的辘辘声、嘈杂的脚步声和多人齐唱的歌声，透过苍茫的暮色，传到他的耳朵里。

他背后有人小声说：

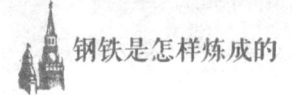

"看样子,是军队开进城来了。"

保尔转过身来。

说话的就是昨天关进来的姑娘。

他听姑娘讲述自己的身世。那个酿私酒的老太婆终于达到了目的。原来姑娘就住在离城七俄里的农村,名叫赫里斯季娜。她的哥哥格里茨科是个红色游击队员,他在当地成立苏维埃政权的时候,领导过贫农委员会。

红军撤退的时候,格里茨科也缠上机枪子弹带,跟着他们一起走了。现在家里简直活不下去了。仅有的一匹马也被抢走了。父亲被抓到城里,关进监牢,受尽了折磨。村长过去挨过格里茨科的训,现在借机会报复,经常把各式各样的人派到她家里去住,弄得她家更穷了。前天警备司令到村里抓人,村长把他领到她家。警备司令看中了这个姑娘,第二天清晨,就把她带进城里来"审问"。

保尔睡不着,他辗转反侧,一个无法摆脱的思想纠缠着他:"以后会怎么样?"这个问题总在脑子里翻腾。

遭到毒打的身体像针扎一样疼痛。那天哥萨克兵兽性大发,把他狠狠地打了一顿。

为了摆脱那些恼人的思想,他开始静听身旁两个妇女悄悄的谈话声。

姑娘的声音非常小,她讲到警备司令怎样缠住她不放,又是威逼,又是利诱,遭到拒绝之后,又怎样暴跳如雷,说:"我要把你关进地牢,你一辈子也别想出去!"

黑暗吞噬着牢房的每一个角落,令人窒息的、不宁静的夜幕降临了。保尔思路又转到吉凶未卜的明天。这只是第七夜,可是仿佛过了好几个月似的。仓库里现在只剩下三个人了:老头子躺在木板床上打呼噜,就像睡在自家的热炕上一样。这老头对眼前的处境满不在乎,夜夜睡得又香又甜。酿私酒的老太婆被警备司令哥萨克少尉放出去弄烧酒去了。赫里斯季娜和保尔都睡在地板上,离得很近。保尔昨天从窗口看见谢廖沙在街上站了很久,忧郁地盯着这座房子的窗户。

"看样子,他知道我关在这儿。"

一连三天都有人送来发酸的黑面包。是谁送来的,没有说。这两天,警备司令又连着提审他。这是怎么回事呢?

拷问的时候,保尔什么也没说,一问三不知。连他自己也不知道为什么不做声。他曾想做一个勇敢的人,坚强的人,像书里写的那样。可是,被捕的那天夜里,他被押解着走过高大的机器磨坊时,听见一个匪兵说:"少尉大人,干吗还把他带回去?从背后给他一枪不就完了?"当时,他真有点害怕。是啊,十六岁就死掉,这多可怕!死了,就再也活不成了!

赫里斯季娜也在想事儿。她比这个小伙子知道得多一些。他大概还不知道……而她已经听到了。

保尔没有睡,他一连好几夜都翻来覆去睡不着。赫里斯季娜很同情他,唉,他太可惜了。然而她也有自己的苦处,她忘不了警备司令的话:"我明天再找你算账。要是你再不依我,我就把你交给卫兵。那些哥萨克是求之不得的。你看着办吧!"

"唉!真难哪!谁能来救我呢?哥哥当红军去了,妹妹有什么罪过!唉!这个世道实在没法活!"

难言的痛苦哽住了她的喉咙,无可奈何的绝望和恐惧涌上了她的心头,她失声啜泣起来。

年轻姑娘的身躯由于过度悲愤和绝望而不停地抽搐着。

有一个人影在墙角里动了一下,问:

"你这是怎么啦?"

赫里斯季娜激动地低声讲起来——她尽情地向身旁这个沉默寡言的难友倾吐自己的痛苦。他听着,什么话也没有说,只是把一只手放在赫里斯季娜的手上。

"这些该死的畜生,他们一定要糟蹋我。"赫里斯季娜吞咽着眼泪,怀着一种下意识的恐怖,小声地说:"我是完了,刀把子在他们手里呀。"

但保尔能对这个姑娘说些什么呢?他找不出适当的话来。没有什么可说的。生活的铁环把人箍得紧紧的。

明天不让他们把她带走。跟他们拼吗?他们会把他打个半死,甚至会用马刀砍他的头——一下子就完了。为了多少给这个满腹苦水的姑娘一些安慰,他温柔地抚摸着她的手。她不再哭泣了。大门口的哨兵像办例行公事似的,时而向过路的人喊一声:"什么人?"随后又是一阵寂静,老头子还在沉睡。时间不知不觉地溜了过去。当姑娘一双胳膊突然紧紧搂住他,把他拉过去的时候,他一下子还弄不明白是怎么回事。

"亲爱的,你听我说,"姑娘那热烈的嘴唇小声地说,"我反正是完了:

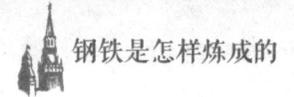

不是那个军官的,就是那帮大兵的。他们一定会糟蹋我的。我就把这姑娘家的身子给你吧。亲爱的,我不能让那个畜生来破坏我的处女的贞操。"

"赫里斯季娜,你说些什么呀!"

但是,那一双有力的胳膊仍然紧紧搂住他不放。两片热烈的、温柔的嘴唇,简直无法摆脱。姑娘的话那样简单明白,那样温柔多情,他完全理解她讲这番话的心意。

眼前,所有的痛苦顿时似乎都消失了。他忘记了牢门上的大锁、红头发的哥萨克、凶恶的警备司令、惨无人道的拷打,以及七个令人窒息的不眠之夜。在这一瞬间,他头脑里只剩下了热烈的嘴唇和泪痕浸湿的脸庞。

突然,他想起了冬妮亚。

"怎么可以把她忘了呢?……那双秀丽的、可爱的眼睛。"

他终于找到了挣脱的力量。他像喝醉了酒似的站了起来,抓住了铁窗上的铁栏杆,赫里斯季娜的两只手摸到了他。

"你怎么不来呢?"

这问话里包含着多少情意呀!他弯下腰紧握住她的双手,说:

"我不能这样,赫里斯季娜,你太好啦。"他还说了一些连他自己也不懂的话。

他直起腰来,为了打破这难堪的沉寂,他走到木板床旁边,坐在床沿上,推了推老头子,说:

"老大爷,请给我口烟抽吧!"

赫里斯季娜裹着头巾,在角落里痛哭起来。

第二天,警备司令领着几个哥萨克来了,带走了赫里斯季娜。她用眼睛向保尔告别,眼神里流露出对他的责备,牢房的门在姑娘身后砰的一声关上了。保尔的心情也变得更加沉重,更加郁悒。

一直到天黑,老头子也没能从他嘴里掏出一句话。岗哨和司令部的值勤人员都换了班。晚上,又押进来一个人,保尔认出他是糖厂的木匠多林尼克,他长得很结实,矮墩墩的,破外套里面,穿着一件退了色的黄衬衣。他用细心的目光把小仓库迅速地察看了一遍。

保尔在1917年2月里见过他,那时候这个小城也受到革命浪潮的冲击。在许多次喧闹的示威游行中,保尔只听到过一个布尔什维克的演讲,这个人就是多林尼克。当时他爬上路旁的一道围墙,向士兵们演讲。记得他最后这样说：

"士兵们，你们支持布尔什维克吧，他们是不会出卖你们的！"

从那以后，保尔再也没见到过他。

新难友的到来使老头很高兴。显然，整天坐着不说一句话，他太难受了。多林尼克紧挨着老头坐在木板床上，和他一道抽着烟，详细地询问了各种情况。

然后，他来到保尔的身边，问：

"你有什么好消息吗？你是为什么给抓来的？"

多林尼克得到的回答都是非常简单的，他感觉到这是保尔不信任他，才那么不愿意多说话。但是，当木匠了解到这个小伙子的罪名之后，就用那对机敏的眼睛惊讶地盯着他，看了好久。他在保尔身旁坐了下来。

"这么说，是你把朱赫来放了。原来是这样，我还不知道你被捕了呢。"

保尔感到很突然，急忙用胳膊肘撑起身子。

"哪个朱赫来？我什么也不知道。不能什么罪名都往我头上按哪！"

多林尼克却笑了笑，凑到他跟前，说：

"得了，小朋友，你别瞒我了。我知道的比你多。"

他怕老头子听到，又压低了声音，说：

"是我亲自把朱赫来送走的，现在他说不定已经到达目的地了。他把这件事的经过全都跟我讲了。"

他沉默了一会儿，似乎在考虑什么，随后又补充了一句：

"你这小伙子，看来真不错。不过，你被他们关在这儿，情况他们又都知道，这可真他妈的不妙，简直是糟糕透了。"

他脱下外套，铺在地上，背靠墙坐了下来，又卷起一支烟。

多林尼克最后这几句话等于把一切都告诉了保尔。很显然，多林尼克是自己人。既然是他送走了朱赫来，这就是说……

到了晚上，保尔已经知道多林尼克是因为在佩特留拉哥萨克士兵中间进行宣传鼓动而被捕的。当时他正在散发省革命委员会的传单，号召他们投诚加入红军，当场被抓住的。

多林尼克很机警，没有告诉保尔多少东西。

"谁知道他会怎么样呢？"他心里想，"他们说不定会用通条抽他，小伙子还太嫩。"

夜间，躺下睡觉的时候，他用简单扼要的话表示了自己的担心：

"保尔，你我眼下的处境可以说是糟透了。咱们看看会是个什么结局。"

第二天，仓库里又关进来一个犯人。这个人大耳朵、细脖子，是全城闻名的理发师什廖马·泽利采尔。他比比画画，激动地对多林尼克说：

"瞧，是这么回事，福克斯、勃卢夫斯坦、特拉赫坦贝格那些家伙准备捧着面包和盐①去欢迎他。我对他们说，你们愿意欢迎，那就欢迎好了，但是想叫谁跟你们一道签名，代表全体犹太居民，那可对不起，一个也没有。他们有他们的打算。福克斯开商店，特拉赫坦贝格有磨坊，可我有什么呢？别的穷光蛋又有什么呢？这些人什么也没有。对了，我这个人倒是有一条长舌头，爱多嘴。今天我给一个哥萨克军官刮胡子，他刚到这儿不久，我对他说：'请问，这儿的虐犹事件，大头目佩特留拉知道吗？他能接见犹太人代表团吗？'唉，我这条长舌头，给我惹过多少是非！等我给他刮完胡子，扑上香粉，一切都按一流水平弄妥当之后，你猜怎么着？他站起来，不但不给钱，反而把我抓起来，说我进行煽动，反对政府。"泽利采尔用拳头捶着胸脯，继续说："怎么是煽动？我说什么啦？我不过是随便打听一下……为这个就把我关了进来……"

泽利采尔非常激动，又是扭多林尼克的衬衫扣子，又是扯他的胳膊。

多林尼克听他愤愤不平的言谈，不由得笑了起来。等泽利采尔讲完，多林尼克严肃地对他说：

"我说，什廖马，你是个聪明的小伙子，怎么干出这样的蠢事，偏偏在这种时候多嘴多舌？我觉得你被抓到这儿来，恐怕有点不妙。"

泽利采尔会意地看了他一眼，绝望地挥了挥手。

门开了，保尔认得是那个酿私酒的老太婆又被推了进来，她恶狠狠地咒骂那个押送她的哥萨克：

"让火把你和你们的司令都烧成灰！叫他喝了我的酒不得好死！"

卫兵随手把门砰的一声关上了，接着听到了上锁的声音。

老太婆坐到木板床上，老头子逗乐地欢迎她：

"怎么，你又回来了，碎嘴老婆子。请坐，请坐，欢迎欢迎！"

老太婆狠狠瞪了他一眼，拎起小包袱，挨着多林尼克，坐到地上。

---

① 这里表示热烈欢迎的意思。

匪徒们从她手中弄到几瓶私酒以后,又把她押了回来。

突然,门外守卫室里响起了喊叫声和脚步声,一个人大声地发布命令。仓库里所有的犯人都把头转向房门。

广场上有座难看的破教堂,教堂顶上是个古老的钟楼,现在教堂前面正发生一桩本城少见的新奇事:谢乔夫狙击师的部队,全副武装,列成一个个四方的队形,从三面把广场围了起来。

前面,从教堂门口起,后面直到学校的围墙,有三个步兵团排成棋盘式的四方队形。

佩特留拉"政府"的这个精锐师团的士兵站在那里。他们穿着肮脏的灰军装,戴着不伦不类的、半个南瓜似的俄国钢盔,步枪靠着大腿,身上缠满了子弹带。

这个师团衣着整齐,穿的都是前沙皇军队的储备品,师团的一大半人是顽固反对苏维埃的富农分子。这次他们调到这里来,为的是保卫这个具有重大战略意义的铁路枢纽。

闪亮的铁轨从这个舍佩托夫卡镇朝五个不同的方向伸展出去。对佩特留拉来说,失去这个据点,就等于失去一切。但那个"政府"的地盘现在只有巴掌大了,小小的温尼察居然成了首都。

大头目佩特留拉决定亲自来这里视察部队。一切都已经准备好了,就等着他的到来。

有一个新兵团被安排在广场后边的角落里,那是最不显眼的地方。他们都是些光着脚,穿着各种颜色服装的年轻人。这些农村小伙子,有的是半夜从炕上拉来的,还有的是从街上抓来的。他们当中没有一个愿意打仗,都说:

"谁也不是傻瓜。"

佩特留拉军官们的最大成绩,就是把这些人押送到城里,编成连、营,再把武器发给他们。

但是,第二天,三分之一的新兵就不见了,后来,人数一天比一天在减少。

要是发靴子给他们,那简直太愚蠢了,而且也没有那么多靴子可发。于是下了一道命令:应征入伍者鞋袜自备。这道命令产生了奇妙的效果:

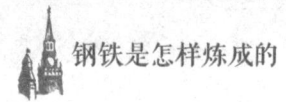

谁知新兵们从哪里捡来这么多破烂不堪的鞋子。这些鞋子全是用铁丝或者麻绳绑在脚上的。

因此只好叫他们光着脚参加阅兵式。

站在步兵后面的是戈卢勃的骑兵团。

骑兵们挡住密密麻麻的看热闹的人群。大家都想看看阅兵式。

大头目本人要来，这可是百年不遇的大事。谁也不愿意错过这个免费参观的机会。

教堂的台阶上站着一群校官和尉官，神甫的两个女儿，几个乌克兰教师，一帮"自由哥萨克"和稍微有点驼背的市长——总之，是一群经过挑选的"各界人士"的代表。身穿契尔克斯长袍的步兵总监也站在这群人中间。他是阅兵式的指挥。

教堂里，瓦西里神甫也穿起了复活节才穿的法衣。

欢迎佩特留拉的仪式准备得十分隆重，蓝黄色的旗子也升了起来，征来的新兵要向旗子举行效忠宣誓。

师长乘着一辆破旧的、像痨病鬼似的福特牌汽车，前往车站迎接佩特留拉。

步兵总监把蓄着两撇漂亮小胡子的仪表堂堂的切尔尼亚克上校叫到跟前，对他说：

"你带人去检查一下警备司令部和后方机关，要他们把各处都打扫干净，收拾整齐。如果有犯人，你就查问一下，把那些无关紧要的废物都撵走。"

切尔尼亚克把皮鞋后跟一碰，敬了个礼，拉住走过来的哥萨克大尉，一道骑马走了。

步兵总监彬彬有礼地问神甫的大女儿：

"宴会你们准备得怎么样了？一切都就绪了吧？"

"是啊，警备司令正在张罗呢。"她一边回答，一边目不转睛地盯着漂亮的步兵总监。

突然，人们骚动起来了：一个骑兵伏在马背上，沿马路飞驰而来，只听他挥着手高叫："他们来了！"

步兵总监大声喊起了口令："各——就——各——位！"

军官们慌忙跑到自己的队列中去。

当福特牌汽车气喘吁吁地开到教堂门口的时候，乐队奏起《乌克兰仍在人间》的乐曲。

大头目佩特留拉，紧跟在师长后面，笨拙地从汽车里钻了出来。他中等身材，一个有棱有角的大脑袋结结实实地长在紫红色的脖子上，扎着黄皮带，皮带上的麂皮枪套里插着一把小巧的勃朗宁手枪，头上戴着克伦斯基军帽，上面缀着一颗三叉戟的珐琅帽徽。

西蒙·佩特留拉没有一点威武的气派，完全不像一个军人。

他听完了步兵总监的简短报告，似乎对什么都不太满意。随后就是市长向他致欢迎词。

佩特留拉心不在焉地听着，眼睛从市长头顶上望过去，看着那些整齐的队列。

"开始检阅吧。"他向步兵总监点了点头。

佩特留拉登上旗杆旁边一座不大的检阅台，向士兵们发表了十分钟的演说。

他讲得空泛无力，一直提不起精神来，大概是路上太累了。演说结束的时候，士兵们例行公事地喊了一阵："万岁！万岁！"他走下检阅台，用手帕擦了擦脑门上的汗。随后，就在步兵总监和师长的陪同下，检阅各个部队。

走过新兵队列的时候，他轻蔑地眯起了眼睛，生气地咬着嘴唇。

检阅快结束了，新兵开始宣誓。他们参差不齐地走到旗子前面，先吻了一下瓦西里神甫手里捧着的《圣经》，然后吻一下旗子的一角。就在这个时候，发生了一件意外的事情。

谁也不知道怎么会有一个代表团挤进了广场，走到佩特留拉的跟前。走在前面的是经营木材的富商勃卢夫斯坦，他双手捧着面包和盐，跟在他后面的是百货商店老板福克斯等另外三个大商人。

勃卢夫斯坦像奴才一样弯着腰，把面包和盐捧到佩特留拉的面前，站在一旁的军官接了过去。

"犹太居民向您，国家元首阁下，表示衷心的感激和敬意。恭请阁下收下犹太人的颂词。"

"好的。"佩特留拉哼了一句，草草地看了看颂词。

这时候，福克斯说话了。

"小民等恭请阁下开恩，准许犹太人开门营业，并保护犹太人免遭蹂躏。"福克斯费了很大劲才把"蹂躏"这两个字从嘴里挤出来。

佩特留拉恼怒地皱起眉头。

"我的军队从来不会蹂躏犹太人。这一点你们应该记住。"

福克斯无可奈何地把两手一摊。

佩特留拉焦躁地耸了耸肩膀，他对不识时务的代表团在这个时候出场大为恼火。他转过身来，对站在身后气得直咬胡子的戈卢勃说：

"上校先生，他们在控告您的哥萨克，请您调查一下，做出处理。"说完，又转过身来命令步兵总监："阅兵式开始！"

倒霉的代表团万万没有想到会碰上戈卢勃，所以，急忙要溜走。

观众的注意力全都被分列式的准备工作吸引住了，接着响起了刺耳的口令声。

戈卢勃赶上了勃卢夫斯坦，脸色非常镇静，一字一句地小声说：

"你们这帮异教徒，赶快给我滚蛋，要不我就把你们剁成肉酱。"

军乐队奏起乐曲。第一批部队开始通过广场。士兵们经过佩特留拉检阅台的时候，机械地朝他喊着"万岁"，然后从公路转到旁边的街道上去。军官们穿着崭新的草绿色军装，像散步一样，甩着手杖，潇洒地走在连队的前面。这种军官甩手杖、士兵持步枪通条的分列式，是谢乔夫狙击师的创举。

新兵走在最后面。他们步伐混乱，磕磕碰碰，乱七八糟地挤成一团。一双双光脚走在路上，发出柔软的沙沙声。军官们想维持好秩序，但是做不到。第二连走到检阅台前的时候，右翼排头的一个穿麻布的小伙子，只顾惊奇地张着嘴巴看大头目，一不小心，踩在坑里，扑通一声栽倒在地上。

他的步枪摔在石头路上，哗啦啦地滑出好远。小伙子拼命想爬起来，可是后面的人又把他撞倒了。

观众哈哈大笑起来。队伍更加混乱了。士兵们乱糟糟地通过了广场。那倒霉的小伙子慌忙地捡起步枪，追赶队伍去了。

佩特留拉把脸转向一旁，不愿再看这个大煞风景的场面。他不等队伍走完，就往轿车走去。步兵总监跟在他身后，小心翼翼地问：

"将军阁下，不留下用膳吗？"

"不了!"佩特留拉气冲冲地说。

谢廖沙、瓦莉亚、克利姆卡也夹在教堂高大围墙后面的人群里看热闹。谢廖沙两手紧紧抓住铁栏杆,眼睛里充满了仇恨,盯着下面的队伍。

"咱们走吧,瓦莉亚,人家散场收摊了。"他用挑衅的语气提高嗓门喊,故意让所有的人都听到。说完,就跳下了铁栏杆,人们吃惊地转过脸来望着他。

但是,他谁也不理睬,径直向围墙门口走去。姐姐瓦莉亚和克利姆卡跟在他的后面。

切尔尼亚克上校和哥萨克大尉在警备司令部门前跳下马,把马交给勤务兵,急忙走进了警卫室。

切尔尼亚克厉声问一个勤务兵:

"司令在哪儿?"

"不知道。"那个小兵慢条斯理地回答,"他出去了。"

切尔尼亚克看了看这间又脏又乱的警卫室。所有的床铺都是乱糟糟的,司令部的几个哥萨克横躺竖卧,满不在乎地倒在床铺上,就连长官进来,也没人想到要站起来。

"怎么搞的,简直像个猪圈!"切尔尼亚克吼叫起来,"你们怎么像一群猪崽子一样躺在这儿?"他朝着那些仍然躺着不动的人咆哮。

有个哥萨克坐了起来,打了一个饱嗝,对他毫不客气地喊道:

"你嚷什么?我们有我们的长官,用不着你来大喊大叫!"

"你说什么?"切尔尼亚克飞快地跑到他的跟前,"畜生,你这是跟谁讲话?我是切尔尼亚克上校!狗娘养的,你没听说过?马上都给我爬起来!不然,我就用通条挨个抽你们!"怒气冲冲的上校在屋里走来走去,"马上把脏东西打扫干净!把床铺整理好!把你们的狗脸也收拾出个人样来!看看你们像什么东西!不是哥萨克,简直是一帮土匪。"

上校发起脾气来,就没完没了。他发疯似的一脚把摆在过道上的脏水桶踢翻了。

哥萨克大尉也不甘落后。他不停地臭骂卫兵,挥舞着马鞭子,把那些懒鬼赶下了床。

"大头目正在检阅,说不定要到这儿来。你们动作快点!"

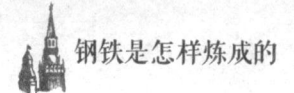

那些哥萨克一见事态严重，弄不好真要挨鞭子，而且他们全都知道切尔尼亚克的厉害，于是就都像火烧眉毛似的忙碌起来。

他们干得很卖力气。

"还得看看犯人。"大尉提议说，"谁知道他们关了些什么人？要是大头目到这儿来，就糟了。"

切尔尼亚克问卫兵："钥匙在哪儿？马上把门打开！"

警卫队长慌忙地跑过来，开了锁。

"你们的司令到底上哪去了？谁有那么多工夫等他！马上把他找来！"切尔尼亚克命令说，"警卫队全体到院子里集合，整好队！……为什么步枪不上刺刀？"

"我们是昨天才换班的。"警卫队长解释说。然后，他就跑出去找警备司令。

大尉一脚踢开了仓库的门。有几个人从地上坐了起来，其余的人仍躺着不动。

"把门全打开！"切尔尼亚克命令说，"屋子里太暗了。"

他仔细地看着每个犯人的脸。

"你是为什么坐牢的？"他大声地问坐在木板床上的老头。

老头欠起身子，提了提裤子。他被这厉声叫喊吓得有点结巴，含糊不清地回答说：

"我自己也不知道。把我抓进来，我就坐了牢。我家院子里一匹马丢了，可那能怪我吗？"

"什么人的马？"哥萨克大尉打断他，问道。

"官家的呗！住在我家的老总用马换酒喝了，反过来赖到我头上。"

切尔尼亚克把老头子从头到脚迅速打量了一番，不耐烦地耸了耸肩膀。

"收拾起你的破烂，赶快给我滚蛋！"他嚷了一声以后，便转过身去问那个酿私酒的老太婆。

老头子一下子还不敢相信会把他放了，他眨着那双半瞎的眼睛，问大尉：

"那就是说，真的允许我走啦？"

大尉点了点头，意思是说：赶快滚蛋，越快越好。

老头子慌慌忙忙地从床上解下袋子，侧着身子跑出门去。

"你是为什么坐牢的?"切尔尼亚克已经在盘问老太婆了。

老太婆赶紧吞下嘴里的肉包子,忙不迭地说:

"长官大人,我给关起来实在是冤枉!我是个寡妇,他们喝了我酿的酒,随后就把我关了起来。"

"这么说,你是做私酒买卖的?"切尔尼亚克问。

"这叫什么买卖呀?"她委屈地说,"司令他拿了我四瓶酒,一个钱也不给。他们全是这样,喝了我的酒,不给钱。这叫什么买卖呀!"

"得了,赶快见鬼去吧!"

老太婆连问都不再问一声,抓起小筐,一面鞠躬表示感激,一面退向门口,嘴里说:

"长官大人,愿上帝保佑您长生不老!"

多林尼克看着这出滑稽戏,惊讶地睁大了眼睛,被关押的人谁也不明白这是怎么回事。只有一点是清楚的:来的这两个人都是大官,有权处置犯人。

"你是怎么回事?"切尔尼亚克问多林尼克。

"上校大人跟你说话,你应该站起来!"哥萨克大尉吆喝着。

多林尼克慢腾腾地,艰难地从地下站了起来。

"我问你,你是为什么坐牢的?"切尔尼亚克又问了一遍。

多林尼克看了上校几秒钟,看着他那翘起来的胡子和刮得光光的脸,看着他那缀着珐琅帽徽的新克伦斯基帽的帽檐,突然闪出一个令人兴奋的念头:说不定能混出去呢!

"我是因为晚上八点钟以后在大街上走给抓来的。"他随口编了一个理由。

说完,他全身都紧张起来,焦急地等待着反应。

"你深更半夜逛什么大街?"

"不到半夜,也就是十一点钟。"

他说完这句话的时候,已经相信自己也能交好运了。

"走吧!"他突然听到了这简短的命令,两条腿的膝盖不由得哆嗦了一下。

多林尼克连外套都忘了拿,一步就跨到门口,这时哥萨克大尉已经在问下一个人了。

保尔是最后一个。他坐在地上,眼前的一切完全把他弄糊涂了。连多林尼克都放走了,他一下子竟弄不明白,简直不清楚发生了什么事情。这些人都放走了。但是,多林尼克,多林尼克……他说是夜里上街被捕的……保尔终于明白了。

上校已经在审问瘦骨嶙峋的泽利采尔,还是那句话:你是为什么坐牢的?

面色苍白、心情激动的理发师急促地回答说:

"他们说我进行煽动,可我不明白,我怎么煽动了。"

切尔尼亚克立刻警觉起来:

"什么,煽动?你煽动了什么?"

泽利采尔困惑地摊开两只手,说:

"我也不知道。我只不过是说,有人正在征集签名,要以犹太居民的名义向大头目上请愿书。"

"什么请愿书?"哥萨克大尉和切尔尼亚克都向他逼近了一步。

"请求禁止虐犹。你们知道,这里就发生过一次可怕的虐犹事件。犹太人都很害怕。"

"明白了。"切尔尼亚克打断了他的话,"犹太佬,我们会给你们写请愿书的!"他转身对大尉说:"这个家伙得弄个牢靠点的地方关起来!把他押到指挥部去!我要亲自审问他,到底是谁要请愿。"

泽利采尔还想分辩,但是大尉把手一扬,在他背上狠狠地抽了一马鞭。

"住口,你这畜生!"

泽利采尔疼得脸都变了形,躲到墙角里去了。他嘴唇颤抖着,差点放声哭起来。

就在这个时候,保尔站了起来。仓库里只剩下他和泽利采尔两个人了。

切尔尼亚克站在这个小伙子面前,用那双黑眼睛上下打量着他。

"喂,你是怎么到这儿来的?"

上校马上就听到了回答:

"我是从马鞍子上割下一块皮做鞋掌。"

"什么马鞍子?"上校没有听明白。

"我家住了两个哥萨克,我从一个旧马鞍上割了一块皮子做鞋掌。就因为这个,他们把我送到这儿来了。"保尔怀着获得自由的强烈愿望,又补充了一句,"我要是知道他们不让……"

上校轻蔑地看着他。

"这个警备司令尽搞些什么名堂,真是活见鬼,抓来这么一些犯人!"他转身对着门口,喊道:"你可以回家了。告诉你爸爸,叫他好好收拾你一顿,行了,快走吧!"

保尔简直不敢相信自己的耳朵,心都要从胸膛里蹦出来了。他从地上抓起多林尼克的外套,朝门口冲去。他穿过警卫室,从刚刚走出来的切尔尼亚克身后悄悄溜到院子里,然后从栅栏门出去,跑到大街上。

仓库里只剩下倒霉的泽利采尔一个人了。他又痛苦又悲伤,回头看了一眼,下意识地向门口迈了几步。但是这时候一个卫兵走进警卫室,关上仓库的门,上了锁,在门外的板凳上坐了下来。

在台阶上,切尔尼亚克得意地对哥萨克大尉说:

"幸亏咱们来看了看。你瞧,这儿关了这么多废物。我看得把警备司令关两个礼拜禁闭。怎么样,咱们走吧?"

警卫队长已在院子里集合好了队伍。一见上校走了出来,马上跑过去报告:

"上校大人,一切照您的吩咐准备完毕。"

切尔尼亚克把一只脚伸进马镫,轻轻一跃上了马。而大尉费了很大劲才跨上那匹调皮的马。切尔尼亚克勒住缰绳,对警卫队长说:"告诉你们司令,我已经把他塞在这儿的一群废物都放光了。再告诉他,他把这儿搞得乱七八糟,我要关他两个礼拜的禁闭。牢里关着的那个家伙,马上给我押到指挥部来。注意警卫。"

"是,上校大人。"警卫队长敬了个礼。

上校和哥萨克大尉用马刺刺着马,向广场飞奔而去。那里的阅兵式快要结束了。

保尔翻过第七道栅栏,停了下来。他已经没有力气再往前跑了。

在闷不透风的仓库里饿了这么多天,他一点劲也没有了。回家去不行,到谢廖沙家去也不行——要是被人发现了,他们全家都得遭殃,上哪儿去呢?

他不知道怎么办才好,只得继续往前跑,越过一个又一个菜园子和庄园后院,直到胸脯撞在一家的栅栏上,他才清醒过来。

看了一眼,他愣住了:高高的木栅栏里面是林务官家的花园。两条疲惫无力的腿竟把他带到这里来了!难道是他想跑到这里来的吗?不是。

那么,为什么他偏偏跑到这里来呢?

这个问题他回答不上来。

应当找个地方休息一下,然后再考虑下一步怎么办。他知道花园里有个木头凉亭,那里谁也发现不了他。

保尔纵身一跳,一只手攀住栅栏,爬上去,翻身进了花园。他看了看那座隐现在一片树林后面的白房子,便向凉亭走去。凉亭四周光秃秃的,夏天爬满凉亭的山葡萄不见了。现在一点遮挡都没有。

他正要转身回到栅栏那里去,但是已经晚了:他听到背后有狗在狂叫。从房子那边,有一条大狗顺着落满枯叶的小道,向他猛扑过来,可怕的汪汪声震荡着整个花园。

保尔做好自卫的准备。

大狗第一次扑上来,被保尔一脚踢开了。狗又要往他的身上扑来。要不是传来一个清脆的喊声,真不知道这场搏斗会怎样结束。保尔听到一个熟悉的声音在喊:

"特列佐尔,回来!"

冬妮亚沿着小径跑来了。她抓住大狗脖子上的皮圈,对站在栅栏旁边的保尔说:

"你怎么跑到这儿来呢?狗会把你咬伤的。幸亏我……"

她突然愣住了。眼睛睁得大大的。这个闯入花园的少年多么像保尔啊!

站在栅栏旁边的少年动了一下,轻声说:

"你……你还认得我吗?"

冬妮亚尖叫了一声,急速向保尔跟前迈了一步。

"保夫鲁沙,是你呀!"

特列佐尔把她的尖叫声当作进攻的信号,猛地一跃,扑了过去。

"走开。"

特列佐尔被冬妮亚踢了几脚,委屈地夹起尾巴,向房子那边慢慢地走去。

冬妮亚紧紧抓住保尔的双手,问他:

"你给放出来了?"

"难道你已经知道了?"

冬妮亚抑制住内心的激动,急促地回答说:

"我全都知道。莉莎对我说了。可你怎么会到这儿来的呢?是他们把你放出来的吗?"

保尔有气无力地说:

"他们把我错放了,我才跑了出来。他们现在大概又在搜查我了。我是无意中跑到这儿来的,想到亭子里歇一会儿。"他很抱歉地说了一句,"我太累了。"

她全神贯注地看了他一会儿,又惊又喜,内心交织着无限的怜悯和温暖的柔情。她用力握住保尔的手,说:

"保夫鲁沙,亲爱的,亲爱的保尔,我的亲人,好人……我爱你……你听见了吗?……你这孩子,我的倔强的小东西,你那天为什么走了?现在你到我们家,到我这儿来吧。我说什么也不放你走了。我们家很清静,你愿意待多久就住多久。"

但是,保尔摇了摇头。

"要是他们把我从你们家搜出来,那可怎么办?我不能到你们家去。"

她把保尔的手握得更紧了,她的睫毛在颤动,眼睛里闪着泪花。

"你要是不到我家来住,就永远别再来见我。现在阿尔焦姆也不在家,他给抓去开火车了。所有铁路员工都被征调去了。你说你能到哪儿去呢?"

保尔理解她的心情,知道她很担心,只是他怕连累心爱的姑娘,才拿不定主意。但是,这些天的痛苦把他折磨得精疲力竭,他很想休息一下,而且也饿得难受。于是,他终于让步了。

他坐在房间的沙发上,厨房里母女俩正在谈话:

"妈妈,你听我说,现在保尔正坐在我的房间里,你还记得吗?他是我的朋友。我一点也不想瞒你。他是为了拯救一个布尔什维克水兵被抓起来的。现在他逃出来了,可是没有藏身的地方。"她的声音颤抖了,"妈妈,我求你让他暂时住在咱们家里,也许只要住几天。他又饿又累。好妈妈,如果你爱我,你就不要反对。我求求你了。"

女儿的眼睛恳切地望着母亲。

母亲也以试探的眼光注视着女儿。

"好吧,我不反对。可是你把他安排在什么地方住呢?"

冬妮亚涨红了脸,非常难为情而又激动地说:

"我把他安顿在我房里的长沙发上。这事可以暂时不告诉爸爸。"

母亲盯着冬妮亚的眼睛,问:

"这就是你掉眼泪的原因吗?"

"嗯。"

"可他还完全是个孩子啊!"

冬妮亚焦急地扯着衣袖,说:

"是啊,可是如果他不逃出来,他们会把他当作成人枪毙的。"

现在保尔住在她们家里,使冬妮亚的母亲叶卡捷琳娜·米哈伊洛夫娜很担心。保尔被捕过的事实和冬妮亚对他的肯定的爱情也使她感到不安。而且,她对保尔一点也不了解。

可冬妮亚却热心地张罗起来。

"妈妈,他得洗个澡,我马上就去准备。他实在脏得像个真正的火夫,好多天连脸都没有洗了……"

她跑来跑去,忙个不停,又是烧洗澡水,又是找衣服。接着,她跑进屋,一句话也没说,抓住保尔的手,把他拉进了洗澡间。

"你把衣服全脱下来。要换的衣服在这儿。你的衣服都得洗。你就穿这一套吧!"她指了指椅子上叠得整整齐齐的领子带白条的蓝色水兵服和肥腿裤子。

保尔惊奇地向四周看了一看,冬妮亚笑了。

"这衣服是我的,舞会上女扮男装用的。你穿上一定很合适。好,你就洗吧,我走了。趁你洗澡,我去给你准备吃的东西。"

她随手关上了门。保尔只好迅速地脱掉衣服,跳进澡盆。

一个小时后,母亲、女儿和保尔三个人一起在厨房里吃午饭。

保尔饿极了,不知不觉地一连吃了三盘。开头,他在叶卡捷琳娜·米哈伊洛夫娜面前很不自然,后来看到她很热情,也就不再感到拘束了。

午饭后,三个人坐在冬妮亚的房间里,叶卡捷琳娜·米哈伊洛夫娜要保尔讲一讲他的遭遇。保尔把自己所遭受的苦难,原原本本讲了一遍。

"您以后打算怎么办呢?"叶卡捷琳娜·米哈伊洛夫娜问。

保尔沉思了一会儿,说:

"我想看一看我哥哥阿尔焦姆,然后就离开这里。"

"到哪儿去呢?"

"我想到乌曼或基辅去。我自己也说不准,不过,我一定要离开这儿。"

保尔简直不敢相信,这一切会变得这样快。早晨还在坐牢,现在却坐到了冬妮亚身边,穿上了干干净净的衣服,而更主要的是获得了自由。

生活,有时候就是这样变幻莫测:一会儿乌云满天,一会儿太阳露出笑脸。要是没有再度被捕的危险,他现在可真算得上是一个幸福的小伙子了。

然而,正是现在,在这宽大而安静的房子里,他随时都可能被抓走。

应当到别处去,随便到哪里,反正不能留在这里。

但是,心里实在舍不得离开这个地方,真见鬼!以前读英雄加里波第的传记,多带劲!他那样羡慕加里波第,看他的一生过得多艰难!敌人在世界各地追逐他。而他,保尔,一共才受了七天痛苦磨难,就好像过了整整一年似的。

看来,他保尔并不是什么了不起的英雄。

"你在想什么呢?"冬妮亚俯下身子问他。保尔觉得她那双碧蓝的眼睛深不可测。

"冬妮亚,我给你讲讲赫里斯季娜的故事,你想听吗?"

"你快讲吧!"她高兴地说。

"……打那以后,她就再也没有回来。"他费劲地讲出这最后一句话。

房间里时钟嘀嗒嘀嗒有节奏地响着,冬妮亚低着头,使劲咬着嘴唇,差点没哭出声来。

保尔看了她一眼。

"我今天就得离开这儿。"他坚决地说。

"不,不行,你今天哪儿也不能去!"

她把纤细温暖的手指轻轻地伸到他那蓬乱的头发里,温情地抚摸着。

"冬妮亚,你应该帮助我。你到机车库去找一下阿尔焦姆,然后再捎个字条给谢廖沙。我的手枪藏在老鸹窝里,我自己不能去拿,让谢廖沙给拿下来。这些事都能给我办到吗?"

冬妮亚站了起来。

"我现在就去找莉莎。我们俩一起到机车库去。你写条子吧,我给谢廖

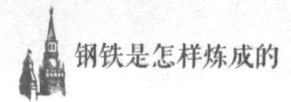

沙送去。他住在什么地方？要是他想见你，告诉他你在这儿吗？"

保尔想了想，回答说：

"让他今天晚上亲自把手枪送到花园里来吧。"

冬妮亚很晚才回来，保尔睡得正香。她的手一碰到他，他就惊醒了。冬妮亚高兴地笑着说：

"阿尔焦姆马上就来。他刚刚出差回来。亏得莉莎的父亲担保，才准许他出来一个钟头，火车头停在机车车库里。我没有告诉他你在这儿。我只是说，有非常重要的事情要转告他。你瞧，那不是他来了！"

冬妮亚跑去开门。阿尔焦姆站在门口，惊呆了，他简直不相信自己的眼睛。冬妮亚等他进来后，关上了门，免得患伤寒病的父亲在书房里听到。

阿尔焦姆两只手臂紧紧地抱住保尔，弄得他的骨节都在咯咯地作响。

"好兄弟！保尔！"

大家商量好了：保尔明天走。阿尔焦姆把他安插在勃鲁扎克的机车上，带到卡扎京去。

平素很刚强的阿尔焦姆，这些天来，由于不知道弟弟的命运而心烦意乱，早就沉不住气了。现在，他情不自禁，说不出有多高兴。

"就这么办，明天早晨五点钟你到材料库去。火车头在那儿上完木柴，你就坐上去。我本来想跟你多谈一会儿，可是来不及了，明天我去送你。我们铁路工人也给编成了一个营，就像德国人在这儿的时候一样，有卫兵看着我们干活。"

阿尔焦姆同弟弟告别以后就走了。

天很快黑了下来。谢廖沙该到花园里来了。保尔在黑暗的花园里踱来踱去，等着他。冬妮亚同母亲一起陪着父亲。

保尔和谢廖沙在黑暗中见了面。他们互相紧紧地握着手。跟他来的还有瓦莉亚。他们低声地交谈着。

"手枪我没拿来。你们家院子里尽是佩特留拉匪兵，停着大车，还生起了火。上树根本不行。太不凑巧了。"谢廖沙这样解释道。

"去他的吧！"保尔安慰他说，"这样，说不定更好。路上要是查出来，脑袋就保不住了。不过，你以后一定要把枪拿走。"

瓦莉亚凑到保尔跟前，问：

"你什么时候走?"

"明天,瓦莉亚,天一亮就动身。"

"你是怎么逃出来的?讲一讲吧!"

保尔小声地把自己的遭遇很快讲了一遍。

他们互相亲切地告别。谢廖沙没有心思开玩笑了,他心情非常激动。

"保尔,祝你一路平安!可别忘了我们!"瓦莉亚勉强讲了这句话。

他们走了,立刻消失在黑暗里。

房间里静悄悄的。只有时钟不知疲倦地走着,发出清晰的嘀嗒声。两个人谁也没有睡意,再过六个小时就要分离,也许从今以后永远不能再见面了。两个人心潮起伏,都有千言万语要说,然而,在这短短的几小时里,难道能够说得完吗?

青春啊,无限美好的青春!这时,情欲还没有萌动,只有急促的心跳隐约显示它的存在;这时的手如无意中碰到少女的胸脯,便惊慌地颤抖着,急速移开;这时,青春的友谊约束着最后一步的行动。在这样的时刻有什么比心爱姑娘的手更可亲的呢?这双手紧紧地搂住你的脖子,接着就是电击一般炽热的吻。

从他们建立友谊以来,这是第二次接吻。除了母亲以外,谁也没有爱抚过保尔,相反,他倒是经常挨打。正因为这样,冬妮亚的爱抚使他格外激动。

他在屈辱和残酷的生活中长大,不知道还有这样的欢乐。在人生道路上结识这位姑娘,真是莫大的幸福。

在黑夜里,他闻到了她的发香,似乎也看见了她的眼神。

"冬妮亚,我是多么爱你!我不能用语言表达我对你的爱,我还不会……"

他的脑子很乱……她那柔软的肉体是多么乖顺啊……但是青春的友情比别的一切都更高贵。

"冬妮亚,等时局平定以后,我一定能当上电工。要是你不嫌弃我,要是你真的爱我,而不是闹着玩儿,我一定做你的好丈夫。我永远不会打你。要是我欺侮你,就叫我不得好死。"

他们不敢拥抱着睡觉,怕这样睡着了,让母亲看见引起猜疑,因此他们就分开了。

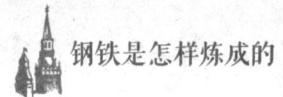

天已经蒙蒙亮了,他们俩才入睡。临睡前他们再三约定,谁也不忘记谁。

清晨,叶卡捷琳娜·米哈伊洛夫娜叫醒了保尔。

他急忙起来。

他在洗澡间换上了自己的衣服、靴子,穿上了多林尼克的外套。这时候母亲叫醒了冬妮亚。

他们穿过潮湿的晨雾,急忙向车站走去,绕道来到了堆放木柴的地方。阿尔焦姆在上好木柴的火车头旁边,焦急地等待着他们。

那辆名叫"狗鱼"的大功率机车扑哧扑哧地喷着蒸汽,慢腾腾地开了过来。

勃鲁扎克正从驾驶室里朝窗外张望。

他们相互匆匆告别。保尔紧紧抓住机车扶梯的把手,爬了上去。他回过身来看见了岔道口上并排站着的两个亲切而熟悉的身影:高大的阿尔焦姆和苗条娇小的冬妮亚。

风猛烈地吹拂着冬妮亚的衣服和栗色的鬈发。她挥动着手。

阿尔焦姆斜眼看了一下勉强抑制住哭泣的冬妮亚,叹了一口气,心里想:

"要么我是个大傻瓜,要么这两个年轻人有点反常。保尔,保尔,你这个毛孩子!"

列车转弯不见了,阿尔焦姆转过身来,对冬妮亚说:

"好吧,咱们俩算是朋友了吧?"于是,冬妮亚的小手躲进了他那巨大的手掌里了。

这时,远方传来了火车加速的轰鸣声。

第七章

舍佩托夫卡四周到处是战壕，到处是带刺的铁丝网。整整一个星期，这座小城都是在隆隆的炮声和清脆的枪声中醒来和入睡的，只是到了深夜才安静下来。偶尔有一阵慌乱的射击声划破夜空的沉寂，那里敌对双方的暗哨在互相试探。天刚亮，士兵们就聚在大炮周围忙碌起来。大炮张着黑色的嘴，又凶狠地发出恐怖的吼叫声。士兵们急急忙忙往炮膛里装新的炮弹。炮手把发火栓一拉，大地便颤动起来。炮弹咝咝地呼啸着，飞向三俄里外红军占据的村庄，落下去，发出震耳欲聋的爆炸声，把巨大的土块抛向空中。

红军的炮队驻扎在一座古老的波兰修道院的院子里，修道院坐落在村中心的高岗上。

炮队政委扎莫斯京同志翻身跳了起来。他刚才枕着炮架睡了一觉。他紧了紧挂着沉甸甸毛瑟枪的腰带，仔细地听着炮弹的呼啸声，等待它爆炸。院子里响起了他那洪亮的声音：

"同志们，明天再接着睡吧！现在起来。起——床——"

炮手们都睡在大炮旁边。他们和政委一样迅速地跳起来。只有西多尔丘克一个人磨磨蹭蹭，他懒洋洋地抬起昏睡的头，说：

"你们这帮混蛋，天还没有亮，就哇啦哇啦叫起来，真是一帮讨厌的家伙。"

扎莫斯京哈哈大笑起来：

"哎，西多尔丘克，敌人真不自觉，也不考虑一下，你还没睡够。"

炮兵西多尔丘克爬起来，不满意地嘟哝着。

几分钟之后，修道院里的大炮怒吼起来，炮弹在城里炸开了。佩特留

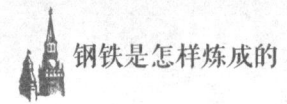

拉部队在糖厂那座高烟囱上搭起了一个瞭望台,上面有一个军官和一个电话兵。

他们是攀着烟囱里的铁梯爬上去的。

整个城市的情况一目了然。他们就从这里指挥炮兵射击。围城红军的每个行动他们都看得清清楚楚。今天布尔什维克军队非常活跃。用蔡斯望远镜可以看到红军各个部队的运动情况。一列装甲火车一边打炮,一边沿着铁轨缓慢地开往波多尔斯克车站。后面是步兵的散兵线,红军一连几次发起进攻,想夺取这座小城,但是白军谢乔夫师的部队掩蔽在战壕里固守着,战壕里喷射出凶猛的火焰,四面八方充满了疯狂的哒哒哒的射击声。每次进攻到了最紧张的时候,枪炮声都非常密集,汇成了一片怒吼。布尔什维克的部队冒着枪林弹雨冲锋,后来支持不住,又撤退下来,战场上留下了一些不能动弹的尸体。

今天,对这座小城的攻击越来越凶猛,越来越频繁。空气在隆隆的炮声中震荡。从糖厂的烟囱上可以看到,布尔什维克的战士们时而匍匐在地,时而跌倒又爬起来,势不可当地向前推进。他们马上就要全部占领车站了。谢乔夫师把所有的预备队都投入了战斗,还是没有堵住车站上已被打开的缺口。奋不顾身的布尔什维克战士已经冲进了车站附近的街道。守卫车站的谢乔夫师第三团的士兵,遭到短促而猛烈的攻击之后,从设在城郊花园和菜地的最后防线上溃退下来,凌乱地往城里狼狈逃窜。红军部队不给敌人喘息的机会,继续挺进,用刺刀开路,扫清了敌人的零星狙击部队,占领了所有街道。

谢廖沙一家和他们的近邻本来都躲在地窖里,但是现在任何力量也不能迫使他们再待在这里了。他非常想到上面去看看。尽管母亲再三阻拦,他还是从阴冷的地窖里跑了出来。一辆"萨盖达奇内"号装甲车隆隆地从他家房前急速驶过,边逃边向四周胡乱射击。一群惊恐的佩特留拉败兵跟在装甲车后面逃跑。有个匪兵跑进了谢廖沙家的院子,慌慌张张地扔掉子弹带、钢盔和步枪,跳过栅栏,钻进菜园子藏了起来。谢廖沙决心到街上去看看。佩特留拉的败兵正沿着通往西南车站的大路逃窜,一辆装甲车在掩护他们退却。通往城里的公路上,一个人也没有。这时,突然有一个红军战士跳上了大路。他卧倒在地,顺着大路,朝前打了一枪。紧接着出现了第二个、第三个……谢廖沙看见他们弯着腰,边追赶,边打枪。一个晒得黝黑、两眼通红的中国人,只穿了一件衬衫,身上缠着机枪子弹带,两手攥着手榴弹,他根本不找掩蔽物,一个劲儿地猛追过来。跑在前面的是一个非常年轻的红军战士,端着一挺轻机枪。这是首先冲进城里的红军队伍。谢廖沙高兴极了,他跑到公路上,使劲地喊了起来:

"同志们万岁!"

他出现得太突然了,那个中国人差点儿把他撞倒。中国人正要向他猛扑上去,但是看到这个年轻人这样兴奋激动,就停住了。

"佩特留拉的兵跑到哪里去了?"中国人气喘吁吁地冲着他喊道。

但是,谢廖沙已经顾不上听他说话。他迅速跑进院子,抓起逃兵扔下的子弹带和步枪,追赶红军队伍去了。他和这支队伍一起冲进了西南车站,直到这时候,红军战士们才注意到他。他们截住了好几列满载弹药和军需品的火车,把敌人赶进了森林,停下来整顿队伍。这时,一个年轻的机枪手走到谢廖沙跟前,惊讶地问:

"同志,你是打哪儿来的?"

"我是本地人,就住在城里,早就盼着你们来啦!"

红军战士把谢廖沙围了起来。

"我认得他。"那个中国人高兴地笑着说,"在我们冲进城里的时候,他大声喊着:'同志们,万岁!'他是布尔什维克,是我们年轻的好朋友!"他拍着谢廖沙的肩膀,用半通不通的俄语夸奖他。

谢廖沙的心欢畅地蹦跳着,他立刻就被红军战士当作自己人了。他同他们一起,参加了攻打车站的肉搏战。

小城又活跃起来了。受尽苦难的人们都从地下室和地窖里走了出来,拥到门口,去看开进城的红军队伍。安东尼娜·瓦西里耶夫娜和瓦莉亚在红军的队伍里发现了谢廖沙。他光着头,腰上缠着子弹带,肩上背着步枪,走在红军战士们的行列里。

安东尼娜·瓦西里耶夫娜气得两手一扬,拍了一下巴掌。

谢廖沙,她的儿子,居然也去打仗了!这还了得!想想看,他竟在全城人们面前背着枪,大模大样地走着,以后会怎么样呢?

安东尼娜·瓦西里耶夫娜想到这里,再也忍不住了。她大声喊起来:

"谢廖沙,你给我回来,马上回来!我非给你点厉害瞧瞧不可。你这个

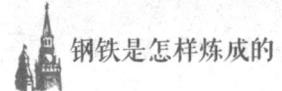

小混蛋！要打仗，就回家打！"说着，朝儿子跑过去，想把他拦住。

但是，谢廖沙，这个她不止一次揪过耳朵的谢廖沙，却严肃地瞪了她一眼，红着脸，又羞又恼斩钉截铁地说：

"别喊了！我就在这儿，哪儿也不去！"他连停也不停，从母亲身边走了过去。

安东尼娜·瓦西里耶夫娜这下可气坏了：

"好哇！你就这样跟你妈说话！往后你就别想再回家！"

"我就是不想回去了！"谢廖沙头也没有回，大声回答说。

安东尼娜·瓦西里耶夫娜惘然若失地站在路上。一队队晒得黝黑、满身灰尘的战士从她身旁走过去。

"别哭了，大娘！我们还要选你儿子当政委呢！"有人大声地开了一句玩笑。

队伍里发出了一阵阵愉快的笑声。连队前面响起了洪亮而和谐的歌声：

　　同志们，勇敢向前进，
　　在斗争中百炼成钢，
　　为开辟通向自由的道路，
　　挺起胸膛走向战场！

整个队伍跟着大声唱了起来。在这雄壮的合唱中，可以听到谢廖沙嘹亮的声音。他找到了新的家。他成了这个家庭里的一名战斗员。

在列辛斯基庄园的大门上，钉上了一块白色的牌子，上面简洁地写着："革命委员会"。

旁边贴着一张红色的宣传画：一个红军战士，两道炯炯有神的目光注视着看画的人，一只手直指着看画人的胸膛。下面写着："你参加红军了吗？"

夜里，师政治部的工作人员把这些无声的宣传员贴遍了大街小巷，同时还贴出了革委会第一张告舍佩托夫卡市全体劳动人民书：

　　同志们！

无产阶级的军队已经占领了本市。苏维埃政权已经恢复。我们号召全体人民保持镇静。血腥虐杀犹太居民的匪徒已经溃逃。为了不让他们卷土重来，为了彻底消灭他们，希望你们踊跃报名参加红军！希望你们全力支持劳动人民的政权！本市的军权属于卫戍司令员，政权属于革命委员会。

革命委员会主席　多林尼克

列辛斯基的庄园里，进进出出的全是新人了。"同志"这个称呼，昨天还要为它付出生命，今天却响遍全城，到处都可以听到。"同志"——这是一个多么激动人心的字眼啊！

多林尼克忘记了睡眠，忘记了休息。

这个木匠正忙着筹建革命政权。

别墅里一间小屋子的门上贴着一张小纸片，上面用铅笔写着："党委会"。伊格纳季耶娃同志在这里办公。她是一个沉着坚强的女人。师政治部委派她和多林尼克两个人组建苏维埃政权机构。

只过了一天，工作人员都坐到办公桌旁边了。打字机嗒嗒地响着，粮食委员会也成立了。粮食委员瓦茨拉夫·特日茨基是一个活泼而性急的人。他以前是糖厂的助理技师。苏维埃政权刚刚建立，他就以罕见的顽强精神投入斗争，向工厂管理部门那些隐蔽起来的，对布尔什维克心怀仇恨的上层贵族分子发起猛烈进攻。

在全厂大会上，特日茨基用拳头愤怒地敲着讲台的栏杆，用波兰话向周围的工人发表了激烈而坚定的演说。他说：

"过去的一切，当然别想再回来了。咱们的父辈和咱们自己一生给波托茨基伯爵当牛做马，已经当够了。咱们给他们建造宫殿，可是这个高贵的伯爵大人给了咱们什么呢？不多不少，只够咱们饿不死，好给他干活。

"什么波托茨基伯爵呀，桑左什卡公爵呀，那些伯爵、公爵骑在咱们脖子上有多少年了？难道波兰人不是跟俄罗斯人、乌克兰人一样，也有很多人给波托茨基当牲口使吗？可是现在那些老爷的走狗却在波兰工人中散布谣言，说什么苏维埃政权要用铁拳来对付波兰人。

"同志们！这是无耻的诽谤。咱们各族工人从来没有获得过像现在这样的自由。

"所有的无产阶级是兄弟,但是对于那些贵族老爷,请你们相信,我们是要狠狠地收拾他们的!"

他的手在空中划了一个弧形,又使劲敲了一下讲台的栏杆。

"是谁逼着我们弟兄去流血,去自相残杀呢?是国王,是贵族。许多世纪以来,他们总是派波兰人去打土耳其人,一个民族进攻、屠杀另一个民族的事不断发生。死了多少人!造成了多少灾难!谁愿意这样?难道是我们吗?不过,这一切很快就要结束了。那些毒蛇的末日来到了。布尔什维克向全世界喊出了使资产阶级胆战心惊的口号:全世界无产者,联合起来!工人和工人要成为兄弟,这样,咱们才能得救,才有希望过上幸福的生活。同志们,参加共产党吧!

"波兰也要成立共和国,不过是苏维埃共和国,不是波托茨基的共和国,咱们一定要把那些家伙连根拔掉。苏维埃波兰将由咱们当家做主人。你们谁不认识布罗尼克·普塔申斯基?革委会已经任命他为咱们厂的委员了。不要说我们一无所有,我们要做天下的主人。咱们也会有庆祝自己胜利的节日。同志们,千万别听那些暗藏的毒蛇的鬼话!要是咱们工人齐心协力,那么就一定能把全世界的人民团结在一起!"

特日茨基从内心深处,从一个普通工人的内心深处发出了这清新的呼声。

当他走下讲台的时候,青年们一齐向他欢呼,表示支持。只有年纪大的人不敢发表意见。谁知道哪天布尔什维克就会撤走,那时候,就得为自己说出的每一句话付出代价。就是不上绞架,也一定会被赶出工厂。

教育委员是切尔诺佩斯基。他是一个身材瘦削而匀称的中学教师。目前他是本地教育界唯一忠于布尔什维克的人。革命委员会对面驻扎着一个特务连。这个连的战士在革委会昼夜值勤。一到晚上,在革委会的院子里,挨着大门,就架起了上好子弹带的马克沁机枪,旁边站着两个手持步枪的战士。

伊格纳季耶娃同志正向革命委员会走来。一个年轻的小战士引起了她的注意。她问:

"小同志,你多大了?"

"快十七了。"

"是本地人吗?"

小战士微笑着说:

"是的,我是前天打仗的时候参军的。"

伊格纳季耶娃注视着他。

"你父亲是干什么的?"

"火车副司机。"

这时,多林尼克和一个军人走进栅栏门,伊格纳季耶娃对他们说:

"你瞧,我为共青团区委物色到了一个领导人,他是本地人。"

多林尼克迅速打量了一下谢廖沙。

"你是谁家的孩子?"

"勃鲁扎克家……"

"哦,扎哈尔的儿子!好哇,你就干吧,把你的伙伴们组织起来。"

谢廖沙惊讶地看了他们一眼,说:

"那我在连里的事怎么办呢?"

多林尼克已经跑上台阶,回过头来说:

"这个我们自有安排。"

第二天傍晚,当地的乌克兰共产主义青年团委员会就建立起来了。

新的生活那样突然而又迅速地闯了进来。它占据了谢廖沙的整个身心,把他卷进了漩涡。他已经把自己的家完全忘记了,虽然这个家就在眼前。

他,谢廖沙·勃鲁扎克已经是一个布尔什维克了。他多次从口袋里掏出乌克兰共产党委员会发的白纸卡片,上面写着:谢廖沙,共青团员,团区委书记。要是有人怀疑这一点,那就请看他军便服皮带上威风凛凛挂着的那支曼利赫尔手枪,这是好朋友保尔送给他的,外面还套上了手缝的帆布枪套。这可是个最有说服力的证件。唉,保夫鲁沙要是在这里该多好!

谢廖沙整天忙着执行革命委员会的各项指示。现在伊格纳季耶娃正在等他,他们要一道上火车站,到师政治部去,给革委会领书报和宣传品。他急急忙忙地往大门口跑去。政治部的工作人员已经准备好了小汽车,在那里等着。

到车站的路很远。苏维埃乌克兰第一师的政治部和参谋部就设在车站的列车上。伊格纳季耶娃利用乘车的时间,向谢廖沙询问了很多工作情况。

"你的工作做得怎么样了？组织建立了吗？你的朋友都是些工人子弟，你要把他们发动起来。要在最短的时间内建立一个共产主义青年团小组。明天我们就来起草一个共青团的宣言，把它打印出来。然后把青年召集到剧院里，开个大会。我再介绍你跟政治部丽达·乌斯季诺维奇同志认识认识。她大概是负责你们青年工作的。"

丽达·乌斯季诺维奇是一个十八岁的姑娘。乌黑的头发剪得短短的，穿着一件草绿色的新制服，腰里扎着一条窄皮带。谢廖沙从她那里学到了许多东西，她还答应帮助他开展工作。分手的时候，乌斯季诺维奇给了他一大捆宣传品，另外还特意送给他一本关于共青团纲领和章程的小册子。

天已经很晚了，他们才回到革命委员会。瓦莉亚一直在花园里等着他。一见面，她就劈头盖脸地把他数落了一顿：

"你真不害臊！怎么，你一点都不顾家了吗？为了你，妈天天哭，爸也发脾气。这样下去，准得闹出事来！"

"放心好了，瓦莉亚，什么事也不会出。我是没工夫回家。说实在的，真没工夫。今天我不能回去。我正好要跟你谈谈。到我屋里去吧。"

瓦莉亚简直认不出弟弟来了。他完全变了，就像让谁充了电似的。谢廖沙让姐姐坐在椅子上，开门见山地说：

"是这么回事，你加入共青团吧。不明白吗？就是共产主义青年团。我就是团的书记。你不信？给你看看这个！"

瓦莉亚看了证件，难为情地望着弟弟，说：

"我入共青团能干什么呢？"

谢廖沙把手一摊，说：

"什么？没什么事可干？我的好姐姐！我忙得连觉都顾不上睡。要大力开展宣传鼓动工作，发动群众。伊格纳季耶娃说：应当把大家都召集到剧院去，给他们讲解什么叫作苏维埃政权。她说我也得讲讲话。我想，这可不成，我实在不知道该怎么讲，准得出洋相。好了，你还是直截了当说吧：入团的事怎么样？"

"我不知道。要是我加入了，妈准会气疯的。"

"你别管妈嘛，瓦莉亚。"谢廖沙不以为然地说，"她不懂得这些事情。她只想把孩子们拢在她身边。对苏维埃政权，她一点反对的意思也没有，反倒是同情的。但是她只希望别人到前线去打仗，不愿让自己的孩子去。

难道这公道吗？朱赫来跟咱们讲的话，你还记得吗？你看保尔，人家就不管他妈怎么样。现在咱们已经享有真正生活的权利了。怎么样，我的好瓦莉亚，难道你会不同意？你参加进来该有多好！你去动员姑娘们，我负责做小伙子的工作。克利姆卡那个红毛鬼，我今天就叫他乖乖地参加进来。怎么样，瓦莉亚，你到底是参加不参加？我这儿有一本讲解共青团的小册子，你拿去看看。"

谢廖沙把小册子从口袋里掏出来，递给了姐姐。瓦莉亚目不转睛地盯着弟弟，小声问：

"要是佩特留拉的兵再打回来，可怎么办呢？"

谢廖沙头一次认真考虑这个问题。

"我吗，当然要跟大家一起撤走。可是你怎么办？到那时，妈可真要遭罪了。"他沉默了。

"你把我的名字写上吧，谢廖沙，就是别让妈知道。除了咱俩，谁也别告诉。我什么都可以帮你干，还是这样好一些。"

"你说得对，瓦莉亚。"

这时，伊格纳季耶娃走了进来。

"伊格纳季耶娃同志，这是我姐姐瓦莉亚。我正跟她谈入团的事，她倒是挺合适的，就是我母亲不太好办。能不能把她吸收进来，又谁也不告诉呢？万一咱们不得不撤退，我当然扛起枪就走了，可是她舍不得母亲。"

伊格纳季耶娃坐在桌子的一头，注意地听他讲完，说：

"好，这样办比较妥当。"

剧院里挤满了叽叽喳喳的年轻人，他们都是看到城里各处张贴的召开群众大会的海报之后跑来的。糖厂工人管弦乐队正在演奏。到会的大都是中小学生。

他们到这里来，与其说是为了开会，倒不如说是为了看节目。

幕终于拉开了，刚从县里赶来的县委书记拉津同志出现在舞台上。

这个身材瘦小、鼻子尖尖的县委书记立刻引起了全场的注意。大家都饶有兴趣地听他讲话。他说到了席卷全国的斗争，号召青年们团结在共产党的周围。他讲起话来像一个真正的演说家，用了很多诸如"正统的马克思主义者""社会沙文主义者"这样的字眼，听众显然是不明白的。

他讲完话的时候，全场响起了热烈的掌声。他让谢廖沙接着讲话，自己先走了。

谢廖沙担心的事情果然发生了。他怎么也讲不出话来。"怎么讲？讲什么？"他苦苦思索着，想说，又找不到恰当的话，感到很窘。

伊格纳季耶娃给他解了围，她在桌子后面小声提示他：

"谈谈组织支部的事吧。"

谢廖沙马上谈起了实际问题。

"同志们，刚才你们全都听到了。现在我们需要成立一个支部，谁赞成这个提议？"

会场里一片寂静。

丽达·乌斯季诺维奇来帮忙了。她向大家讲起了莫斯科青年建立组织的情况。谢廖沙尴尬地站在一旁。

到会的人对建立支部的事非常冷漠。使谢廖沙感到十分恼火。他不时往台下投出不友好的目光。人们对丽达的讲话也没有认真听。扎利瓦诺夫一边轻蔑地看着丽达，一边小声地跟莉莎嘀咕着什么。坐在前排的是高年级的女生，小鼻子上搽满了香粉，狡猾的小眼睛滴溜溜地乱转，她们在窃窃私语。靠近舞台入口处的角落里，坐着几个年轻的红军战士。谢廖沙看见他认识的那个青年机枪手也在那里。他正焦躁不安地坐在舞台边上，用仇恨的眼光看着打扮得很时髦的莉莎·苏哈里科和安娜·阿德莫夫斯卡娅。她们正旁若无人地同向她们献殷勤的男生交谈着。

丽达发觉没有人听她讲话，就草草地结束了，让伊格纳季耶娃接着讲。伊格纳季耶娃不慌不忙地讲起来，会场终于安静了下来。

"青年同志们，"她说，"你们每个人都可以认真想一想在这里听到的话。我相信，你们当中一定有不少同志愿意参加革命，而不愿意袖手旁观。革命的大门是敞开的，参加不参加取决于你们自己。希望你们也谈一谈。有要发言的同志，请讲吧！"

会场里又是一阵沉默。突然，后排有人喊了一声：

"我想讲两句！"

眼睛稍微有点斜、样子像只小熊的米什卡·列夫丘科夫挤到了台前。

"既然是这么回事，是帮布尔什维克的忙，那我不会说个'不'字，谢廖沙知道我，我报名参加共青团。"

谢廖沙高兴地笑了。他一下子冲到台中央,说:

"同志们,你们看见了吧?我说过嘛,米什卡是自己人,他爸爸是扳道工,让火车给压死了,因此米什卡就失学了。别看他没读完中学,可是我们的事业,一说他就明白了。"

会场里顿时喧嚷起来。一个名叫奥库舍夫的中学生要求发言。他是药店老板的儿子,梳着怪里怪气的飞机头。他走上舞台,整了整制服,说:

"抱歉得很,同志们。我不明白究竟想要我们干什么。要我们搞政治吗?那我们什么时候学习呢?我们总得把中学念完吧。要是组织个体育协会,办个俱乐部,让我们在那里聚会聚会,读点书,那倒是另一回事。可现在让我们搞政治,搞来搞去,最后就会给绞死。对不起,我想这种事是没有人愿意干的。"

会场里响起了笑声。奥库舍夫跳下舞台,坐到座位上。这时候那个年轻的机枪手上来讲话了。他狠狠地把军帽拉到前额上,愤怒的目光朝台下扫了一下,大声喊道:

"笑什么,你们这帮混蛋!"

他的眼睛像两块烧红的火炭。他深深地吸了一口气,气得浑身发抖,接着说:

"我叫伊万·扎尔基。我没见过爹,也没见过娘,从小就是一个无依无靠的孤儿。白天要饭,晚上就在墙根底下一躺,挨饿受冻,没个安身的地方。我过着狗一样的生活,全不像你们这些娇生惯养的阔少爷。可是苏维埃政权来了,红军收留了我。全排都把我当作亲生儿子看待,给我衣服,给我鞋袜,教我文化,而最重要的是教我懂得了做人的道理。是他们教育我,使我成了布尔什维克,我是到死也不会变心的。我现在心明眼亮,知道为什么要进行斗争,是为了我们,为了穷人,为了工人阶级的政权!可是你们呢?却像一群公马,在这里咴咴地叫个不停。你们哪里知道,就在这座城下,有二百个同志牺牲了,永远离开了我们……"扎尔基的声音就像绷紧的琴弦弹出的音响一样铿锵有力,"为了我们的幸福,为了我们的事业,他们毫不犹豫地献出了生命……现在全国各地、各个战场上,都有人在流血牺牲,在这样的时候,你们倒在这里寻开心。"他突然转过身来,朝主持会议的人说:"而你们呢,同志们,却找到了他们头上,找了这样一些人来开会。"他用手指着台下,"难道他们能懂吗?不可能!饱汉不知饿汉饥。这里只有一个人响应了号召，因为他是穷人，是孤儿。没有你们，我们照样干。"他愤怒地朝台下喊道，"我们才不求你们呢，要你们这号人有什么用！你们这样的，只配吃机枪子弹！"他气呼呼地喊出了最后这句话，跳下台来，眼皮都没有抬，径直朝门口走去。

主持会议的人，谁也没有留下来参加晚会。在回革命委员会的路上，谢廖沙沮丧地说：

"简直是胡闹！还是扎尔基说得对。找这帮中学生来开会，事情没办成，反倒招来一肚子气。"

"这没什么奇怪的。"伊格纳季耶娃打断他说，"这些人当中几乎没有无产阶级的青年。大多是些小资产阶级或是城市知识分子、小市民的子女。应当到工人中间去开展工作。你要把工作重点放在锯木厂和糖厂。不过今天的大会还是有收获的，学生中间也有很好的同志。"

丽达很赞成伊格纳季耶娃的看法，她说：

"谢廖沙，我们的任务，就是要不断地把我们的思想、我们的口号灌输到每个人的头脑中去。党要使所有的劳动者都关心每一件新的国家大事。我们要召开一系列群众大会、讨论会和代表大会。师政治部准备在车站开办一个夏季露天剧场。宣传列车这几天就到。我们马上就能把工作全面铺开。还记得吧，列宁说过：如果我们不能吸引千百万劳苦大众参加斗争，我们就不会取得胜利。"

夜已经深了，谢廖沙送丽达回车站去。临别时，他紧紧握住她的手，过了一会儿才放开。丽达微微地笑了一笑。

回城的时候，谢廖沙顺路到家里看看。随便母亲怎么责骂，他都不做声，也不反驳。但是当他父亲开始骂他的时候，他立刻转入反攻，把父亲问得哑口无言。

"爸爸，你听我说，当初德国人在这儿时，你们搞罢工，还在机车上打死了押车的德国兵。那个时候，你想到过家没有？想到过，可你还是干了，因为工人的良心叫你这样干。我也想到了咱们的家。我明白，要是我们不得不撤退，为了我，你们会受迫害的。但是反过来，我们胜利了呢？那我们就翻身了。家里我是待不住的。爸爸，这个不用说你也明白，为什么要吵吵闹闹呢？我干的是好事，你应该支持我，帮助我。可你却扯后腿。爸爸，咱们讲和吧，这样，我妈就不会再骂我了。"他那双纯洁的、碧蓝的眼睛望着父亲，脸上现出了亲切的笑容。他相信自己是对的。

扎哈尔·勃鲁扎克局促不安地坐在凳子上。他微笑着，透过好久没有刮的、又硬又密的胡须，露出了发黄的牙齿。

"你这小滑头，反倒启发起我的觉悟来了。你以为一挎上手枪，我就不能拿皮带抽你了吗？"

不过，他的话里并没有威胁的语气。他不好意思地踌躇了一下，毅然把他那粗大的手伸到儿子面前，说：

"开足马力闯吧，谢廖沙，你既然在爬坡，我绝不会给你刹车。只是你别撇开我们不管。要经常回来看看。"

黑夜里，从门缝中透出的一线亮光，落在台阶上。在一间摆着柔软的长毛绒沙发的大房间里，革命委员会正在开会。在律师用的宽大的写字台周围坐着五个人：多林尼克、伊格纳季耶娃、头戴哥萨克羊皮帽、样子像吉尔吉斯人的肃反委员会主席季莫申科和另外两名革命委员会委员——一个是大个子的铁路工人舒季克，一个是扁鼻子的机车库工人奥斯塔普丘克。

多林尼克俯在桌子上，固执的目光直盯着伊格纳季耶娃，用嘶哑的声音一字一句地说：

"前线需要给养。工人需要食粮。咱们刚到这儿，投机商人和贩子就抬高物价。他们不肯收苏维埃纸币，买卖东西要么用沙皇尼古拉的旧币，要么就用临时政府发行的克伦斯基票子。咱们今天就把物价规定下来。其实咱们心里也清楚，哪一个投机商也不会照咱们规定的价钱卖东西。他们一定会把货物藏起来。那时咱们就搞大搜查，把那些吸血鬼囤积的东西统统征购过来。对这帮奸商一点也不能客气。咱们决不能让工人挨饿。伊格纳季耶娃同志警告我们别做得太过火。照我说呀，这正是她知识分子的软弱性。你别生气，伊格纳季耶娃同志，我说的都是实实在在的事。而且，问题还不在那些小商贩身上。你瞧，今天我就得到一个消息，说饭馆老板鲍里斯·佐恩家里有个秘密地窖。还在佩特留拉匪徒到来之前，有些大商人就把大批货物囤积在这个暗窖里。"他嘲讽地微笑着，意味深长地看了季莫申科一眼。

"你怎么知道的？"季莫申科慌张地问。他又羞又恼，因为搜集情报本是他季莫申科的责任，但是现在竟让多林尼克走在前面了。

"嘿——嘿！"多林尼克笑了笑，"老弟，什么都逃不过我的眼睛。我不光知道暗窖的事。"他接着说，"我还知道你昨天跟师长的司机喝了半瓶私酒呢。"

季莫申科局促不安起来，发黄的脸一下子涨红了。

"你这瘟神好厉害呀！"他不得不佩服地说。他向伊格纳季耶娃瞥了一眼，看见她皱起了眉头，就不再做声了。"这个鬼木匠！他竟有自己的肃反班子。"季莫申科看看革命委员会主席，心里这样想。

"我是听谢廖沙·勃鲁扎克说的。"多林尼克继续说，"他大概有个朋友，在车站食堂当过伙计。他这个朋友听厨师说，原先食堂需要的东西，数量、品种不限，全由佐恩供应。昨天，谢廖沙搞到了准确的情报：确实有这么一个地窖，就是不知道具体的地点。季莫申科，你带几个人跟谢廖沙一块去吧。务必在今天把东西找到。要是能成功，咱们就有东西供应工人、支援部队了。"

半小时以后，八个武装人员走进了饭馆老板的家里，还有两个留在外面，守着大门。

老板是个滚圆的矮胖子，活像一只大酒桶，一脸棕黄色的络腮胡子，点头哈腰地迎接进来的人，他用嘶哑低沉的喉音问：

"怎么回事啊，同志们？这么晚来，有什么事吗？"

佐恩的背后站着他的几个女儿。她们披着睡衣，被季莫申科的手电筒照得眯缝着眼睛。隔壁房间里，那个又高又胖的老板娘一边穿衣服，一边唉声叹气。

季莫申科简洁地说：

"搜查。"

每一块地板都查过了。堆满木柴的大板棚、所有的储藏室、几间厨房、一个很大的地窖都仔细搜遍了。但是连暗窖的痕迹也没有发现。

靠近厨房的一个小房间里，正睡着饭馆老板的女用人。她睡得很沉，连有人进屋都不知道。

谢廖沙小心地把她叫醒。

"你是什么人？是这儿的用人吗？"他向这个还没有睡醒的姑娘问道。

她不知道发生了什么事情，一边拉起被头盖住肩膀，一边用手遮住电筒的光亮，惊疑地回答：

"是这儿的用人。你们是干什么的?"

谢廖沙说明了来意,叫她穿好衣服,就走了。

这时候,季莫申科在宽敞的饭厅里盘问老板。老板喘着粗气,喷着唾沫,非常激动地问:

"你们要找什么?我没有别的地窖了。你们再搜查也是白费时间。不错,我先前是开过饭馆,但是现在我也是个穷光蛋了。佩特留拉的兵把我家抢得精光,差点儿把我打死。我非常喜欢苏维埃政权。我只有这么点东西,你们都看见了。"说话的时候,他总是摊开两只又短又肥的胳膊。布满血丝的眼睛一会儿从肃反委员会主席的脸上溜到谢廖沙身上,一会儿又从谢廖沙身上转溜到墙角或者天花板上。

季莫申科急得直咬嘴唇。

"这么说,你是想瞒着不讲啦?我最后一次劝告你,赶紧把地窖告诉我们,地窖在什么地方?"

"哎哟,你怎么啦,军官同志。"老板娘插嘴了,"我们自己都饿着肚子呢!我们家的东西都给抢光了。"她很想放声大哭一场,但是却挤不出一滴眼泪来。

"饿肚子,还能雇用人?"谢廖沙插嘴说。

"哎哟,她哪算得上用人啦!她是穷人家的孩子,没地方投靠,我们才把她收留下来的。不信,您,赫里斯季娜自己说吧。"

"得啦。"季莫申科不耐烦地喊了一声,"再搜!"

天大亮了,搜查还在饭馆老板的家里加紧进行。十三个小时过去了,还是什么也没有查出来。季莫申科十分恼火。他都打算停止搜查了。谢廖沙正想走,忽然听到女仆人在她的小房间里悄悄地说:"一定在厨房的炉子里。"

十分钟以后,厨房里那个俄国式大火炉被拆开了,露出了地窖的铁门。过了一小时,一辆载重两吨的卡车满载着木桶和麻袋,穿过看热闹的人群,从老板家开走了。

一个炎热的白天,玛丽亚·雅科夫列夫娜挎着小包袱,从车站回到家里。阿尔焦姆把保尔的事跟她讲了,她一边听,一边伤心地哭着。她的日子过得更加艰辛了。她一点收入也没有,只好给红军洗衣服。战士们设法

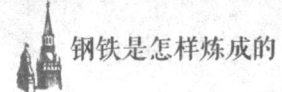

给她弄到了一份口粮。

有一天，临近黄昏的时候，阿尔焦姆迈着比平常更快的步伐从窗前走过，还没有进屋，就喊了起来：

"保尔来信了！"

他的信上写着：

亲爱的阿尔焦姆哥哥：

告诉你，亲爱的哥哥，我还活着，虽然并不很健康，我大腿上挨了一枪，不过快治好了。医生说，没有伤着骨头。不要为我担心，很快就会完全治好的。出院以后，也许会给我假，到时候我一定回来看看。妈那里我没有去成，结果却当上了红军。我现在已经是科托夫斯基骑兵旅的一名战士。我们旅长科托夫斯基的英雄事迹你们也许听说过。像他那样的人，我还从来没有见过，我对他是十分敬佩的。妈回来没有？要是她在家，就说她的小儿子向她老人家问好。请原谅我让你们操心了。

你的弟弟

再者，阿尔焦姆，请你到林务官家去一趟，把这封信的意思说一说。

玛丽亚·雅科夫列夫娜又流了许多眼泪。这个儿子真荒唐，连个医院的地址都没有写。

谢廖沙经常到停在车站上的那节绿色客车车厢里去。车厢上挂着"师政治部宣传鼓动科"的牌子，丽达和梅德韦杰娃就在车上的一个包厢里办公。梅德韦杰娃总是叼着一支香烟，嘴角上不时露出调皮的微笑。

这位共青团区委书记不知不觉地同丽达亲近起来。每次离开车站，除了一捆捆宣传品和报纸之外，他都带回一种由于短促的会面而产生的朦胧的欢快感。

师政治部的露天剧场天天都挤满了工人和红军战士。铁路上停着第十二集团军的宣传列车，车身上贴满了色彩鲜艳的宣传画。宣传车上热火朝天，人们昼夜不停地工作着。车上有一个印刷室，一张张报纸、传单、布告就从这里印刷出来。有一天晚上，谢廖沙偶然来到剧场，他在红军战士中看见了丽达。

夜已经深了。谢廖沙送她回车站上的师政治部工作人员宿舍去。他连自己也莫名其妙地突然问道：

"丽达同志，为什么我老想看到你呢？"紧接着又说，"跟你在一起真高兴！每次跟你见面之后，都觉得精神振奋，有使不完的劲，想不停地工作下去。"

丽达站住了，说：

"你听我说，勃鲁扎克同志，咱们一言为定，往后你就别再作这类抒情诗了。我不喜欢这样。"

谢廖沙满脸通红，像一个受到斥责的小学生一样。他回答说：

"我是把你当作知己，才这样对你说的。可你却把我……难道我说的是反对革命的话吗？丽达同志，往后我肯定不会再说了！"

他匆匆地握了一下她的手，拔腿就往城里跑去。

此后，一连几天谢廖沙都没有在火车站上露面。伊格纳季耶娃每次叫他去，他都说工作忙，推托不去。事实上，他也真忙。

一天夜里，革命委员会委员舒季克回家，路过糖厂波兰高级职员聚居的街道，有人向他打黑枪。于是在那一带进行了搜查。果然查到了毕苏斯基①分子组织的狙击手的武器和文件。

丽达到革命委员会来开会。她把谢廖沙拉到一边，心平气和地问：

"你怎么啦？是小市民的自尊心发作了吧？个人的事怎么能影响工作呢？同志，这可绝对不行！"

这之后，谢廖沙只要有机会，就又往绿色车厢跑了。

接着，谢廖沙参加了县代表大会。会上进行了两天热烈的争论。第三天，谢廖沙同参加会议的代表一起，到河对岸的森林里追剿漏网的佩特留拉军官扎鲁德内率领的匪帮，追了整整一天一夜。回来之后，谢廖沙在伊格纳季耶娃那里碰见了丽达。他送她回火车站去。临别的时候，他紧紧握

---

① 毕苏斯基（1867—1935）：反动的资产阶级民族主义者，当时波兰的国家元首。——译者注

着她的手。

丽达生气地把手抽了回去。谢廖沙又好长时间没有到宣传鼓动科的车厢上去了。他故意避开丽达，甚至在需要面谈的时候，也有意不同她见面。后来丽达非要他解释回避她的原因，他便气愤地说：

"我跟你有什么好说的？你又该给我扣帽子了，什么小市民习气呀，什么背叛工人阶级呀！"

车站上开来几列高加索红旗师的军车。三个皮肤黝黑的指挥员走进了革命委员会办公室。其中有个扎武装带的瘦高个子，进门就冲多林尼克喊：

"废话少说。拿一百车草料来。马都快饿死了，还怎么跟白匪打仗？要是不给，我就把你们全砍了。"

谢廖沙和两名红军战士被派去征集干草。不料，在村子里碰上了一伙富农匪帮。红军战士被解除了武装，给打得半死。谢廖沙挨的打少一些。他们看他年轻，手下留了点情。贫农委员会的人把他们送回城里。

又有一伙战士被派到村子里去。第二天，干草总算征集上来了。

谢廖沙不愿意惊动家里人，就在伊格纳季耶娃的房间里养伤。当天晚上，丽达跑来看望他。她握住谢廖沙的手。谢廖沙第一次感到她握得那样亲切，那样紧。可他是怎么也不敢这样握的。

一个炎热的中午，谢廖沙跑进车厢里找丽达，把保尔的信念给她听，又向她讲了自己这位好朋友的事。临走的时候，他随便说了一句：

"我要到森林里去，到湖里洗个澡。"

丽达放下手里的工作，叫住他说：

"你等等，咱们一起去。"

他们俩走到水平如镜的湖边，停住了脚步。温暖而透明的湖水清爽宜人。

"你上大路去等一会儿。我到湖里洗个澡。"丽达用命令的口气说。

谢廖沙在小桥旁边的一块大石头上坐了下来，脸朝着太阳。他背后响起了溅水声。

透过树丛，他看见冬妮亚·图曼诺娃和宣传列车政委丘扎宁正沿着大路走来。丘扎宁长得很漂亮，穿着十分考究的弗连奇军装，系着军官武装带，脚上是吱吱作响的软皮靴子。他挽着冬妮亚的胳膊，一边走，一边跟她谈着什么。

谢廖沙认出了冬妮亚。这就是那个替保尔送信给他的姑娘。冬妮亚也目不转睛地看着谢廖沙，显然，她也认出他来了。当冬妮亚和丘扎宁走到他身边的时候，他从口袋里掏出一封信，叫住冬妮亚说：

"同志，您等一等，我这儿有一封信，跟您也有点关系。"

他把一张写得满满的信纸递给了她。冬妮亚抽回了手，读起信来。信在她手中微微颤动着。她读完了信，把信还给谢廖沙的时候，问：

"你还知道他别的情况吗？"

"不知道。"谢廖沙回答。

丽达从后面走来，碎石在她脚下响了一下，丘扎宁看见她在这里，就小声对冬妮亚说：

"咱们走吧！"

但是丽达已经把他叫住了。她轻蔑地嘲讽他说：

"丘扎宁同志，列车上整天都在找您呢！"

丘扎宁不怀好意地斜着眼看了她一眼。

"没关系，没有我，他们照样能办事。"

丽达看着丘扎宁他们俩的背影，说：

"这个骗子，什么时候才能把他撵出去啊！"

树林在喧闹，橡树摇晃着强劲的大脑袋。湖水清澈凉爽，令人神往，使谢廖沙情不自禁地想跳入水中，洗个痛快。

洗完之后，他在林间小道不远的地方找到了丽达。她正坐在一棵伐倒的橡树上。

两个人一边谈话，一边向森林深处走去。他们走到一块青草茂密的林间空地上，决定在这里休息一会儿。树林里静悄悄的。只有橡树在窃窃私语。丽达在柔软的草地上躺了下来，弯过一只胳膊，枕在头下。她那两条健美的腿和一双补了又补的皮鞋，隐没在又高又密的青草里。谢廖沙的目光无意中落到她的脚上，看到她皮鞋上打着整整齐齐的补丁，再看看自己的靴子，上面有一个大窟窿，已经露出了脚趾。他不禁笑了起来。

"你笑什么？"

谢廖沙伸出一只靴子，说：

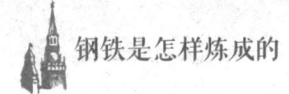

"咱们穿着这样的靴子,怎么打仗啊?"

丽达没有回答。她轻轻地咬着草茎,心里正想着别的事情。

"丘扎宁是个很坏的党员。"她终于开口说,"我们所有的政工人员都穿得又旧又破。可他只关心自己,只知道怎样把自己打扮得漂亮。他是我们党内的投机分子。……现在,前线情况确实严重,我们国家得经受激烈战斗的长期考验。"她沉默了片刻,又接着说:"谢廖沙,咱们不只是用嘴和笔来战斗,也要拿起枪来。中央已经决定,动员四分之一的共青团员上前线。你知道吗,谢廖沙?我想,咱们在这儿不会待很久了。"

谢廖沙听她说着,从她话里听出一种不寻常的音调来,他感到很惊奇。她那双水汪汪又黑又大的眼睛一直盯着他。

他几乎要情不自禁地对她说,她的眼睛像一面镜子,可以从里面看到一切,但是他及时控制住了自己。

丽达用胳膊肘支着,欠起身来。

"你的手枪呢?"

谢廖沙摸了一下皮带,难过地说:

"上回在村子里,叫那帮富农给抢走了。"

丽达把手伸进制服口袋,掏出一支发亮的勃朗宁手枪。

"你看见那棵橡树没有,谢廖沙?"她用枪口指了指离她有二十五步远的一棵满是裂纹的树干,然后举起手枪,用眼睛取平,几乎没有瞄准,就开了一枪,打碎的树皮撒落在地上。

"看到了没有?"她得意地说,接着又放了一枪,树皮又簌簌地落在草地上。

"给你。"她把手枪递给谢廖沙,用逗弄的口吻说,"现在该看看你的枪法了。"

谢廖沙放了三枪,只有一枪没有打中。丽达笑着说:

"我还以为你不会打得这么好呢?"

她放下手枪,又在草地上躺了下来。制服上衣清晰地显出了她那富有弹性的胸脯的轮廓。

"谢廖沙,你到这儿来。"她轻轻地说。

他把身子挪到她跟前。

"你看见天空了吗?天空是碧蓝的。你的眼睛和天空一样,也是碧蓝的。这不好,你的眼睛应该是灰色的,像钢铁一样才好。碧蓝色未免太温柔了。"

突然,她一下紧紧搂住了他那长着淡黄色头发的头,纵情地吻着他的嘴唇。

过了两个月,秋天到了。

夜悄悄地降临了,用黑色的帷幕盖住了树林。师参谋部报务员,俯在电报机上,忙着收报。电报机发出急促的嗒嗒声,一张狭长的纸条从她的指缝间穿过。她迅速将那些点和短线译成文字,写在电文纸上:

第一师参谋长并抄送舍佩托夫卡革命委员会主席。收到电报十小时内,撤出市内全部机关,市内只留一个营,归本战区指挥员×团团长指挥。师参谋部、政治部,以及所有军事机关,均撤至巴兰切夫站。执行情况,立即报来。

师长(签名)

十分钟后,一辆点着电石灯的摩托车飞速穿过寂静的街道,突突突地喷着气,在革命委员会大门口停了下来。通信员把电报交给了革命委员会主席多林尼克。人们行动起来了。特务连马上开始整队。过了一小时,几辆马车满载着革命委员会的物品,从街上走过,到波多尔斯克火车站,准备装车出发。

谢廖沙听完了电报,就跟着通信员跑了出去,对他说:

"同志,捎个脚,带我上车站,行吗?"

"坐在后面吧,抓紧了。"

宣传鼓动科的车厢已经挂到列车上,谢廖沙在离车厢十步左右的地方抓住了丽达的双肩。他感到就要失去一件无比珍贵的东西,低声地说:

"再见了,丽达,我亲爱的同志!咱们还会见面的,你千万别忘了我。"

他害怕自己马上就会放声哭出来。该走了。他再也说不出话来,只有紧紧地握住她的手,把她的手都握疼了。

第二天早晨，被遗弃的小城和车站已经空荡荡的了。最后一列火车的车头拉了几声汽笛，像是告别似的。留守在城里的那个营，在车站后面铁路两侧布成警戒线。

遍地都是黄叶，树枝上光秃秃的。风卷着落叶在路上缓慢地打转。

谢廖沙穿着军大衣，身上束着帆布子弹带，同十个红军战士一起，守卫着糖厂附近的十字路口，等待波兰军队的到来。

阿夫托诺姆·彼得罗维奇敲了几下邻居格拉西姆·列昂季耶维奇的门。格拉西姆·列昂季耶维奇还没有穿好衣服，就从敲开的房门里探出头来，问：

"出什么事啦？"

阿夫托诺姆·彼得罗维奇指着持枪行进的红军战士，向他的朋友使了个眼色。

"开走了。"

格拉西姆·列昂季耶维奇担心地看了他一眼，问：

"您知不知道，波兰人的旗子是什么样的？"

"好像只有独头鹰。"

"哪能弄到呢？"

阿夫托诺姆·彼得罗维奇烦恼地搔了搔后脑勺。

"他们当然无所谓，"他想了一会儿说，"说走就走了，可是苦了咱们，要合新政府的意，又得大伤脑筋了。"

突然，一挺机枪哒哒地响了起来，打碎了四周的寂静。车站附近有一个火车头拉响了汽笛，同时从那里传来了一下沉重的炮声。一颗重型炮弹划破长空，呼啸着飞了过去，落在工厂后边的大道上。道旁的灌木丛立刻隐没在蓝灰色的硝烟里。闷闷不乐的红军战士沿着街道默默地撤退，不时回头往后看看。

一颗凉飕飕的泪珠顺着谢廖沙的脸流了下来。他急忙擦掉泪珠，回头向同志们看了一眼，还好，谁也没有看见他流眼泪。

同谢廖沙并肩走着的是一个又高又瘦的锯木工厂的工人安捷克·克洛波托夫斯基。他的手指扣着机枪的扳机。安捷克脸色阴沉，心事重重。他的眼睛碰到谢廖沙的目光，便向他诉说了自己的心事：

"这回咱们家里的人可要遭殃了，特别是我家的人。他们一定会说：

'他是波兰人,却同波兰大军作对。'他们准会把我父亲从锯木厂赶出去,用鞭子抽他。我本来叫老人家跟咱一起走,可是他舍不得扔下这个家。唉,这帮该死的家伙,让我们赶紧碰上他们,跟他们拼一下才好呢!"安捷克烦躁地把那遮住眼睛的红军军帽往上推了推。

……再见吧,我的故乡,再见吧,肮脏而难看的小城,丑陋的小屋,坎坷不平的街道!再见吧,亲人们,再见吧,瓦莉亚,再见吧,转入地下的同志们!凶恶的异族侵略者——无情的白色波兰军队已经逼近了。

机车库的工人们穿着油污的衬衫,用忧愁的眼睛默送着红军战士们。谢廖沙满怀激情地喊道:

"我们还要回来的,同志们!"

第八章

第聂伯河在黎明前的薄雾里模糊地闪着光。河水冲刷着岸边的鹅卵石，发出淙淙的响声。靠近岸边的河水是宁静的，平滑的水面好似凝滞不动，泛着银灰色，波光粼粼。放眼看去，河中央翻滚着黑沉沉的湍流，正向下游奔腾而去。美丽壮观的第聂伯河，果戈理曾以炉火纯青的散文诗赞美过它："第聂伯河无比神奇……"高高的右岸是悬崖峭壁，它向水面侧倾，好似一座向河水移动的高山，于行进中受阻，停在了宽阔的河流面前。左岸很低，是一片沙地，寸草不生，那是春汛退去之后第聂伯河淤积而成的沙滩。

河边一条狭窄的战壕里隐蔽着五个人。他们紧紧挨着，趴在一挺秃鼻子马克沁机枪旁边。这是第七步兵师的前沿埋伏哨。谢廖沙·勃鲁扎克面朝第聂伯河，侧身躺在机枪旁边。

我们的部队被频繁的厮杀搞得疲惫不堪，又被波兰人的猛烈炮火击得七零八落，昨天放弃了基辅，转移到第聂伯河左岸固守。

但是此次撤退，惨重伤亡以及最后放弃基辅严重影响了战士们的情绪。第七步兵师曾经英勇地突破重围，穿过森林，进入马林车站一带的铁路线，以猛烈攻击赶走了据守车站的波兰部队，将他们赶进了森林，打通了通往基辅的道路。

现在，美丽的城市失守了，战士们个个心情沮丧，闷闷不乐。

波兰人把红军挤出达尔尼查后占领了左岸铁路桥附近的一个不大的据点。

然而，不管他们如何努力，都不可能再向前推进一步。他们屡遭红军的猛烈反击。

谢廖沙凝视着奔流的河水，不禁想起昨天的情景。

昨天中午，他胸怀人人共有的深仇大恨，参加了反击波兰白军的战斗。正是在昨天的战斗中，他第一次和一个没有胡子的波兰兵进行肉搏，拼了刺刀。那家伙端着步枪，枪尖插着马刀一般长的法式枪刺，向他扑来，像兔子一样蹦来蹦去，还不时地发出喊叫。刹那间，谢廖沙看见他那喷着怒火、瞪得很大的双眼，一转眼，便用枪刺猛挑波兰人的刺刀，把那明晃晃的法国利刃拨到一边去了。

波兰人倒下了。

谢廖沙的手没有打颤。他知道他还要杀人。就是他，谢廖沙，这个会那么温柔地爱、那么珍惜友情的人，今后还要杀人。小伙子并非生性凶狠残忍，但他明白那些被外国寄生虫们派遣、欺骗、恶意教唆的士兵们已怀着禽兽般的憎恨爬上了他亲爱的共和国国土。

所以，他，谢廖沙，为了人类不再互相残杀的那天早日到来而杀人了。

帕拉莫诺夫拍着谢廖沙的肩膀说：

"咱们离开这儿吧，谢廖沙，敌人很快会发现我们的。"

保尔·柯察金乘着机枪车和炮车，或者骑着被砍掉一只耳朵的灰马在祖国大地上驰骋已经一年了。他成熟了，健壮了，在痛苦和灾难的磨炼中长大成人了。

被沉重的子弹带磨出血的皮肤已经长好，由步枪皮带磨出的厚厚硬茧却没有退掉。

一年来保尔经历了许多可怕的事情。成千上万的战士像他一样，虽然衣不蔽体，胸中仍燃烧着不灭的烈火，为捍卫本阶级政权而战。他和这些战友一起转战南北，徒步走遍祖国大地，唯有两次脱离了革命风暴。

第一次是大腿负伤，第二次是在1920年2月严冬，伤寒染身，高烧不退，被折腾得死去活来。

斑疹伤寒给第十二军各师团造成的死亡比波兰机枪还要厉害。这个军当时部署在很广阔的地带，几乎横贯整个北乌克兰，用以阻止波兰白军向前推进。

那时保尔的团队占据了卡扎亭——乌曼支线弗隆托夫卡车站旁的一块阵地。车站在树林里。车站站房不大，旁边是一些被居民遗弃的、破坏得不成样子的小木房。这一带根本无法住人，两年多来这里时不时地发生战斗，弗隆托夫卡人什么队伍都见过。

现在新的战事又在酝酿之中，而且日臻成熟。当第十二军全军大伤元气，局部陷于瓦解，在波兰白军压力下向基辅退却的时候，无产阶级共和国却在多方部署，准备给这些被胜利冲昏头脑的波兰白军以毁灭性的打击。

久经沙场的骑兵第一军各师以军事史上规模空前的大进军从遥远的北高加索开往乌克兰投入战斗，第四、六、十一、十四骑兵师先后进入乌曼地区，在我阵线后方集中，并在通往决战地的沿途清除马赫诺匪帮。这可是一万六千五百把战刀，是一万六千五百名在草原酷暑中经受过风吹日晒的勇士啊！

红军最高统帅部和西南战线统帅部最为关注的是，准备中的关键一战不让皮尔苏里斯基的部下察觉。共和国和各战线司令部都十分谨慎地掩护着这支庞大骑兵部队的集结。

乌曼地段停止了一切积极的军事行动。从莫斯科直通哈尔科夫前线司令部，再从那里转至十四军和十二军司令部的电报机响声不断。在狭窄的电报纸条上打出了这样的密码命令："勿使波军注意到骑兵军的集结。"这时，如果什么地方还有战斗打响的话，准是那里波兰人的推进有可能把布琼尼骑兵的师团卷入了战斗。

篝火的火苗像破碎的红布条一样抖动着。褐色的烟柱盘旋而上。蠓虫讨厌烟雾，成群结队飞来飞去，东奔西窜。不远处，战士们排成扇形队列，围坐在火堆旁边。篝火映红了他们的脸庞。

篝火旁几只饭盒放在淡蓝色的炭灰里加温。饭盒里的水冒着泡儿。一条狡猾的火舌从燃烧着的木柴底下往上一蹿，舔着了一个人的头发。那人头发蓬乱，本来低着头，他忙把头向后一闪，嘴里不满地嘟哝了一句：

"呸，真见鬼！"

周围的人都笑了起来。

一个中年战士，身着呢上衣，留一撮小胡子，刚刚借着火光检查完一支枪筒，这时用他那男低音说：

"看这小伙子多用功，被火烧着了都没感觉。"

"喂，柯察金，把你读的东西给我们大伙儿讲讲吧。"

年轻战士摸摸那绺烧焦的头发，笑了。

"安德罗修克同志，这本书确实称得上是本好书，一捧起来就放不下。"

坐在柯察金旁边的是一个翘鼻子青年。他正专心修理弹药盒上的皮带，试图用牙齿把一根粗线咬断。听他这么一说，便好奇地问道：

"书里写的是什么呀？"他将针别到军帽上，把剩余的线头缠在针上，又加了一句："要是关于谈情说爱的，我倒想听听。"

周围的人哄堂大笑起来。马特维丘克抬起他那平头，狡黠地眯起一只眼睛，对青年人说：

"要说嘛，谈情说爱可是件好事，谢列达。你是个漂亮小伙子，就像油画上的美男子。你不论走到哪儿，姑娘们都会紧跟在你屁股后头转。可是你有个小小的美中不足，鼻子像小猪拱嘴。不过，这有办法补救。在鼻尖儿上挂个十磅重的诺维茨基手榴弹，只消一夜，你的鼻子就会塌下来。"

拴在机枪车上的马匹被突发的哄笑声吓着了，打起了响鼻。

谢列达懒洋洋地回过身来。

"漂亮不漂亮咱不在乎，脑袋瓜儿好使就行。"他极富表情地拍了一下前额，"你呢，舌头倒挺厉害，专会挖苦人，可是你很蠢，是个地道的笨蛋，两只耳朵凉冰冰的。"

班长塔里诺夫站起来将这两个准备动手的同志分开了。

"得了，得了，同志们，干吗要打架？还是让柯察金把书里有价值的地方念给大伙儿听听吧。"

"念吧，快念吧，保夫鲁沙！"周围响起一片喊声。

柯察金把马鞍搬到火堆跟前，坐了上去，打开一本厚厚的小书，放在膝头上。

"同志们，这本书名为《牛虻》。我是从营政委手里借来的。这本书深深打动了我……如果你们大家安安静静地坐着，我就念给你们听。"

"快念吧！有什么好说的！谁也不会打搅你。"

当团长普兹列夫斯基和政委一起骑马悄悄走近火堆的时候，他看见十一双眼睛正目不转睛地盯着念书人。

普兹列夫斯基转过头，用手指着那群战士，对政委说：

"我们团一半儿侦察兵都在那儿。其中有四个还是非常年轻的共青团员，但个个都不愧为优秀战士。那个念书的，还有那个，看见了吗？两眼发亮，像狼崽儿一样，他们一个叫柯察金，一个叫扎尔基。他们俩是好朋友,但暗地里较劲儿。以前柯察金是我的头号侦察兵,现在他有了一个十分危险的竞争对手。瞧,这会儿他们在做思想工作,悄悄地进行,可是影响非常大。有人给他们起了一个又恰当又好听的称号,叫'青年近卫军'。"

"那个念书的是政治指导员吧?"政委问。

"不,政治指导员是克拉梅尔。"

普兹列夫斯基催马走近人群。

"同志们,你们好!"他大声喊了一句。

大家一起转过头来。团长敏捷地跳下马,走近坐在篝火旁的战士。

"在烤火吗,朋友们?"他咧开嘴,笑着问道。他有一副刚毅的面孔,细长的眼睛有点像蒙古人,现在,严厉的表情从他脸上完全消失了。

大家像欢迎要好的同志一样热烈欢迎团首长。政委没有下马,他还要到前边去。

普兹列夫斯基把装着毛瑟枪的枪套推到背后,在柯察金的马鞍旁蹲下来,提议说:

"大家来抽口烟好不好?我这里有点儿好烟叶。"

抽完自卷的烟卷,他转脸对政委说:

"你先走吧,多罗宁,我留在这儿。如果司令部找我,通知我一声。"

多罗宁走了以后,团长又向柯察金建议:

"接着往下念,我也听听。"

念完最后几页,保尔把书放在膝盖上,望着火苗掩卷沉思。

有好几分钟谁都没说一句话。大家都被牛虻的死感动了。

普兹列夫斯基吐着烟雾,等大家开口交流感想。

"故事太悲惨了。"谢列达打破了沉默,"就是说,世界上真有这种人。有些事是常人无法承受的,但一旦有了某种信仰,他就能承受一切。"

他说着,显然很激动。这本书给了他极深刻的印象。

安德留沙·福米乔夫原来在别拉雅采尔科夫给一个鞋匠打下手,他也激动地喊道:

"要是那个用十字架敲人牙齿的该死神甫落到我手里,我非叫他立刻完蛋不可!"

安德罗修克用小棍儿把饭盒往火中间推了推,信心十足地开口道:

"人要是知道为什么而死,可就了不得了,他会产生巨大的力量。如果你感到真理在握，你就应当从容地去死。英雄行为就是由这儿产生的。我认识一个小伙子，叫波莱卡。他在敖德萨的时候陷入了白匪军的重重包围之中。气头儿上他只身向一个排冲了上去，白匪刺刀还没够着他，他拉响的手榴弹就在自己脚下炸开了。自己被炸得血肉横飞，周围的白匪也尸骨成堆。从外表看，他一点也不起眼，也没有人为他著书立说，但是他的事迹是值得写的。咱们弟兄当中确实有许多了不起的人物！"

他用小勺搅了搅饭盒，伸出嘴唇尝了一口茶，接着说：

"可是也有人死得像只癞皮狗，糊里糊涂，毫无光彩。一次，战斗在伊佳斯拉夫里城下进行，那是一座古城，基辅大公统治时代建起来的，位于哥伦河上。那里有一座波兰天主教堂，像个堡垒，没有台阶，攻不上去。我们朝那儿冲过去，拉成散兵线沿着几条小巷摸进去。我们的右翼是一些拉脱维亚人。我们跑到公路上的时候，看见一个花园，附近有三匹马，拴在篱笆墙上，全都备着马鞍。

"我们想，好事儿来了，这回准能当场抓他几个波兰鬼子。我们十个人一起向院子冲去，拉脱维亚连长握着毛瑟枪跑在最前面。

"我们跑到房子跟前，一看门敞着就冲了进去。心想，准有波兰人在里头，结果你猜怎么着？完全相反。是咱们的几个骑兵侦察员比我们早到几步，正在那里干见不得人的事儿。事实摆在眼前：他们正在欺负一个妇女。原来那是一个波兰军官的家。这时侦察兵已经将军官老婆按倒在地上。拉脱维亚连长见此情景立刻用拉脱维亚语喊了一声。大家抓起那三个家伙，把他们拖到院子里。当时只有我们两个俄罗斯人在场，其余全是拉脱维亚人。连长姓布列吉斯。我虽然听不懂他们说什么，但看那情形也明白，他们要把三个人干掉。这些拉脱维亚人身体结实，性格刚强。他们把那三个家伙拖到石头马棚跟前。我想，他们肯定要毙了那几个家伙。落网者中有一个小伙子特别壮，圆鼓鼓的，红脸膛。他不让绑，手脚乱动，拼命挣扎，还祖宗八辈儿地骂，说什么不能为了一个娘们儿就把他毙了。其余两人也在求饶。

"看到这种场面我浑身发凉。我跑到布列吉斯跟前对他说：'连长同志，把他们送交军事法庭去审判算了。为什么要用他们的血脏了你的手呢？城里的战斗还没结束，我们犯不着在这里跟这帮家伙算账。'他刚转过身看我一眼，我就后悔不该说那些话了。他的两只眼睛像老虎一样，他用毛瑟枪对着我的鼻子。我打了七年仗都没有害怕，这一回可真有点发毛了。这是怎么说的呢，看得出，他会不由分说把我打死的。他用俄语对我喊着，我勉强能听懂他的话：'军旗是用鲜血染红的，而这些人给全军抹了黑。当土匪就得偿命。'

"我不忍多看，从院子里跑到街上。身后响起了枪声。完蛋了，我想。当我们集合队伍重新上路的时候，城市已经归我们了。这就是事情的结果。一些人像狗一样死掉了。他们几个是在梅里托波尔附近加入我们队伍的。以前在马赫诺匪帮圈里卖命，都是些不法分子。"

安德罗修克把饭盒放在脚边，开始卸下装面包的背囊，接着说：

"我们队伍当中混进了这样一些败类。你不可能把所有的人看透。他们好像也在努力干革命。大家却跟着他们受牵连。看到类似的事心里很不好受，直到现在都忘不了。"说完这些他就喝起茶来。

直到深夜骑兵侦察员们方才入睡。熟睡的谢列达打着呼噜，普兹列夫斯基枕着马鞍睡觉，只有政治指导员克拉梅尔还在笔记本上写着什么。

第二天，保尔侦察回来，把马拴到树上后，招呼刚喝完茶的克拉梅尔到自己跟前说：

"指导员，我问你，我想调到骑兵第一军去，你怎么看这件事？他们将来准有一番轰轰烈烈的事业可干。要知道，他们集结那么多人，绝不是专为练习骑马的。而我们倒在这里扎堆儿，无事可做。"

克拉梅尔吃惊地看了他一眼，说：

"怎么调动？你以为红军是什么——电影院吗？这成什么体统？如果我们大家都从一个部队到另一个部队串来串去，那可就热闹了！"

"这里也罢，那里也罢，在哪儿打仗还不都一样？"保尔打断了克拉梅尔的话，"我又不是开小差往后跑。"

克拉梅尔坚决拒绝了他的请求：

"依你说，还要不要纪律了？你呀，保尔，什么都好，就是有那么点儿无政府主义，想干什么就干什么。而党和团是以铁的纪律建立起来的。党高于一切。谁也不能想去哪里就去哪里，而应该哪里需要就到哪里去。普兹列夫斯基拒绝了你的调动请求了吧？那就了结了——别再提啦！"

克拉梅尔又高又瘦，面色发黄，由于激动而咳嗽起来。印刷厂铅字的粉尘牢牢地黏附在他的肺叶上，他的双颊时常泛起病态的红晕。

当克拉梅尔平静下来的时候,保尔小声而坚定地说了一句:
"你说得全对,但我还是要到布琼尼的骑兵部队去,而且去定了。"
第二天,篝火旁不见了保尔的身影。

邻村一所学校旁的土丘上聚了一群骑兵,他们围成了一个大圆圈。一个身材魁梧的骑兵战士,帽子推到后脑勺上,坐在机枪车后尾,正吃力地拉着手风琴。另一个彪悍的骑兵穿一条肥大的红马裤在圈子里跳着疯狂的"果拍克"舞。琴手拉得不合拍,跳舞的也乱了步子。

村里好奇的姑娘和小伙子们有的爬上机枪车,有的穿过篱笆墙,来看这些刚开来的骁勇的骑兵跳舞。

"托普塔洛,快来跳哇!把地踏平!喂,使劲跳哇,老兄!拉手风琴的,加把油啊!"

但是叫那位拉手风琴的用他那粗大的手扳弯一块马蹄铁还好办,若要让他按琴键可就困难了。

"可惜库列亚勃科·阿方纳西叫马赫诺匪帮给砍死了,"一个脸儿被晒得黑黑的骑兵叹道,"那才是一流琴手呢,骑兵连的排头兵。小伙子真可惜,是个好战士,更是一个出色的手风琴手。"

保尔站在人群里。听到最后这句话便挤到机枪车跟前,把一只手放在手风琴风箱上,琴声停了。

"你想干什么?"琴手斜视了他一眼。

托普塔洛停下了舞步。周围传来不满的喊声:

"怎么回事?为什么不让拉琴?"

保尔伸手握住皮带说:

"让我来试试。"

骑兵将信将疑地望了这个不相识的红军战士一眼,犹犹豫豫地从肩上褪下皮带。

保尔习惯性地把手风琴放在膝盖上,猛然一拉,手风琴波浪式的风箱像扇子一样开合翻转,鼓足了气,奏出了欢快的舞曲:

喂,小苹果呀小苹果,
你往哪里滚去?

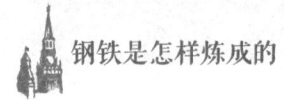

钢铁是怎样炼成的

落到省契卡手里，
永远有去无回。

托普塔洛和着熟悉的旋律飞舞起来。他如同鸟儿展翅一样，扬起双臂，飞快地转着圈子，变着令人眼花缭乱的花样。他狂热地用手拍打皮靴筒、膝盖、后脑勺、前额，接着又用手掌噼噼啪啪地拍打皮鞋跟，最后，拍起了他那张开的大嘴。

这时的手风琴以奔放、热烈的旋律催促着、驱赶着托普塔洛，使他轮番地伸出双腿，顺着圆圈像陀螺一样旋转起来，还气喘吁吁地喊道："哈，嘿，哈，嘿！"

经过几番短促而激烈的厮杀，布琼尼的骑兵第一军于1920年6月5日在波兰第三军与第四军接合处突破了波军阵线，将企图堵截去路的萨维茨基将军的第一骑兵旅歼灭了，并向鲁任方向挺进。

波军司令部为堵住这个缺口，心急火燎地组织了一支突击队。五辆刚从波格列比谢车站站台卸下的装甲坦克立刻开赴作战地点。

但是骑兵第一军已绕过准备反击的扎鲁德尼奇地区而出其不意地在波军后方出现了。

紧随着骑兵第一军，追来了科尔尼茨基将军的骑兵师。他们奉命奇袭骑兵第一军后方，因为根据波军司令部判断，骑兵第一军集中攻击的目标将是波军后方的战略重镇卡扎亭。但是，这一行动并没有减轻波兰白军的险恶处境。虽然第二天他们堵上了战线缺口，完成了骑兵第一军后面的战线合拢，但一支强劲的骑兵部队已插入他们后方，这支部队摧毁了他们不少后方基地，正准备向盘踞在基辅一带的波兰兵团发起猛攻。挺进途中，各骑兵师破坏了不少铁路和桥梁，以切断波兰军的退路。

骑兵第一军军长从俘虏口供中得知，敌军司令部设在日托米尔（实际上方面军司令部也设在那里），于是下决心拿下日托米尔和别尔季切夫这两个重要的铁路枢纽和行政中心。6月7日拂晓时分，第四骑兵师又向日托米尔快速挺进。

柯察金代替阵亡的库列亚勃科，当上了骑兵连的排头兵，骑马而行。他应全体战士的请求被编入了骑兵连，战士们不愿意放走这么一个出色的手风琴手。

骑兵军战士们快马加鞭，在日托米尔附近展开扇面队形，白晃晃的军刀在阳光下闪闪发亮。

大地在马蹄下呻吟，军马喘着粗气，战士们屹立在马镫上。

脚下的大地向后疾驰，战士们眼前突现的是一座布满花园的城市。骑兵们越过郊区花园，向市中心飞奔，像死神般令人胆战心惊、毛骨悚然的"杀杀杀"的喊声在空中震荡。

波兰白军吓得魂飞魄散，呆若木鸡，没有招架之力。卫戍部队立刻崩溃了。

柯察金俯身贴近马背向前飞驶，战友托普塔洛骑一匹细腿黑马和他并驾齐驱。

保尔曾亲眼目睹了这个彪悍的骑兵毫不留情地砍倒一个未来得及举枪瞄准的波兰士兵。

包着铁掌的马蹄踏着石头路面，嘚嘚作响。突然，在前方十字路正中央冒出一挺机枪，三个身穿蓝色军服、头戴四方军帽的波兰人趴守在旁边。还有一个人戴着蛇形金线条领徽，看见疾驰而来的骑兵队伍也举起了他的毛瑟枪。

托普塔洛和保尔勒不住马，向着那死亡的魔爪——机枪直冲过去。军官朝柯察金开了一枪，打偏了的子弹好似小鸟嗖的一声从脸旁飞过。那军官被战马的胸脯撞出老远，头磕在路面上，仰面朝天倒了下去。

一时间，机枪疯狂急射，发出粗野的狞笑。托普塔洛像被几十只黄蜂蜇了一样，连人带马一起摔倒了。

保尔的马竖起前蹄，发出惊叫，随即又驮着骑手，越过死者尸体，向机枪旁的波军直冲过去。保尔军刀一挥，划出一道光弧，砍进了一顶蓝色的四方军帽。

紧接着，飞舞的军刀又准备朝另一个脑袋砍去。可是，处于亢奋状态的马忽然跳到一旁去了。

骑兵连的人马像一股奔泻的山洪向十字路口冲去，数十把军刀在空中闪闪发光。

狭长的监狱走廊上人声鼎沸。

牢房里挤满了受尽折磨、面容憔悴的犯人。这时他们骚动不安起来。城内巷战正酣，难道真能相信，自由即将来临？自己人莫非从什么地方打回来了？

枪声又在院子里响起。人们在走廊上奔跑，突然，传来了一个亲切的，一个极为亲切的声音："同志们！出来吧！"

保尔奔到紧锁着的牢门跟前。门上开有一个小窗户，几十双眼睛正盯着窗口向外张望。保尔用枪托一下又一下猛砸铁锁。

"等等，让我来炸开它。"朱罗诺夫拦住保尔，说话间从衣袋里掏出一颗手榴弹。

排长齐加尔钦科一把夺过手榴弹。

"住手，疯子，你这是怎么啦，犯傻呀？马上就拿钥匙来了，砸不开就用钥匙开嘛。"

走廊里押来一批狱卒，在手枪的威逼下打开了牢门。整个走廊即刻被囚犯挤得水泄不通，他们一个个衣衫褴褛，蓬头垢面。

保尔将牢门拉开到边，冲进牢房，高声喊道：

"同志们，你们自由了！我们是布琼尼的队伍，我们师已经攻占了这座城。"

一个妇女哭着扑向保尔，就像拥抱亲生儿子一样。

对全师战士来说，比一切战利品和所有的胜仗来得宝贵的是：解放了五千零七十一名被波兰白军赶进牢房坐以待毙的布尔什维克以及两千名红军政工人员。这七千名革命者感到暗无天日的黑夜立刻变成了阳光普照的六月天。

一个政治犯面色蜡黄，如同柠檬皮一样，他是舍佩托夫卡一家印刷厂的排字工，叫萨穆伊尔·列赫尔。这会儿他兴冲冲地跑到保尔眼前。

听着萨穆伊尔的叙述，保尔的脸罩上了一层阴影。萨穆伊尔讲述着故乡发生的流血惨剧，他的每一个词句都像熔化的铁水滴滴落在保尔的心头。

"一天夜里我们一下子全被抓起来了，无耻的奸细出卖了我们。大家全部落入了宪兵队的魔爪。保尔，他们打人可真狠哪。我还比别人挨得少些，因为没打几下我就昏过去了。别人身体比我结实。我们已经没有什么秘密可言。宪兵队什么都比我们清楚。我们的每一个行动步骤他们都知道。

"我们中间混进了奸细，他们什么不知道呢？这些天的情况我可说不清楚。保尔,被捕的人当中有好多都是你认识的:瓦莉亚·勃鲁扎克,县城来的罗莎·格列茨曼,她还是个孩子,才十七岁,是个好姑娘,长着一双轻信他人的眼睛。还有萨沙·邦沙弗特,你大概记得,也是我们厂的排字工,一个快活的小伙子,爱画漫画讽刺厂主。此外,还有两个中学生——诺沃谢利斯基和图日茨。这几个人你都认识的。其余的人就都是从县城和镇上抓来的。总共逮捕了二十九人,其中有六个妇女。大家都受尽了非人的折磨。瓦莉亚和罗莎第一天就被强奸了。那帮畜生愿意怎么干就怎么干,极尽卑鄙之能事,将她们折磨得半死才拖回牢房。从那以后罗莎开始说胡话,没过几天完全疯了。

"他们不相信罗莎精神失常,认为她是装疯卖傻,每次审讯时都拷打她。枪决她的时候,她那样子可真吓人。脸给打得青一块紫一块,两眼呆直,完全像个老太婆。

"瓦莉亚·勃鲁扎克直到最后一分钟都表现得很好。他们牺牲了,和真正的战士一样。我不知道,他们从哪里汲取的力量。可是,保尔,我能叙述他们死的情形吗?不能。他们的死是难以用言语形容的。勃鲁扎克的工作最危险,她和波军司令部的无线电报务员有联系,曾被派到县里做情报工作。搜查的时候,在她家里发现了两颗手榴弹和一支勃朗宁手枪。其实,手榴弹就是那个奸细给她的。一切都是事先策划好的,强加给她的罪名是企图炸毁波军司令部。

"啊,保尔,我实在不愿讲他们临刑前那几天的情景,但是你一定要我讲,我就讲给你听。战地法庭做出判决:瓦莉亚和另外两个人处以绞刑,其余的执行枪决。

"我们曾经在一些波兰士兵中做过策反工作。他们也被捕了,比我们早两天受到审判。

"斯涅古尔科是个小班长,无线电报务员,战前在罗兹当电工。他的罪名是背弃祖国并在士兵中进行共产主义宣传,他被判处枪决。他没请求赦免,判决后二十四小时就被枪毙了。

"审判他的时候,法庭传瓦莉亚出庭作证。回来后瓦莉亚告诉我们,斯涅古尔科承认自己进行过共产主义宣传,但坚决驳斥了关于他背弃祖国的罪名。他说:'我的祖国是波兰苏维埃社会主义共和国。是的,我是波兰共产党党员,一个被迫当兵的人。我以前的工作是向这些和我一样被驱赶到前线来的士兵宣传真理,打开他们的眼界。因为这个你们可以把我绞死,但我没有背叛祖国,将来也不会背叛。只是我的祖国跟你们的不一样。你们的祖国是地主贵族的,我们的是工人农民的。我坚信,在我未来的工农国家里,绝不会有人把我叫作叛徒。'

"判决以后,我们被关在一起,行刑前又被投入监狱。夜间,在监狱对面的一所医院旁边立起了绞刑架;不远处的森林附近,大路旁的一个陡坡,被选为执行枪决的刑场。还在那儿给我们挖了一条壕沟。

"判决结果写成了告示张贴在镇上,家喻户晓。波军决定要在大白天当众处决我们,以示'杀鸡吓猴'。一大早他们就把居民从镇上赶到了绞刑架旁。有些人出于好奇心,虽然害怕,还是来了。绞刑架旁站满了密密麻麻的人群,一眼望去,人头攒动。你知道,监狱四周围着木栅栏。绞刑架就立在监狱旁边,我们能听到嘈杂的说话声。他们在后面的街道上架了几挺机枪,把全镇的宪兵,不管是骑兵队,还是步兵队,都调了过来。还有整整一个营封锁了菜园和街道。在绞刑架下为处以绞刑的人挖了一个大坑。我们默不作声,等待最后时刻的来临,只偶尔有人说一两句话。该说的前一天都说了,而且互相进行了诀别。当时只有罗莎一个人躲在牢房墙角喃喃自语。受尽暴行、毒打和折磨的瓦莉亚已经不能行走,大部分时间躺在那里。两个从镇上抓来的女共产党员,是一对亲姐妹,拥抱着告别,忍不住大哭起来。县里来的一个小伙子,姓斯切潘诺夫,像斗牛士一样年轻力壮。他被捕时进行反抗,打伤过两个宪兵。他一再对两姐妹说:'同志们,不能哭!要哭现在就在这里哭吧,不要到外面哭。不能让那帮吸血鬼幸灾乐祸。反正他们不会饶恕我们,我们早晚得死,那就让我们从从容容地去死吧。我们谁也不能跪下。同志们,千万记住,我们要死得有骨气啊!'

"正说着,有人来押我们了。走在前面的是侦缉处长什瓦尔科夫斯基。他是一个色鬼,是条疯狗。他如果不强奸,就让宪兵们干,自己在一旁看着取乐。宪兵沿路排成两行,从监狱一直到绞刑架,这些'黄脖鬼'(因脖子上级着黄穗带而得名)手中都握着军刀。

"他们用枪托顶着将我们赶到监狱院子里,令我们四人一排站好队,然后打开大门,把我们押到街上。他们命令我们站在绞刑架前,先看他们怎样绞死我们的同志,然后再对我们下手。绞刑架很高,是用几根粗大的原木搭成的。上面吊着三个粗麻绳套,下面是一个带小梯子的平台。平台由一根后倾的木桩支撑着。黑压压的人群不停地蠕动着，发出轻微的嘈杂声。所有的眼睛都盯着我们。我们也能从人群中认出自己的亲友。

"不远的一个台阶上站着一群波兰小贵族，手拿望远镜，其中有几个是军官。他们是来凑热闹的，看怎么绞死布尔什维克。

"脚下是松软的白雪，树林在它的点缀下洁白一片，树上挂满了白花花的'棉絮'。雪花在空中飞舞，慢悠悠地落下来，打在我们滚烫的脸上，即刻融化了。就连绞架下的小平台也盖上了一层雪。我们几乎被剥光了衣服，但是没有一个人觉得冷，斯切潘诺夫甚至忘了脚上只穿着一双袜子。

"军事检察官和高级军官们站在绞刑架旁。最后，从狱中押来了瓦莉亚和那两个被处以绞刑的同志。他们三个人挽着胳膊，瓦莉亚走在中间，她已经没有力气走路了，同志们挽着她，但她还是努力向前走，牢记着斯切潘诺夫的话：'要死得有骨气！'她没穿外套，只穿了一件绒线衣。

"看来，什瓦尔科夫斯基对他们挽着胳膊走路很不满意，便推了他们一把。瓦莉亚说了句什么，一个骑马的宪兵立刻抡起马鞭子照她的脸猛抽了一下。

"人群里一个妇女发出可怕的惨叫，呼天唤地拼命挣扎，挤过人群向三个人奔去，但被人抓住，拖到不知什么地方去了。她大概是瓦莉亚的母亲。当三个人快到绞刑架的时候，瓦莉亚唱起了歌。我从未听过这样的歌声。只有英勇就义的人才能以那样的激情歌唱。她唱起《华沙革命歌》，两位战友和着她唱。宪兵们发疯一般地抽打他们，手中的马鞭呼呼作响。但他们似乎感觉不到疼痛。宪兵索性把他们推倒，抓住他们的脚，像拖袋子一样将他们拖到绞刑架前，待匆匆忙忙宣读完判决书，就把绳圈套在了他们的脖子上。这时，我们一起唱起了《国际歌》：'起来，饥寒交迫的奴隶……'

"宪兵从四面八方向我们扑来，我只看见一个宪兵用枪托把支着平台的木桩推开，于是三个同志就被绳索吊了起来。

"当我们十个人在墙根等着枪决的时候，他们对我们宣读了判决书，说因为将军大人开恩，我们三人的死刑被改为二十年苦役。其余十七人还是被枪毙了。"

说到这里，萨穆伊尔拉了拉衬衫领子，好像衣领勒得他喘不过气来。

"一连三天没有取下死者尸体，绞刑架旁日夜有人巡逻。后来我们牢房

又关进来一批犯人。他们告诉我们：'第四天托博利金同志坠下来了，因为他最重，这样才把另两具尸体拉下来就地埋掉了。'

"但是绞刑架一直立在那儿。押我们来这里的时候，我们还看见了。带着圈套的绞刑架在等待新的牺牲者。"

萨穆伊尔沉默下来，呆滞的目光凝视着远方。保尔没有察觉他的话已经讲完了。

他的眼前清晰地浮现出三具尸体：脸相可怕，脑袋歪在一旁，在空中悄无声息地荡来荡去。

街上响起了集合号声。保尔被惊醒了，他用低得几乎听不见的声音对萨穆伊尔说：

"咱们走吧，萨穆伊尔！"

骑兵队押着波兰俘虏从街上走过。团政委站在监狱门口，正往军用笔记本上写命令。

他把命令交给矮墩墩的骑兵连长时说："安季波夫同志，拿上这个命令，派一个班，将所有的俘虏押往诺沃格勒—沃伦斯基方向。受伤的给包扎好，也用大车运往那儿。到离城二十俄里的地方就由他们去吧，我们没有工夫管他们。注意，不许有虐待俘虏的事情发生。"

保尔跨上马鞍，转过身对萨穆伊尔说：

"听见了吧？他们绞死我们的人，我们反过来送他们回去，还不许虐待！办得到吗？"

团政委掉过头来，盯着他看了许久。保尔听到他好似在自言自语，但语气坚决而严厉：

"虐待放下武器的俘虏是要被处以枪决的。我们可不是白匪！"

保尔策马离开监狱大门，想起了革命军事委员会一道命令中的最后几句话，那是当着全团宣读过的：

"工农国家爱护自己的红军，她为有这样的红军骄傲！她要求，在红军的旗帜上不能染上一个污点。"

"不能染上一个污点。"保尔的双唇微微动着。

当第四骑兵师占领日托米尔的时候，已加入戈里科夫突击队的第七步兵师第二十旅也在奥库宁诺沃村地段强渡了第聂伯河。

由第二十五步兵师和巴什基尔骑兵旅组编的突击队奉命过河，并在伊尔沙车站附近切断了基辅至科罗斯田的铁路线。这一举措截断了波军从基辅后撤的唯一退路。在这次强渡中牺牲了一名舍佩托夫卡的共青团员——米什卡·列夫丘科夫。

当部队冲过摇摇晃晃的浮桥时，从山背后蹿出一颗炮弹，发出骇人的嗖嗖声，飞过战士们的头顶，落到水里爆炸了。就在这时，米什卡翻到了搭浮桥的小船底下。河水吞没了他。他再也没能浮上来。只听那个淡黄色头发，戴一顶掉帽檐的破军帽的战士雅基缅科用地方话惊叫一声："不好了，米什卡掉河里了，连影儿也见不着了，他没命啦！"他收住脚，惊恐地盯着黑沉沉的湍流，可是后面的人赶了上来，推着他说：

"傻瓜，干吗张着嘴巴发愣？快走啊！"

当时根本顾不上个人的安危。整个旅掉队了，几个兄弟旅已经占领了对岸。

四天后谢廖沙才得知米什卡牺牲的消息。那时他们旅已经经过一番激战拿下了布恰车站，并转向基辅方向，打退了试图从科罗斯田突围的波军的猛烈进攻。

雅基缅科趴在离谢廖沙不远的地方。他在一阵猛烈射击之后，用力拉开滚烫的步枪枪机，头贴地面，转过脸对谢廖沙说：

"步枪得喘口气，烫得像火一样！"

枪炮声震耳欲聋，谢廖沙几乎听不见他说什么。待枪炮声小一点时，雅基缅科随口说了句：

"你的那个同伴淹死在第聂伯河里了，我也没看见他是怎么掉下去的。"

说完，用手摸了摸扳机，从子弹带上取出一排子弹，很庄重地压进了弹仓。

被派去占领别尔季切夫的第十一师在城里遇上了波军的抵抗。大街小巷都有血战。机枪的密集子弹阻挡着红军骑兵前进的道路。但是城市还是被红军攻破，被击溃的波军残兵败将仓皇逃窜。车站内截获了多列火车。军火库被炸对波军是致命的一击，供波军前线用的一百万发炮弹全部报销。城内到处是碎玻璃片，房屋如同纸糊的玩具被震得摇摇欲坠。

红军占领日托米尔和别尔季切夫给波军背后一击，他们兵分两股慌忙逃离基辅，拼命杀出一条路，以突破红军坚如钢铁的包围圈。

保尔忘却了自我，这些天来，时时刻刻都有激战。他，柯察金，和每一个战士一样，融入了集体中，似乎忘记了"我"这个字，而代之以"我们"：我们团，我们骑兵连，我们旅。

战势如飓风般迅猛发展，每天都有新消息传来。

布琼尼的人马一鼓作气以排山倒海之势重创敌军，接二连三的打击瓦解并摧毁了波军整个后方。各骑兵师乘胜追击，向波军后方的心脏——诺沃格勒—沃伦斯基展开新的攻势。

他们犹如冲刷峭壁的巨浪上下翻腾。

无论是密布的铁丝网，还是城防部队的负隅顽抗，都挽救不了波军的崩溃。6月27日凌晨，布琼尼的骑兵队伍强渡斯卢奇河，攻入诺沃格勒—沃伦斯基镇，并追击向科列茨方向溃逃的波军。与此同时，雅基尔的第四十五师在新米罗波利附近渡过斯卢奇河，柯托夫斯基的骑兵旅则大举进攻柳巴尔镇。

骑兵第一军无线电台接到前线司令的一道指示，要他们全军出动夺取罗夫诺。红军各师以锐不可当的攻势追击波军，把他们打得七零八落，迫使他们分成小股逃命。

有一次，保尔被旅长派到一个停铁甲列车的车站送公文，却意外地遇到了一个人。

保尔骑马越过陡峭的路基，在第一节灰色车厢前勒住了马。面前是威风凛凛的装甲车，车炮炮身藏在炮塔里，黑洞洞的炮口露在外头。车旁有几个满身油污的人在干活，正在抬一个用来保护车轮的重重的钢甲。

"请问，装甲列车指挥员在哪里？"保尔向一个穿着皮衣，手提一桶水的红军战士打听。

"在那里。"红军战士把手朝车头那边一指说。

柯察金跑到车头前，又问：

"请问哪位是指挥员？"

一个从头到脚被毛皮裹得严严实实的麻脸人转过身来对他说：

"我就是！"

保尔从口袋里掏出公文：

"这是旅长的命令。请您在上面签个字。"

指挥员把公文袋平放在膝盖上签了字。在机车中段的轮子旁有个人在加油。保尔只看见他宽阔的后背和皮裤口袋上露出来的手枪柄。

"签好了，拿回去吧！"穿皮衣的人把公文还给保尔。

保尔抖抖马缰绳，正打算调头，机车旁干活的那个人直起身转过脸来。保尔立即如被风推般从马上跳了下来。

"阿尔焦姆！哥哥！"

全身沾满机油的火车司机也赶紧放下了油壶，一把拉过年轻的红军战士，像头熊一样将他紧紧搂住。

"保尔！该死的！是你呀！"司机喊道，他简直不相信自己的眼睛。

装甲车指挥员惊奇地看着这一场面。炮兵战士全都乐了：

"看哪，亲哥儿俩见面了！"

8月19日在利沃夫地区的一次战斗中，保尔丢了军帽。他把马勒住，但是前面的弟兄们已经冲入了波军的散兵线。突然，从一片洼地的灌木丛中飞跑出杰米多夫，他向河岸急驰而去，一路喊着：

"师长牺牲了！"

保尔一下子惊呆了。列图诺夫——他的英勇的师长，无所畏惧的战友，竟然牺牲了。一阵狂怒揪住了他的心。

他用刀背朝那疲惫的、满口是血的战马格涅多克狠抽，冲进厮杀的人群中去了。

"砍死这帮混蛋！砍死他们！打死那些波兰贵族！是他们杀了列图诺夫！"暴怒之下，他不等看清是谁，就举刀向一个穿绿军服的波兰人砍去。整个骑兵连燃起了为师长报仇的怒火，把波军一个排杀得片甲不留。

骑兵连队开往开阔地带，沿途追击逃跑的敌人，但这时一队波兰炮兵向他们开火了：榴霰弹在空中爆炸，把死亡散向四面八方。

像镁光一样的绿火团从保尔眼前闪过，一声巨响震荡着他的耳鼓，一块烧红的铁片钻进了他的头颅。大地可怕地、莫名其妙地旋转、翻滚起来。

保尔像一根稻草从马鞍上被甩下来，翻过马头，沉重地摔倒在地。

四周立刻一片漆黑。

第九章

　　章鱼一只眼睛鼓鼓的,有猫头大小,周边略红,中间发绿,这只眼睛在闪闪发光,不断变换着颜色。章鱼用几十根触须爬行着。这些触须像一团小蛇,弯弯曲曲,在那里蠕动,皮上的鳞发出令人厌恶的沙沙声。保尔看见章鱼几乎就在自己眼睛旁边。触须在自己身上爬着,凉冰冰的,像荨麻一样刺人。章鱼伸出针刺,针刺像水蛭一样叮进他的头,一下一下地抽动着收缩,把他的血液吮吸进自己体内。他感到血液正从自己身上流进章鱼那膨胀起来的肚皮。针刺就这样吸呀吸呀,被它叮着的头部疼痛难忍。

　　保尔听到很远很远的地方有人在说话:

　　"现在他的脉搏怎么样?"

　　有个女人,用更轻的声音回答:

　　"脉搏一百三十八。体温三十九度五。一直在说胡话。"

　　章鱼消失了,但叮过的地方还很疼。保尔感到有人用手指按他的手腕。他想睁开眼睛,但眼皮很重,抬不起来。为什么这样热呀?看来是妈妈把炉子生得太旺了。这时,又听见有人在说:

　　"现在脉搏是一百二十二次。"

　　他还想抬起眼皮。但体内发烧,闷得透不过气来。

　　想喝水,真渴呀!他要马上起来喝个够。但是为什么起不来呢?他刚想动一动,就觉得身体是别人的,不是自己的,根本不听他使唤。妈妈马上会给他拿水来的。他要对妈妈说:"我要喝水。"他耳边有样东西在动。莫不是章鱼又爬来了?就是它,看它那只眼睛,红红的……

　　远处又传来了轻轻的说话声:

　　"弗罗霞,拿点儿水来!"

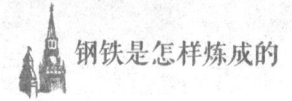

"这是谁的名字呢?"保尔在用力回想,由于用力他立刻跌进了黑暗的深渊。他从深渊浮上来之后,重又记起了"我要喝水"这句话。

他听到好几个人的声音:

"他好像苏醒过来了。"

接着,那温存的声音更近更清晰了。

"伤员同志,你要喝水吗?"

"难道我负伤了吗,或许这话不是对我说的?噢,对了,我不是得了伤寒吗,就是这么回事。"于是他第三次想睁开眼睛。他终于成功了。从眼睛张开的小缝里,他首先看到的是一个悬在自己面前的红球,但这个红球又被一团黑糊糊的东西挡住了。这黑糊糊的东西原来是一个身影,正弯向他,于是他的双唇触到了一只水杯的硬边和爽人心肺的液体。心里的那团火逐渐熄灭了。

他心满意足地小声说:

"现在真舒服。"

"伤员同志,你看得见我吗?"

这是站在他面前向他弯身的那个黑糊糊的东西发出的问话。他又要昏过去了,但还来得及回答一句:

"看不见,但是能听见……"

"谁曾想到他能活下来呢?可是您看,他终于挣扎着活过来了。体格结实得令人吃惊。尼娜·弗拉基米罗夫娜,您真该为此而骄傲,全是您护理的功劳啊!"

一个女人非常激动地答道:

"啊,我太高兴了!"

昏迷了十三天后,保尔恢复了知觉。

年轻的肉体不愿意死亡,精力慢慢得到恢复。这是第二次获得生命,他感到一切都很新鲜,很不平常。只有头被固定在石膏箱里,一动不动,觉得无比沉重,他根本无力移动它一下。不过身体的感觉已经恢复,手指也能屈能伸了。

在一间四方形房间里,野战医院的见习医生尼娜·弗拉基米罗夫娜正坐在一张小桌旁翻着一本厚厚的淡紫色封面的笔记本。本子里是她用纤细的斜体字记下的简短笔记。

"1920年8月26日

"今天救护列车给我们送来了一批重伤员。一个头部重伤的红军战士被安置在屋角窗旁的一张床上。他只有十七岁。人们交给我一包从他衣袋里找出的证件和他的病历，证件和病历都装在一个信封里。他的名字叫保尔·安德烈耶维奇·柯察金。证件包括：一张磨损的乌克兰共产主义青年团团证，编号967；一张撕破了的红军战士身份证和一份团部嘉奖令的摘录。嘉奖令写的是：通令嘉奖出色完成侦察任务的红军战士柯察金。还有一张字条，看来是柯察金本人写的：

'如果我阵亡，恳请同志们通知我的家属：舍佩托夫卡镇，机车库，钳工阿尔焦姆·柯察金收。'

"伤员从8月19日头部被炮弹击中那天起一直处于昏迷状态。明天阿纳托里·斯切潘诺维奇要来给他检查。

"8月27日

"今天检查了柯察金的伤口。伤口很深，颅骨被打穿了，所以头的整个右半部麻痹。右眼充血，眼睛肿胀。

"阿纳托里·斯切潘诺维奇打算摘除他的右眼球，以免发炎。但我劝他只要还有消肿的希望就不要这样做。他同意了我的意见。

"我的想法完全出于审美考虑。如果小伙子能活下来，为什么要摘除一只眼球，使他破相呢？

"伤员一直在说胡话，乱折腾，床头必须经常有人值班，我为他花去了不少时间。他这样年轻，我很可怜他，如果做得到，我想把他从死神手里夺过来。

"昨天下班以后我在病房待了好几个小时。他的伤势最重。我仔细听他昏迷中说些什么。有时候，他说胡话就像讲故事，我从中了解了他经历过的许多事情；有时候他又会狠狠地骂人，脏话不堪入耳。听到这些可怕的脏话，不知为什么，我感到很难过。阿纳托里·斯切潘诺维奇说，他活不了了。老头儿生气地嘟哝着：'我不明白，这些人几乎还是孩子，怎么能接收他们入伍呢？这简直令人愤慨！'

"8月30日

"柯察金依然没有恢复知觉。他躺在一间特殊病房里，那里住的都是垂死的伤员。女护理员弗罗霞守在他身边，寸步不离。原来她认识他。很久

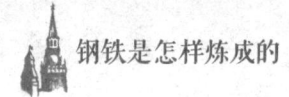

以前他们一起做过工。她对这个伤员多么体贴入微呀！现在连我也感到，他没有什么希望了。

"9月2日

"夜里十一点。今天是我最高兴的一天。我负责的伤员柯察金苏醒了！他活过来了，危险期已过。近两天我一直没回家。

"此刻我无法表达自己的喜悦心情，又有一个人得救了。我们的病房又可以减少一个人的死亡。在我令人疲惫的繁忙工作中最使人高兴的莫过于看到病人恢复健康。他们都像孩子一样依恋着我。

"他们的友情真挚而纯朴，当道别的时候，有时我甚至掉下眼泪。这有点可笑，却是事实。

"9月10日

"今天我帮柯察金写了第一封家信。他说，伤得很轻，不久就会康复，到时一定回家看看。实际上他失了很多血，面色苍白如纸，身体仍然很虚弱。

"9月14日

"柯察金第一次笑了。笑得很开心。平时他过于严肃，和他的年龄不相称。他的身体正以惊人的速度复原。他和弗罗霞成了朋友。我经常在他床边见到弗罗霞。看来，她跟他讲起过我，当然是过奖了，所以伤员总以微微一笑迎接我的到来。昨天他问我：

'大夫，您手上怎么青一块紫一块的？'

"我沉默不语，没告诉他，这是他在昏迷时狠命攥我的手，留下的指印。

"9月17日

"柯察金额头上的伤口看样子好多了。换药的时候，他表现出的非凡毅力的确使我们医生深受感动。

"一般在这种情况下伤员要不断呻吟，大发脾气，他却一声不吭。给他那炮弹撕裂的伤口擦碘酒的时候，他挺得板直，像一根绷紧的弦。他常常疼得失去知觉，但在整个换药期间没有哼过一声。

"现在大家都已知道：如果柯察金在呻吟，就说明他昏过去了。他这种顽强精神是从哪里来的呢？我真不明白。

"9月21日

"今天第一次用轮椅把柯察金推上医院宽敞的阳台。他是用怎样的眼神观赏花园,是多么贪婪地呼吸新鲜空气呀!他脸上缠满绷带,只露出一只眼睛。这只眼睛闪闪发光,不停地转动,观察着整个世界,好像是第一次见到它。

"9月26日

"今天我被叫到楼下接待室去见两个姑娘。其中一个非常漂亮。她们是来探望柯察金的。一个姑娘叫冬妮亚·图曼诺娃,另一个叫塔吉亚娜·布拉诺夫斯卡娅。冬妮亚的名字我知道。柯察金说胡话的时候常常提到她。我允许她进去看他。

"10月8日

"柯察金第一次不用别人搀扶独自在花园里散步。他不止一次地问我,什么时候能出院。我说快了。到探病日,两个女友都来病院看他。现在我明白了,为什么他没有呻吟,而且从来不呻吟。对我的问题,他做了这样的回答:'您读一读长篇小说《牛虻》,就全清楚了。'

"10月14日

"柯察金出院了。我们十分亲切地互相道别。他眼睛上的绷带已经取掉,前额还包扎着。一只眼睛失明了,但从外表看,样子正常。和这样一个好同志分手,我觉得十分难过。

"一向是这样:伤好了就离我们而去,而且希望永远不再回来见我们。

"告别的时候,柯察金说:'如果是左眼失明就好了,现在让我怎么打枪呀?'

"他还想着前线呢。"

出院后的最初一段时间保尔是在布拉诺夫斯基家里度过的。当时冬妮亚正在他家小住。

保尔立刻做了吸引冬妮亚参加公益事业的尝试。他邀请她出席市共青团会议,她同意了。但当她换完衣服走出房间的时候,保尔却咬紧嘴唇,表示了不满。她穿得很讲究,显得太漂亮了,保尔都不想带她到自己的伙伴那里去了。

于是,他们之间发生了第一次冲突。当保尔问她为什么要这样穿戴的时候,她感到很委屈:

"我从来不愿意随大流。如果你不愿带我去，我不去好了。"

在俱乐部里，保尔看见在那些退了色的制服和短衫之间只有冬妮亚穿得花枝招展，心里很不痛快。伙伴们都把冬妮亚看作外人。当她感到这一点时，也以轻蔑和挑衅的目光望着大家。

货运码头团委书记，一个穿着粗布衬衣的小伙子，装卸工人潘克拉托夫，把保尔叫到一边，瞟了冬妮亚一眼，又不客气地看了看他，说：

"是你把那位漂亮小姐带到这里来的吗？"

"是我。"柯察金生硬地回了他一句。

"哦……"潘克拉托夫拉着长音，"看样子她不像是我们的人，倒像是资产阶级小姐。怎么能让她进来呢？"

保尔的太阳穴怦怦直跳。

"她是我的朋友，我就把她带进来了，懂吗？她并不以我们为敌。她有点爱打扮，这是事实，但也不能以穿戴取人哪。什么人能到这里来，我也懂，用不着你来挑剔，潘克拉托夫同志。"

他本来想再甩给他几句，但忍住了，因为他懂得，潘克拉托夫表达的是大家的意见。

于是他就拿冬妮亚出气：

"我早就对你说了，没必要这样出风头，摆阔气。"

这天晚上他们之间的友谊开始出现裂痕。保尔怀着既痛苦又惊讶的心情看到那似乎牢固的友情在怎样渐渐破裂。

又过了几天。每一次见面、每一次谈话都使他们之间的关系更加疏远，更加不愉快。保尔越来越受不了冬妮亚庸俗的个人主义。

两人心里明白，感情的破裂是不可避免的了。

今天他俩来到铺满落叶的库佩斯基公园，作最后一次谈话。

他们在陡岸上凭栏而立。第聂伯河在下面滚滚流淌，闪耀着灰暗的光波。一艘火轮拖着两条大肚子驳船，从巨大的桥洞里钻出来，疲倦地用翼轮拍打着水面，逆流而上。落日的余晖给特鲁汉诺夫岛镀上一层金黄颜色，房屋的玻璃被它映照得通红鲜亮。

冬妮亚望着金色的余晖，怀着深深的忧伤说：

"难道我们的友谊会像这落日一样黯淡消失吗？"

保尔皱紧眉头，目不转睛地望着她，低声答道：

"冬妮亚,关于这一点,我们已经谈过了。你当然知道,我曾经爱过你,就是现在,我们的爱情也还可以恢复。但为了这点,你必须和我们站在一起。现在我已经不是从前那个保夫鲁沙了。如果你认为,我应当首先属于你,然后才属于党,那我将不能成为你的好丈夫。因为在我看来,我首先是属于党的,然后才属于你和其他亲人。"

冬妮亚难过地凝视着蓝色的河面,两眼饱含泪水。

保尔望着她那熟悉的侧影和浓密的栗色头发,心头不禁涌起一股对这个曾经是那么可亲可爱的姑娘的怜惜之情。

他小心翼翼地把一只手搭在姑娘肩上。

"抛开一切束缚,站到我们这边来吧。我们一道去打倒大人老爷。我们队伍里有许多好姑娘,她们和我们共同肩负残酷斗争的重任,和我们一起经受一切艰难困苦。可能她们不像你那么有文化,但是你为什么,为什么就不愿意和我们在一起呢?你说丘扎宁曾想用暴力污辱你,但他是红军中的败类,算不得红军战士呀。你说人们对你不热情,但你为什么要打扮得像去参加资产阶级的舞会一样呢?虚荣心坑害了你,因为你会说,我不愿意穿那些肮脏的军便服。你已经有勇气爱上一个工人,却没能爱上工人阶级的思想。和你分手我很遗憾,但愿想起你时,能有个美好的回忆。"

他沉默了下来。

第二天,保尔在大街上看见一张布告,上面印的是省肃反委员会主席费奥多尔·朱赫来签署的一道命令。他的心跳了起来。他好不容易找到这位老水手的住处,却不放他进去。他软磨硬泡,以致卫兵打算把他抓起来,最后总算达到了目的。

两人见面十分高兴。费奥多尔的一只胳膊已被炮弹炸掉了。他们立刻谈妥了工作。朱赫来说:

"你既然不能上前线,就和我一起来镇压反革命,明天到我那里来上班。"

同波兰白军的战斗结束了,曾经兵临华沙城下的红军部队由于远离后方基地,虽然耗尽人力物力,仍不能突破波军的最后防线,只好撤了回来。波兰人把红军的这次撤退称作"维斯拉河上的奇迹"。地主掌权的白色波兰保存了下来,建立波兰苏维埃社会主义共和国的理想没能实现。

国家流血过多,需要短暂的休息。

保尔还不能回家探亲,因为舍佩托夫卡再次被波兰白军占领,而且成了交战双方的临时分界线。和平谈判正在进行。保尔日夜守候在肃反委员会,执行着各种任务,就住在朱赫来的房间里。听到家乡失守的消息,保尔有点发愁。

"怎么办呢,费奥多尔,要是就此讲和,妈妈不就被划到国外去了吗?"

费奥多尔安慰他说:

"大概会以哥伦河划界,那样一来,舍佩托夫卡就在我们这边了。很快我们就会知道消息的。"

许多师团从波兰战线调往南方,因为弗兰格尔利用喘息之机从克里米亚爬上来了。当苏维埃共和国集中全力于波兰战线的时候,弗兰格尔的部队沿第聂伯河北上,逼近了叶卡捷林诺斯拉夫省。

为捣毁这个最后的反革命巢穴,国家利用对波战争结束的时机,往克里米亚调动了大批军队。

满载人员、车辆、灶具、大炮的一列列军用列车经过基辅向南开去。铁路交通肃反委员会的工作忙得不可开交。车流不息,造成堵塞,各个车站都挤得水泄不通,往往由于腾不出一条通行路线而使整个交通中断。收报机不断收到最后通牒式的电报,命令给某某师让路。印满密码的电报纸条没完没了地从收报机里爬出,每封电报上都写着"十万火急……作为战斗命令……立即让路"。而且几乎每份电文都不忘警告:违反命令将送交革命军事法庭制裁。

而负责解决"堵塞"问题的机构就是铁路交通肃反委员会。

于是各部分的指挥员都挥动着手枪闯进肃反委员会,要求根据司令员的某某号命令立即发走他们的列车。

你如果说这是办不到的,他们连听都不要听,"豁出命来,你也要把我的车发走!"接着便是一阵痛骂。特别难办的时候就赶紧把朱赫来请来。于是,肝火旺盛准备大动干戈的人们马上就安静下来了。

朱赫来那强健的身躯,沉着冷静的态度和不容反驳的粗重语气总能镇住那些人,迫使他们把掏出的手枪插回枪套里去。

保尔感到剧烈头痛,还得走出房间,到站台上来。肃反委员会的紧张工作严重损害着他的脑神经。

有一天，保尔突然看见谢廖沙在一节满载弹药箱的敞车上。谢廖沙突然从敞车上跳下来，扑到保尔身上，差点儿没把他撞倒。两人紧紧抱在了一起。

"保尔！你这鬼家伙，我一眼就认出你来了。"

两个好朋友相见，不知该讲什么好。这段分手的时间经历了多少事情啊。他们互相问长问短，往往是等不及回答，自己就又说开了。他们连汽笛声也没听见。直到列车徐徐启动，他们才放开拥抱着的好友。

有什么办法呢？刚刚见面，又要分别，列车正在加速前进。为了不致误车，谢廖沙最后对朋友喊了一句什么，就沿站台往前跑去了。一节加温货车厢的门敞开着，当谢廖沙抓住车门的时候，几只手伸出来把他拉进了车厢。保尔站在原地，目送着远去的列车，这时他才突然想起，没把瓦莉亚牺牲的消息告诉谢廖沙。这段时间谢廖沙没回过家乡，可是他，保尔，竟在惊喜之余忘了把这件事告诉他。

"他不知道也好，可以安心走他的路。"保尔这样想着。但他万万没有想到，这是他同好友的最后一次会面。此时站在车厢顶上，以胸膛迎着秋风的谢廖沙也没想到，死神正在前面等着他。

"坐下吧，谢廖沙。"军大衣背上烧了个窟窿的红军战士多布罗申科劝他说。

"没关系，风是我的好朋友，让它吹个痛快吧。"谢廖沙笑着回答。

一星期以后，谢廖沙在乌克兰原野入秋的第一场战斗中牺牲了。

远方飞来一颗流弹，打中了他。

他由于中弹而哆嗦了一下，向前迈了一步，感到撕裂心肺的剧烈疼痛。他没有喊叫，只是摇晃了一下，然后双臂伸开，像抱什么东西一样紧紧抱起来，捂住胸口，随之弯下身，好像准备一次跳跃，已经僵硬的身体却一下摔倒在地上了。他那双蓝色的眼睛还一动不动地凝视着一望无际的原野。

肃反委员会的紧张工作严重影响了保尔尚未完全恢复的健康。头痛病经常发作。终于有一天，在两个不眠之夜以后，他昏过去了。

过后，他去找朱赫来。

"费奥多尔，我要调换一下工作，你看合适吗？我很希望到铁路工厂去干我的老本行,这里的工作我力不从心。医务委员会的人说我不适合部队工作,可是这里的工作比前线还紧张。这两天肃剿苏德里匪帮就把我给压垮了。我需要暂时避开这些动刀动枪的工作。费奥多尔,你明白,如果我现在连站都站不稳,我就做不好肃反工作。"

朱赫来关切地望了保尔一眼。

"是的,你脸色不大好看。本该早点使你解脱,这都怪我照顾不周。"

这次谈话的结果是保尔手持介绍信去了共青团省委。介绍信里说,他柯察金前来省委听候分配工作。

一个顽皮的小伙子,戴一顶拉到鼻梁上的鸭舌帽。他扫了一眼介绍信,对保尔挤挤眼,说:

"从肃反委员会来的吗?那可是个好单位。好吧,我们马上给你找份工作。我们正缺人手。派你去哪儿呢?省粮食委员会,去吗?不去?不去就不去。那就去码头,鼓动站,也不去?哟,那你可是不去白不去,那可是个好地方,头等口粮。"

保尔打断了小伙子的话头:

"我想去铁路,去铁路工厂。"

小伙子吃惊地看了他一眼,说:

"去铁路工厂?这个……可是我们那里不需要人哪。这么办吧,你去找乌斯季诺维奇同志。她会给你安排一个去处。"

保尔和那个黝黑的姑娘乌斯季诺维奇谈话时间不长,事情就定下来了。他去铁路工厂做不脱产的共青团团委书记。

这时候,在克里米亚大门旁边,在这个连接着半岛与大陆的狭长的喉管上,也就是很久以前曾经是克里米亚鞑靼人和扎波罗什哥萨克部落分界的地方,重建了一座碉堡林立、戒备森严的白军要塞——彼烈科普。

注定要灭亡的旧世界的残渣余孽,从全国各地逃亡到这里,过起花天酒地的生活。他们以为在克里米亚有彼烈科普做屏障,比哪里都安全。

然而在一个秋雨绵绵的夜里,有几万名劳动人民的子弟跳进了海峡冰凉的水里,为的是深夜涉渡锡瓦什湖,从背后袭击龟缩在碉堡里的敌人。在这成千上万人中就有一个伊万·扎尔基,他小心翼翼地把机枪顶在头上,正在蹚水前进。

天刚蒙蒙亮，彼烈科普已乱作一团。当上千名红军越过重重障碍迎面冲上来时，在白军后方，立陶宛半岛上，涉过锡瓦什湖的先头部队也已登上了岸。扎尔基是这首批爬上石岸的战士中的一员。

一场空前残酷的战斗打响了。白军的骑兵像一群疯狂的野兽，冲向从水中爬来的人们。扎尔基的机枪一刻不停地扫射，向敌人喷射着死亡。大堆大堆的人马在密集的弹雨中倒了下去。扎尔基以飞快的速度换上一个又一个新的子弹盘。

几百门大炮齐鸣。大地似乎顷刻坍塌，陷入了无底深渊。几千发炮弹发出刺耳的呼啸，纵横交错划破天空，炸成无数块小碎片飞落下来，向周围散布着死亡。被炸开的泥土，腾空而起，团团黑色的烟尘遮住了太阳。

白匪首恶被制服了，红色怒潮再度涌入克里米亚。涌入克里米亚的骑兵第一军各师团在最后一次袭击中显示威力，打得敌人丧魂落魄。惊慌失措的白匪军慌忙挤上离港的轮船，逃往海外。

苏维埃共和国把一枚枚镶有金环的红旗勋章别在一件件褴褛的军服上，别在跳动的心脏旁。这褴褛的军服中有一件是共青团员机枪手伊万·扎尔基的。

对波兰的和约签订了。正像朱赫来所预料的，舍佩托夫卡划入了苏维埃乌克兰版图，以离小城三十五公里的一条河流为界。1920年12月，在一个值得纪念的早晨，保尔坐火车回到了他熟悉的家乡。

他踏上铺满白雪的站台，瞥一眼写着"舍佩托夫卡——第一站"的牌子，立刻左转身向机车车库走去。他找阿尔焦姆，见他不在，便裹紧军大衣，快步穿过树林，直奔小镇而去。

玛丽亚·雅科夫列夫娜听到敲门声，转身去开门，并请来客进屋。当全身落满雪花的人探身进来，母亲认出是亲生儿子的时候，她双手捂住胸口，竟高兴得什么也说不出来了。

母亲把瘦小的身体贴紧儿子的胸脯，不停地吻着儿子的脸，流下了幸福的热泪。

保尔也紧紧拥抱着母亲，望着她那因忧愁与期待而布满皱纹，变得消瘦的脸，没说一句话，只待老人平静下来。

饱经磨难的母亲，眼里又放射出幸福的光芒。这些天来，她讲话讲不完,看儿子也看不够,因为她对这次相逢早已不抱希望了。又过了两三天,阿尔焦姆也在三更半夜肩挎行囊闯进了这间小屋,母亲更是喜出望外了。

　　柯察金家的小屋里,一家三口团聚了。兄弟俩历尽千辛万苦,经受了严峻考验,平安地回到了母亲身边……

　　"往后,你们俩打算干什么呢?"玛丽亚·雅科夫列夫娜问儿子。

　　"重操旧业,摆弄轴承,妈!"阿尔焦姆回答。

　　可是保尔只在家里逗留两个星期就踏上归途返回基辅了,那里的工作正在等着他。

第二部

第一章

午夜。最后一辆电车早已拖着它那被打得千疮百孔的车厢回库了。微弱的月光照着窗台，也照在床上，好像给床铺上了一层淡蓝色的床罩。房间的其他部分还是昏昏暗暗的，只有墙角里的桌子上点着一盏台灯。台灯射出一圈亮光。

丽达低着头，俯身在一个厚厚的笔记本上，正在写日记。

"5月24日"。削得尖尖的铅笔随意勾勒出几个字码。

"我又想记下自己的印象和感想了。一个半月过去了，一个字也没写，留下了一片空白。空白就空白吧，只好认了。

"哪儿抽得出时间写日记啊？只有现在，夜深人静的时候，我才能提笔。现在一点睡意也没有。谢加尔同志要调到中央委员会去工作了。我们大家听到这个消息都很难过。他是一个非常好的同志。只有现在我才懂得，他的友谊对我们全体人员有多么宝贵。当然，谢加尔一离开，辩证唯物主义学习小组就要散伙。昨天大家在他那里待到深夜，检查我们那些'辅导对象'的学习成绩，团省委书记阿基姆也来了，还有那个令人讨厌的统计分配部部长图弗塔。我简直受不了这个万事通！谢加尔十分高兴，因为他的学生柯察金在党史知识方面驳得图弗塔体无完肤。的确，两个月时间没有白费。学习效果这么好，付出心血也值了。听说朱赫来要调到军区特勤部去工作。为什么调动，我不知道。

"谢加尔把他的学生交给了我。

"'我开了头，您把他带下去吧。'他说，'不要半途而废。而且，丽达，您和他还可以互相学习呢。小伙子还没完全摆脱自发性。他热情奔放，又爱感情用事，感情的旋风常常使他走弯路。丽达，我非常了解您，您会成为他最合适不过的指导员。我祝您成功。别忘了给我写信。'临别的时候谢加尔这样对我说。

"今天团中央给索罗缅卡区派来了新书记，姓扎尔基。在部队的时候我就认识他。

"明天季米特里·杜巴瓦要把柯察金带到这里来学习。现在我来形容形容这个杜巴瓦。他中等身材，体格健壮，肌肉发达，十八岁入团，二十岁入党。他是因为参加'工人反对派'而被开除出省委的三个人之一。辅导他学习很不容易。每天他都打乱计划，向我提一大堆问题，扯得离题很远。杜巴瓦和我的另一个学生奥尔加·尤列涅娃经常发生争执。学习的第一天晚上，他就把女孩子从头到脚打量一番，说：'我说老太婆，你可是有点衣冠不整。你还缺皮马裤、马刺、骑兵帽和马刀。没有这些，文不文武不武，像什么样子。'

"奥尔加反唇相讥，毫不示弱，我只好从中调解。杜巴瓦可能是柯察金的好朋友。今天就写这些。睡觉吧。"

骄阳似火，烧烤着大地。车站天桥的铁栏杆晒得滚烫。热得无精打采的人们，有气无力地向天桥爬去。这些人并不是旅客，多半是从铁路工人区往城里去的人。

保尔从天桥高处的一级台阶上看见了丽达，丽达比他先到车站，正向走下来的人群张望。

柯察金走到丽达旁边，在离她两三步的地方停了下来。丽达没有发现保尔。保尔倒以一种好奇的目光端详起她来。丽达穿一件条纹衬衫，一条蓝布短裙，一件软皮夹克搭在她的肩膀上。蓬松的头发衬托着她那晒得黝黑的脸庞。她微仰着头站在那里，由于强光照射而眯起眼睛。柯察金第一次以这样的目光打量自己的朋友兼老师，而且突发奇思异想，意识到丽达不仅是团省委委员，还是……但他立刻为自己出现这种荒唐念头而气恼，于是赶紧招呼她：

"我已经看了你整整一个小时了，你还没看见我。该走了，火车已经进站了。"

他们走到了检票口。

昨天团省委决定派丽达代表省委出席一个县的团代会，并让保尔协助她工作。今天他们必须乘车出发，而要做到这一点真是谈何容易呀！车次很少，因而发车的时候车站由全权负责的五人小组控制。没有五人小组发放的乘车证，谁也别想进站台。所有的进出口全由小组委派的值勤人员把守。火车就算塞满了，也只能运走急于上路的旅客的十分之一。可谁也不愿意留下来等下趟车。因为火车发车没有准，一等就是好几天。几千人一起拥向检票口，都想挤到那难以企盼的绿色车厢里去。这些天，车站被围得水泄不通，常要闹事，闹到拳脚相加鼻青脸肿的地步。

保尔和丽达挤来挤去，想挤进车站，却毫无结果。不过，保尔熟悉车站地形，他知道这里所有的通道和出口，于是他领着自己的旅伴穿过行李房进了站台。费了好大劲，他们终于来到了四号车厢跟前。车厢门口站着一个满头大汗的肃反工作人员。他拦住一群要上车的人，上百次地重复着一句话：

"不是跟你们说了吗？车厢已经超员了。不能让你们上车厢连接板和车顶。这是上头的命令。"

气急败坏的人们一齐向他拥去，把五人小组发的、写着四号车厢的车票伸到他鼻子跟前。每节车厢门前都是如此，恶骂，喊叫，拥挤。保尔看出来，以常规方法上这趟车是不可能了，但今天又非走不可，否则，代表大会就不能按期召开。

于是，他把丽达叫到一旁，向她透露了自己的行动计划：他先挤进车厢，然后打开车窗把丽达从窗口拉进去。现在是只此一招，别无他法了。

"把你的夹克给我，它胜过任何一个委任状。"

保尔拿过丽达的皮夹克，穿在身上，把自己的手枪插在夹克口袋里，故意让拴着枪穗的枪柄露在外面。他把装着食品的旅行袋放在丽达脚下，就向四号车厢走去了。他毫不客气地拨开两边的旅客，一只手抓住了门把手。

"喂，同志，你上哪儿去？"

保尔回头看了看敦敦实实的肃反人员。

"我是军区特勤部的，现在要来检查一下，车上的人是不是都有五人小组发的乘车证。"他以不容怀疑其检查权力的语调这样说。

肃反人员看了他的口袋一眼，用袖口擦干额上的汗水，以满不在乎的语调说：

"行啊,你要钻得进去,就检查好了。"

保尔连推带搡,有时干脆用拳头开路,又用双手抓住上铺,把身子悬起来,像引体向上一样,从别人肩上悠过去。他挨了不少骂,终于挤到了车厢中央。

"这个挨千刀的,你要往哪儿闯啊!"冲他喊的是一个胖女人。

保尔从上爬下来的时候,一只脚刚好踩在她的膝盖上。胖女人有二百多斤,像个大肉球,挤在一张下铺的边上,两腿之间还夹着一个黄油桶。像这样的铁桶,箱子呀,口袋呀,筐子篓子呀,占满了所有的铺位。车厢里闷得喘不过气来。

保尔以问题回答了胖女人的谩骂:

"女公民,您有乘车证吗?"

"什么乘车证?"胖女人对这位不请自来的检查员恶狠狠地反问了一句。

这时,从上铺伸出一个大脑袋,那人贼眉鼠眼,扯着喇叭似的大嗓门喊:

"瓦西卡,哪儿来这么个鬼家伙?你给我揍他一顿,让他滚远点。"

紧挨柯察金的头顶上又冒出一个人,看来,就是那个瓦西卡。此人高大健壮,满胸脯都是毛,用他那对牛眼瞪着柯察金。

"干吗纠缠妇女?你查什么乘车证?"

从旁边的铺位耷拉下八条腿。耷拉腿的人搂搂抱抱坐在铺位上,起劲地嗑着葵花子。显然,这是一伙投机商。他们走南闯北,见过世面,常在铁路上来来往往。保尔没工夫和他们纠缠,接丽达上车要紧。

"这是哪位的箱子?"保尔指着窗边一个木头箱子问一个上了年纪的铁路工人。

"就是那个女人的。"铁路工人指着穿着褐色长袜的两条粗腿说。

需要打开窗户,可是箱子碍事,又没地方放。保尔只好把箱子搬起来,交给坐在上铺的女主人。

"女公民,请您先拿一会儿,我要打开窗户。"

"你怎么乱动别人的东西!"当保尔把箱子放在女人膝盖上的时候,塌鼻子女人尖叫了起来。

"莫季卡,你看什么人在这儿吵吵闹闹啊!"她又向邻座求援了。邻座没下铺就用穿着凉鞋的脚踢了下保尔的后背。

"喂，你这个癞皮狗！趁我还没揍你，赶快给我滚开！"

保尔忍受了这一脚，没有做声。他紧咬嘴唇，打开了车窗。

"同志，请您稍微让一让。"他请求铁路工人说。

保尔挪开一只铁桶，腾开一块地方，站到了车窗跟前。丽达早在车厢外面等候了，这时赶紧把旅行袋交给保尔。保尔把旅行袋往夹铁桶的胖女人膝盖上一扔，就探身出去，抓住丽达的双手，拉她上来。一个值勤的红军战士发现了这一违章行为，但还没来得及上前制止，丽达已经爬进了车厢。红军战士反应迟钝，什么办法也没有，骂了几句便走开了。丽达一进车厢，投机商的吵闹甚嚣尘上，弄得她很难为情，不知如何是好。她没有落脚的地方，只能一手抓住上铺的把手，站在下铺的边上。辱骂声响成一片。上面那个喇叭嗓门又骂开了：

"瞧这混蛋，自己爬进来不算，还拉进来一个婊子！"

上面又有一个看不见的人用尖嗓门嚷了起来：

"莫季卡，照准鼻梁使劲揍！"

塌鼻子胖女人也想把木箱放在柯察金头顶上。周围全是些不怀好意、不三不四的人。保尔后悔，不该把丽达带到这里来。可是，既然来了，总得给她找个座位呀。

"公民，把你的口袋从过道上挪开，这位同志还站着呢。"他对那个叫莫季卡的说，然而得到的却是一句下流话，这使他火冒三丈。他右眉上方的伤疤剧烈地疼起来。他强忍剧痛，对那个流氓说："等着吧，你这个下流坯，有你遭报应的时候。"这时，上铺又有人在他头上踢了一脚。

"瓦西卡，给他点厉害看看！"四面八方都在起哄。

保尔憋了好久的怒火，一下子爆发出来了，和往常一样，来势迅猛，一发不可收。

"怎么，你们这帮投机商，要欺人吗？"保尔像踩着弹簧，两手一撑，蹿上了中铺，抡起拳头朝莫季卡那放肆的脸打去。这一拳打得非常有力，那家伙一头栽下去，倒在过道里一群人的头顶上。

"你们这帮混蛋，赶快给我滚下来，不然的话，我把你们一个个都崩了，要你们的狗命！"柯察金对上铺那四个人挥舞着手枪，怒气冲冲地吼着。

这下局面完全改观了。丽达密切注视着事态的发展。有谁敢碰柯察金，她就准备开枪。上铺很快腾空了，那个贼眉鼠眼的家伙匆匆忙忙搬到隔壁的铺位上去了。

保尔把丽达安置在空铺位上，小声对她说：

"你在这儿坐着，我去跟他们算账。"

丽达拦住他说：

"你还要去打架？"

"不，我马上就回来。"他安慰她。

车窗又打开了。保尔从窗口跳到站台上。几分钟后他进了铁路肃反委员会，走到布尔麦斯捷尔的办公桌前。这位拉脱维亚人是他的老首长，听完他汇报，立刻下令把四号车厢的乘客全部赶下来，检查他们的证件。

"我早就说过，总是列车还没进站就挤满了倒腾紧缺商品的投机商。"布尔麦斯捷尔这样嘟哝着。

由十名肃反人员组成的小分队，对车厢进行了一次彻底的大清查。保尔照老习惯协助检查了整趟列车。离开肃反委员会以后，他没有中断同老朋友的联系。当共青团书记的时候，他也输送过不少优秀共青团员到铁路肃反委员会工作。检查结束，保尔回到丽达所在的车厢。这里坐满了新乘客——出差的公务人员和红军战士。

只在上铺的一角保留了丽达的一个位子，其余地方堆满了一捆捆的报纸。

"没关系，凑合着坐吧。"丽达说。

列车开动了。

车窗外面，那个胖女人坐在高高一堆口袋上，迅速向后退去。

"曼卡，我的油桶呢？"还能听到她的喊声。

报纸把丽达和保尔同邻座隔开。他们俩就在这狭小的天地里一边大口大口地嚼着面包和苹果，一边愉快地谈论着刚才发生的那段并不怎么愉快的插曲。

列车缓慢地爬行着。车厢年久失修，负载过重，不断发出吱吱嘎嘎的声音。每到接轨处，就要震动一下。傍晚，车厢内渐暗，继之，夜幕遮蔽了敞开的车窗，车厢里一片漆黑。

疲倦的丽达头枕旅行袋，打起瞌睡。保尔坐在铺位一端，耷拉着两条腿，在吸烟。他也很累，但是没有地方可以躺一躺，靠一靠。窗外吹进一股深夜的清风。车厢一震，丽达惊醒了。她看见保尔烟头的火光，想到："他会这样坐着，直到天明。很清楚，他不愿意挤我，怕我难为情。"

"柯察金同志，丢掉您那套资产阶级臭规矩吧。来，您也躺下来休息休息。"丽达开着玩笑说。

保尔与丽达并排躺下，舒舒服服地伸开他那浮肿的双腿。

"明天工作多得很。睡吧，你这爱打架的家伙。"她用一只胳膊亲热地搂住他，他感到她的头发正贴着自己的脸。

在保尔心目中，丽达是不可侵犯的。她是他的朋友，志同道合的同志，是他的政治指导员，然而，她终究还是个女人。今天在天桥旁保尔第一次意识到这一点，所以丽达的拥抱才使他格外激动。保尔感觉到了她那神秘而均匀的呼吸。她的嘴唇就在离他很近的地方，由于很近而使他产生了亲吻芳唇的强烈愿望。但他还是以顽强的毅力克制住这一愿望。

丽达似乎猜到了他的情感，在黑暗中微笑了。她已经品尝过爱情的欢乐和失去爱情的恐怖。她把自己的爱情先后献给两个布尔什维克，两人都被白匪的子弹夺去了生命。一个是英勇的身材魁梧的旅长，另一个是生着一对明亮眼睛的青年。

车轮有节奏的响声使保尔很快入睡了。直到第二天早晨车头的吼声才把他唤醒。

最近一段时间，丽达都是很晚才回自己的房间。在她那不常打开的日记本里又记了几则日记，写得都很简单。

"8月11日

"省党代会结束了。阿基姆、米海洛等同志去哈尔科夫开全乌克兰代表大会去了。全部日常工作都落到了我一个人身上。杜巴瓦和保尔收到了列席省委会会议的证件。杜巴瓦从就任彼切尔斯基团区委书记以后就不再来上晚上的课了。他工作太忙了。保尔还想学习，但不是我没时间，就是他出差了。由于铁路形势紧张，他们经常处于总动员状态。扎尔基昨天到我这里来了。他很不满意，说我们从他那里挖走不少年轻人，他也十分需要这些人。

"8月23日

"今天我走过走廊时，看见潘克拉托夫、柯察金和一个陌生人站在行政

处门口。当我走近他们的时候,听见保尔在讲话:

'他们那号人,枪毙了也不可惜。有人说:"你们无权干涉我们的事务。这里自有铁路森林委员会做主,用不着什么共青团来管闲事。"看他那副嘴脸……这些寄生虫,可找着地方藏身了……'

"接着,我听到一句不堪入耳的骂人话。潘克拉托夫看见我,捅了保尔一下,保尔转过身来,看见我,脸都白了。他不敢正眼看我,立刻走开了。他大概好长时间不会到我这里来。因为他知道,不管谁骂人,我都决不原谅的。

"8月27日

"今天召开了一个秘密党委会,情况越来越复杂了。现在我不能把情况全都记下来——不允许。阿基姆从县里回来的时候,心情很不好。昨天在捷捷列夫河边又发生了运粮车脱轨事件。看来,只好不写日记了,总是零打碎敲的。我在等柯察金,白天看见他了,他正和扎尔基一起创办一个五个人的公社。"

一天中午,保尔在铁路工厂接到一个电话,是丽达打来的。丽达通知他,晚上有时间,要继续学习上次没学完的题目:巴黎公社失败的原因。

晚上,保尔走到大学环路那幢楼房门口时,抬头看了看。丽达的窗口亮着灯。他像往常一样,快步上了楼梯,用拳头捶门,没等回音就进去了。

一般男同志连坐都不敢坐的那张床上,半躺着一个穿军装的男人。他的手枪、背包和缀着红星的军帽都放在桌上。丽达和他并排坐着,紧紧拥抱着他。他们正在兴高采烈地聊天。丽达容光焕发,朝保尔转过脸来。

军人推开丽达拥抱他的手臂,站了起来。

"我来介绍一下,这位是……"丽达边和保尔打招呼,边介绍说。

"达维德·乌斯季诺维奇。"没等丽达说完,军人便紧握保尔双手,自报家门了。

"没想到他会来,完全是从天而降。"丽达笑着说。

柯察金握手时很冷淡。一种难以名状的委屈像燧石火星一样在他眼里一闪而过。他看见达维德袖口上四个方块的军衔标志。

丽达想说话,但保尔打断了她。

"我是来告诉你的,今天要到码头去卸木材,你别等我了……你这里又刚好有客人。我走了。他们在下边等我呢。"

保尔像突然出现一样，突然消失在门外了。他快步下楼，把楼梯踩得咚咚响。接着，下边砰一声关上门。四周静了下来。

"他好像有点什么事。"丽达望着达维德疑惑的目光，没有把握地说。

……天桥下面，一台机车呼出一口长气，从庞大的车身吐出一股金色的火星。火星狂舞着，向上冲去，在烟尘中熄灭了。

保尔倚着天桥栏杆，望着岔道口上各色信号灯的闪光，眯缝起眼睛，讥讽地责问自己：

"柯察金同志，我真不明白，为什么你发现丽达有个丈夫，就那样沉不住气呢？难道她什么时候告诉过你，她没有丈夫吗？好吧，就算她说过，那又怎么样呢？这件事为什么突然这样刺痛你呢？你不是一向认为，好同志之间，除了志趣相投，没有任何其他东西吗？……你怎么忽略了这一点呢？啊？再说，如果他不是她丈夫呢？达维德·乌斯季诺维奇可能是她哥哥，也可能是她叔叔……如果真是那样，你这个荒唐家伙，就平白无故伤害好人了。看来，你也不过像任何一个莽汉一样愚蠢，一点不比他们强。至于他是不是她的哥哥，一打听就可以知道。假如真是她哥哥或叔叔，你还有脸见她面，跟她说话吗？不，你以后再别想到她那里去了！"

汽笛的吼声打断了保尔的思路。

"时间不早了，赶快回家吧，别再自寻烦恼了。"

五个青年人在索罗缅卡铁路工人区创办了一个小小的公社。这五个人是扎尔基，保尔，浅发的快乐小伙子、捷克人克拉维切克，机车库团支部书记尼古拉·奥库涅夫和铁路交通肃反委员会委员斯乔帕·阿尔丘欣，后者不久以前还是一个修配厂的锅炉工。

他们搞到一间房子，连续三天下班以后都在那里擦洗、粉刷和油漆。他们提着水桶跑来跑去，吵得四邻不安，还以为失了火。行军床做好后，他们从公园弄来不少槭树叶，塞满大口袋当床垫。第四天，他们把乌克兰革命委员会主席彼得罗夫斯基像和一张大地图贴到墙上，整个房间布置就绪，又洁白又亮堂。

两个窗户之间架起一块木板，上面摆放一堆书。两只铺着纸板的箱子成了两张凳子。另一只木箱作衣柜。房中央放一张结结实实的台球桌。球桌已经没有呢面了。这是他们用肩膀从公用事业局扛回来的。白天这是办公桌，晚上就是克拉维切克的床。个人财产都搬到这里来了。会当家理财的克拉维切克列了一个公社财产清单，想把它贴到墙上，因为遭到善意反对，所以没有做成。房间里的一切都是公共财产。工资、口粮和偶然收到的包裹都要平均分配。只有武器是个人私产。社员们一致同意：公社社员，凡违背取消私有财产规定和辜负同志们信任的，一律开除出公社。奥库涅夫和克拉维切克还坚持补充一点：同时迁出本室。

全区共青团积极分子都参加了公社成立庆典。从邻院借来了一个大茶炊，全部糖粉都拿来沏茶。大家喝完茶，齐声高唱：

　　泪水洒满苍茫大地，
　　我们受尽劳役的熬煎，
　　但总会到来那一天……

烟厂的塔莉亚·拉古京娜担任指挥。她的大红布头巾稍微歪向一边，眼睛就像一个调皮的男孩子，还没有一个人贴近她仔细看过这双眼睛呢。塔莉亚富有感染力地笑着。年仅十八岁的烟厂女工透过她那明亮的青春目光观察着人生。她的手向上一扬，领唱的声音便像铜号一样响起来：

　　我们的歌声传遍四方，
　　我们的旗帜在世界飘扬，
　　旗帜像火一样鲜红，
　　这是我们的热血在沸腾……

夜深人静的时候大家才散去。此伏彼起的谈笑声唤醒了已经沉睡的街道。

扎尔基伸手去拿话筒。

"同志们，静一静，我一点也听不清！"他向聚在区委书记房间正在高声喧哗的共青团员们喊道。

说话声降了下来。

"喂，说吧。啊，是你呀！是的，是的，马上就开，议程？还是那件事——从码头上往外运木材。什么？没有，没派他到那儿去，他就在这里呢。叫他接电话吗？好的。"

扎尔基向柯察金招招手，要他过去。

"乌斯季诺维奇同志找你。"扎尔基说完把听筒交给保尔。

"我以为你不在呢。今天晚上我刚好有时间，你来吧。我哥哥从这里路过，顺便看看我。我们已经两年没见面了。"

果然是哥哥！

保尔根本没听见她下面说什么。他想起了那天晚上的事和当晚在桥上下的决心。是的，今天应该到她那里去。应该斩断联系，不能重归于好。爱情会给人带来麻烦和痛苦。难道现在是谈爱情的时候吗？

听筒里传来丽达的声音：

"你怎么啦，听没听见我的话呀？"

"嗯，嗯，听着呢。好吧。开完常委会我就去。"他挂上了听筒。

他直视着她的眼睛，抓住桌子的橡木边沿说：

"大概我以后不能到你这里来了。"

他说完，看见她那浓密的睫毛向上一挑，手里的铅笔停止滑动，撂在了打开的笔记本上。

"为什么？"

"时间越来越不够用了。你自己也知道，我们的日程排得多紧。这样做很遗憾，但也只好把学习的事情往后放……"

他倾听着自己的声音，感到最后那句话不够果断。

"你为什么拐弯抹角不把意思说透呢？还不是没有勇气触动实质问题！"

想到这里，他坚定地说了下去：

"除此以外，我早就想对你说，你的课我听不太懂。我跟谢加尔学习的时候，所学的东西都记在脑子里，可是跟你学习就什么也记不住，每次从你这里回去，都要找托卡列夫补课。我的脑袋瓜不好使，你还是找个聪明点的学生吧。"

说完，他转过脸去，避开了她那专注的目光。

为了关死通向姑娘的大门，他执拗地把话说完：

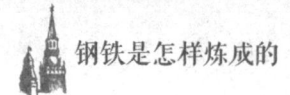

"所以,你我都不要白白浪费时间了。"

他站起来,小心翼翼地用脚挪开椅子,俯视一眼她那低垂的头和在灯光照射下变得苍白的脸,戴上了帽子。

"好了,再见吧,丽达同志。十分抱歉,那么多天没有跟你说实话。早跟你说就好了。这就是我的过错了。"

保尔出乎意外的冷淡使丽达感到震惊,她机械地把手伸给他,只说了两句话:

"我不怪你,保尔。既然过去我做得不合你的意,也没能使你理解我,今天的事是我应得的。"

保尔两只脚沉重地跨过了门槛,悄悄掩上门。走到大门口的时候又停了下来——回去说说清楚还不晚……但为了什么呢?就为了当面受她一顿奚落再回到这个大门口来吗?不!

在铁路的死岔线上堆积着越来越多的废旧车厢和断火的机车。空空荡荡的木柴场上飞扬着大风吹起的木屑。

奥尔利克匪帮经常在市郊的山林幽谷出没。白天他们躲进郊区的村庄和大养蜂场,夜里就爬到铁路上,用他们的魔爪扒铁轨,干完坏事再回自己的避难所。

机车经常出轨,车厢摔成木片,酣睡的人们被压成肉饼,宝贵的粮食也掺和上鲜血和泥土。

匪帮经常突袭和平乡镇,吓得鸡飞狗跳。啪的一声枪响,接着是乡苏维埃白房子旁边的一阵对射,枪声像踩断干树枝一样清脆。匪徒们骑着喂饱的马在村子里横冲直撞,砍杀被他们抓住的无辜村民。他们抡起马刀呼呼作响,砍起人来像劈木柴一样。匪徒们很少开枪,为的是节省子弹。

他们神出鬼没,来无踪去无影,却到处设下他们的耳目。那些眼睛从神甫的家院和富农的讲究府邸死盯着乡苏维埃的白房子,监视着那里的动静。往密林深处也连着一条条无形的交通线。弹药、鲜猪肉、淡蓝色的上等白酒源源不断地送到那里,还有各种消息通过咬耳朵先传到小头目那里,再通过密而不漏的网络传给奥尔利克本人。

匪帮总共只有二三百名亡命徒,但要抓到他们很不容易。他们常常化整为零,蹿到两三个县去同时活动,所以无法把他们一网打尽。他们夜里捣乱，白天摇身一变成为安分守己的农民，在自家院子里挖坑垫圈，偶尔给马添些草料，要不就站在大门口露出一丝讪笑，嘴里叼着烟斗，用阴沉的目光目送着过往的红军骑兵巡逻队。

亚历山大·普兹列夫斯基废寝忘食，带领一团士兵在三个县里东奔西跑，清剿匪徒。由于不懈地跟踪追击，他偶尔也能揪住匪徒的尾巴。

过了一个月，奥尔利克从两个县撤走了他的喽啰，他能折腾的地盘已经很小了。

城里的生活一如既往，五个小市上人群熙熙攘攘，叫卖声嘈嘈杂杂。两种愿望支配着这里的人们：一方是通过讨价捞钱，一方是通过还价省钱。形形色色的骗子在这里大显神通，个个身手不凡。几百个手疾眼快的主儿像跳蚤一样东蹿西跳。在他们的眼神里，什么表情都有，唯独没有人的良知。这些城里的人类渣滓，像苍蝇逐臭一样，麇集在这里，哄骗没有经验的生手，达到他们骗钱的目的。这里过往列车不多，但从车身抛出的扛着大大小小口袋的人们，都是直奔市场而来的。

晚上，嘈杂的市场变得空无一人。白天曾经生意兴隆的小胡同现在和一排排黑洞洞的空货架子一起，使人感到阴森可怖。入夜，更是任何一个号称胆大的人都不敢冒险到这个死寂的地段来的，因为每座货亭后面都隐藏着无声的威胁。夜里常有这种事情：突然响起一枪，像是锤子捶了一下白铁，而这时必然会有人倒在血泊中。等到几个民警集合（他们不敢单独行动）起来，从邻近哨岗赶到出事地点时，除了一具蜷缩着的尸体，已经找不到一个人了。肇事者离开作案现场，逃得无影无踪，掀起的喧嚣倒惊动了住在市场区的居民，使他们睡不安宁。街对面则是另一番景象，那里有一个"七星"电影院，街道上灯光通明，行人拥挤。

电影院的大厅里电影放映机在咔咔作响。银幕上两个倒霉的情敌在决斗。片子一断，观众席就发出粗野的怪叫。看来，无论市中心还是市郊区，生活都没有脱离常轨，就是革命政权中枢——省委会——也一切如常。然而，这种平静只是表面现象。

城里正在酝酿一场暴风雨。

有许多人知道这场暴风雨的来临。他们把枪支笨拙地藏在庄稼汉穿的那种长袍下面，正从四面八方潜入本市。还有一些知情人，看样子是投机

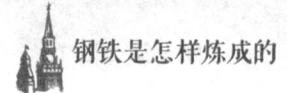

商,坐在火车顶上来到本市,但下车后不取道市场,而是扛着口袋直奔记在脑子里的街道和房子。

这些人都知情。可是城里的一般工人,甚至布尔什维克,还都没想到,一场风暴正在逼近他们。

城里只有五名布尔什维克掌握了这些人的行踪。

被红军赶到波兰白区的佩特留拉残匪同驻华沙的一些外国使团紧密勾结,准备进行预谋中的暴动。

佩特留拉残部中秘密成立了一个突击支部。

中央暴动委员会在舍佩托夫卡也建立了自己的组织。这个组织有四十七个人,其中大部分是过去的反革命活跃分子,由于地方肃反委员会人员的轻信,他们才没被关押起来。

这个组织的头目有瓦西里神甫、文尼克准尉和一个佩特留拉军官库兹缅科。而神甫的两个女儿,文尼克的弟弟和父亲,还有钻进省执行委员会办事机构的萨莫蒂亚做搜集情报工作。

他们决定深夜开始暴动,用手榴弹炸毁边防特勤处,释放被关押的犯人,可能的话,占领车站。

暴动中心是一座大城市。大批白匪军官正在秘密地向那里集中,各路匪帮则在近郊的树林里集结。一批经过严格审查的所谓"精干分子"又从这里派到罗马尼亚和佩特留拉本人那里去,以保持联系。

水兵朱赫来在军区特勤部已经六夜没合眼了。他是对暴动阴谋了如指掌的五个布尔什维克之一。他现在的感觉好像一个猎人,看准了一个就要扑过来的猛兽。

现在不能叫喊,也不能声张,但凶残的野兽必须消灭。只有消除了它们,才能铲除后患,从事和平劳动,但决不能惊跑野兽。在当前这场殊死斗争中,克敌制胜的法宝是战士的耐性和动作的果断。

决定性的时刻正在迫近。

在城里的某个地方,一个秘密接头点,暴动者已经决定:动手时间就在明天深夜。

掌握敌情的五个布尔什维克说:不,就在今天深夜。他们决定抢先一步。

傍晚，从机车车库悄悄开出一列装甲车，没有拉汽笛，随后，车库大门又悄悄关上了。

直达线路迅速传递着密码电报。电报所到之处，共和国的卫士们顾不上睡觉，连夜捣毁了一个又一个匪巢。

扎尔基接到阿基姆打来的一个电话。

"各支部的会议布置好了吗？是吗？那太好了。你要马上和区委书记来这里开会。木柴问题比我们预料的严重得多。你来吧，咱们一起商量商量。"阿基姆说话的声音坚定而急促。

"好吧。这木柴快把我们大家逼疯了。"扎尔基嘟哝着，放下了听筒。

小李特克开汽车把两位书记飞快送到预定地点。书记走出车门。当他们走上二层楼的时候，立刻明白了，此行绝非为了木柴。

办公室主任桌上架着一挺机枪，地方特勤队的机枪手们在机枪旁边忙碌着。走廊里站岗的是本市的党团活动分子，他们都默不作声。省委书记办公室里正在召开省委常委紧急会议，会议就要结束了。

两部军用电话机的电线经过气窗通往室外。

人们都在压低声音讲话。扎尔基在房间里看见了阿基姆、丽达和米哈伊拉。丽达和平时一样，一副连队政治指导员的装束：头戴红军军帽，身着军绿色短裙和皮夹克，挎一支沉甸甸的毛瑟枪。

"这是怎么回事？"扎尔基惊异地问丽达。

"演习紧急集合，瓦尼亚。我们马上到你们区去。集合地点选在第五步兵学校。各支部开完会直接到那里去。最要紧的是这次行动不要被任何人发觉。"丽达告诉扎尔基。

武备学堂的树林里静悄悄的。

几棵百年巨人——参天橡树默默地挺立着。沉睡的池塘覆盖着一层牛蒡和水草，宽阔的林荫道早已荒无人迹。树林中间，白色高围墙里面，原属武备学堂的楼房，现在成了第五步兵学校的校舍。夜深了，楼房顶层没有灯光。从外表看平安无事，路过这里的人都会以为，墙里的人们正在睡觉。但是，为什么那两扇大铁门敞开着？大门旁边那两个大蛤蟆样的东西又是什么？不过，从铁路工人区各个角落集中到这里来的人们都知道，既然下了深夜集合令，步兵学校里的人肯定没睡觉。各支部开会的人，听到简短的通知后，直接到这里来了。他们来的时候或单独行走，或二人同行，但最多不超过三个人，而且人人一路必须默不作声。这些人的衣袋里都揣着印有"共产党（布）"或"乌克兰共青团"字样的证件，只有出示证件，才能走进那扇大铁门。

大厅里已经集合了许多人。里面灯光明亮，窗户却蒙上了帆布窗帘。集合起来的党团员们一边打趣地谈论为演习规定的种种清规戒律，一边悠闲地吸着自卷的烟卷。谁也没有觉得有什么紧急情况，以为这样集合一下，只不过是让大家体会体会特勤部队的纪律罢了。但是，那些有作战经验的人，一走进校门就感到不完全像演习，因为一切都是悄悄进行的。军校学员整队的时候一声不响，连传口令都用耳语。机关枪是用手抱出来的。所有的大楼都没有透出一线亮光。

"季米特里，要出什么大事吧？"柯察金走近杜巴瓦，小声问他。

杜巴瓦和一个保尔不认识的姑娘并肩坐在窗台上。前天，保尔在扎尔基那里曾见过这个姑娘，只匆匆一眼，没看仔细。

杜巴瓦拍拍保尔的肩膀，开着玩笑说：

"怎么，魂都吓丢了吧？没关系，我们会教会你打仗的。怎么，你不认识她？"杜巴瓦朝姑娘那边点头示意，"她叫安娜，姓什么我也不知道，官衔嘛，是鼓动站站长。"

姑娘一边听杜巴瓦打趣的介绍，一边端详着柯察金，自己则理了理露在淡紫色头巾外面的发卷。

她碰到了保尔的目光——两人对视，各不相让，无言的较量持续了好几秒钟。她那两只乌黑的眼睛发出挑衅性的光芒，睫毛毛茸茸的，又黑又密。保尔把目光转向杜巴瓦。他觉得脸在发烧，不满地皱了皱眉头。

"你们两个谁鼓动谁呀？"保尔勉强微笑着问了一句。

大厅里喧哗一片。米哈伊拉登上椅子喊道：

"第一中队的党团员在这个大厅集合！快一点，同志们，快一点！"

这时，省执行委员会主席、朱赫来和阿基姆一起走进了大厅。他们是刚刚到达的。大厅里已经站满了整好队的人。

省执行委员会主席走上教练机枪的平台，举起一只手，开始讲话：

"同志们，我们把大家召集到这里，是为了完成一件严肃而艰巨的任务。现在我们可以说的事昨天还不能说，因为它是一个重要的军事秘密。明天夜里，在我们这座城市以及乌克兰的其他城市，将要发生一起反革命暴动。我们城里已经潜伏了不少白匪军官，城郊也聚集了好几股土匪。有的阴谋分子甚至打入了我们的装甲营，当上了那里的驾驶员。但是，肃反委员会把他们的阴谋揭穿了。所以现在我们要武装起全体党团员，使之进入战备状态，第一和第二共产主义大队要配合久经战斗考验的军校学员和肃反支队一起行动。军校学员已经出发。现在该轮到你们了，同志们。给你们十五分钟时间，领取武器，整顿队伍。这次行动由朱赫来同志总指挥。他将向各位指挥员下达准确指示。我认为，向我们的共产主义大队强调此刻形势的严重性是多余的。我们的任务就是先发制人，今天制止明天的暴动。"

一刻钟之后全副武装的共产主义大队在步兵学校校园里整好了队伍。

朱赫来用目光扫了一遍肃立的队列。

队列前三步并肩站着两个扎着皮带的人：一个是大队长梅尼亚依洛，彪形大汉，乌拉尔的铸工；另一个是大队政委阿基姆。左面是第一中队的队伍，队伍前两步也站着两个人，他们是中队长什科连科和政治指导员乌斯季诺维奇。他们身后是共产主义大队庄严肃静的队列，总共三百名战士。

朱赫来发出命令：

"出发！"

三百人在空无一人的街道上行进。

城市在沉睡。

大队在野蛮街对面的李沃夫大街上收住脚步。行动就从这里开始。

大队一声不响地包围了整个街区。指挥部就设在一家商店的台阶上。

一辆亮着车灯的小汽车从市中心开出，沿着李沃夫大街急驶而来，到指挥部跟前刹住了车。

这次小李特克送来的是他父亲。这位本市的卫戍司令跳下车的时候向儿子说了几句不连贯的拉脱维亚话。汽车往前一冲，转眼拐向德米特里耶夫大街，不见了。小李特克全神贯注，两手紧握方向盘，一左一右、一右一左地把着方向。

哈哈，这回可用得着他小李特克了，玩命开吧！再也不会有人因为他开快车而关他两天禁闭了。

小李特克风驰电掣般飞过条条大街。

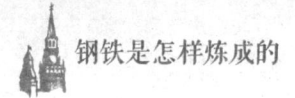

转眼间，他就把朱赫来从城市的一头送到了另一头。朱赫来禁不住夸起他来：

"小李特克，如果你今天像这样开车不出事，明天就奖给你一块金表。"

小伙子喜出望外，却诙谐地说：

"我还以为这样开车会关我十天禁闭呢……"

打击首先指向阴谋分子的司令部。第一批俘虏和缴获的文件已经送到了特勤部。

野蛮街上有一条胡同也叫这个古怪的名字。这条胡同十一号住着一个姓丘尔别特的人。根据肃反委员会提供的材料，他在白匪策划的阴谋中起着不小的作用。他那里藏着几份企图在波尔多区行动的军官团的名单。

老李特克亲临野蛮街是为了逮捕丘尔别特。丘尔别特的住宅有几扇窗户朝花园开，一堵高墙把花园同过去的女修道院隔开了。在他的住所没有找到丘尔别特本人。据邻居反映，当天他没回来过。对他家进行了搜查，搜查出一箱手榴弹，还有一些名单和地址。下完埋伏令，老李特克就在桌旁翻阅起搜查到的材料来。

一个年轻的军校学员在花园里站岗。他能看见一扇亮着灯的窗户。一个人站在角落里却很不自在，有点毛骨悚然的感觉。他的任务是监视高墙，但从高墙这里到给人壮胆的窗亮之间还很远。那个鬼月亮又很少露面。黑暗中连灌木丛都像是在动来动去。哨兵用刺刀向四周探了探——什么也没有。

"为什么让我在这里放哨呢？反正没人能爬上墙——它太高了。要不要到窗户那里看看？"学员这样想着。他又看了看墙头，便离开散发着霉菌气味的墙角，到窗前去站了一会儿。里面的老李特克正匆忙收拾文件，准备离开房间。就在这时，墙头出现了一个人影。墙头上的人看得见窗前的哨兵，也看得见屋里的老李特克。人影像猫一样，敏捷地从墙头攀上树，从树上溜下，又像猫一样，悄悄接近他的俘获物，一挥手，哨兵倒了下去。一支短剑齐根插进哨兵的脖子，只有剑柄留在外面。

花园一声枪响，惊起了包围街区的人们。

皮靴声嗒嗒，六个人飞速向出事的房子跑去。

死去的老李特克，染满鲜血的头贴在桌子上，人还坐在圈椅里，窗玻璃被打得粉碎。但敌人没有抢走文件。

修道院墙旁边枪声密集。这是在凶手跳到街上，向卢克扬诺夫空地方向逃跑的时候，边跑边向后打的枪。但他终于没有逃脱：一颗子弹追上了他。

挨户搜查进行了一宵。几百个没报户口，证件可疑并藏有武器的人交由肃反委员会处理。那里有个审查委员会，专门进行人员审查和甄别。

局部地区的阴谋分子进行了武装抵抗。在日梁街搜查一间房子的时候，安托沙·列别杰夫被当场打死了。

这天夜里索罗缅卡大队损失五个人，肃反委员会牺牲了一位老布尔什维克，共和国的忠诚卫士老李特克。

暴动被制止了。

同一天夜里，瓦西里神甫父女及其同伙在舍佩托夫卡落网。

风暴平息了。

然而，一个新的敌人在威胁这座城市——铁路瘫痪和接踵而来的饥饿与寒冷。

一切都取决于粮食和木柴的供应。

第二章

朱赫来沉思着，他从嘴里取下烟斗，用手指按了按烟斗里隆起的烟灰。烟斗熄灭了。

十几个人吐出的灰白色烟雾像浮云一样，在天花板上的毛玻璃灯罩下面，在省执行委员会主席的圈椅上方缭绕。围着桌子坐在办公室各个角落的人，看上去像罩在薄雾之中。

胸口贴着桌子，坐在省执行委员会主席旁边的是托卡列夫。老头儿生气地捻着自己下巴上的胡须，偶尔瞟一眼那个秃头的矮个子。秃头嗓音尖细，还在啰里啰唆地兜圈子，说一些像鸡蛋壳一样空洞的废话。

阿基姆看见了老钳工斜视的目光，于是联想起童年时代的往事。从前他们家有一只好斗的公鸡，叫"专啄眼"。公鸡在进攻之前就是以这样的目光审视对手的。

省执行委员会已经开了一个多小时。秃头是铁路林业委员会主席。

他一边用敏捷的手指翻动一叠文件，一边滔滔不绝地说：

"……正因为有这么多客观原因，所以省委和铁路管理局的决议是无法实现的。我再重复一遍，就是再过一个月，我们也提供不出四百立方米以上的木柴。而我们的任务是十八万立方米呀。该怎么说呢……"秃头在挑选字眼，"这简直是乌托邦！"说完他小嘴巴一闭，露出一条委屈的唇褶。

一阵沉默，似乎持续了很久。

朱赫来用指甲敲着烟斗，想把烟灰敲出来。托卡列夫以他那低沉的喉音打破了沉默：

"这里没有什么好磨嘴皮子的。铁路林业委员会过去没有木柴，现在没有，将来也别指望有……这就是你的意思，是不是？"

秃头耸了耸肩。

"很抱歉,同志们,木柴我们已经准备好了,但是没有马车往外运……"说到这里,他呛了一下,忙用一块方格手帕擦擦光秃的头顶,但他很长时间摸不到衣袋,紧张之余,就把手帕塞到皮包底下去了。

"那么您都采取了什么运输木柴的措施呢!要知道,从参与阴谋的领导专家被捕,至今已经过去好多天了。"坐在屋角的捷涅科说。

秃头朝他转过身去说:

"我已经给铁路管理局打了三次报告,说没有交通工具就不能……"

托卡列夫打断他的话:

"这我们已经听说过了,"老钳工狠狠瞪秃头一眼,轻蔑地哼了一声,"你怎么,想拿我们当傻瓜吗?"

这一问,吓得秃头起了一身鸡皮疙瘩。

"我可不能对反革命分子的活动负责。"秃头回答着,声音已经低了下来。

"但是,他们在离铁路很远很远的地方伐木,这事你知道吧?"阿基姆问。

"听说过,但是我不能把别人辖区出现的不正常现象汇报给上级呀。"

"你手下有多少工作人员?"工会理事会主席给秃头提了一个问题。

"大约二百人。"

"这些饭桶,每人每年只砍一立方米!"托卡列夫使劲啐了一口。

"我们给铁路林业委员会全体人员领头等口粮,把工人的口粮节省下来,可你们干了些什么呢?给工人拨的那两车皮面粉,你们给弄到哪里去了?"工会理事会主席继续追问。

从四面八方向秃头提出各种各样的尖锐问题。对这些问题,他躲躲闪闪,支吾搪塞,就像应付逼债的债主。

秃头滑得像条泥鳅,根本不正面回答问题,眼珠却转来转去。他本能地感到危险正在逼近,心虚胆怯之余,仅存一线希望:尽快离开这里回家。他那年纪尚轻、风韵犹存的妻子已经给他准备好了丰盛的晚餐,她正一边读着法国作家的小说,一边等待丈夫回家吃饭。

朱赫来一边注意听秃头的回答,一边在活页纸上写下几句话:"我认为,对这个人应当做更深入的审查,他不是简单的工作能力低。我已经掌握了一点他的材料……不必再跟他啰唆，让他滚开，我们好干正事。"

省执行委员会主席看完递给他的字条，朝朱赫来点了点头。

朱赫来起身到外间去打电话。当他转回来的时候，省执行委员会主席已经念到了决议的结尾：

"……鉴于铁路林业委员会领导人公然的消极怠工行为，决定撤销其领导职务。此案转交侦查机关审理。"

秃头预料的结果比这严重得多。是的，由于怠工而撤职，说明对他可靠不可靠产生了怀疑，但这只是小事一桩，对于博亚尔卡的事，他也可以放心，因为那不在他的管辖范围，"呸，真见鬼，我原以为他们摸到什么底了呢……"

秃头几乎完全放下心来了，他边往皮包里收拾文件边说：

"是啊，我是一个非党专家，你们有权不信任我。但我是问心无愧的。如果我有什么事情没办好，那是我没能耐。"

谁也没答理他。秃头走出房间，急忙跑下楼梯，以轻松的心情推开临街的门。

"公民，您贵姓？"一个穿军大衣的人出现在面前，问他。

秃头的心快要跳出来了，结结巴巴地说：

"切尔……文斯基……"

"外人"离开以后，在省执行委员会主席办公室的十三个人，都把头凑到大桌子跟前来了。

"你们看……"朱赫来一个指头压住摊开的地图说，"这里是博亚尔卡车站，伐木场离它七俄里。现在伐木场里堆积着二百一十万立方米的木柴。我们的劳动大军在这里干了八个月，付出了艰巨的劳动。结果呢？——全是一场骗局，铁路和城市都没有得到燃料。现在必须把木柴从六俄里以外的伐木场运到车站来。这就需要至少五千辆卡车拉它整整一个月，而且每天要跑两趟。离那里最近的一个村子，也在十五俄里以外。况且这一带是奥尔利克匪帮出没的地方……这是什么意思，大家明白了吧？……再看这里，按计划伐木应当从这里开始，向车站方向推进，可这些混蛋，却把它引到密林深处去了。他们的如意算盘是，我们无法把放倒的木材运到铁路沿线。也确实如此，我们连一百辆大车也弄不到啊。他们就是这样治我们的！……这一招简直不亚于搞暴动。"

朱赫来握紧的拳头沉重地落到打了蜡的地图上。

十三个人都很清楚事情的可怕程度，虽然朱赫来没有直说。冬天马上来临。医院、学校、机关和几十万人只能听任严寒摆布，所有的车站都将挤满人群，像一窝窝蚂蚁，火车却只能每星期开一次。

每个人都陷入了沉思。

朱赫来松开拳头说：

"同志们，有一条出路：用三个月时间修一条从车站到伐木场的窄轨铁路，全长七俄里，争取在一个半月之内就把铁路修到林场边上。这件事我考虑一个星期了。要完成这项工程，"朱赫来焦干的嗓子发出沙哑的声音，"需要三百五十名工人和两个工程师。普谢—沃季茨有铁轨和七台机车，是那里的共青团员从仓库里清出来的。战前曾想从那里铺一条窄轨铁路到城里来。但是，博亚尔卡没有工人住的地方，只有一所林业学校留下来的破房子。工人只能分批派遣，每批两星期，时间长了也受不了。阿基姆，我们把共青团员派到那里去，怎么样？"

没等回答，他又说了下去：

"共青团要把能派的人都派到那里去，首先是索罗缅卡的团员和城里的一部分团员。任务十分艰巨，但是只要跟团员们讲清楚，这样一来，城市和铁路都可以得救，他们就会去完成这项任务。"

铁路局长不大相信，怀疑地摇了摇头。

"未必会有什么结果。在荒郊野地铺七俄里铁路，而且是在这种时候——秋雨绵绵，接着是天寒地冻。"他倦意十足地说着。

朱赫来看也不看他一眼，便打断了他的话头：

"早把你的铁路管好，就不用操这份心了，安德烈·瓦西里耶维奇。我们会把铁路修通的。总不能袖手坐着，干等冻死呀。"

最后几只工具箱装上了车。乘务员也已各就各位。天下着蒙蒙细雨。丽达穿的双排扣夹克，由于打湿而发亮，雨滴像一颗颗玻璃珠儿从上面滚动下来。

丽达正在送别托卡列夫，她紧握老人的手轻声说：

"祝你们成功。"

老人用藏在灰白色长眉毛下的双眼亲切地看了看她。

"是呀,好像存心找我们的麻烦,"他咕哝着,把心里想的说了出来,"你们在这看着点。如果有人误事,必要时,你们给催催。这些懒家伙,不拖拉是办不了事的。好了,姑娘,我该上车了。"

老人紧紧裹起了短外衣。火车快要开动的一刻,丽达似乎不经意地问了一句:

"怎么,难道柯察金不跟您一道去吗?怎么没见他在年轻人堆里呀?"

"他昨天坐轧道车跟技术指导员先走了,到营地打前站去了。"

这时,扎尔基、杜巴瓦匆匆忙忙顺着站台向他们走来,和他们一起来的是安娜·鲍尔哈特,她很随便地披一件短外套,纤细的手指夹着一根已经熄了的香烟。

丽达注视着向他们走来的三个人,向托卡列夫提了最后一个问题:

"柯察金跟您学习得怎么样?"

托卡列夫惊奇地看了她一眼。

"什么学习得怎么样,小伙子不是归你管吗?他不止一次跟我谈起你,赞不绝口。"

丽达仔细听着他的话,但不敢相信自己的耳朵。

"真是这样吗?托卡列夫同志?他说,他从我这里学过的东西,都要到你那里重学一遍哪。"

老人开怀大笑:

"到我那里去?……我连他的面都没见过。"

机车拉响了汽笛。克拉维切克从车厢里喊道:

"乌斯季诺维奇同志,你放大叔上车吧,我们没有他怎么行呢?"

这个捷克人还想说点什么,一发现走近的三个人,马上住了嘴。刹那间他触到了安娜那不安分的目光,又看到她对杜巴瓦露出的惜别的微笑,心里有点不自在,于是迅速离开了车窗。

秋雨打着人们的脸。团团深灰色的乌云在低空滚动。深秋剥光了树木茂密的树叶,老榆树愁眉苦脸,用褐色的苔藓掩盖起老皮上的皱纹。无情的秋天扯去它们华美的盛装,它们只好裸露着枯瘦的身体站在那里。

小车站孤零零地坐落在一片树林里。它有一个装卸货物的石头站台,一条松土铺的路基从站台伸向树林。人们正像蚂蚁一样在路基周围忙碌着。

靴子踩在泥泞的黏土上,发出令人讨厌的吧唧吧唧声。路基两旁的人发狂地挖着土。铁钎撞上冻土发出低沉的咚咚声,铁锹碰着石头咔嚓咔嚓作响。

雨水像过了细筛,密密地下个不停。冰凉的水滴渗进人们的衣服。雨水也冲走了人们的劳动成果,黏土像稀粥一样从路基上流淌下来。

里外湿透的衣服又重又凉,但人们干到很晚才离开工地。

开通的路基在一天天加长,直向树林深处延伸。

离车站不远的地方,有一座石头房的空架子,凄凉地站在那里。里面所有能卸能拆能炸的东西,早已被洗劫一空。窗户门张开大口,炉灶门成了一个个黑窟窿。透过房顶的洞孔可以看见房梁和椽子。

四间空荡荡的房子里唯一没遭劫难的是水泥地板。每天夜里,四百个人,穿着里外湿透沾满泥浆的衣服,就在冰凉的地板上躺下来。他们在门口拧衣服,把一股股泥水从衣服里拧出去,用最难听的话咒骂着可恶的雨水和泥泞,然后在水泥地面上铺一层薄薄的干草,就挨得紧紧地躺在这地面上,相互用体温取暖。衣服冒着气,但是从来没有干过。窗框上绷着麻袋片,雨水同样渗进那里,滴落到地板上。雨滴打在房顶残留的铁皮上,发出清脆的响声,像在抛撒密集的霰弹,寒风穿过门缝往屋里灌。

一间破旧不堪的板棚,算是厨房,人们在那里喝完早茶,就去工地干活。午饭极其单调,每人一份素扁豆汤和一磅半像无烟煤块一样的黑面包。

城里所能供应的只有这些。

技术指导员瓦列里安·尼科季莫维奇·帕托什金是个又高又干巴的老头儿,双颊上有两道深深的皱纹。技术员姓瓦库连科,个子不高,但很粗壮,粗笨的脸上长着一个肉鼻子。他们两人住在站长家里。

托卡列夫在车站肃反人员霍利亚瓦的小房子里过夜,房主人两腿短短的,却像水银珠一样好动。

筑路队以坚韧不拔的毅力经受着种种磨难。

路基一天天伸向森林深处。

全队已有九个人开了小差。没过几天又逃掉五个。

工程遭到的首次打击发生在第二个星期:城里开来的晚班车没有运来面包。

杜巴瓦叫醒托卡列夫,把这件事告诉了他。

党委书记坐起来，两条长毛腿向地面耷拉着，使劲搔着自己的胳肢窝。

"这是开的什么玩笑！"他嘴里嘟哝着，赶忙穿好衣服。

霍利亚瓦皮球似的滚进房来。

"快去打电话，要特勤部。"托卡列夫命令他，接着叮嘱杜巴瓦："对任何人都不许提面包的事。"

犟脾气的霍利亚瓦同电话员对骂了半小时，终于接通了特勤部副部长朱赫来的电话。听着他和电话员争吵，托卡列夫急得直跺脚。

"什么？面包没送到？我马上去追查，看是谁干的。"听筒里传来朱赫来低沉的怒吼。

"你说吧，明天我们用什么来喂饱大家的肚子？"托卡列夫生气地冲听筒叫喊。

看来，朱赫来在考虑解决办法。长时间停顿过后，党委书记听到了他的声音。

"连夜把面包送来。我派小李特克开小车去，他认识路。一大早面包就会送到你们手里。"

天刚蒙蒙亮，一辆溅满污泥的小汽车，满载一袋袋面包，开到了火车站。由于彻夜不眠而面色苍白的小李特克疲倦地爬下车来。

修路工作越来越难进行了。铁路局通知说：没有枕木。城里找不到运铁轨和机车到工地的车辆，而且发现那些小机车也需要大修。第一批筑路工的工期马上就到，接班人员还没有着落。把已经筋疲力尽的人们留下来继续干是根本不可能的。

旧板棚里点着一盏油灯，里面的积极分子会直开到深夜。

第二天早晨，托卡列夫、杜巴瓦、克拉维切克一起进城去了，他们带六个人去修机车和运铁轨。克拉维切克早年当过面包师，他被派到供应处去当监督员，其他人去了普谢—沃季茨。

而雨，还在下着。

柯察金费好大劲把脚从泥土里拔出来，感到脚底下冰冷刺骨，他明白准是靴子的烂靴底掉了。这双破靴子从到工地那天起就使他吃尽了苦头，它总是湿漉漉的，走起路来踩着烂泥吧唧吧唧响。现在可好，一只靴底完全掉了，只好光着脚板在刺骨的稀泥里踏来踏去。靴子没底，活也干不成了。保尔从泥里捡起那片破靴底，绝望地看了它一眼，开了发誓不骂人的戒。他拿着破靴底，走回木板棚，在行军灶旁坐下来，打开沾满污泥的包脚布，把那只冻僵了的脚伸到炉子跟前。

奥达尔卡正在厨房的菜板上切甜菜。她是一个养路工的妻子，在这里给厨师打下手。这个远不算年老的养路工老婆真是别具一格，她有男人一样的宽肩膀、厚胸膛和两条粗壮有力的大腿，特别有用刀的真功夫。她一动刀，菜板上不一会儿就会堆起一座蔬菜的小山。

奥达尔卡轻蔑地看了保尔一眼，不怀好意地问：

"你怎么，在等饭吃呀？早了点。小伙子，一眼就能看出，你是偷懒跑回来的。你往哪儿伸脚丫子呀？这儿是厨房，不是澡堂。"她这样教训着柯察金。

上年纪的厨师走了进来。

"靴子全烂了。"保尔解释着到厨房来的原因。

厨师看了看破得不成样子的靴子，朝奥达尔卡那边点了点头说：

"她男人是半个鞋匠，可以帮帮你的忙，没有鞋子可是要命的事。"

奥达尔卡在厨师说话的时候，仔细看了保尔一眼，感到有点不好意思了。

"我还以为你是个懒虫呢。"她供认不讳。

保尔宽厚地笑了笑。奥达尔卡用行家的眼光翻来覆去看着靴子说：

"我男人才不补它呢，不值一补了，我给你拿只旧套鞋来吧，就在我们阁楼上放着呢，免得冻坏了脚。瞧，受这份罪！明后天就要上冻了，真够你们受的。"奥达尔卡已是满怀同情地说这些话了。说完，她放下菜刀，走了出去。

不一会儿，她拿来一只高筒套鞋和一块亚麻布。当保尔把脚包上亚麻布，将烤暖了的脚伸进暖和的套鞋里时，他怀着感激的心情，默默地望了养路工老婆一眼。

托卡列夫从城里回来的时候十分恼火，他把积极分子召集到霍利亚瓦房间，向他们转达那些令人不快的消息。

"到处都在卡壳。无论你走到哪里都看见轮子在转动，可都是在原地打转。看来，反动分子我们还是抓得太少了，一辈子我们都得和他们打交道。"老人对集合起来的人说，"同志们，我给你们挑明了吧，事情真是糟透了。第二批人还没召集起来，能派多少人也不得而知。眼看就要上冻了。上冻前拼了命也得把路轨铺过那片洼地，要不然，以后你用牙齿啃也啃不动。同志们，城里有人敢捣乱，会有人收拾他们，我们这里可是要加倍努力提高速度啊。哪怕脱去五层皮，也要把铁路支线修好。否则，我们算是哪家的布尔什维克，只是一帮废物点心。"托卡列夫说这句话的时候铿锵有力，用的完全不是平时那种略带沙哑的低音。皱紧的双眉下，他那两只眼睛闪闪发光，表明了他的决心和百折不挠的精神。

"今天晚上就召开党团员大会，把情况向大家讲清楚，明天照常上工。明天上午放非党团员回家，党团员都要留下来。这是省委的决议。"说着，他把一张折成四叠的纸交给了潘克拉托夫。

隔着这位码头装卸工的肩头，保尔看见纸上写着：

团省委认为全体共青团员必须留在工地继续工作，待第一批木柴运出之后方得撤离。

共青团省委书记 P. 乌斯季诺维奇（代）

一百二十人聚在一起，把木板棚挤得水泄不通。有人靠墙站着，有人上了桌子，有人干脆上了灶台。

潘克拉托夫宣布开会。托卡列夫讲话不长，但他最后那句话使大家凉了半截：

"明天共产党员和共青团员都不能回城。"

老人的手在空中挥了一下，强调这个决定是不能改变的。这个手势使大家摆脱泥泞，回城同家人团聚的所有希望都化为泡影。起初，人们吵得什么也分不清。人体的晃动使暗淡的油灯一闪一闪摇曳不定。黑暗遮挡了人们的面孔，吵嚷的声音却越来越大。一些人陷入幻想，谈起"家庭的舒适"；一些人火气十足，连声叫累；还有好多人沉默不语。只有一个人与众不同，宣布要开小差，屋角传出了他那十分气愤，连说带骂的叫喊声：

"见他妈的鬼！我一天也不在这儿待了！罚人做苦工，还得犯罪呀。为什么要罚我们？把我们关在这里两星期了——够了。再没有人会当傻瓜了。让那些通过决议的人自己来修路好了。谁愿意在泥地里打滚，由他去，我可是只有一条命。我明天就走。"

大喊大叫的人站在奥库涅夫背后，奥库涅夫划了一根火柴，想见识见识这个逃兵。刹那间火柴照出了黑暗中一张由于气愤而走了相的脸和一张大张的嘴。奥库涅夫认出来了，他是省粮食委员会一位会计的儿子。

"照什么？我没藏没躲的，又不是小偷。"

火柴熄灭了。潘克拉托夫直挺挺地站了起来。

"是谁在那里胡说八道？谁把我们党的任务叫作罚苦工？"他用严厉的目光横扫一遍离他最近的人群，用粗重的声音讲了起来，"同志们，我们绝对不能回城去，我们的岗位就在这里。如果我们从这里逃跑，许多人就要饿死。同志们，我们早一天修好铁路，就能早一天回家。要是逃走，像刚才这个讨厌鬼所想的那样，那是我们的思想和我们的纪律所不允许的。"

装卸工向来不喜欢长篇大论，但就是这样简短的讲话，也被那同一个声音打断了：

"那么，非党团员可以走喽？"

"可以。"潘克拉托夫斩钉截铁地回答。

说话的人穿着城里人常穿的短外套，挤到桌子跟前。突然，一张小纸片像蝙蝠一样在桌子上方打转，撞到潘克拉托夫的胸脯上，又反弹到桌子上，立在那里了。

"这是我的团证，请收回吧。我可不愿意为这么一张纸片卖命！"

他说话的尾声被全场爆发的斥责声淹没了：

"你把什么给扔掉了呀！"

"你呀，就是个叛徒！"

"钻进共青团，图的是升官发财！"

"把他赶出去！"

"要不要我们给你加加温，这传染伤寒的虱子。"

扔团证的家伙低着头穿过人群向门口走去。人们像躲避瘟神一样，退避三尺，给他放行。他刚出门，门就吱呀一声关上了。

潘克拉托夫捏紧被抛下的团证，向油灯火苗伸去。

硬纸片烧着了，卷起来，变成一个烧焦了的小圆筒。

森林里响了一枪。一个人骑着马逃离破旧的板棚，钻进漆黑的森林。人们纷纷从学校和板棚里跑出来。有人无意中碰到一块插到门缝里的胶合板上。人们划亮一根火柴，用衣襟挡住被风吹得上下跳动的小火苗，借着亮光，看到胶合板上写着：

"从车站滚出去，从哪里来的，滚回哪里去。谁要赖着不走，叫他脑袋开花。我们要斩尽杀绝，一个不留，对任何人都决不客气。限期至明天夜里。首领切斯诺克（签字）"

切斯诺克是奥尔利克匪帮的一员干将。

在丽达的房间里，桌子上放着一本没合上的日记。

"12月2日

"清晨下了第一场雪。酷寒。在楼梯上遇见了维亚切斯拉夫·奥利申斯基。我们一起走了一段路。

"'我总喜欢欣赏初雪。天真冷，可是景色迷人，你说是不是？'奥利申斯基说。

"我想起博亚尔卡的人们，于是回答他说，寒冬和初雪一点都不能使我快活，相反，感到非常压抑。我向他解释了压抑的原因。

"'这是主观感受。把您的想法延伸下去，就是说，比如，战争年代的笑声以至一般的乐观表现都是不能容许的。但生活并不是这样。前线地带屡屡发生悲剧。那里死亡的临近甚至排挤了生命的感觉，但即便在那里，同样会听到人们的笑声。在远离前线的地方，生活更是一如既往，那里既有笑声和眼泪，痛苦和欢乐，对生活和享乐的追求，也有心灵的激动，爱情的温馨。'

"从奥利申斯基的话中很难辨出哪句是嘲讽。他是外交人民委员会的特派员。1917年入党。一副欧式打扮，胡子总是剃得光光的，洒一点香水。他住在我们楼谢加尔那套房间里，晚上常到我这里来闲聊。和他聊天很有意思，他在巴黎住了很久，知道西方很多事情，但我并不认为我们能做好朋友。这是因为他首先把我看成一个女人，其次才看成党内同志。诚然，他不掩饰他的意图和想法，既有足够的勇气说实话，情意表达也不粗野。他会把这些做得很漂亮。但我还是不喜欢他。

"对我来说，朱赫来那略带粗犷的朴实比之奥利申斯基的欧式风雅要亲切得多。

"从博亚尔卡收到了一些简短的报告。每天铺路一百俄尺。枕木直接铺到冻土上，放进刨出的座槽里。那里总共剩下二百四十人。第二批人逃走了一半。条件的确很艰苦。以后他们怎么在冰天雪地里干活呀？……杜巴瓦到那已经一星期了。普谢—沃季茨原有八台机车，修好了五台，其余的没有零件了。

"电车管理局告了杜巴瓦一状，控告他带一帮人强行扣留了从普谢—沃季茨开往城里的全部电车。他把乘客从车上赶下来，全部装上铁轨，让十九辆车沿着城里各条线路统统开到火车站。他们的工作得到了电车工人的全力支援。

"留在车站的索罗缅卡共青团员连夜把铁轨装上车，杜巴瓦又带着他那帮人把铁轨运到了博亚尔卡。

"阿基姆拒绝把杜巴瓦的问题提到常委会上讨论。杜巴瓦又向我们讲了电车管理局难以想象的官僚主义和拖拉作风。他们一口咬定只能给两辆车，多一辆也没有。而图弗塔还一味教训杜巴瓦：

'该是丢掉游击作风的时候了，现在还这么干就得坐牢房，难道不能商量商量，非动武力不可吗？'

"我还从未见过杜巴瓦发这么大的火，他质问道：

'你这个死啃公文的家伙，你自己怎么不去和他们商量？坐在这里喝饱了墨水就耍嘴皮子。我不把铁轨送到博亚尔卡就要挨耳光。倒是应该把你派到工地去，让托卡列夫管教管教你，免得在这里碍手碍脚。'杜巴瓦怒吼着，声音全省委都能听得见。

"图弗塔写了一份要求处分杜巴瓦的报告，阿基姆请我出去一下，单独同他谈了大约十分钟。图弗塔离开阿基姆房间的时候满脸通红，怒气冲冲。

"12月3日

"省委又接到新报告，是铁路交通肃反委员会送来的。潘克拉托夫、奥库涅夫，还有其他几个同志拆走了莫托维罗夫卡车站几栋空房子的门窗框。在装这些东西上车的时候，一个车站肃反人员想逮捕他们。他们缴了这个肃反人员的械，直到火车开动了，他们才把退了子弹的手枪还给那个肃反人员。门窗框运走了。铁路物资处又控告托卡列夫，说他擅自做主从博亚尔卡仓库提走了二十普特钉子，把这些钉子分给农民代替工资，因为农民从伐木场运出了很多长木头，这些长木头是代替枕木铺路用的。

"我向朱赫来同志反映了这两件诉讼案。他笑起来，说：'所有这些控

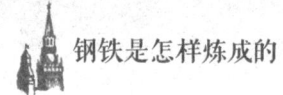

告我们都把它顶回去。'

"工地形势十分紧张。每一天都极其宝贵。为一点不起眼的事也得施加压力。我们还常常把设置障碍的人物叫到省委来。工地上的小伙子们是越来越不守规矩,越来越出格了。

"奥利申斯基给我送来一个小电炉。我和奥莉亚·尤列涅娃用它烤手。但是房间并不因为有了电炉而稍暖一些。人们在森林里怎么挨过这一夜,就可想而知了!奥莉亚说,医院里非常冷,病人都不敢爬出被窝。每隔两天才供一次暖。

"不,奥利申斯基同志,你说得不对,前线的悲剧就是后方的悲剧!

"12月4日

"大雪下了一整夜。有报告说,博亚尔卡全给大雪封住了。施工暂停。大家都在铲除积雪,清扫道路。今天省委会通过了一项决议:第一期筑路工程要在1922年1月1日之前,把铁路铺到伐木场边上。据说当这个决议传达到博亚尔卡的时候,托卡列夫的回答是:'只要一息尚存,坚决完成任务。'

"没听到一点柯察金的消息。很奇怪,竟没有人像控告潘克拉托夫那样控告他。我至今弄不明白,他为什么不愿意见我。

"12月5日

"昨天匪徒袭击了工地。"

马匹在松软的雪地上谨慎地迈着步子。马蹄偶尔踩在雪下的树枝上,发出噼噼啪啪的声音,马就打一个响鼻。这时,它会闪到一旁,直到低垂的耳朵挨一鞭,才又加大步伐赶上队伍。

十来个骑马的人翻过了一片连绵起伏的丘陵地,来到坡下一长条黑色的、尚未被雪覆盖的地面。

骑马的人在这里勒住马缰。马镫互相碰撞时当地响了一声。领头人的公马由于长途跋涉而全身冒汗,它使劲地抖动了一下身子。

"他们人来得可真不少,"领头的说,"我们得好好整治整治他们。大头儿说了,明天就得让他们全从这里滚开,眼看这些臭工人就要把木柴弄到手了……"

匪徒们排成两行从窄轨铁路两侧鱼贯前进,向车站走去。当他们缓慢走近旧学校旁边一块空地的时候，在一片树林里停了下来，没敢到空地上去。

一阵齐射打破了黑夜的宁静。月光下的白桦树泛着银灰，雪团像一只只松鼠从树枝上滚落下来。树后隐藏的短枪筒喷出道道火光，子弹打下墙上的片片泥皮，潘克拉托夫运来的窗框玻璃也被打得粉碎，破碎之际发出哀怨的叮当声。

被枪声惊醒的人们从水泥地板上一跃而起，但当子弹穿入室内满屋纷飞的时候，恐惧又使他们迅速卧倒在地上了。

倒下来的时候一个压在一个身上。

"哪儿去？"杜巴瓦一把抓住保尔的军大衣。

"出去。"

"趴下，白痴！一露头，就会就地把你撂倒。"杜巴瓦断断续续地小声说。

他俩躲在房门旁边。杜巴瓦贴着地面，一只手握住手枪，伸向门口。柯察金蹲着，手指紧张地摸着转轮枪转轮里的弹槽，里面只剩五颗子弹了。当他转到空槽的时候，就把空槽转了过去。

射击停止了。突然降临的寂静使人感到奇怪。

"同志们，手里有枪的人都到这里来。"杜巴瓦小声命令趴在地上的人。

柯察金小心翼翼地把门打开。空地上连个人影也没有。只有雪花打着转，缓缓地飘落下来。

十来个骑马的人正在森林里快马加鞭远逃而去。

吃午饭的时候城里飞快开来一辆轧道车。朱赫来和阿基姆从车里走下来。托卡列夫和霍利亚瓦上前迎接他们。一挺马克沁机枪，几箱机枪子弹和二十支步枪从轧道车上卸下来，搬到了站台上。

他们急急忙忙向工地走去。朱赫来军大衣的下摆划过白色积雪，留下条条曲线。他走起路来像熊一样，东摇西晃的，还没有改掉水兵的老习惯，脚着地时总像圆规似的把两腿叉开，仿佛脚下仍是驱逐舰上那块摇摇晃晃的甲板。托卡列夫有时不得不跑步追赶自己的同伴，阿基姆倒因为个子高能跟上朱赫来的步子。

托卡列夫向朱赫来诉苦说：

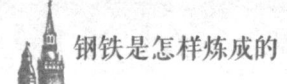

"匪帮袭击,还不怎么要紧。让我们头疼的是有个小山包在我们面前挡道,真他妈的,要铲除它需要挖很多土方。"

托卡列夫站住了,转过身去背着风点了一支烟,两只手掌并成小船形,挡住风,赶紧抽了两口,又急忙追赶走远的人。阿基姆停下来等他。朱赫来没有放慢脚步,只管往前走。

阿基姆问托卡列夫:

"你们有足够的力量按期修好铁路吗?"

托卡列夫没有马上回答。

"你是知道的,老弟,"他说,"一般来说,是修不成的,但是修不成也不行,问题就在这里。"

他们赶上了朱赫来,三人并排往前走。老钳工兴奋地说:

"难题就出在这个'但是'上。要知道,这里只有帕托什金和我两个人心里清楚,条件这样恶劣,设备和人力这样不足,要按期完工是不可能的。同时,全体人员无一例外又都知道,不按期完工是绝对不行的。所以我上次才说'只要不全冻死,就能完成任务'。现在你们亲眼看看吧,我们在这里挖土快两个月了,第四班也快到期了,可是我们的基本队伍,骨干力量还是那些,他们一口气没歇,全靠青春活力在支撑着。而他们当中一半人已经受了寒。看着这些小伙子,真叫人心疼啊。他们真是无价之宝……这个鬼地方,会把他们的命给断送了的,而且不会是一两个。"

紧靠车站的一公里窄轨铁路已经铺好了。

往前一公里半,在平整好的路基上挖了些座槽,槽里平放着一条条长木头,像是被大风刮倒的木栅栏。这就是枕木。再往前,直到小山包那里,只有一条垫平的路面。

在这里干活的是潘克拉托夫的第一筑路队。四十个人正在铺枕木。一个留着红胡子的农民,穿一双新树皮鞋,正在不慌不忙地把雪橇上的板条卸下来,扔在路基上。稍远一点的地方,也有几个同样的雪橇在卸板条。地上平放着两根长铁棍。这是代替铁轨的准尺的,用来给枕木量平。为了夯实路基,斧头、钢钎、铁锹,全派上了用场。

铺枕木是一项细致活儿,铺起来很费时间。枕木要铺得牢固而平稳,使每根枕木都能承受铁轨同样的压力。

工地上只有一个人懂得铺轨技术，就是筑路工长拉古金。老同志五十四岁了，一根白头发也没有，还留着两撮小黑胡儿。他自愿留下来干活，已经是第四班了。他和年轻人一起忍受各种艰难困苦，在队里受到普遍尊敬。这位非党同志（他是塔莉亚的父亲）出席一切党的会议，每次都坐在荣誉席上。老人为此感到骄傲，发誓不离开工地。

"你们说说看，我怎么能丢下你们不管呢？没有我，你们会把路轨铺乱的，这活需要好眼力，需要实践经验。我这辈子净在俄罗斯各地铺枕木……"每次换班的时候好心肠的老人都这样说，于是他就一次一次地留了下来。

帕托什金相信拉古金，所以很少到他的工段检查工作。当朱赫来一行三人走近干活的人群时，汗流浃背、满脸通红的潘克拉托夫正在用斧头砍一个放枕木的座槽。

阿基姆差点没认出这个装卸工人。潘克拉托夫瘦多了，他那本来很宽的颧骨显得更突出，洗得不大干净的脸也是又黑又憔悴。

"啊，省领导来了！"他说着，把一只热乎乎、湿漉漉的手伸给阿基姆。

铁锹铲土的声音停了下来。阿基姆看见四周一张张苍白的面孔。人们脱下的军大衣和短皮袄就在雪地上乱扔着。

托卡列夫和拉古金聊了一会儿，就拉着潘克拉托夫领刚来的几位领导人到挖土的地方去了。潘克拉托夫和朱赫来并肩走着。

"潘克拉托夫，你讲讲，在莫托维罗夫卡，你们和那个肃反人员是怎么回事？你不认为你们缴了人家的械，做得有点过火吗？"朱赫来严肃地问这个不爱多说话的装卸工。

潘克拉托夫腼腆地笑了。

"我们是根据协议解除他的武装的，是他自己求我们这么做。这小伙子和我们一条心。我们把来龙去脉原原本本跟他一讲，他就说：'可我没权让你们把门窗卸走啊。捷尔任斯基同志有命令，要杜绝盗窃铁路物资的现象。这里的站长爱偷东西，我每次都揪住他不放，这个坏蛋就跟我结了仇。我要是放过你们，他肯定要告我渎职罪，我就要到革命法庭受审。你们干脆解除我的武装，然后就搬东西走人。如果站长不去控告，就算没事了。'这样，我们就照他说的办了。反正门窗也不是往我们自己家里拉！"

潘克拉托夫看见朱赫来眼神中的一丝笑意，就又补充说：

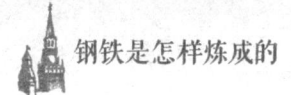

"朱赫来同志,要处分您就处分我们几个人吧,千万不要跟那小伙子过不去。"

"这件事已经过去了。下不为例,因为这是破坏纪律的行为。我们有足够的力量通过组织程序粉碎官僚主义。好了,现在谈点更重要的事吧。"于是朱赫来开始询问匪帮袭击的详情细节。

在离开车站四公里半的地方,筑路工正在发狠地用铁锹啃着冻土,他们要劈开小山包,修出一条路来。

工地周围有七个人担任警戒。他们分别带着霍利亚瓦的卡宾枪和柯察金、潘克拉托夫、杜巴瓦、霍穆托夫的手枪。筑路队的全部枪支都在这里了。

帕托什金坐在斜坡上,正往本子里记数字。工地上只剩他一个工程技术人员了。瓦库连科宁肯接受法办也不愿在匪帮枪子儿下送命,一大早就溜回城里去了。

"劈开这个小山包,得花我们半个月的时间,地已经冻了。"帕托什金低声对站在他面前的霍穆托夫说。这个霍穆托夫是个动作迟缓、愁眉苦脸,又寡言少语的人。

"总共给我们二十五天工期,在这个小山包上,你就想耗上十五天,这怎么行?"霍穆托夫回答他说,生气地用嘴咬着胡子梢:

"工期定得不切合实际。确实,我这辈子没在这样的条件下修过路,也没和这样的人共过事。我可能估计错误,我已经有两次估计错了。"

这时朱赫来、阿基姆和潘克拉托夫走近了小山包。坡上的人发现了他们。

"快看,谁来了?"特罗菲莫夫指着坡下走来的人用胳膊肘碰碰柯察金说。这是一个当过铁路镟工的斜眼小伙子,穿着一件露出胳膊肘的破绒衣。柯察金连铁锹也顾不得放下,立刻跑下坡去。他那对眼睛在帽檐下热情地微笑着。朱赫来跟他握手,握的时间比谁都长。

"你好啊,保尔。穿了这么一套七拼八凑的衣服,简直认不出你了。"

潘克拉托夫苦笑了一下。

"他那五个脚指头总是行动一致,全都露在外面。这还不算。开小差的家伙还偷走了他的军大衣。好在他和奥库涅夫是一个公社的,奥库涅夫把自己的一件破上衣给了他。不要紧的，保尔是个热血青年。他可以在水泥地上躺上个把星期，铺不铺干草都不介意，然后就进棺材。"潘克拉托夫快快不乐地对阿基姆说。

黑眉毛的奥库涅夫，有点翘鼻子，他眯缝起眼睛反驳说：

"我们可不能让保尔累趴下。我们会推荐他到厨房去当厨师，给奥达尔卡打下手。只要他不是傻瓜，他就可以在那暖暖身子，解解馋，挨着火炉也行，挨着奥达尔卡也行。"

一阵友好的哄笑淹没了奥库涅夫的话。

这是今天人们发出的第一阵笑声。

朱赫来视察了小山包，又和托卡列夫、帕托什金坐雪橇去了伐木场一趟。人们在小山包上掘土总是那么顽强不懈。朱赫来望着上下飞舞的铁锹，望着弯下身去紧张劳动的人们，轻声对阿基姆说：

"没必要召开群众大会了。这里没有谁需要鼓劲。托卡列夫同志，你说得对呀，他们确实是无价之宝。钢铁就是这样炼成的。"

朱赫来望着这些挖土的人，眼神里流露出赞许、疼爱和庄严的自豪感。就在不久以前，在那叛乱前夕的深夜里，他们当中的一部分人还扛起钢枪自卫。现在他们又胸怀一个共同目标汇合到一起来了。他们要把钢铁大动脉铺到堆放木柴的宝地去，那是人们朝思暮想的去处，是温暖和生命的源泉。

帕托什金很有礼貌又满怀自信地向朱赫来证明：要在两个星期之内挖开这个小山包是不可能的。朱赫来听着他的计算，心里就打定了主意。

"把挖土的人从山包上撤下来，调到前面去铺路，这个小山包我们另想办法。"

朱赫来在车站的电话机旁坐很久了。霍利亚瓦站在门口放哨。他听见背后的朱赫来粗声粗气地说：

"马上以我的名义给军区参谋长打个电话，让他立刻把普兹列夫斯基团调到工地这一带来，一定要把这个地区的匪徒肃清。另外，还要从基地派一列装甲车和几个爆破手来。其余的事情我自己安排。我今天夜里回去。让李特克十二点以前把汽车开到火车站。"

板棚里，阿基姆简短地讲了几句话之后，朱赫来讲了起来。同志式的交谈不知不觉进行了一小时。朱赫来对筑路工们说，不能打破原来规定的工期，必须在1月1日以前完工。

"从现在起，我们要按战时状态组织筑路工作。全体党员编成一个特勤中队，中队长由杜巴瓦同志担任。六个筑路小队都有固定任务。剩下的铺设工程平均分成六段，每个小队承担一段。全部工作必须在1月1日以前完成。提前完工的小队可以回城休息。除此以外，省执行委员会主席团还要向劳动者代表、苏维埃乌克兰中央执行委员会提出申报，给这个小队的优秀工人颁发红旗勋章。"

各小队的队长都确定下来了：第一队是潘克拉托夫同志，第二队是杜巴瓦同志，第三队是霍穆托夫同志，第四队是拉古金同志，第五队是柯察金同志，第六队是奥库涅夫同志。

"筑路工程队的总负责人，"朱赫来在结束发言的时候说，"也就是思想工作和组织工作的总负责人，当然继续由安东·尼基福罗维奇·托卡列夫担任，这是非他莫属的。"

仿佛一大群鸟突然振翅起飞，响起一片噼噼啪啪的掌声，一张张严峻的脸上，绽开了笑容，一向严肃的朱赫来说出最后那句亲切而饶有风趣的话，引起一阵大笑，缓解了由于注意听他讲话而形成的紧张气氛。

二十来个人簇拥着阿基姆和朱赫来，把他们送上了轧道车。

朱赫来和柯察金告别的时候，看着他那只灌满雪的套鞋低声对他说：

"我给你捎双靴子来。你的脚还没冻坏吧？"

"好像冻坏了，已经肿起来了。"保尔说这句话的时候，想起以前曾提出过的一个请求，于是抓住朱赫来的袖子说："你能不能给我几发手枪子弹？我只有三发能用的了。"

朱赫来难过地摇了摇头，但当他看到保尔眼中那失望的神情时，就毫不犹豫地摘下了自己的毛瑟枪。

"这是我送给你的礼物。"

保尔开头简直不相信，有人会送他早就梦寐以求的好东西，但是朱赫来已经把枪带挂在他的肩上了。

"拿着，拿着吧！我知道，你早就看着它眼馋了。不过你得特别小心，不要伤着自己人。这支枪还有满满三夹子弹，也给你。"

一道道明显的羡慕眼光投到保尔身上。不知是谁喊了一声：

"保尔，咱俩交换吧，给你一双皮靴外加一件短皮袄。"

潘克拉托夫淘气地从背后推了保尔一把，说：

"鬼东西，换双毡靴穿吧。反正再穿你那只套鞋也活不到圣诞节。"

朱赫来一只脚蹬上轧道车的脚踏板，给保尔开起持枪许可证来。

清晨，装甲列车轰隆轰隆驶过岔道，开进车站。天鹅绒般的白色蒸汽，如花团锦簇喷放出来，即刻消失在寒冷清新的空气中。从装甲车厢里走出几个紧裹皮衣的人。几小时以后，装甲车送来的三名爆破手把两个经过烧蓝处理的"大南瓜"深深埋进山包，从那里拉出几条长长的导火线，随之，打响了信号枪。听到信号枪声，人们纷纷逃离危险现场。火柴点着了一根导火线线头，立刻闪出磷火样的火光。

几百人的心顿时紧缩起来，焦急地等待着，一分钟，两分钟……突然，大地颤抖了一下，一股可怕的力量掀掉山顶，把巨大的土块抛向天空。第二次爆炸比第一次更厉害。震天动地的轰隆声在密林中回荡，山石破碎的稀里哗啦声响彻四方。

刚才还是小山包的那块地方，现出了一个张着大口的深坑。方圆几十米内，在糖一样洁白的雪地上，落满了碎土块。

人们举着锹扛着镐，向炸开的深坑飞奔而去。

朱赫来离开之后，工地上开展了更顽强的争夺锦标赛。

天还远没亮，柯察金谁也不惊动，就悄悄地起来了。他吃力地挪动着在冰凉的地板上冻麻了的双脚，走进厨房。烧开一桶沏茶的水，就转回去叫醒他那小队的队员。

当全中队的人都醒来的时候，外面天已经亮了。

队员们在板棚里喝早茶的时候，潘克拉托夫挤到杜巴瓦和他伙伴们坐的桌子跟前说：

"米佳，看见了没有，天刚蒙蒙亮保尔就把他那些伙伴叫起来啦。说不定现在已经铺了十俄尺了。听大伙说，铁路总厂的人，弦都被他绷得紧紧的，他们决定25日完成他们那段工程。他想在所有的人面前显摆显摆。可是这呀，对不起，咱们还得走着瞧！"潘克拉托夫对杜巴瓦说这些话的时候，显出愤慨的样子。

杜巴瓦酸溜溜地笑了。他十分理解，为什么铁路总厂小队的举动如此刺痛这个河港码头团委书记的心。就连他，这个保尔的好朋友，也被触动了一下，因为保尔没和任何人打招呼，就向全中队挑战了。

"真是朋友归朋友，有烟各自抽——这里是谁战胜谁的问题。"潘克拉托夫说。

快到中午的时候，柯察金小队干得正欢，工作突然被打断了。在交叉支起的枪支旁边的哨兵发现树林里有一队骑兵，于是鸣枪发了警报。

"快拿枪，同志们！土匪来了！"保尔大喊一声，扔下铁锹向一棵大树跑去，树上挂着他的毛瑟枪。

全小队都抄起手头的武器，紧贴路沿直接卧倒在雪地上了。但见走在前边的几个骑兵直挥帽子，其中有人喊道：

"别开枪，同志们！是自己人！"

五十来个骑兵沿着大路跑来了，人人戴着缀有红星的布琼尼帽。

原来这是普兹列夫斯基团的一个排，前来工地探望筑路人员。排长坐骑被削掉的那只耳朵，引起了保尔的注意。漂亮的灰牡马，额头上有块白斑，它不肯老老实实站着，总在骑手身下"跳舞"。当保尔跑到它跟前抓住它嚼子旁边的缰绳时，它吓得直往后退。

"我的小淘气儿，想不到在这里碰到你！子弹没打着你呀，我的一只耳朵的美人儿！"

保尔温情地搂着牡马的细长脖儿，用手捋着它那翕动的鼻子。

排长仔细打量着保尔，突然认出了他，惊奇地大叫一声：

"哈哈，原来是柯察金哪！……马你认出来了，老朋友谢列达反倒不认识啦。你好啊，我的小兄弟！"

城里各部门都拧紧了弦，全力支援筑路工地。这立刻在工地产生了良好的效果。扎尔基把单位剩下的人全都派到博亚尔卡去了。区团委的人走光了。整个索罗缅卡区只留下了一帮丫头。扎尔基到铁路专科学校去动员，又给工地派去了一批学生。

他向阿基姆汇报这些情况的时候，半开玩笑地说：

"现在只剩下我和女无产者了。我想让拉古京娜替我。然后门上贴一张写着'妇女部'的字条，我就驱车前往博亚尔卡。你知道，我一个堂堂男子汉，夹在妇女当中悠来荡去，总有点不自在。姑娘们都以怀疑的眼光看我，这帮喜鹊大概经常私下叽叽喳喳议论：'把大伙都撵下去，自己一个人泡在城里，真是个大滑头。'也许还有更叫人受不了的说法。求你给我松松绑，也放我去吧。"

阿基姆笑着拒绝了他的请求。

一批批城里人奔赴博亚尔卡。六十个专科学校学生也到了那里。

朱赫来从铁路管理局弄到四节客车车厢，调到博亚尔卡，给新到的工人住宿。

杜巴瓦小队从工地撤下来，调到普谢—沃季茨去了。他们的任务是把供窄轨线路用的小机车和六十五节车的平板运到工地来。这项任务计在工程任务之内。

出发前杜巴瓦建议托卡列夫把克拉维切克调回工地，让他领导一个新组建的小队。托卡列夫下达了命令，毫不怀疑这项建议的真实动机。而杜巴瓦之所以在这个时候想起那个捷克人，完全是因为索罗缅卡人带来一张安娜写的便条引起的。

"季米特里！"安娜在便条里写道，"我和克拉维切克给你们挑选了一大堆书报。在这里向你和全体博亚尔卡的突击手们致以亲切的敬礼。你们都是好样的！望你们身体强壮精力充沛。昨天最后几批库存木柴都分配完了。克拉维切克要我向你们转达他的致意。他真是个好小伙子。他亲自动手给你们烤面包。他对面包房里的人谁也信不过。他亲自筛面粉，亲自用机器和面。他有地方弄到好面粉，面包也就烤得特别好，比我领到的强多了。晚上大家都到我这里来，有拉古京娜、阿尔丘欣、克拉维切克，扎尔基偶尔也来。学习有点进展，但更多的还是大家聚在一起谈天说地，什么都聊。当然，聊得最多的还是和你们有关的事。姑娘们对托卡列夫不放她们去工地十分气愤。她们说，保证能和你们一样吃苦耐劳。塔莉亚说：'我穿上爸爸的全套衣服，跑到老爷子那里去，看他怎么从那里把我撵回来。'

"说不定她真会这样做。向你那黑眼睛的朋友转达我的致意。安娜"

暴风雪突然袭来。灰色的阴云低低地游动着，遮蔽了天空。鹅毛大雪从天而降，纷纷飘落下来。傍晚，狂风大作，烟筒里发出呜呜的怒吼。风

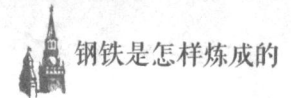

在树林中飞速盘旋,追逐着东藏西躲的雪花,以凄厉的呼啸搅得整个森林惊惶不安。

暴风雪肆虐成性,猖狂了一整夜。车站上那间破房子根本存不住热气。虽然整夜都生着炉火,寒风依然刺入骨髓,把人们周身冻透。

第二天早晨,上工的人们双脚陷进深深的雪堆里,红红的太阳却挂上了树梢,碧蓝的天空没有一丝云彩。

保尔的小队在清除自己工段上的积雪。只有现在保尔才体会到,严寒给人造成的痛苦是多么难以忍受。奥库涅夫的那件旧上衣不保暖,套鞋里又总是灌满雪。他不止一次把套鞋掉在雪堆里,找也找不到。另一只脚上的靴子有着完全掉底的危险。由于睡在水泥地上,他的后脖子上肿起两个大脓疱。托卡列夫把自己的毛巾送给他做了围巾。

保尔瘦骨嶙峋,两眼红肿,他发狠地挥动大木锹铲着雪。

这时,一列客车爬进了车站。有气无力的机车勉勉强强把它拖到了这里。煤水车里没有一块劈柴,炉膛里的余火也快要烧尽了。

"你们给木柴,我们就把车开走。如没有木柴,就趁它还能动弹的时候,把它开到预备线上去!"司机向站长喊道。

列车开到预备线上去了。他们把停车的原因通知了神情沮丧的旅客。在旅客挤得满满的车厢里爆发了一阵惋惜和诅咒的叫骂声。

"你们去跟那个老头儿讲讲,就是在站台上走着的那个。他是工地负责人。工地上有当枕木用的木柴。他有权,可以下令用雪橇给机车运点来。"站长向乘务员们提出了这样的建议。乘务员们就迎着托卡列夫走去了。

"木柴我可以给,但不能白给。要知道,这是我们的建筑材料。我们的工地上积了很多雪。这趟列车载着六七百号旅客。妇女和儿童可以留在车上,其他人得拿上木锹去铲雪,干到晚上,就给他们木柴。如果谁不干,就让他在那里坐着,到新年再说。"托卡列夫对乘务员们说。

"大家来看,来了多少人!瞧,还有女的呢!"保尔身后有人惊奇地说。

保尔回过头去。

"给你一百人,给他们派活,还得看着点,免得他们偷懒。"说话的是走近的托卡列夫。

柯察金给新来的一批人派了活。有一个高个子男人,身着铁路人员穿的皮领制服大衣，头戴一顶暖和的羔皮帽，正跟站在他旁边的一个青年妇女说话。那妇女头戴一顶海狗皮帽，帽顶上缀着一个小绒球。男人手里摆弄着木锹，气愤地表示异议：

"我才不铲雪呢，谁也没有权利强迫我。他们要请我，我可以作为铁路工程师来部署工作。倒腾雪，不是你我分内的事，规章里没有这条规定。老头子的做法是违法的。我要追究他的责任。谁是这里的工长？"他问身边的一个工人。

柯察金走上前去，问：

"公民，为什么您不干活？"

男人轻蔑地把保尔从头到脚打量了一番。

"您是什么人？"

"我是工人。"

"那么我跟您没有什么话好讲，您把工长给我找来，或者是别的……"

柯察金皱起眉头，瞟了他一眼。

"不想干可以不干。但是车票上没有我们的签字，您别想上车。这是工程队长的命令。"

"您呢，女公民，也不愿意干活吗？"保尔转过身来问那个女的，可是他马上愣住了，站在他面前的竟是冬妮亚·图曼诺娃。

她好不容易看出这个衣衫褴褛的人就是保尔：穿一身破衣烂衫，套一双稀奇古怪的鞋子，脖子上围一条脏兮兮的毛巾，连脸也很久没洗了，站在她面前的就是这样一个保尔。只有那双眼睛还和从前一样，炯炯发光。这正是他的眼睛。可是这个形同流浪汉的衣衫褴褛的小伙子，居然就是她不久以前热恋的人，真是世事沧桑啊！

冬妮亚不久前结了婚。现在她和丈夫一起到一个古城去。她丈夫在那里的铁路管理局担任重要职务。没想到，她在这种境遇中碰到了自己少年时代的恋人。她甚至觉得不便和他握手。丈夫会怎么想呢？保尔不修边幅到这个地步真叫人难受。显然，这个火夫没有什么长进，除了挖土，一辈子不会有什么大出息了。

冬妮亚犹豫不决地站在那里，窘得满脸通红。铁路工程师则被保尔气昏了，因为保尔目不转睛地盯着他的妻子，他认为这完全是穷小子的放肆行为。他把木锹往地下一扔，走到冬妮亚跟前说：

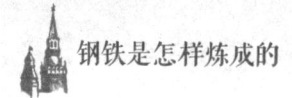

"咱们走吧,冬妮亚,对这个拉查隆尼,我实在看不下去。"

柯察金读过长篇小说《朱泽培·加里波第》,知道拉查隆尼在意大利语里是穷光蛋的意思。

"就算我是拉查隆尼,你也不过是个还没断气的资本家。"他粗声粗气地回敬了工程师一句,然后把目光移向冬妮亚,一字一句冷冰冰地说,"图曼诺娃同志,拿起木锨站到队伍里去吧。别学这个胖水牛。请原谅,我不知道他是您的什么人。"

保尔看着冬妮亚的高筒皮套靴,冷笑了一声,又顺便补充一句:

"我劝你们还是别留在这里。几天前土匪还来光顾过呢。"

保尔说完转过身,回到自己人那里去了,拖着啪嗒啪嗒响的套鞋。

最后几句话对工程师也起了作用。

冬妮亚说服了他,一起留下来干活。

傍晚收工以后,人们往车站走去。冬妮亚的丈夫跑在前面,急着占火车上的座位。冬妮亚停下来,让工人们先过去。走在最后面的是柯察金。他挂着木锨,显出很疲劳的样子。

"你好,保夫鲁沙。老实说,我没想到你会变成这个样子。难道你就不能在政府里找一份比挖土强点的差事吗?我还以为你早就当上政委或者是相当于政委的什么首长了呢。你的生活怎么过得这么不顺心哪……"冬妮亚和保尔并排走着,对他说。

保尔停下来,用惊异的目光扫了冬妮亚一眼。

"我也没想到你会变得这样……酸臭。"保尔想了半天,终于找到了一个比较温和的字眼。

冬妮亚的脸一下红到了耳根。

"你还是那么粗鲁!"

柯察金把木锨往肩上一扛,迈开大步向前走去。走了几步,他才做出回答:

"图曼诺娃同志,说句不好听的话,我的粗鲁比起您的所谓礼貌要好得多了。我的生活用不着您来担心,过得很好。可是您的生活却比我想象的要糟得多。两年前你还好些,那时你还不耻于和一个工人握手。而现在呢,你浑身散发着一种樟脑球的陈腐气味。说句老实话,你我之间已经没什么好谈的了。"

保尔收到一封阿尔焦姆的来信。哥哥在信中说，他很快要结婚，要保尔无论如何回去一趟。

一阵风从保尔手中吹跑了这张信纸，它像鸽子一样飞向高空。他不能去参加婚礼。怎么能离开这里呢？昨天潘克拉托夫这只大狗熊已经超过他们小队，正在以令人瞠目的速度向前推进。这个装卸工人正以所向披靡的劲头想夺取锦标。他已经失去惯常的沉静，拼命鼓动他队里的码头工们，让他们以疯狂的速度进行工作。

帕托什金在细心观察这些筑路工人，看他们怎样一言不发地埋头苦干。他揉着太阳穴，惊异地问自己："这是些什么人哪？这是一股多么不可思议的力量啊！要是天再晴上这么七八天，我们就可以到达伐木场了。这可真是活到老，学到老，到老还是懂得少啊。这些人以自己的工作打破了所有的数据和定额。"

克拉维切克从城里来了，带来了他烤的最后一炉面包。见过托卡列夫以后，他找到了正在干活的柯察金。两个人打过招呼，克拉维切克就微笑着从大口袋里抽出一件非常漂亮的瑞典精制的黄面毛皮夹克。他用手掌拍了一下那富有弹性的鞣皮面说：

"这是给你的。晓得吗，谁送的？……嗬！小伙子，你可真笨哪，这是乌斯季诺维奇同志让给带来的，怕你这个傻瓜冻死。夹克是奥利申斯基同志送给她的，她从他手里接过来就交给我了，说带给柯察金吧。阿基姆对她说过，你在冰天雪地里还穿着西装上衣干活。奥利申斯基皱了皱鼻子说：'我可以给那位同志带去一件军大衣。'可是丽达笑着说，不用了，穿短衣服更好干活！拿去吧！"

保尔惊异地拿起这贵重的礼物，持续了好一会儿，才犹犹豫豫地把它穿在了自己冰凉的身上。柔软的毛皮不一会儿就温暖了他的前胸与后背。

丽达在日记里写道：

"12月20日

"连日暴风雪。今日风雪交加。博亚尔卡的人们就要达到目的了，但严寒与风雪阻挡了他们。人们往往会被积雪吞没。挖掘冻土十分困难，仅剩四分之三公里了，但这是最为艰巨的一段工程。

"托卡列夫报告说，工地上发现了伤寒，已经有三个人病倒了。

"12月22日

"共青团省委召开全体会议，博亚尔卡一个人也没出席。土匪在距离博亚尔卡十七公里的地方颠覆了一辆面包专列。按照粮食人民委员会全权代表的命令，全体筑路人员都调到出事地点去了。

"12月23日

"又有七个伤寒病号从博亚尔卡送回了城里。其中一个是奥库涅夫。我今天到车站去了。哈尔科夫开来了一列火车，从车厢之间的连接板上抬下了几具冻僵的尸体。医院里很冷。该死的暴风雪！下到什么时候才算完哪？

"12月24日

"刚从朱赫来那里回来。证实了这样一则消息：昨天夜里奥尔利克匪帮倾巢出动，袭击了博亚尔卡。两军对垒战斗了两小时。土匪切断了电话线，害得朱赫来今天早晨才收到准确情报。匪帮被打退了。托卡列夫负了伤，胸部被打穿了。今天能把他送回来。昨天夜里担任警卫队长的弗兰茨·克拉维切克被砍死了。是他发现匪徒并发出了警报。他边阻击进攻的敌人边往回跑，但是还没来得及跑到学校就被砍死了。全筑路工程队有十一人受伤。现在那里派去了一列装甲车和两个骑兵队。

"潘克拉托夫当了工地负责人。白天普兹列夫斯基在格鲁博克村追上了一部分土匪，砍得他们片甲不留。一部分干部和非党团员等不及火车，沿着枕木步行离开了工地。

"12月25日

"托卡列夫和其他伤员被送回来安置在医院里了。医生答应救活老人。他仍在昏迷中，其他人已经脱离了生命危险。

"省委和我们都收到了博亚尔卡的来电，电报上写道：'为了回答匪徒的袭击，我们全体参加今天群众大会的窄轨铁路的建设者，和'保卫苏维埃政权'号装甲列车及骑兵团的指战员一起向你们保证，尽管有种种困难，我们仍要在1月1日以前把木柴运到城里。我们将全力以赴完成任务。派遣我们的共产党万岁！群众大会主席柯察金。记录别尔津。'

"我们以军队仪式在索罗缅卡安葬了克拉维切克。"

日夜企盼的木柴已经近在咫尺，但铺路进度却慢得叫人发烦。伤寒每天都要夺去几十双能干的手。

柯察金像醉鬼一样东摇西晃，双腿打颤，走回车站。他发着高烧上工已经很久了，不过他觉得今天烧得比往常厉害。

吞噬生命、削弱全队战斗力的伤寒也向保尔进攻了。但他那健壮的身体在抵抗着，接连五天，他都打起精神从铺着干草的水泥地上爬起来，和大家一起去上工。他上身穿着暖和的皮夹克，冻坏的双脚上套着朱赫来送给他的毡靴，但这些都救不了他。

每走一步他都觉得有样东西在猛刺他的胸口，冻得上下牙直打架，两眼昏黑，周围的树木像旋转的木马一样打转。

保尔勉勉强强蹭到了车站。一阵异常的喧哗使他吃了一惊。定神一看，站台旁边停着一列和车站一样长的平板车。敞开的大平板上有小机车，有铁轨，还有枕木，随车回来的人正在卸车。保尔又往前走了几步，终于失去了平衡。他迷迷糊糊地觉得头碰到了地面。积雪冰着他那滚烫的面颊，倒是蛮舒服的。

几小时以后，有人偶然发现了他，把他抬回了板棚。柯察金呼吸困难，已经认不出周围的人。从装甲列车请来了军医，军医宣布诊断结果说："肠伤寒，并发大叶性肺炎。体温四十一度五。关节炎和脖子上的脓疮已不值一提了，都是小病。前两种病已足以把他送到另一个世界去了。"

潘克拉托夫和随车来的杜巴瓦为抢救保尔尽了一切力量。

最后，他们委托柯察金的同乡阿廖沙·科汉斯基把病人护送回家。

多亏柯察金小队全体人员的帮助，而更主要的，是霍利亚瓦施加的压力，潘克拉托夫和杜巴瓦才把阿廖沙和不省人事的保尔塞进了挤得满满的车厢。车上的人害怕斑疹伤寒传染，不放他们进去，拼命抗拒着，并以火车开动后把伤寒病人扔下车厢相威胁。

霍利亚瓦在那些阻挠病号上车的人眼前挥动着转轮手枪，大叫道：

"这个病人不传染！就是把你们全体撵下车，也得让他走！你们这帮自私自利的家伙，听好，我要通知沿线各站，谁要是敢动他一下，就把所有的人都赶下车，送进班房。这个给你，阿廖沙，这是保尔的毛瑟枪，谁想把他弄下车，就照准谁打。"为了产生一点威慑力，霍利亚瓦补充了这么一句。

火车开动了。在空荡荡的站台上，潘克拉托夫走近杜巴瓦。

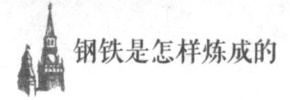

"你认为怎么样,能活吗?"

没有回答。

"咱们走吧,米佳,只能顺其自然。现在重任都担在你我身上了。必须连夜卸下机车,明天早晨试车。"

霍利亚瓦给铁路沿线各站所有肃反工作的朋友打了电话。他恳求他们不要让乘客把生病的柯察金弄下车去,直到对方都坚决回答"一定办到",他才回去睡觉。

在一个铁路枢纽站上,从客车的一节车厢里抬出了一具无名青年的尸体。尸体放到站台上,死者有着一头亚麻色的头发。他是谁,怎么死的,谁也不知道。车站肃反人员想起霍利亚瓦的请求,跑到车厢去阻止往下抬人。但当确信小伙子已经死了的时候,就叫人把尸体抬到停尸房去了。

车站人员立刻给博亚尔卡的霍利亚瓦打电话,把他所非常关心其生命安危的人已经去世的消息告诉了他。

博亚尔卡发了一封简短的电报,向省委报告了柯察金的死讯。

然而,阿廖沙·科汉斯基却把重病的柯察金送到了家,不过他自己也得了伤寒,发高烧,病倒了。

"1月9日

"为什么我这样难过呢?提笔之前先哭了一场。谁能想得到,丽达能痛哭失声,而且哭得这么伤心!难道说眼泪永远是意志薄弱的标志吗?今天流泪的原因是极度的悲痛。为什么悲痛会突然降临呢?今天是喜庆日子,可怕的严寒已经被战胜,各个车站都堆满了珍贵的木柴。我刚从祝捷会回来,市苏维埃举行的这次扩大会议向各路建设英雄表示了祝贺。为什么悲痛偏偏在这样的日子降临呢?这是一个胜利,但为了这个胜利有两个人献出了他们的生命:克拉维切克和柯察金。

"保尔的死向我揭示了一个真情:对我来说,他比我原先所想的更珍贵。

"日记就写到这里吧。不知道什么时候才能提起笔来接着写。明天要给哈尔科夫写封信,告诉他们我同意到乌克兰共青团中央委员会工作。"

第三章

青春胜利了。伤寒没能夺去保尔的生命。他已是第四次死里逃生。一个月以后,消瘦而苍白的保尔站了起来,迈着吃不住劲的双腿,扶着墙壁,在房间里试着走动。妈妈搀扶着他走到窗前,他久久地望着那条大路。积雪融化,形成一些小水洼,在春日照耀下闪闪发亮。户外已是乍暖还寒的解冻天气了。

紧靠窗前的一条樱桃树枝上神气十足地停着一只灰胸脯的麻雀,用它那贼溜溜的小眼睛看着保尔。

"怎么样,这一冬天咱们总算熬过来了吧?"保尔用手指敲着窗户低声说。

母亲惊恐地看了他一眼。

"你在那里跟谁说话呢?"

"我在跟麻雀说话……飞走了,这个小滑头。"说着,他无力地笑了笑。

盛春时节,保尔开始考虑回城的问题。他的身体已经恢复到能够走路,但机体内还潜伏着一点弄不清楚的毛病。有一天在花园里散步的时候,他突然感到脊椎一阵剧痛,随即摔倒在地上,好不容易才蹭回了屋。第二天医生给他做了仔细检查,当摸到他脊椎上的一个深坑时,大夫惊异地哼了一声。

"嗯?这里怎么有个坑?"

"大夫,这是公路上的石头崩的。在罗德诺城下,一颗三英寸口径野炮的炮弹在我身后的公路上爆炸了……"

"那你是怎么走路的呢?它不碍事吗?"

"不,当时我躺了两个来小时,就又骑马打仗了。现在是第一次发作。"

医生皱着眉头，仔细检查了那个坑。

"是呀，亲爱的，这可是个非常讨厌的东西。脊椎是经不住那么剧烈的震动的。但愿它以后不再发作。穿上衣服吧，柯察金同志。"

他怀着掩饰不住的忧虑，同情地望着自己的患者。

阿尔焦姆住在他老婆斯捷莎的娘家。斯捷莎还算年轻，但是个丑婆娘。她家很穷，是个农民。保尔是顺路去看阿尔焦姆的。在肮脏的小院子里，一个脏兮兮的斜眼男孩在跑来跑去。看见保尔以后，他十分无礼地用小眼睛瞪着他，一面专心致志地挖着鼻孔，一面问道：

"你要干什么？大概是来偷东西的吧？你最好快走开，我妈妈可是够凶的！"

一间又破又矮的小木房，打开了一个小窗口，阿尔焦姆趴在那里叫保尔：

"进来吧，保夫鲁沙！"

一个老太婆长着羊皮纸一样的黄脸皮，拿着炉叉在炉子旁边忙着。她冷冷地瞧了保尔一眼，放他过去以后，把铁家什敲得叮叮当当响。

两个梳短辫子的半大姑娘急忙爬上炉炕，用野蛮人的好奇目光探头探脑地打量着客人。

阿尔焦姆坐在桌子旁边，有点不好意思。母亲和保尔都不赞成他这桩婚事。阿尔焦姆是个工人世家，不知他为什么断绝了和相处三年的被服厂女工，石匠女儿，漂亮的加莉娜的联系，娶了这个枯燥无味的斯捷莎，还到这个没有男劳力的五口之家当了"入赘"女婿。在这里，从车库下班回家以后，他的全部力气都用到扶犁种田以复兴衰败的家业上了。

阿尔焦姆早知道，保尔不赞成他退步，用保尔的话说，叫作退到"小资产阶级的自发势力"上去，所以他现在在观察保尔，看他对自己周围的一切有什么反应。

兄弟俩坐了一会儿，说了些通常见面时常说的没多大意思的客套话，保尔就要起身告辞。阿尔焦姆留他，不让他走。

"再坐会儿吧，跟我们一起吃点东西。斯捷莎这就拿牛奶来。这么说，明天就走了？你身体还挺弱呢，保尔。"

斯捷莎进屋来，和保尔打过招呼，就叫阿尔焦姆到打谷场帮她搬东西。屋里就剩下保尔和那个不爱说话的老太婆了。窗外传来教堂的钟声。老太婆放下炉叉，不满意地嘟哝着：

"我主耶稣，成天忙这些鬼事情，连祷告都没工夫了！"说着，她摘下脖子上的披巾，斜眼看着来客，向一个屋角走去。屋角挂着许多年久发黑面容沮丧的圣像。老太婆捏起三根瘦骨嶙峋的手指，放在胸前，画了一个十字：

"我们在天的父，愿人们都尊你的名为圣……"她嚅动着干瘪的嘴唇低声说。

院里那个男孩子突然跳到一只耷拉着耳朵的黑猪身上。他用一双赤脚拼命踢它，用双手紧紧抓住猪鬃，吆喝着那只一面打转一面哼哼的畜生。

"驾，驾，走，开步走！呀！不许调皮！"

猪驮着男孩子满院乱跑，想把他摔下来，但是斜眼的淘气鬼却骑得很牢。

老太婆停止祈祷，把头探出窗外吆喝道：

"我看你骑，摔不死你！快下来，你怎么不瘟死呢！滚开，这个小疯子！"

猪终于把骑手给摔下来了。心满意足的老太婆又回到圣像前，满脸虔诚，继续祷告：

"愿你的天国降临……"

哭哭啼啼的男孩子站在大门口，用袖口抹着擦伤的鼻子，一边抽噎一边哼哼唧唧地说：

"妈妈——，我要吃甜馅包子！"

老太婆转过身来，恶狠狠地骂道：

"你这个斜眼鬼，连祷告都不让做。狗崽子，我现在就让你吃个够……"说着，她就从凳子上抓起了一根皮鞭。男孩立刻跑得无影无踪了。炉炕上的两个女孩子扑哧一声，悄悄笑了。

老太婆又第三次去祷告。

保尔没等哥哥回来就站起身走掉了。他关栅栏门的时候，看见老太婆从靠边的一个小窗户探出头来。她在监视他。

"是什么鬼使神差的力量把阿尔焦姆引到这里来的呢？现在他到死也摆

脱不掉了。斯捷莎会每年给他生一个孩子。他会像粪堆里的屎壳郎，越陷越深。弄不好，还可能把车库的工作丢掉。"走在小城空无一人的街道上，闷闷不乐的保尔细细琢磨着，"可我原来还想吸引他参加政治活动呢。"

想到明天要离开这里，回到那个大城市去，他又高兴了，因为那里有他的朋友，他心爱的同志。大城市有很多吸引他的地方，那里雄伟壮阔，充满生机，川流不息的人群忙忙碌碌，电车、汽车的轰隆声和喇叭声不绝于耳。比这些更吸引他的还有那些巨大的石头厂房，被熏黑的车间，那些机器和皮带轮发出的轻微沙沙声。他所向往的地方，有轮子在飞速旋转，并散发着机油的油香，有他与生俱来所熟悉、所习惯的一切。保尔在这个僻静的小城沿街漫步，有一种不可名状的压抑感。一点不奇怪，他觉得小城变得既陌生又无聊了。甚至白天出去散散步也觉得不愉快。当保尔从那些坐在台阶上闲聊的长舌妇身边走过的时候，常常听到她们叽里呱啦地议论他：

"喂，老姐妹，你们看，从哪来了这么一个丑八怪呀？"

"看样子是个痨病鬼，他一准得了肺病。"

"那件皮夹克倒挺阔气，没错儿，准是偷来的……"

还有许多诸如此类令人讨厌的事。

他生活的根早已从这里拔掉了。大城市变得越来越亲切，越来越可爱。那里有意志坚强、朝气蓬勃的弟兄，还有劳动。

保尔不知不觉来到一片小松林前面。他在一个岔道口上站住了。岔道口右边是一座阴森森的旧监狱，一圈高高的木桩围墙把它和松林隔开，监狱后面是医院的几座白房子。

就是在这里，在这个空旷的广场上，瓦莉亚和她的同志们被绞死了。保尔在竖立绞刑架的地方默默地站了一会儿，然后向一个斜坡走去，再顺坡面下来，到了烈士墓地。

不知哪位用勤快的双手把云杉枝编成花圈布置在坟墓周围，像是给小小的墓地筑起一道绿色的围墙。陡坡上几棵挺拔的青松傲然耸立。峡谷的斜坡上也是绿草茵茵。

这里是小城的边缘，又寂静，又凄凉。松林轻轻低语，复苏的大地散发着春天潮湿的气息。同志们就是在这里英勇就义的。他们为那些生来贫寒、出世为奴的人能过上好日子而献出了生命。

保尔缓缓摘下帽子，悲哀，一股极度的悲哀充满了他的心胸。

人最宝贵的是生命。生命每个人只有一次。人的一生应当这样度过：回忆往事，他不因虚度年华而悔恨，也不因碌碌无为而羞愧；临死的时候，他能够说："我的整个生命和全部精力，都献给了世界上最壮丽的事业——为解放全人类而斗争。"因此，人应当赶紧工作，因为一场莫名其妙的怪病，或者某个意外的悲惨事故，都可能使生命突然中断。

保尔怀着这些想法，离开了烈士公墓。

家里，悲哀的母亲在给儿子收拾上路的行装。

保尔看着她，发现她在背着他偷偷流泪。

"保夫鲁沙，你别走了，行吗？我上岁数了，一个人过日子，太苦了。不管养多少孩子，一长大就都飞走了。城里有什么好去的呀？这里不是一样过日子吗？莫不是看上了哪个短尾巴的小鹌鹑啦。唉，谁也不会对我这老太婆说的。阿尔焦姆娶亲一句话也没跟我说。你就更不用说了。总得等到生了病，受了伤，我才能见到你们哪。"母亲一面轻声说着，一面把儿子的几件简单衣物放进一个干净的布袋里。

保尔扳住母亲的肩膀，把她拉到自己怀里。

"好妈妈，没有什么鹌鹑！你老人家不是不知道，鹌鹑才找鹌鹑做伴哪，照你那么说，我不也是鹌鹑了？"

几句话把母亲给逗笑了。

"妈妈，我发过誓，只要全世界的资产阶级不消灭光，我就不找姑娘谈恋爱。什么，你说要等很久？不，妈妈，资产阶级的日子长不了啦⋯⋯一个人民大众的共和国已经建立起来了。将来要把你们这些劳动一辈子的老头老太太送到意大利去养老。意大利是个暖和的国家，就在海边上，那里根本没有冬天。妈妈，我们把你们安排到资产阶级的宫殿里去，让你们也在温暖的阳光下晒晒老骨头。那时候，我们还要到美国去消灭资产阶级。"

"孩子，你说的那种好日子，妈怕是活不到了⋯⋯你爷爷当初就是这种大个怕地不怕的脾气。他是个水兵，一个地道的强盗，上帝恕我这么说他！在塞瓦斯托波尔打完仗回家的时候，只剩了一只胳膊一条腿。胸前倒是戴了两个十字勋章，丝带上也挂了两个五十戈比的银币。可是老了的时候他还是穷死了。老头子脾气可倔了。有一次，他用球棍打了一个官老爷的头，蹲了一年的监狱。要送他蹲大狱的时候，勋章也帮不上忙。我看你呀，跟你爷爷一模一样。"

"妈妈，该分别了，为什么要弄得这么不愉快呢？你把手风琴给我拿来吧，我很长时间没拉它啦。"

保尔低下头，俯在一排珠母制的琴键上，奏起乐曲，那新鲜的曲调使母亲感到惊奇。

他的演奏和过去不一样了，再没有那种轻飘大胆的旋律和狂妄不羁的花腔，也没有曾使当年那个青年琴手誉满全城的，令人如痴如醉的奔放情调。他的乐曲和谐，仍然有力量，然而比过去深沉多了。

保尔独自一人来到了车站。

他劝母亲不要送行，免得告别时又要伤心流泪。

人们都争先恐后挤进车厢。保尔占了一个上铺，从那里看着过道里吵吵嚷嚷激动不已的人群。

人们还在往车上拖大大小小的包裹和口袋，并把它们塞进座位下面。

火车开动了，大家静下来，这时，人们便照例狼吞虎咽地吃起东西来。

保尔很快就睡着了。

保尔想拜访的第一所房子坐落在市中心克列夏季卡大街。他慢慢走上天桥。周围一切都很熟悉，一点没变样。他在桥上走的时候，用一只手轻轻地抚摩着光滑的栏杆。但快要下坡时，他收住了脚步——桥上一个行人也没有。在无涯的高空中，黑夜展现出一幅宏伟壮丽的景观，令人心旷神怡。黑暗给地平线盖上了一层墨色的天鹅绒。繁星闪烁，发出磷火样的闪光。脚下，在那天和地模糊地连成一片的地方，城市向黑暗中抛洒了万点灯火。

有几个人迎着保尔走上桥来。他们热烈争论激烈争吵，打破了夜的寂静。保尔不再注视城市的灯火，朝桥下走去。

保尔来到克列夏季卡大街的军区特勤部，卫兵室值勤的警卫队长告诉他，朱赫来早就不在本市了。

警卫队长用问题试探了保尔很久，直到他确信这小伙子很熟悉朱赫来，才告诉他说：费奥多尔两个月以前就调到塔什干地区土耳克斯坦前线工作了。保尔非常失望，以至他没追问任何细节就默默地转身走了出来。

他突然感到十分疲倦，不得不在门口的台阶上坐一会儿。

一辆电车轰隆轰隆，吱嘎吱嘎开过去。人行道上走着来来往往，川流不息的人群。城里好不热闹啊——一会儿是妇女们幸福的大笑，一会儿是男人们低沉的交谈，一会儿是青年激越的高音，一会儿是老人沙哑的干咳。人流络绎不绝，人们来去匆匆。汽车前灯光芒耀眼，电车内外灯火通明，隔壁电影院广告牌的周围形成一片电灯光的世界。到处都是人，整条街上都是不绝的人声。这就是大都市的夜景。

大街上的喧哗和繁忙掩盖了因朱赫来离去而引起的惆怅。到哪里去呢？回索罗缅卡，那里倒是有很多朋友，但是太远了。头脑里自然而然浮现出离这里不远的大学环路上的一所房子，他现在当然该到那里去。因为除了朱赫来以外，他想见的第一个同志就是丽达。在阿基姆那里，他还可以过夜。

老远地，他就看见了楼角窗户上的灯光。他尽力保持平静，拉开了那扇橡木大门。他在楼梯转台停了几秒钟。听见丽达房间里有人谈话，还有一个人在弹吉他。

"嘀，连吉他也可以弹了，可见规矩放松了。"保尔这样想着，用拳头轻轻地敲了敲门。自己感到有点激动，便紧紧咬住了嘴唇。

来开门的是一个陌生的青年妇女，两鬓垂着发卷。她用疑惑的目光上下打量着保尔，问道：

"您找谁？"

她没关门，保尔扫视了一眼房间里陌生的陈设就什么都明白了。但他还是问了一句：

"我要见一见乌斯季诺维奇，可以吗？"

"她不在，一月份她就到哈尔科夫去了，听说又从那里去了莫斯科。"

"那么，阿基姆同志还住在这里吗？还是也搬走了？"

"阿基姆同志也搬走了，他现在是敖德萨省团委书记。"

保尔无可奈何，只好转身走开。回城的喜悦已经有几分黯淡了。

现在需要认真考虑一下在哪里过夜的问题。

"像这样一家一家找下去，跑断了腿也找不到一个人。"保尔强压烦恼，闷闷不乐地咕哝着。不过他还是想再碰碰运气——找到潘克拉托夫。码头工就住在码头附近，找他比去索罗缅卡近得多。

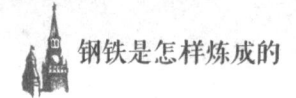

保尔筋疲力尽，终于走到了潘克拉托夫家门口。他敲了敲那扇曾经漆过土红色的门，心里盘算着："如果他也不在，我也不再到处瞎跑了，干脆钻到小船底下睡一宿。"

来开门的是一个老太婆，头上包着一块朴素的头巾，她是潘克拉托夫的妈妈。

"大娘，伊格纳特在家吗？"

"刚回来，你找他吗？"

大娘没认出保尔，回过头去喊了一声：

"伊格纳特，有人找你！"

保尔和她一起进了屋，把布袋放在地上。潘克拉托夫咽着最后一口面包，从桌旁转过来对他说：

"既然是找我的，就请坐下来谈吧，不过我得先把这碗汤灌下去，从清早到现在只喝了一点水。"说着，潘克拉托夫拿起了一把大勺。

保尔在他旁边的一把破椅子上坐下来，摘下帽子，又习惯地用它擦了擦额头。

"难道我变得这么厉害，竟连伊格纳特也认不出我来了？"

潘克拉托夫把两勺汤送进嘴里，没听到客人搭腔，便转过头来说：

"说吧，你有什么事？"

他手拿一块面包正往嘴里送，突然在半路停下了。潘克拉托夫不知所措地眨眨眼睛。

"哎……等等……呸，你真会胡闹！"

保尔看见潘克拉托夫绷得紧紧的脸涨得通红，忍不住哈哈大笑起来。

"是你，保尔！我们以为你死了呢！……等等，你叫什么名字？"

听到潘克拉托夫叫喊，他姐姐和他母亲从隔壁房间跑了过来。三个人终于一起证实了，站在他们面前的是柯察金。

家里人早就睡着了，潘克拉托夫还在讲述着四个月以来发生的各种事情。

"扎尔基、杜巴瓦、米哈伊拉去年冬天就到哈尔科夫去了。他们，这几个鬼家伙，去那里不是干别的，而是上共产主义大学。扎尔基和杜巴瓦上预备班，米哈伊拉上一年级。参加考试的一共十五个人。我一时心血来潮，也递了个申请，心想，咱这脑瓜也得充实充实，不然太没东西了。可是你猜怎么着，一到考试委员会就把咱晾在沙滩上，搁浅了。"

潘克拉托夫气呼呼地哼了一声，接着说下去：

"开始的时候，一切都挺顺利。所有条件一应俱备：党证有，团龄也够，出身经历更没说的，那真是鸡蛋里挑不出骨头来，可是一到政治考试的时候，我就倒霉了。

"我和考试委员会的一个同志狭路相逢，吵起来了。他给我加了这么一个小问题：'潘克拉托夫同志，请您说说您对于哲学有一些什么见解，好吗？'你知道，对哲学我向来是一窍不通。可是我当时立刻想起来了，我们那里有过一个装卸工，上过中学，是个流浪汉。他是为装样子而当装卸工的。他好像对我们讲过，从前，天晓得是在什么时候，古希腊有那么一批自以为了不起的学者，人们把他们叫哲学家。其中有一个人很不地道，记得他的名字好像叫个什么伊杰奥根①，他一辈子都住在一个木桶里，还有一些别的怪毛病……哲学家当中公认的最优秀专家能用四十种方法证明黑的就是白的，白的就是黑的。一句话，他们都是些吹牛撒谎的人。那时候，我一下子想起了中学生讲的这个故事，心里还盘算着：'这位考官从右翼向我包抄了。'他还狡猾地看着我呢。于是乎我就放了一炮，说：'哲学就是空口说白话，故弄玄虚。同志们，我才不愿意学这种胡编乱造的东西呢。至于党史嘛，我会高高兴兴专心致志地把它学好！'我这一答不要紧，考官们立刻刨根问底，问我这些哲学新见解是从哪里来的。我当时就添油加醋地把中学生的话说了一遍，主考官们全都哈哈大笑起来。这下把我气炸了：'怎么，你们拿我当傻瓜耍呀！'说完，我抓起帽子就回家了。

"后来这个考试委员在省委会碰见了我，他跟我聊了三小时。原来是那个中学生黑白颠倒胡说八道。其实哲学是一门英明的大学问。

"这么着杜巴瓦和扎尔基就考上了。虽然杜巴瓦读了不少书，扎尔基可比我强不了多少。不用说，是勋章帮了他的忙。一句话，我落了个空欢喜。后来就把我派到这里，在码头上管业务，代理货运码头主任。从前我总是为青年人的事顶撞头头脑脑，现在得亲自抓生产了。有时候碰到偷奸耍滑或拖拖拉拉的主儿，我就同时以主任和团委书记的身份督促他。对不起，他再别想瞒过我的眼睛。好了，我自己的事以后再谈吧。还有什么消

---

① 古希腊哲学家第奥根（公元前约404—前323年）的误称。

息没告诉你呢？阿基姆的情况你已经知道了，省委的老熟人当中只有一个图弗塔没动窝。托卡列夫在索罗缅卡当区党委书记呢。你们公社的社员奥库涅夫当上了团区委书记。塔莉亚掌管政治教育部。铁路工厂里代替你职务的是茨维塔耶夫。此人我了解不多，常在省委会上碰见，看样子，小伙子挺机灵，就是有点自负。你也许还记得安娜·鲍尔哈特，她也在索罗缅卡，是区党委的妇女部长。其他人我都跟你说过了。真的，保尔，党把好多人都送去学习了。原来的老积极分子现在都在党政干部学校啃书本呢。他们答应明年也把我送去。"

直到后半夜，他们才睡觉。第二天早晨柯察金醒来的时候，潘克拉托夫已经离开家到码头去了。他姐姐杜霞，是个健壮女子，长得很像弟弟，她一边招待客人用早茶，一边兴致勃勃地唠叨着各种琐事。潘克拉托夫的父亲，是轮船上的司机，随船出航了。

柯察金打算上街。临走的时候杜霞嘱咐他：

"别忘了，我们等您吃午饭。"

团省委像往常一样热闹。大门口门庭若市。走廊上，房间里，人们进进出出络绎不绝。办公室里不断传来哒哒的打字声。

保尔在走廊上站了一会儿，四下里望了望，看能不能碰到熟人，结果一个也没找到，就进了书记办公室。团委书记穿一件蓝色斜领衬衫，坐在一张大写字台后面。他扫了保尔一眼，头也不抬，继续写他的字。

保尔在他对面坐下来，仔细观察着这个代替阿基姆的人。

"有什么事？"穿斜领衬衫的书记在写满字的纸上最后打了一个句号，然后问保尔。

保尔把自己的经历给他讲了一遍。

"同志，需要恢复我的组织关系，把我派回铁路工厂去。请指示下面的人给办理一下吧。"

书记向椅子背上一仰，踌躇地回答：

"团籍当然要恢复，这不成问题。但要派你去铁路工厂就不大合适了，因为那里已经有茨维塔耶夫在工作，他是本届团省委委员。我们派你到别的地方去吧。"

保尔眯起眼睛说：

"我到铁路工厂去,不会妨碍茨维塔耶夫工作。我是要去车间干本行,不是要当团委书记。既然我身体还很弱,就请不要派我别的活。"

书记同意了,在一张纸上草草写了几个字。

"请转交图弗塔同志,他会把一切都办妥的。"

统计分配部里,图弗塔正在痛骂他的助手,一个统计员。保尔听了一会儿他们的争吵,觉得他们一时半会儿吵不完,便打断了正在气头上的统计分配部部长:

"图弗塔,你等会再接着跟他吵。这是团省委书记给你的字条,给我办一下组织关系吧。"

图弗塔看看字条,看看保尔,看了半天终于明白过来了。

"哈!这么说,你没死?现在该怎么办呢?你已经被除名了。是我亲自把卡片寄到团中央去的。后来你又没履行全俄团员重新登记手续。根据团中央的指示,凡是没来重新登记的,一律取消团籍。这样看来,你只有一个办法——重新履行入团手续。"图弗塔用一种没有商量余地的语调说。

柯察金皱起了眉头:

"你呀,还是那个老样子,一个年纪轻轻的小伙子连省档案库那些死官僚都不如。沃洛佳,你什么时候才能有点长进呢?"

图弗塔一下子跳了起来,好像被跳蚤咬了一样。

"我的工作我负责,用不着你来教训我。上级发指示不是要我违抗的。你污辱我,说我是死官僚,我要去控告你。"

图弗塔用最后几句话威胁保尔,又示威似的拿过一堆没有拆封的信件,那神气似乎表明,没有什么好谈的了。

保尔不慌不忙地走到门口,突然想起什么事,便回到桌子前,把放在图弗塔面前由书记签署的那个字条收了回来。

统计分配部部长注意地看着保尔。这个长着两只招风耳朵的年轻小老头,气呼呼地,摆出一副一丝不苟的样子,叫人又好气又好笑。

"好吧,"保尔用一种挖苦的口吻冷静地说,"当然,你可以给我扣上'破坏统计工作'的帽子。不过,我倒要请教你一下,你用什么妙法去处罚那些事先没提申请就突然死了的人呢?要知道,每个人都有这种可能,说不定什么时候就病了,说不定什么时候就死了,上级机关大概没做过这方面的指示吧。"

"哈，哈，哈！"图弗塔的助手再也无法保持中立，放声大笑起来。

图弗塔的铅笔尖折了。他把铅笔摔到地上，还没来得及回击保尔，就有几个人说说笑笑吵吵嚷嚷地闯进了房间。其中有奥库涅夫。大家见到保尔又惊又喜，问长问短，没完没了。过几分钟又进来一帮年轻人，这里边有奥尔加·尤列涅娃。她简直不知所措了，兴奋地握住保尔的手，久久不放。

后来的人又逼保尔把自己的事从头到尾讲了一遍。同志们由衷的喜悦，真诚的友谊与同情，热烈的握手，亲切而有力的拍肩打背使他暂时忘记了图弗塔。

讲到最后，保尔把他和图弗塔的谈话告诉了同志们。他的话立即引起一阵气愤的叫喊。奥尔加狠狠瞪了图弗塔一眼，到书记办公室去了。

"走，找涅日丹诺夫去！他会叫他开窍的。"说着，奥库涅夫一把搂住保尔的肩膀，就和大家一起跟在奥尔加的后面找书记去了。

"应该撤他的职，把他送到潘克拉托夫的码头上去当一年装卸工。图弗塔就是这么个死抠公文的官僚！"奥尔加火冒三丈，愤愤不平。

团省委书记宽容地微笑着，倾听着奥库涅夫、奥尔加等人提出的撤销图弗塔部长职务的要求。

"恢复柯察金团籍，没什么问题，马上就可以给他发团证。"涅日丹诺夫安慰奥尔加说。"我也同意你们的意见，图弗塔是个形式主义者，"他接着说，"这是他的主要缺点。不过也应当承认，他那摊工作搞得相当不错。无论我到哪个团委机关工作，那里的统计和报表都搞得一塌糊涂，没有一个数字是可信的，而在我们的统计分配部门里，统计工作却搞得一清二楚。你们自己也知道，有时候图弗塔在部里一坐坐到半夜。我想，撤他的职随时都可以。不过，要是换上一个小伙子，人也许又老实又痛快，就是对统计工作一窍不通，那就坏事了。到那时候，官僚主义没有了，统计工作也没有了。还是让他干吧。我来给他开开窍。这能管一阵子，以后看情况再说。"

"好吧，就这么着吧，"奥库涅夫同意了，"保尔，咱们到索罗缅卡去吧。今天我们在俱乐部开积极分子大会。他们都不知道你还活着。我要突然宣布：'现在请柯察金同志讲话！'真行，保尔，你没死就对了。真的，要是你死了，对无产阶级还有什么用处呢？"奥库涅夫用玩笑结束了自己的话，说话间，他搂住保尔，把他推到走廊上去了。

"奥尔加，你来吗？"

"一定来。"

潘克拉托夫一家等柯察金吃午饭，没有等着，直到夜里，他也没有回去。奥库涅夫把朋友带回自己的住所了。苏维埃大楼里有他一间房。他尽力拿好吃的款待保尔，饭后又拿出一卷卷报纸和两本厚厚的共青团区委会会议记录放在保尔面前的桌子上，说：

"你把这些东西翻一遍吧。你养病的时候，耽误了不少时间，这段时间事儿可不少，看看这些东西，了解一下过去的工作和现在的状况。我傍晚才能回来，那时候再上俱乐部去。累了，你就躺下来歇一会儿。"

团区委书记奥库涅夫把一大堆文件、证明、公函分别装在几个衣袋里（他基本上不用公事包，他的公事包就扔在床底下），告别似的在屋里兜了一个圈子就走出去了。

晚上，当他回来的时候，满地都是打开的报纸，一堆书也从床底下拖出来了。还有一部分摞在桌子上。保尔正坐在床上看中央委员会最近发来的几封指示信。这些信是他从朋友枕头底下翻出来的。

"这个家伙，瞧你把我的房间弄成什么样子了！"奥库涅夫假装生气地喊起来，"喂，慢点，慢点，同志！你在偷看人家的机密文件呢，呵，房间里放进了这么个人！"

保尔微笑着把信放在了一边。

"这恰好不是什么机密文件，你当灯罩的那张纸才真是一份不该公开的文件呢。它的边都烤焦了，看见没有？"

奥库涅夫拿过那张烤焦了边的纸，看一眼标题，拍一下前额说：

"哎呀，我一连找了它三天，连个影也没有，石沉大海。现在我想起来了，是沃林采夫前天用它折了个灯罩，后来他自己也找得满头大汗。"奥库涅夫小心翼翼地把文件叠好，塞到褥子底下，"过些时候我都把它们收拾好，"他自我安慰地说，"现在先吃点东西，然后就去俱乐部。坐过来一点，保夫鲁沙！"

奥库涅夫从衣袋里抽出一长条包在报纸里的干鳟鱼，又从另一个口袋里掏出两片面包。他把桌上的文件往桌子一边挪了挪，在空出来的地方铺上一张报纸，抓住鱼头在桌子上摔打起来。

乐天派的奥库涅夫坐在桌子边，起劲地嚼着东西，半正经半开玩笑地把最近的一些新闻告诉保尔。

奥库涅夫从工作人员入口处把保尔领到了俱乐部后台。在宽敞大厅的一角，靠舞台右侧的钢琴旁边，坐着一群铁路部门的共青团员，塔莉亚·拉古京娜与安娜·鲍尔哈特和他们挤在一起。安娜对面的椅子上是沃林采夫，这个机车库团支部书记微微摇晃着身子，一本正经地坐在那里，他脸色红润，像一只八月的苹果，穿一件破得不能再破的退色黑皮夹克，头发和眉毛一样均呈麦黄色。

他旁边坐着茨维塔耶夫，一只胳膊肘漫不经心地撑在钢琴盖上。这是一个嘴唇线条清晰的栗发美男子。衬衫的衣领敞开着。

奥库涅夫走近这群青年的时候，听到了安娜说的最后两句话：

"有的人总是千方百计把接受新团员的工作搞得复杂化，茨维塔耶夫就是这种人。"

"共青团可不是随便出出进进的大杂院。"茨维塔耶夫固执地用有点粗鲁的轻慢语气做出了反应。

"你们看，你们看哪！尼古拉今天容光焕发，真像一个刚擦亮的大茶炊！"塔莉亚看见奥库涅夫后大声喊了起来。

奥库涅夫被拉进人群，人们七嘴八舌向他提了好多问题：

"你到哪里去了？"

"快开会吧。"

奥库涅夫伸出一只手，上下摆动着，示意大家静下来。

"别着急，弟兄们。托卡列夫马上就来，他一到咱们就开会。"

"瞧，他来了。"安娜发现了托卡列夫。

果然，区党委书记正向他们走来。奥库涅夫跑上前去迎他。

"走，大叔，到后台去，我给你看一个熟人，你一定会大吃一惊！"

"什么了不起的事？"老人使劲吸一口烟，嘴里咕哝着，奥库涅夫已经抓住他的手，把他拖走了。

奥库涅夫拼命摇着手里的铃，连那些最爱说话的人也赶紧闭上了嘴。

托卡列夫身后挂着《共产党宣言》的天才作者的头像，看上去像头雄狮。画像周围饰着由绿色松枝编成的相框。奥库涅夫宣布开会期间，托卡列夫一直注视着站在后台通道上的柯察金。

"同志们！有一位同志请求在讨论当前团的任务之前先说几句话，我和托卡列夫都同意，认为应该让他发言。"

大厅里响起一片赞成的喊声，于是奥库涅夫立刻宣布：

"现在请保尔·柯察金同志向大会致贺词！"

大厅里一百个人中至少有八十人认识柯察金，所以当这个面色苍白的高个子青年出现在脚灯边并开始讲话的时候，会场里立即响起了暴风雨般的掌声和欢呼声。

"亲爱的同志们！"

保尔的声音是平和的，但掩饰不住内心的激动。

"朋友们，事情就像大家看到的这样，我又回到你们中间来了，回到自己的战斗岗位上来了。回到这里我感到非常幸福，我在这里看到了许多老朋友。奥库涅夫给我看了一些材料。从材料中我了解到，我们索罗缅卡区又增加了三分之一新团员，铁路工厂和机车库再也没有人做打火机之类的私活了，而是从废铁堆里拖出报废的机车去大修。这些都表明，我们的国家正在复兴，正在鼓足干劲积蓄力量。活在这个世界上是可以大有作为的！你们说，在这样的时候，我怎么能死呢！"说到这里，保尔的脸上现出了幸福的笑容，两眼炯炯发光。

柯察金在一片欢迎声中走下舞台，向安娜和塔莉亚坐的地方走去。他很快地和几个人握了手。朋友们挤了挤，保尔坐了下来，塔莉亚把手放在保尔手上，紧紧地握住它。

安娜睁大了眼睛，睫毛微微颤动着，眼神中露出惊喜与敬佩。

日子飞一样地过去了。很难把这些天称为平凡的日子。每一天都有新鲜事物。早晨起来柯察金分配一天的时间时，苦恼地发现，一天的时间不够用，总有一些计划中的事情做不完。

保尔搬到奥库涅夫那里去住了。他在铁路工厂工作，当电工的助手。

保尔跟奥库涅夫争论了很久，奥库涅夫才同意他暂时摆脱领导职务。

"我们人手不够，你可倒好，想躲到车间去过清闲日子。你别拿病来搪塞我，我也得过伤寒，病好以后一个月我是拄着拐棍到区委会上班的。要知道,我很了解你,保尔,不是这么回事。你必须把真正的原因告诉我。"奥库涅夫追问保尔。

"真正的原因是有的,尼古拉,那就是我想读点书。"

奥库涅夫得意地训起他来:

"啊哈!原来是这么回事!你想读书,那么照你说,我就不想读书了?老兄,这是利己主义。这就是说,让我们大家忙得团团转,而你却躲在一边读书?没那么便宜,亲爱的,你明天就得给我到组织部去上班。"

可是,经过长时间辩论后,奥库涅夫让步了:

"好吧,两个月不找你,算是我对你的特殊照顾,不过你很难和茨维塔耶夫配合,那个人很自负。"

对于柯察金的回厂,茨维塔耶夫确实怀有戒心。他相信,随着保尔的到来,必将开始一场争夺领导权的斗争,所以这个自命不凡的人准备着反击。不过没过几天,他就意识到自己估计错了。当柯察金听说厂团委有意吸收他参加团委工作的时候,他主动来到书记办公室,摆出他和奥库涅夫的口头协议,说服茨维塔耶夫把这个问题从议事日程上撤销。在车间团支部里,他也仅仅领导一个政治学习小组,而没有参加支委会。尽管保尔正式表示不再参加领导工作,可是他对工厂团组织全部工作的影响还是感觉得到的。有好几次他都不声不响、十分友好地帮助茨维塔耶夫摆脱了困境。

有一次,茨维塔耶夫走进车间,惊异地发现,全支部团员和三十几个团外青年正在擦洗窗户和机器,刮去多年沉积在上面的污垢,往外清除废铜烂铁。保尔正用一把拖把使劲擦着满是油污的水泥地板。

"你们为什么要这样大扫除啊?"茨维塔耶夫摸不着头脑,这样问保尔。

"我们不愿意在肮脏的环境里干活。这里已经有二十年没打扫了,不消一周我们就可以让车间焕然一新。"柯察金简单地回答他说。

茨维塔耶夫耸耸肩,走开了。

电气工人们不满足于打扫车间,又动手收拾院子。这个大院子很久以来就是个堆放垃圾的地方。那里什么东西都有!几百个轮轴,堆积如山的废铁,还有钢轨、连接板、轴箱等等——这几千吨钢铁就在露天里生锈,变烂。但是清理垃圾的工作却被厂行政领导勒令暂停了。他们说:"还有比这更重要的工作,清理院子先不用着急。"于是,电气工人们又在自己车间门口用砖铺了一小块平地,上面固定一个刮鞋泥用的铁丝网垫,这才罢休。但是车间内部的扫除并没停止,每天晚上下班以后继续进行。一星期以后,总工程师斯特里日顺便来车间看看,只见整个车间亮亮堂堂。由于擦掉了多年的油垢,阳光透过带铁栏的大玻璃窗,射进宽敞的机器房,照得柴油机上的铜件闪闪发亮。机器的主件都刷上了绿油漆,有人还精心地在轮辐上画上了几个黄箭头。

"嗯……好……"斯特里日惊奇地说。

在车间远处的一个角落里有几个人正在收工。斯特里日朝那边走去。柯察金正提着一满罐调好的油漆向他走来。

"请等一等,亲爱的,"工程师拦住保尔说,"你们干的事,我倒是很赞赏。不过,谁给你们的油漆呢?我规定过,不经我批准不准动用油漆,当前这是紧缺材料。油漆机车部件,比起你们现在做的事情要重要得多。"

"油漆是我们从扔掉的油漆筒里刮出来的。我们忙活两天,刮出了二十五六磅。这完全不违反规章制度,总工程师同志。"

工程师又嗯了一声,他已经有点不好意思了。

"既然这样,你们就干吧。嗯……这倒真有点意思……你们这种——该怎么说呢?——这种自愿搞好车间卫生的主动精神该怎么解释呢?你们这些活不都是在业余时间干的吗?"

柯察金从总工程师的语气里觉察出,他确实不大理解这些做法,便说:

"当然了。可您是怎么想的呢?"

"是啊,我也是这样想的,不过……"

"您的问题就出在这个'不过'上,斯特里日同志。有谁告诉过您,布尔什维克会放着这些垃圾不管呢?您等着瞧吧,我们还要进一步扩大这项工作的范围。往后您还会看到更多的新鲜事,而且这些事会使您惊奇不已。"

说完,柯察金为了不让油漆蹭到总工程师身上,小心地绕过他身边,径直朝门口走去。

每天晚上柯察金都在公共图书馆待到很晚。他和图书馆的三个女馆员混熟了,便动用一切宣传手段向她们展开攻势,终于取得她们同意,可以随意翻阅各种书籍。保尔把一架梯子靠在高大的书橱上,一连坐上几小时,一本一本地翻书,从中寻找有意思和有用的东西。大部分书是旧的,只有一个不大的书橱里放着少量的新出版物。那里收藏着偶然到手的国内

战争时期的小册子,马克思的《资本论》,美国作家杰克·伦敦的小说《铁蹄》和其他几本书。柯察金从旧书中找到一部长篇小说《斯巴达克》。他突击两天把它读完,就把它挪到另一个书橱,和高尔基的一摞书摆在一起了。他以后总是把最有趣味又内容相近的书放在一起。

他这样做,那三名图书馆员从来不过问——她们对这些漠不关心。

一桩初看起来无关紧要的事情突然打破了厂共青团组织那单调的平静。中修车间团支部委员科斯季卡·菲金,一个麻脸、翘鼻子、动作迟缓的小伙子,在给铁板钻孔的时候,弄断了一个贵重的美国钻头,弄坏钻头的原因可以说是他那可恨的粗心大意,甚至比这更坏——几乎可以说是故意的。这件事发生在早上。中修车间工长霍多罗夫让菲金在铁板上钻几个孔。起初他不干,后来工长坚持让他干,他才拿起铁板,开始钻孔。霍多罗夫对人要求过严,有些吹毛求疵,车间里的人都不喜欢他。他以前还是个孟什维克。现在任何社会活动也不参加,对共青团员侧目而视,但他精通业务,对本职工作认真负责。工长发现菲金没往钻头上注油,只在那里干钻,就急忙跑到钻床前面把它关上了。

"你怎么,是瞎子,还是刚来的新手!"他大声呵斥菲金,知道这样干下去,钻头非报废不可。

但是菲金反倒骂了工长一句,并且又开动起钻床。霍多罗夫去找车间主任告状,菲金为了赶在领导到来之前把一切弄好,没关钻床就跑去找注油器了。而当他把注油器拿回来的时候,钻头已经断了。车间主任递交一份报告,要求开除菲金。共青团支部却公开袒护他,理由是霍多罗夫经常扼杀共青团积极分子的首创精神。行政领导还是坚持开除菲金,于是把案件提到工厂团委会审理。事情就从这里开始了。

五个团委委员中有三个认为应该给菲金处分并调动工作。茨维塔耶夫就是三个中的一个。其余两人干脆认为菲金没有错。

团委会是在茨维塔耶夫的房间里举行的。屋里有一张铺着红布的大桌子,木工车间青年自己做的几只条凳和几只方凳,墙上贴着一排领袖像。桌子后面挂一面团旗,占了整整一面墙。

茨维塔耶夫是名"脱产干部"。他原是一个锻工,由于最近四个月表现出来的才干,被提拔担任厂共青团的领导工作,当上了团区委常委和团省委委员。他原来在机械工厂当锻工,新近才调到铁路工厂来,一来就把大权牢牢掌握在个人手里,他刚愎自用,独断专行,一下子就抑制了团员们的创造性。他个人包办一切,又包办不了,于是对其他委员大发雷霆,说他们无所事事。

就连这个开会的房间也是在他亲自督促下布置的。

茨维塔耶夫在主持会议。他仰靠在唯一的一把从红色文化室搬来的软椅上。这是一次内部会议。当党小组长霍穆托夫请求发言的时候,外面有人敲了敲闩着的门。茨维塔耶夫不满意地皱了皱眉头。外面又敲了几下。卡丘莎·泽列诺娃站起身拉开了门。站在门外的是柯察金。卡丘莎让他进来了。

保尔已经在朝一只空凳走去,茨维塔耶夫叫住了他。

"柯察金!我们现在开的是内部会议。"

保尔双颊立刻泛起红晕,他慢慢朝桌子转过身来。

"我知道这是内部会议。不过我很想知道你们对菲金事件的意见。我还想提出一个与此相关的新问题。怎么,你反对我出席这个会吗?"

"我并不反对,但是你自己也清楚,只有团委委员才能参加内部会议。人多了不便讨论问题。不过你既然来了,就坐下吧。"

柯察金第一次受到这样的侮辱。他眉头紧锁,眉宇间显出一道深深的皱纹。

"为什么要这样注重形式呢?"霍穆托夫表示不满,但是柯察金用手势制止了他,在一只方凳上坐了下来,"我要说的是,"霍穆托夫说起正题,"大家对霍多罗夫有看法这无可非议,他不是一个可以充分信任的人,但是我们的纪律也够松弛的了。如果所有的共青团员都这么随便弄坏钻头,我们还拿什么干活?而且对团外青年的影响也不好。我想应该给小伙子一个警告。"

茨维塔耶夫没容他把话说完就开始反驳。柯察金听了大约十分钟,已经听出团委会意见的倾向性。当快要进行表决的时候,他请求发言。茨维塔耶夫勉强同意了。

"同志们,我想就菲金事件发表一点意见。"

柯察金的声音很严厉,连他自己都没想到。

"菲金事件不过是个信号,主要问题并不在他身上。昨天我搜集了一些数字，"保尔从衣袋里掏出一个小笔记本，"这些数字是考勤员提供的。我请大家注意听一听：百分之二十三的共青团员每天上班迟到五至十五分钟，这已经成了规律。百分之三十七的共青团员每月旷工一至两天也已成为惯例，而同一时间内团外青年旷工一天的占百分之三十一，迟到的占百分之三十三。损坏工具的工人百分之九十是青年，其中刚进厂参加工作的占百分之七。从这些统计数字可以得出一个结论：团员工作不如党员和成年工人。不过这种情况不是到处都一样。锻工车间令人敬佩，电工车间也还过得去，其余各车间就大同小异了。依我看，关于纪律问题，霍穆托夫同志只讲了四分之一。现在摆在我们面前的任务是缩小差距赶上先进。我不想在这里高谈阔论进行鼓动，但我们必须毫不留情地向玩忽职守和涣散现象发起猛攻。有些老工人说得很直率：从前给老板干活还好些，给资本家干活还细致些，现在可好，自己当了主人，倒不像主人的样子了，这是不能原谅的。这过错主要不在菲金或者别的什么人身上，而在我们这些人身上，因为我们不仅没同这些不良现象进行必要的斗争，而且相反，常常寻找各种借口来袒护像菲金这样的人。

"刚才萨莫欣和布蒂利亚克说菲金是自己人。像通常所说的，是'不折不扣'的自己人：他是积极分子，还担任着社会工作。至于弄坏个把钻头嘛，有什么要紧，谁不弄坏点东西。况且，小伙子是自己人，而工长却是外人……虽说谁也没对霍多罗夫进行过教育……不错，霍多罗夫是个爱挑剔的人，可是他有三十年工龄啊！我们暂且不说他的政治立场。现在，在这件事上，他是对的：他是一个外人，然而他爱护国家财产，我们却在损坏贵重的进口工具。应当怎样解释这种黑白颠倒的现象呢？我认为，我们现在应当展开攻势，就从这里开始发起进攻。

"我建议把菲金作为游手好闲，玩忽职守，瓦解生产组织的人从共青团开除出去。把他的事情登在墙报上，不要怕任何议论，同时也把这些数字公布在社论里。我们有足够的力量，我们也有强大的后盾。共青团的骨干力量都是优秀的直接生产者。他们当中有六十个人经受过博亚尔卡筑路工地的锻炼，而那是一个最好的课堂。有他们的协助和参与，我们一定能消除落后现象。不过我们必须永远抛弃现在这种对落后现象的妥协态度。"

柯察金一向沉静，不爱讲话，这一席话却讲得尖锐而激烈。茨维塔耶夫第一次看到了这个电工的本色。他已经意识到保尔是正确的，但是对保尔的戒心还在妨碍他同意保尔的意见。他把保尔的发言看作对团组织全盘状况的尖锐批评，对他茨维塔耶夫个人威信的破坏，所以决定反击。他的反驳就从指责柯察金袒护孟什维克霍多罗夫开始。

激烈的辩论持续了三个小时。天已经很晚，会议才有了结果：茨维塔耶夫被不可推翻的事实逻辑所击败，失去了多数的支持，多数与会者的意见转向柯察金。这时候，茨维塔耶夫采取了一个压制民主的错误做法，在最后表决前他要求柯察金离开会场。

"好吧，茨维塔耶夫同志，我这就走，尽管这不会给你增添什么光彩。只是我要提醒你，如果你仍要坚持己见，明天我将把这件事提交全体大会讨论，而且我相信，多数人是不会支持你的。茨维塔耶夫同志，你错了。霍穆托夫同志，我认为你有责任在把问题提交全体大会之前，先把它提到党的会议上去讨论。"

茨维塔耶夫挑衅性地喊道：

"你有什么可吓唬人的？用不着你指点，我也知道该怎么办。我们还要讨论讨论你的所作所为呢。自己不想干活就算了，别来妨碍别人。"

保尔带上门，用手抹一把发热的前额，穿过空无一人的厂办公室，向门口走去。来到街上，他深深地吸了一口气。他点着一支烟，朝巴蒂耶瓦山上托卡列夫住的那间小房走去。

柯察金进门的时候，托卡列夫正在吃晚饭。

"你们那有什么新闻，讲给我听听。达丽亚，给他盛碗粥来。"托卡列夫让保尔坐下，说。

托卡列夫的妻子达丽亚·福米尼齐娜正好和丈夫相反，又高又胖，她把一盘子小米粥摆在保尔面前，一边用白围裙擦着她那湿润的嘴唇，一边温和地说：

"吃吧，亲爱的。"

以前托卡列夫在铁路工厂工作的时候，柯察金经常到他家里来，一坐就坐到很晚。这次回城以后，还是第一次来看老人。

老钳工注意听着保尔的讲述。他自己一句话也不说，只是一边用勺往嘴里送饭一边嗯嗯地答应着。喝完粥，他用手绢擦干胡子，又清了清喉咙，这才说：

"你当然是对的。我们早就该认真抓一抓这件事了。铁路工厂是全区的重点单位,应该从这里抓起。这么说你跟茨维塔耶夫闹翻了?这不好。那小伙子是有点傲气,不过你不是挺会做青年工作的吗?我正好要问你,你在铁路工厂究竟做什么呢?"

"我在车间。可以说,什么都干点。在团支部里领导一个政治学习小组。"

"在团委会担任什么工作呢?"

柯察金有点不好开口了。

"起初体力有点弱,我又想学习学习,这段时间就没正式参加领导工作。"

"你看,问题就出在这里了!"托卡列夫不大赞成地喊道,"你知道,孩子,只有身体不大好这一条还算是说得过去的理由。那么现在怎么样,好点吗?"

"好了一点。"

"那你就要正式担任工作。没必要再拖了。谁见过站在一旁采取超然态度就能把正经事办好的!而且任何人都会说你是在逃避责任,你是无法辩解的。明天你就要把一切都改过来。我也要批评奥库涅夫几句。"托卡列夫带着不满意的腔调说完了这番话。

"大叔,你可别怪他,"保尔替奥库涅夫说情了,"是我自己求他不要给我安排工作的。"

托卡列夫轻蔑地打了一个口哨说:

"你求他,他就按你说的照办了?好了,好了,对你们这些共青团员,真是没办法……来,孩子,还是照老规矩,给我念段报纸吧……我的眼睛是越来越不顶用了。"

党委赞成团委多数人的意见,向全体党团员提出了一项重要而艰巨的任务:以身作则,做遵守劳动纪律的模范。会上,茨维塔耶夫受到了严厉的批评。起初他硬着头皮不肯认错,直到因患肺结核而面色发黄的党委书记洛帕欣穷追猛打,问得他哑口无言,他才承认了一部分错误。

第二天,铁路工厂的墙报上登出几篇文章,引起了工人们的注意。他们高声朗读着,热烈讨论着这些文章。当天晚上召开了团员大会,盛况空前，出席的人特别多，这些文章成了大家谈论的唯一话题。

菲金被开除了，团委会吸收一名新同志担任政治教育部长，这个人就是保尔·柯察金。

与会者异常安静而耐心地听着团省委书记涅日丹诺夫的讲话。他谈到铁路工厂面临的新任务，谈到铁路工厂已经跨入新阶段。

散会以后，柯察金在外面等着茨维塔耶夫。

"咱们一道走吧，有件事情要跟你谈谈。"保尔走到团委书记面前说。

"什么事情？"茨维塔耶夫闷声闷气地问道。

保尔挽住他的胳膊，和他并排走了几步，走到一个长凳前停住了。

"咱们在这里坐会儿吧。"保尔说完自己先坐了下来。

茨维塔耶夫一口接一口地吸着烟，手中的烟卷一会儿明一会儿暗。

"你说说，茨维塔耶夫，你为什么忌恨我呢？"

几分钟的沉默。

"原来你要跟我谈的是这个呀，我还以为你要谈工作呢！"茨维塔耶夫故作惊诧，很不自然地说。

保尔果断地把一只手放在他的膝盖上说：

"我说季米特里，别再装模作样了。只有外交家才来这一套。你这就回答我，我为什么不合你的意？"

茨维塔耶夫不耐烦地扭了扭身子。

"你干吗老缠着我？我怎么忌恨你了！当初是我建议你做团的工作，你拒绝了，现在可好，倒成了我排挤你。"

保尔听出他的话里没有诚意，但仍把手放在他的膝盖上，激动地说了起来：

"那好，既然你不想说，我就来说。你以为我在拦你的路，想抢你的书记当，是不是？如果你不是这样想的，就不会为菲金的事吵得这么凶。这种局面会使全盘工作受损失。如果它仅仅影响你我两个人，那就算不了什么，管它呢！你听我说，我们都是工人，没有什么理由争吵。如果你认为我们的事业重于一切，就请你把手伸给我，明天起我们就是好朋友。如果你还丢不掉那些无聊的念头，还要一味地闹无原则纠纷，那么共事中为此而产生的每一个疏漏，都要引起你我间的无情斗争。这里是我的手，握住它吧，现在它还是你的同志的手。"

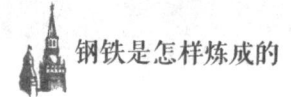

柯察金十分满意地感觉到，茨维塔耶夫那骨节粗大的手指放在他的手掌里了。

一星期过去了。正是区党委下班的时间，各部办公室逐渐静了下来。但是托卡列夫还没有走的意思，老头坐在圈椅上，正在聚精会神地看着新文件。门外有人敲门。

"进来！"托卡列夫答应了一声。

柯察金走进来，把两张填好的履历表放在书记面前。

"这是什么？"

"大叔，这是我要消灭不负责任的现象。我想，是时候了。要是你同意，那么我请求你的支持。"

托卡列夫看一眼表格的名称，又凝视了青年人几秒钟，默默地拿起钢笔。介绍保尔·安德烈耶维奇·柯察金同志加入俄共（布）为预备党员，需要填写介绍人的党龄。托卡列夫用有力的笔迹在这一栏里填上了"1903年"几个字，又在旁边规规矩矩地签了名。

"好了，孩子，我相信，你是永远不会让我这满头白发的老头子丢脸的。"

房间里又闷又热，大家只有一个念头：尽快离开这里，到车站附近的索罗缅卡去，到林荫路边那栗子树底下去乘凉。

"快点结束吧，好保尔，我再也受不了了。"茨维塔耶夫汗流浃背，央求着保尔。卡丘莎等人都支持他的意见。

柯察金合上书。小组的学习结束了。

正当大家起身要走的时候，墙上的老式"埃丽克松"电话机令人烦躁地丁零零响起来。茨维塔耶夫竭力压过屋子里的谈话声，和对方交谈。

挂上听筒后，他转过身来对柯察金说：

"车站上停着两节专车，是波兰领事馆外交人员的。那里的灯不亮了。列车一小时后开走，必须把线路修通。保尔，你带上工具箱走一趟吧。任务挺急的。"

两节国际客车停在车站的第一站台上。一节做客厅用的车厢，有几扇大窗户，车厢里灯火通明。和它相邻的那节却是黑洞洞的。

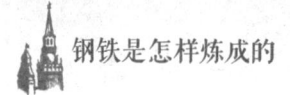

保尔走到一间豪华软卧前面,抓住扶手想进车厢。突然,从车站墙根那边快步跑过来一个人,一把抓住了他的肩膀:

"公民,您要到哪儿去?"

声音很熟。保尔回过头来。见那人穿一件皮夹克,戴一顶大檐帽,细长的鹰钩鼻子,一副怀疑而戒备的神态。

来人是阿尔丘欣,直到这时候他才认出保尔。于是他松开保尔的肩膀,表情也没有刚才那样严厉了,不过目光仍然疑惑地死死盯住工具箱。

"你到哪儿去?"

保尔简单讲明了来意。这时,从车厢后面又走出一个人来。

"我马上把他们的列车员找来。"

柯察金随列车员进了做客厅用的车厢。那里坐着几个人,都穿着非常考究的旅行装。一个妇女背朝门坐在桌子旁,桌子上铺着一块绣着玫瑰花图案的绸台布。柯察金进来的时候,她正在和一个站在她对面的高个子军官谈话。保尔刚一进门,谈话马上停止了。

柯察金迅速检查完从最后一盏灯通往走廊的线路,没有发现毛病,便走出车厢,继续寻找电线的破绽。列车员尾随保尔,寸步不离。他是一个胖子,脖子粗得像个拳击运动员,制服上钉着许多刻着独头鹰的大铜纽扣。

"我们到隔壁车厢去吧。这里没毛病,电池也没坏。看来,毛病出在那边。"

列车员用钥匙打开车厢门,他们走进黑洞洞的走廊。保尔用手电照亮电线,很快找到了短路的地方。几分钟后,走廊的第一盏灯亮了,乳白色灯泡发出的一片微光照亮了整个走廊。

"要打开这间包厢,里面的灯泡烧坏了,需要换下来。"柯察金对跟着他的人说。

"那得把夫人请来,钥匙在她手里。"列车员去找夫人,他不愿意让柯察金单独留在这里,就带他一起去了。

女人第一个走进包厢,柯察金跟在她后面。列车员站在包厢门口,他的身子把门给堵住了。保尔进去首先看到的是壁网里两只精制的手提箱,一件随便丢在长沙发上的丝绸长袍,窗边小桌上的一瓶香水和一个孔雀石的小粉盒。女人在沙发一角坐下来,一面梳理她那淡黄色的头发,一面注视着保尔干活。

"请夫人允许我离开一会儿,少校老爷要喝冰镇啤酒。"列车员费劲地弯下他那牛脖子,鞠着躬,讨好地说。

女人像唱歌一样,拉着长音,嗲声嗲气地说:

"您去吧。"

他们说的是波兰话。

走廊射进来的光线照在女人肩膀上。她穿一件由巴黎第一流裁缝用最薄的里昂绸缝制的无袖长衫,胳膊和肩膀都裸露着。耳下垂着一颗圆圆的钻石,闪闪发亮,摇摇晃晃。

女人的脸背着光。柯察金只能看见她仿佛用象牙刻出来的一只肩膀和一条胳膊。保尔用改锥迅速换好车顶上的插座,过一会儿,包厢里的灯就亮了。还需要检查的是第二盏灯,那灯泡恰好在女人坐的沙发上方。

"我要检查一下这盏灯。"柯察金走到女人跟前说。

"啊,真的,我妨碍您工作了。"女人讲着道地的俄语,轻盈地从沙发上站起来,几乎并肩站在了柯察金身旁。现在保尔可以完全看清楚她了。那熟悉的尖细的眉毛,那傲慢的紧闭着的双唇。一点没错,站在他面前的是涅莉·列辛斯卡娅。这个律师的女儿不可能不注意到保尔惊愕的目光,不过尽管柯察金认出了她,她却没有发觉这个电工就是她当年那个不安分的邻居,因为四年来保尔确实长大了。

女人轻蔑地耸耸眉毛,算是对他惊奇目光的回答,然后走到包厢门口,在那里停下来,用漆皮便鞋鞋头不耐烦地敲着地板。保尔动手修第二盏灯了。他把灯泡拧下来,对着亮光看了看,突然,出乎自己意外,更出乎列辛斯卡娅意外,用波兰话问道:

"维克多也在这里吗?"

柯察金问这句话的时候没转过身来。他看不见涅莉的脸,但是长时间的沉默说明她心慌意乱了。

"那么说您认识我兄弟?"

"岂止认识,可以说非常熟悉。咱们过去还是邻居呢。"保尔转过身来对她说。

"您是保尔,是那个⋯⋯"涅莉说到这里声音打奔儿了。

"是的,"柯察金提示她,"是那个老妈子的儿子。"

"哎呀,您长得这么快!记得那时候您还是个野孩子呢。"

涅莉没有礼貌地把他从头到脚打量了一番。

"您为什么对维克多这么感兴趣呢？我记得，您跟他处得并不怎么好。"涅莉用她那唱歌似的女高音说，期望以这无意中的会面给她消愁解闷。

改锥迅速把一枚小螺丝钉拧进墙壁。

"维克多和我还有一笔债务没还清。请您见到他的时候告诉他，我还指望和他算清这笔债呢。"

"请问，他欠您多少钱，我来替他还。"她完全清楚柯察金要清的是一笔什么债。她了解佩特留拉匪帮抓保尔的全部经过，但是想刺激一下这个"下等人"的愿望驱使她去挖苦他。

柯察金故意不理她。

"告诉我，是真的吗？我们家的房子被抢得精光，而且快塌了，大概凉亭和花圃也全毁了吧？"涅莉以一种忧郁的语调说道。

"房子现在是我们的，不是你们的，我们根本没有意思要毁掉它。"

涅莉尖刻地冷笑了一声。

"嘀，看来您也受过训了啊！不过，顺便说一句，这里可是波兰代表团的专车。在这间包厢里，我是主人，您还和从前一样，是奴仆。您现在干活，也还是为了我们这里有灯光，让我能舒舒服服地坐在沙发上看书。从前您母亲给我们洗衣服，您给我们提水。现在我们见面的时候，地位还和从前一样。"

她说这些话的时候得意洋洋，充满恶意。保尔一边用小刀削电线的线头，一边怀着毫不掩饰的讥讽神情望着这个波兰妇人。

"女公民，仅仅为了您，我是连一颗锈钉子都不肯钉的。不过，既然资产阶级发明了外交官，我们也就遵守应有的礼仪，我们不但不会砍下他们的头，连粗野一点的话也不说，绝不像您。"

涅莉的脸唰地红了。

"假使你们夺取了华沙，你们会拿我怎么办呢？把我也剁成肉饼，还是拿我当你们的小老婆？"

她站在门口，一扭三道弯，做出妩媚的姿势。因吸惯可卡因而感觉灵敏的鼻孔一抽一抽地翕动着。沙发上方的灯亮了。保尔直起身子说：

"谁稀罕你们？用不着我们的军刀，可卡因就会要你们的命。你这样的，白给当老婆我都不要！"

保尔提起工具箱，两步迈到了门口。涅莉忙向一旁闪开。保尔走到走廊尽头，还听到她用波兰话低声骂着：

"该死的布尔什维克！"

第二天晚上，柯察金在去图书馆的路上遇见了卡丘莎·泽列诺娃。她拉住保尔工作服的袖口，拦住他的路，开玩笑地说：

"往哪儿跑？大政治家兼教育家。"

"到图书馆去，大娘，让我过去吧。"柯察金学着她的腔调回答她，同时轻轻地抓住了她的肩膀，小心地把她推到路边去。卡丘莎挣脱他的手，和他一起并肩走着。

"听我说，保尔！别一天到晚老是学习……知道吗？今天晚上大家在济娜·格拉迪什家里聚会，咱们去参加晚会吧。姑娘们早就要我把你带去了。可是你呀，一头栽进政治里，认一门儿，难道你就不想高兴高兴，玩一玩？我说，要是你今天晚上不看书，你的头脑就会清爽一点。"卡丘莎一个劲地劝他。

"这是一种什么样的晚会？在那里都干些什么？"

卡丘莎嘲笑地学着他的口气说：

"干些什么！反正不祷告上帝，而是快快乐乐地度时光——仅此而已。你不是会拉手风琴吗？我还从来没听你拉过呢。哎呀，你就拉一次，让我高兴高兴吧。济娜的叔叔有架手风琴，可是他拉得不好。姑娘们都想和你接近，你总是死啃书本，人都啃干巴了。我问你，什么地方有规定，说共青团员不准有一点娱乐？趁我劝你还没劝腻烦，你就跟我去一次吧，要不，我就一个月不理你。"

卡丘莎，这个大眼睛的油漆工，是个好同志，挺不错的共青团员。柯察金不愿意让她太扫兴，尽管有点别扭，有点荒唐，还是同意和她一道去了。

火车司机格拉迪什家里热热闹闹，挤满了人。大人们为了不妨碍青年人，都到另一间屋子去了，通小花园的凉台上和前面那间大房间里聚集了大约十五个青年男女。当卡丘莎领着保尔穿过花园来到凉台的时候，那里正在玩一种叫作"喂鸽子"的游戏。凉台中央背靠背放着两把椅子。一个女孩子出任游戏的司仪。她叫两个人的名字，一男一女，两人出来坐在椅子上。司仪一喊"喂你的鸽子"，那两个人就扭过头去嘴对嘴当着大家的面接吻。接下来做的游戏叫作"小戒指""邮递员送信"。每种游戏都少不了接吻，尤其是"邮递员送信"，为了避开公众的监视，接吻不是在凉台的灯光下，而是移到临时熄了灯的大房间里进行。谁要是对这些游戏还不满足，在屋角的一张小桌子上给他们准备了一套叫作"花弄情"的纸牌。保尔的女邻是一个年约十六岁的女孩，叫穆拉。她以蓝蓝的眼睛卖弄风情地觑着保尔，递给他一张纸牌，小声说：

"紫罗兰。"

几年前保尔见过这样的晚会。尽管他自己当时没参加，他还是认为没有什么不正常。而现在，当他永远同小城镇的小市民生活断绝了关系的时候，他就觉得这种晚会既荒唐又有点可笑了。

不管怎么说，一张"弄情"牌已经到了他手里。他看见"紫罗兰"的背面写着："我非常喜欢您。"

保尔看了姑娘一眼。她迎着他的目光，并不觉得难为情。

"为什么？"

问题有点不好回答。但是穆拉早就准备好了答案。

"玫瑰。"她递给他第二张牌。

"玫瑰"背面写的是："您是我的意中人。"柯察金面朝姑娘，尽量用缓和的语气问她：

"你为什么要玩这种无聊的玩意儿呢？"

穆拉不好意思了，而且不知道怎么回答好。

"难道您不高兴我的坦率吗？"她调皮地噘起嘴唇说。

柯察金没有回答她的问题。不过他很想知道，同自己谈话的这位究竟是什么人。他提了些问题，姑娘都很高兴地回答了。没过几分钟，他已经了解到，她在七年制中学上学，父亲是车辆检查员，她早就认识了保尔，想和他交朋友。

"你姓什么？"柯察金问。

"姓沃林采娃，名字是穆拉。"

"你哥哥是机车库团支部书记，对不对？"

"是的。"

现在，柯察金已经弄清了他在跟谁打交道。沃林采夫是这里最积极的共青团员之一。看来，他完全没关心妹妹的成长，于是她就成了这么一个庸俗的小市民。近一年来，她像着迷似的参加女友家里举行的接吻晚会。她曾在哥哥那里见过柯察金几次。

现在穆拉已经感觉到她的邻座不赞成她的行为，所以当人们招呼她去"喂鸽子"的时候，她一看见柯察金的嘲笑表情，就断然拒绝了。他们俩又坐了几分钟，穆拉把自己的事情讲给保尔听。这时，卡丘莎朝他们走了过来。

"把手风琴拿来，你一定拉吗？"然后，她狡黠地眯起眼睛，望着穆拉说，"怎么，你们已经认识了？"

保尔让卡丘莎坐在自己旁边，在周围一片吵闹和欢笑声中对她说：

"我不拉了，我和穆拉要马上离开这里。"

"哎哟！那么说，烦了？"卡丘莎意味深长地拉着长音说。

"是的，烦了。告诉我，除了你我之外，这里还有共青团员吗？还是只有我们两个加入了这'鸽子迷'的行列？"

卡丘莎和解地告诉他：

"已经不做那些无聊的游戏了，马上要开始跳舞。"

柯察金站起来说：

"好吧，你去跳你的舞吧，老太婆。我和沃林采娃还是要走。"

一天晚上，鲍尔哈特闯进奥库涅夫住处来了。房间里只有柯察金一个人。

"保尔，你现在特别忙吗？你愿不愿意和我一起去参加市苏维埃全体会议？两个人做伴走，开心一些，要很晚才能回来呢。"

柯察金很快就收拾停当了。挂在他床上方的毛瑟枪太重了。他从奥库涅夫的抽屉里取出一支勃朗宁手枪放进了衣袋里。他又给奥库涅夫留了一个字条，把钥匙藏在约定的地方。

他们在会场上遇见了潘克拉托夫和奥尔加。大家坐在一起，会间休息的时候，就一块到广场上去散步。果然不出安娜所料，大会拖到深夜才散。

"到我那儿去住怎么样？天太晚了，路又那么远。"奥尔加向安娜建议。

"不了，我已经和保尔说好一起回去。"安娜推辞了。

潘克拉托夫和奥尔加顺着大街向下走，保尔他们俩则走上坡路，回索罗缅卡。

夜里闷热，天又很黑。城里的人都已进入梦乡。参加会议的人们沿着条条寂静的街道，四散走开。他们的脚步声和谈话声逐渐消失了。保尔和安娜很快走过市中心的几条街道。在空无一人的市场，一个巡逻兵拉住了他们，检查完证件才放行。然后，他们穿过街心花园，走上了一条通往广场的街道，整条街上没有灯火，也没有行人。再往右一拐，上了和铁路中心仓库平行的一条公路。中心仓库是一排长长的水泥建筑物，显得阴森可怕。走到这里，安娜不由自主地害怕起来。她死死盯着暗处，断断续续地接着保尔的话茬，答非所问。直到弄清一个可疑的阴影不过是一根电线杆子的时候，她大笑起来，并且把刚才的心情告诉了保尔。她挽住保尔的胳膊，肩膀靠着他的肩膀，才安下心来。

"我才二十三岁，可是神经衰弱得像个老太婆。你可能以为我是个胆小鬼，那可就错了，不过我今天精神特别紧张。现在我感觉到你在我身边，惊恐感就消失了，我甚至为这样提心吊胆而觉得难为情。"

夜的黑暗，广场的荒凉，还有在会上听到的，昨天发生在波多尔区的凶杀案件都使安娜感到恐惧。但在这里，保尔的镇定，那瞬间照亮他脸庞的烟卷头上的火光，和他眉宇间那刚毅的皱纹——这一切又都把安娜的恐惧给驱散了。

仓库已经落在身后了。他们走过河上的小桥，沿着站前公路向一个隧道口走去。隧道在铁路的下面，是市区和铁路工厂区交界的地方。

车站也落在后面很远了。一列火车正向机车库后面的岔道尽头开去。到了这里差不多就算到家了。隧道上面有许多条铁路通过。线路上亮着各种颜色的指示灯和信号灯，机车库旁边，一辆调度机车疲倦地喘着气，正在开回去休息。

隧道入口的上方有一盏路灯，挂在生锈的铁钩子上。微风吹动路灯，轻轻地来回摇晃。昏暗的灯光不时从隧道的这面墙移到那面墙上去。

紧靠公路离隧道入口大约十步远的地方，有一所孤零零的小房子。两年前一颗重磅炮弹击中了它，里面全部炸坏，前半部已坍塌，现在它还张着个大洞，就像乞丐站在路边，摆出一副穷酸相给人看。这时可以看到，隧道上面的路基上，有一列火车开了过去。

"你看，咱们这就到家了。"安娜松了一口气说。

保尔试图悄悄抽回他的手。但是安娜不肯放。他们从小房旁边走了过去。

突然，后面传来急促而杂乱的跑步声。

柯察金急忙往外抽手，但是安娜在惊骇之中把它挽得更贴紧自己。等到保尔终于用力把手抽出来的时候，已经晚了。他的脖子被铁钳一般的手掐住，接着，又被人往旁边一推，他的脸就被扭过来，面朝着自己的袭击者了。这时，枪口已经对准了他的鼻子，匪徒又用另一只手揪住他的衣领，拧着他的衣服，来回使劲摇晃，在枪口前慢慢画出一道弧形。

保尔的眼睛像中了魔似的，极度紧张地注视着这个枪口。死神从那枪口的黑洞里逼视着他的眼睛，使他既没有力量，也没有勇气把视线从枪口移开哪怕百分之一秒钟。他等着开枪，但是枪声没响，于是他那睁圆的眼睛看见了匪徒的面孔：大脑袋，方下巴，满脸的黑胡子，眼睛被大帽檐的阴影遮住，看不清楚。

柯察金用眼角的余光看见了安娜惨白的脸。当时，一个歹徒正把她往破房子里拖，扭住她的双手，把她摔倒在地上。现在，又有一个人朝那个歹徒奔去了，保尔从映在隧道墙壁上的黑影看见了这个人的行踪。

身后的破房子里还在搏斗。安娜拼命挣扎。一顶帽子堵住了她的嘴，被人扼住脖子发出的喊叫声停止了。抓着保尔的这个大脑袋匪徒，显然不愿意成为兽行的旁观者，像一头野兽一样，巴不得马上把猎物弄到手。他大概是个头目，对现在这种分工很不满意。他认为抓在他手里的这个小伙子太嫩了，看样子不过是个不起眼的车库小徒工。这么个毛孩子，不会给他造成任何威胁。

"只消用手枪在他脑门上使劲戳几下，指给他去广场的路，他准会撒腿就跑，头也不回地一直跑到城里去。"想到这里，大脑袋松开了手。

"赶快滚……哪里来的，滚回哪里去……不许做声——要不，一枪崩了你。"

大脑袋用枪筒戳了戳柯察金的前额。

"滚蛋！"——他用嘶哑的声音怒喝一声，同时把枪口朝下，表示他不会在保尔背后开枪打他。

柯察金朝后退去，头两步侧着身子走，眼睛不住地盯着大脑袋。

匪徒以为小伙子还是怕吃枪子，便转过身朝破房子走去了。

这时，柯察金赶紧把手伸向衣袋。心想："千万慢不得！千万慢不得！"他一个急转身，迅速平举左臂，枪口刚一对准大脑袋——啪地就是一枪。

匪徒懊悔已经来不及了，没等他举起手来，一颗子弹已经打进了他的腰部。

大脑袋挨一枪，号叫着向隧道墙踉跄几步，用手抓着水泥墙，慢慢瘫倒在地上。这时，一个黑影从倒塌的房子后面钻出来，迅速溜进一条深沟。保尔朝黑影开了一枪。接着，又有一个黑影，弯着腰，连跑带跳向隧道暗处逃去。保尔又开了一枪。子弹打在水泥墙上，泥土撒落了歹徒一身，他往旁边一闪，消逝在黑暗之中了。保尔又朝影子逃去的方向连打三枪。枪声打破了深夜的宁静，引起人们的不安。隧道墙根下，大脑袋匪徒像一条蛆虫似的，身子一屈一伸，在做垂死挣扎。

安娜被刚才的一幕吓呆了。保尔把她从地上拉起来。她看着躺在那里抽搐的匪徒，还不大明白自己已经得救了。

柯察金用力把安娜从灯光明亮的地方引到暗处去，拉她一起转身回城，奔向车站。这时候，在隧道旁，在路基上，已经闪起了点点灯火，铁路线上响起了清脆的报警枪声。

当他们好不容易跑到安娜住所的时候，巴蒂耶瓦山上已是雄鸡报晓了。安娜斜靠在床上。柯察金坐在桌子边。他吸着烟，聚精会神地注视着灰色的烟圈袅袅上升，想着自己的心事。刚才那个匪徒是他一生中杀死的第四个人。

有没有总是以完美形式表现出来的勇敢呢？回想自己的全部感受和体验，他不得不承认，在枪口对准他的最初几秒钟，他的心的确凉了。那么后来，两个歹徒白白逃走，过错是否仅在于他一只眼失明，不得不用左手射击呢？不是的，仅有几步之遥，是可以打得更准一些的，只是由于紧张和匆忙才没有命中，而紧张和匆忙无疑是惊慌失措的表现，这才是事情的障碍。

台灯光照着他的头，安娜注视着他，不放过他面部肌肉的每一抽动。不过，他的眼神是安详的，只有额头上那道皱纹说明他在紧张地思索。

"你想什么呢，保尔？"

他的思绪被这一问打断了,像一缕烟从半圆形的灯影里飘了出去,于是他把想到的第一件事说了出来:

"我得去一趟卫戍司令部,把事情的全部经过汇报一下。"

说着,他就不顾疲劳,勉强站了起来。

安娜好一会儿才放开他的手——她真不愿意一个人留下来。她把他送到门口,直到这个现在对她可亲可近的柯察金在夜色中走出很远,她才关上门。

柯察金来到卫戍司令部,司令部才弄清铁路警卫队刚才报来的无头杀人案是怎么回事。死尸立刻被认出来了:这是刑事侦查机关早就在通缉的一个大名鼎鼎的盗贼和杀人惯犯,叫大脑袋菲姆卡。

第二天大家都知道了发生在隧道旁的事件。这件事使保尔和茨维塔耶夫之间发生了一场意想不到的冲突。

干活正忙的时候,茨维塔耶夫走进车间,把柯察金招呼到跟前,又把他拉到走廊上,在一个僻静的角落里停了下来。他很激动,不知道话从哪里说起,最后,冒出一句:

"你讲讲,昨天是怎么回事。"

"你不是都知道了么。"

茨维塔耶夫心神不安地耸了耸肩。保尔不知道隧道边发生的事情对茨维塔耶夫的触动比别人都强烈。他也不知道,这个锻工对安娜表面上淡漠,实际上却颇为钟情。对安娜有好感的不只茨维塔耶夫一个,不过他对安娜发生好感的动机要复杂得多。他刚才从拉古京娜那里听说了隧道附近的事,头脑里就产生了一个折磨人的、不能解决的问题。他不能单刀直入地把问题提给保尔,但又想知道答案。他多少也懂得,他的担心出自一种卑鄙的自私心理,但内心矛盾斗争的结果,还是原始的、兽性的东西占了上风。

"你听我说,柯察金,"他压低嗓音说,"今天的谈话仅限于你我之间,日后不要对别人讲。我明白,为了不使安娜感到痛苦,你是不会说的,但是你可以相信我。告诉我,当一个匪徒掐住你的时候,另外两个是不是强奸了安娜?"说到这里,茨维塔耶夫已经不敢正视保尔,把目光移向了一旁。

柯察金开始模模糊糊地明白了他的意思,心想:"如果安娜对于他无所

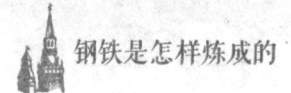

谓，他不会这么激动。如果他真的爱安娜，那么——"保尔替安娜感到委屈了。

"你为什么要问这个呢？"

茨维塔耶夫前言不搭后语地说起来。当他感到保尔已经看透他的心思时，他恼羞成怒了：

"你支吾搪塞什么？我讨你的答复，你倒追问起我来了。"

"你爱安娜吗？"

一阵沉默。后来茨维塔耶夫很费劲地说：

"是的。"

柯察金强压怒火，一转身，头也不回地沿走廊远去了。

一天晚上，奥库涅夫不好意思地在朋友床前来回转了一会儿，然后在床边坐下，用手捂住保尔正在看的那本书说：

"保尔，有件事情得跟你说一下。从一方面说，这是小事一桩，从另一方面说呢，又完全相反。我和塔莉亚·拉古京娜之间有点小误会。你看，起初是我喜欢她，"奥库涅夫抱歉似的搔了搔太阳穴，但见保尔没有笑他，就鼓起了勇气，"后来又是塔莉亚有点那个……总而言之，我也用不着什么都跟你说，一切都明摆着，不打灯笼也看得见。昨天我们决定尝试一下建立共同生活的幸福。我二十二岁了。我们都到了成人的年龄。我想在平等的基础上和塔莉亚建立共同生活。你对这件事有什么看法？"

柯察金沉思片刻，说：

"尼古拉，我能说什么呢？你们俩都是我的好朋友，出身都一样。其他方面也相同，而且塔莉亚又是一个再好不过的姑娘……一切都是明明白白的。"

第二天，保尔把自己的东西搬到机车库的集体宿舍去了。几天以后，在安娜那里举行了一次不备食物的聚会，一次为庆祝塔莉亚和尼古拉结合的共产主义式的晚会。晚会上人们追忆往事，朗诵最动人的作品片断，唱了很多歌，而且唱得非常好。战斗的歌声传到很远很远的地方。后来卡丘莎·泽列诺娃和穆拉·沃林采娃拿来了手风琴，于是手风琴奏出的银铃般的乐曲声和浑厚的男低音的和声响彻了整个房间。这天晚上，保尔演奏得格外出色，当大个子潘克拉托夫出乎众人意料地跳起舞来的时候，保尔便更加忘乎所以，一改眼下时兴的格调，奏起了火一样的调子：

  喂，街坊们，邻居们！
  坏蛋邓尼金害怕啦，
  因为西伯利亚的肃反人员，
  把高尔察克枪毙了……

  手风琴奏出的曲调追忆着过去，把人们带回那战火纷飞的年代，也述说着今天的友谊、战斗和欢乐。当手风琴转到沃林采夫手里的时候，这位钳工高奏起热烈欢快的"小苹果"，而这时像旋风一样飞舞的不是别人，正是电工保尔·柯察金。他跺着脚，疯狂地跳着，这是他一生中第三次，也是最后一次跳舞。

第四章

　　国境线，就是两根柱子。它们默默地互相敌视着，面对面竖在那里，象征着两个世界。一根柱子刨得很光滑，像警察的岗亭一样，漆成黑白相间的颜色。柱子顶端牢牢地钉着一只独头鹰。独头鹰双翼展开，似乎正用利爪搂抱着那根漆成线条的界桩。同时，这嗜食腐肉的恶鸟，又用力伸着它那钩喙，不怀好意地瞪着对面的铁牌。对面六步以外竖着另一根柱子。这是一根巨大的柱形橡木桩，深深地埋在土里。柱子顶端是一块铸着锤子和镰刀的铁牌。虽然两根柱子埋在同一块平地上，两个世界之间却横着一道深深的鸿沟。任何人不冒生命危险，都休想越过这六步距离。

　　这就是国境。

　　苏维埃共和国的这些无声的哨兵，头上顶着铸有伟大劳动标志的铁牌，排列成一条屹立不动的铁链，从黑海起，延伸数千公里，到达遥远的北方，通向北冰洋。苏维埃乌克兰和地主波兰的国界，就从这根钉着一只老鹰的柱子开始。密林深处有一个不引人注目的小镇，叫别烈兹多夫。它离国境线十公里，对面就是波兰的小镇科列茨。边防军某营的防区就在这一带，在斯拉武塔镇到阿纳波利镇之间。

　　这些界桩跨过积雪覆盖的田野，穿过森林中的通道，下到峡谷，又爬上山冈，然后伸向河边，从高高的河岸上凝望着冰天雪地的异国原野。

　　天气异常寒冷。雪在毡靴下面咯吱咯吱作响。一个身材魁梧的红军战士，戴着英武的盔形帽，从那个有锤子和镰刀的界桩旁边起，迈着有力的步子，在他负责的防卫地段巡逻。他穿一件佩着绿色领章的灰色军大衣，脚上穿双长筒毡靴。大衣外面，还披着一件肥肥大大的宽领羊皮外套，他的头暖暖地包在呢子军帽里，手上戴的也是羊皮手套。羊皮外套很长，一直拖到脚跟。即使外面刮着大风雪,里面也是很暖和的。这个红军战士背着一支步枪,沿着巡逻线往前走。皮外套的下摆在积雪上擦着,他嘴里还津津有味地抽着自己卷的马合烟。在这开阔的平原上,苏维埃边境线一边,每隔一公里设一个哨兵,彼此可以看见,波兰一边则是一公里到两公里设一个。

一个波兰哨兵正沿着他自己的巡逻线巡逻,他迎着红军战士走来了。他穿着粗制的军靴,灰绿色的军服,外面是一件缀着两排亮纽扣的黑色军大衣,头上戴一顶四角军帽。他的军帽上嵌着一只白鹰,肩章上也是鹰,领章上还是鹰。鹰尽管多,并没有使他稍微暖和一些。凛冽的寒风吹透他的全身,直刺骨髓。他搓着耳朵,走路时敲着鞋跟,戴着灰手套的一双手也冻麻木了。这个波兰哨兵一分钟也不敢停下,一站住,他全身关节马上就会冻僵。他来来回回地走着,有时候还要小跑几步。现在,两个哨兵隔着边界线相遇了。波兰兵转过身,跟红军哨兵平行走起来。

边界上是禁止交谈的。但是,周围是一片旷野,只在前面一公里外才有人影。在这种时候,谁能知道他们两个人是在默默走路,还是违背了"国际法"呢?

波兰哨兵想抽烟,可是火柴忘在军营了。风呢,好像故意跟他作对,把马合烟的诱人香味从苏维埃那边吹过来。波兰兵不搓耳朵了,他回头往后看了看——说不定会有一个司务长,或者一个中尉,带领一个骑兵巡逻队突然从小山后出现,蹿到国境线上来巡查岗哨呢。可是现在四周空荡荡的。雪在太阳下闪光耀眼。天空没有一片雪花。

"同志,给根火柴点支烟抽。"——波兰兵首先开口,破坏了公法的神圣性,他讲的是波兰话。他把那支上了刺刀的法国连射步枪往背后一甩,用冻僵了的手指吃力地从军大衣口袋掏出一盒廉价烟卷。

红军战士听见了波兰人的请求,但是边防军条令禁止战士跟境外的任何人交谈,况且他也没有完全听懂那个波兰兵说什么,所以他就继续迈着坚定的步子,走自己的路,两只又暖和又柔软的毡靴踏在积雪上,发出咯吱咯吱的响声。

"布尔什维克同志,借个火点烟,扔盒火柴过来。"波兰哨兵这次说的是俄语。

红军战士仔细看了看自己身边的这个人。心想:"看样子,这位波兰先生五脏六腑都冻透了。虽然是给资产阶级当兵,他的生活也真够惨的。这么冷的天,赶他出来放哨,就穿那么一件薄大衣,冻得他像兔子一样蹦蹦跳跳,没口烟抽也是不行的。"想到这里,红军战士头也没扭,就把一盒火柴扔了过去。波兰兵接住扔过去的火柴,划了一根又一根,最后,总算把烟点着了。那盒火柴怎么扔过去的又怎么扔了回来。这回,红军战士也无意中破坏了公法:

"你留着用吧,我还有。"

可是,从边界线那边传来了这样一句话:

"不,谢谢了,为这一小盒火柴,我得坐两年牢。"

红军战士看着火柴盒。上面印着一架飞机。但是飞机头上不是螺旋桨,而是一只强有力的拳头,盒子上写的字是"最后通牒"。

"真的,一点不假,这东西对他们不合适。"

波兰哨兵继续和红军战士朝同一个方向走去。在这荒无人烟的原野上,他一个人感到非常寂寞。

马鞍有节奏地吱吱响着,马的脚步均匀而平稳。黑公马鼻孔周围的毛上挂了一层白霜。马呼出的白色水汽溶化在空气里。营长骑的那匹花骠马神气地迈着步子,不时把纤细的脖子弯成弧形,玩着缰绳。两个骑马的人都穿着灰色军大衣,扎着武装带,袖口上都有三个红方块的军衔标志,不过营长加弗里洛夫的领章是绿色的,他的同行者的领章是红色的。加弗里洛夫是个边防军人。他的营就在这七十公里长的边防线上布哨,他是这里的"主人"。他的同行者是从别烈兹多夫镇来的客人,军训营的政委柯察金。

昨天夜里下过一场雪,又松又软的积雪上既没有蹄印,也没有人迹。这两个骑马的人,走出一片小树林,在原野上策马小跑。侧面四十步以外又有一对界桩。

"吁……"

加弗里洛夫紧紧勒住缰绳。柯察金也把马转了过来,他想问问营长,为什么要在这里停下。但他看见的是加弗里洛夫正从马鞍上俯身向下,仔细察看雪地上一排古怪的印迹,那印迹好像是有人用带齿的轮子滚出来的。走过这里的是一头狡猾的小野兽。它把后脚的脚印叠在前脚脚印上,还颇费脑筋地兜圈子,把来去踪迹搞乱。印迹从什么地方来的,很难弄明白,但促使营长停下来察看的绝不是野兽的踪迹。离这排兽迹两步远的地方,还有一些脚印,已经薄薄地盖上了一层雪。这里有人走过。这个人并没有故意把自己的脚印弄乱,而是一直朝树林走去的。脚印清楚地表明他是从波兰过来的。于是营长策马前进,循着脚印走,来到了哨兵的巡逻线上。在波兰境内十步远的地方,还可以看见这些脚印。

"昨天夜里有人越境了,"营长嘟哝着,"又是第三排防区放过去的,可是早晨的报告里什么也没讲。这些家伙!"加弗里洛夫的胡子本来有些花白,加上他呼气凝上的白霜,现在像镀了一层银,威严地挂在上嘴唇上。

两个人迎面向他们走来。一个身材矮小,穿一身黑衣服,他枪上那把法国刺刀的刀刃在阳光下闪闪发亮;另一个身材高大,身上披一件黄色的羊皮外套。花骠马感到主人用腿夹它,就跑起来,很快跑到了高个子面前。见营长到来,红军战士正了正肩上的枪带,把吸完的烟头吐到雪地上。

"同志,您好!你们这地段怎么样,有什么情况吗?"营长边说边把手伸给战士,几乎不用弯腰,因为战士个子很高。大个子急忙从手上扯下手套。营长和他握了手,打了招呼。

矮个子的波兰哨兵从远处注视着他们,把一切都看在眼里。两个红军军官(三个红方块是少校军衔)向一个普通战士问好,彼此就像亲密的朋友一样,太新鲜了。刹那间,他也想象着自己把手伸给了少校扎克尔热夫斯基,但马上觉得这种想法很荒唐,就不由得向四周环顾了一眼。

"我刚刚接班,营长同志。"红军战士报告说。

"你看见那边的脚印了吗?"

"没有,还没看见。"

"凌晨两点到六点谁在这里值班?"

"西罗坚科,营长同志。"

"好吧,要特别留神。"

临走的时候营长又严肃地警告那个战士说:

"要尽量少跟那些波兰兵并排走。"

当两匹马在边界和别烈兹多夫镇之间的大路上小跑的时候,营长向保尔诉说着:

"在边境工作得擦亮眼睛。稍一疏忽,就后悔莫及。干我们这一行,根本没法睡觉。白天越境不那么容易，到了夜里，你就得竖起耳朵。柯察金同志，你想想看，我负责的地段有四个村子是跨界的，在这里工作相当困难。无论你怎么设岗布哨，只要一到逢年过节，婚丧嫁娶，所有的亲戚就都越过国界聚到一起了。怎么能不越界呢——边界两边的房子仅隔二十步远，那条小河沟连只母鸡也能蹚过去。走私的事也在所难免。当然，这都是些小事情。比如，一个老太婆携带两瓶四十度的波兰白酒过境。但是，也有一些花大本钱的大规模的走私活动。你知道现在波兰人在干什么吗？他们在所有靠近边界的村子都开了百货商店，你要买的东西应有尽有。他们这么做，当然不是为了他们那些穷苦农民。"

柯察金饶有兴趣地听着营长的讲述。他想，这边防线上的生活很像是永不间断的侦察工作。

"你说，加弗里洛夫同志，事情仅限于走私吗？"

营长忧心忡忡地答道：

"你这就说到点子上了……"

别烈兹多夫是一座小镇。这个偏僻的角落，一向是一个准许犹太人居住的居民点。镇上的二三百座小房子分布得很乱，毫无章法。有一个挺大的集市广场，广场中央是二十来家小店铺。广场很肮脏，到处是马粪。小镇周围是一些农民的院落。从犹太人居住区通往屠宰场的路上，有一座古老的犹太教堂。这座破旧的建筑物，呈现出一种衰败景象。每逢礼拜六，教堂还有人光顾，不敢说十分冷落，但光景已不如从前。祭司的生活也不像他所希望的那样如意了。看来，1917年发生的事情确实不妙，因为甚至在这个穷乡僻壤，青年人对祭司也没有起码的尊敬了。不错，那些老年人还没有"开斋"，可是有多少小孩子已经吃起亵渎神明的猪肉香肠来了呀！呸，连想一想都怪恶心的！一头猪正起劲地拱着粪堆找吃食，气得祭司鲍鲁赫走上去踢了它一脚。说真的，别烈兹多夫成为区中心，他一点也不高兴。不知打哪儿来了这么些共产党，把这里闹了个天翻地覆，一天比一天让人不痛快。昨天，他，鲍鲁赫，又在神甫庄园的大门上看见了一块新牌子："乌克兰共产主义青年团别烈兹多夫区委员会"。

这块牌子绝不是什么好兆头。祭司边走边想心事，不知不觉走到了教堂门口。没想到他在这里又撞上一张小布告，布告就贴在教堂的门上："今天在俱乐部召开全体劳动青年大会。执行委员会主席利西岑和区团委代理书记柯察金同志做报告。会后由九年制学校学生演出歌舞。"

祭司一气之下把门上的布告撕了下来：

"哼，真的干起来啦！"

神甫家的大花园从两面合抱着镇上的小教堂，花园里有一座宽敞的老式房子。房子空荡荡的，散发着腐朽和孤寂的气息。从前，神甫和他的妻子住在这里，他们过着像房子本身一样腐朽而寂寞空虚的生活，而且早就彼此嫌弃了。但是新主人一搬进来，房里的空虚寂寞就一扫而光了。从前虔诚的主人只在盛大的宗教节日才用来接待客人的大客厅，现在总是挤满了人。神甫的府邸成了别烈兹多夫镇党委所在地。前门右侧的一个小房间，门上写着几个粉笔字："共青团区委会"。柯察金每天有一部分时间在这里度过，因为他除了担任第二军训营政委，还兼任刚成立的共青团区委会的代理书记。

从他们在安娜那里为奥库涅夫结婚举行庆祝晚会到现在，已经过去八个月了。但是回想起来就像是不久以前的事。保尔把一大堆文件推到一边，靠在椅背上沉思起来……

房子里非常安静。夜深了。党委会的人都走了。区党委书记特罗菲莫夫刚走不久，他是最后一个离开的。现在，房子里只剩了柯察金一个人。窗户上布满了由寒气凝成的别致的霜花。桌上摆着一盏煤油灯，炉子烧得很热。保尔想起了不久以前的事情。八月间，铁路工厂团委委派他为团组织负责人，随同一辆执行抢修任务的列车去了叶卡捷林诺斯拉夫，直到深秋。一百五十人的抢修队从一个车站到一个车站，医治战争和破坏造成的创伤，清除烧毁和打坏的车辆。他们途经的路线是从辛涅尔尼科沃到波洛戈。那一带曾是马赫诺匪帮猖狂活动的地方，到处都有破坏和掠夺的痕迹。在古利亚依—波列，他们用一周时间修复了一座石头建筑的水塔，用铁皮修补好了被炸坏的贮水罐。保尔是个电工，他既不懂钳工技术，也没用过那么大力气，但是他亲手用扳子拧紧的锈螺丝帽就不止一千个。

深秋时节，抢修列车把抢修队员送回工厂，一百五十人受到了各车间的欢迎……

在安娜那里又可以经常见到保尔了。他额上那条皱纹舒展开了，不时还可以听到他那富有感染力的笑声。

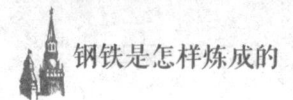

满身机油的弟兄们又可以在小组会上听他讲述以往各时代的斗争故事了。他讲了敢于造反的、被奴役的、衣衫褴褛的俄罗斯农民推翻宝座上的庞然大物的尝试,讲了斯切潘·拉辛和布加乔夫暴动。

有一天晚上,安娜那里又聚集了许多年轻人。保尔出人意料地戒除了一种多年养成的不良嗜好。他几乎从小就抽烟,那天他却斩钉截铁、义无反顾地当众宣布:

"我决不再抽烟了。"

这件事发生得很突然。有人掀起一场争论,说习惯比人厉害,一经养成就难以改掉,并引用了抽烟的例子。对此,大家议论纷纷,看法不一。保尔本来没有参加争论,可是塔莉亚把他拉了进来,硬要他发表意见。他就怎么想怎么说了:

"人应该支配习惯,而不能让习惯支配人。不然的话,岂不是会得出十分荒唐的结论吗?"

这时,茨维塔耶夫立刻在墙角喊了起来:

"话倒说得漂亮。柯察金向来爱说漂亮话。要是戳穿他的西洋镜,会怎么样呢?他本人抽不抽烟?抽。他知不知道抽烟没好处?知道。那就戒掉吧——这可就没本事了。不久以前他还在小组会上'传播文化'呢。"说到这里,茨维塔耶夫改变了腔调,他冷嘲热讽地问:"让他回答大家,他还骂人不骂人了?凡是认识保尔的人都会说,骂是骂得少了,但是骂得精着哪。真是传教容易当圣人难哪。"

接下来是一阵沉默。茨维塔耶夫这种挖苦人的腔调使在场的人很不愉快。保尔没有马上答话。他从嘴里慢慢抽出烟卷,放在手里揉碎,然后轻声说:

"我决不再抽烟了。"

沉默片刻,他又补充了几句:

"这固然是为了我自己,也多少是为了茨维塔耶夫同志。一个人要是改不掉自己的坏习惯,他就一文不值。我还有个骂人的毛病。同志们,我还没有完全克服这个毛病。不过连茨维塔耶夫也承认,很少听见我骂人了。话是容易脱口而出的,比不得抽烟,所以我不敢说连这个习惯也一起改掉,不过我终归要彻底改掉这骂人的习惯的。"

入冬以前流放下来的大量木排阻住了河道。秋天泛滥的河水又冲散了木排，木排顺河水漂走，损失了不少宝贵木材。索罗缅卡区又派出自己的团员去抢救这批财产了。

保尔当时正患重感冒。他不愿意落在大家后面，就瞒住同志们去参加劳动。一星期以后，当码头两岸的木材堆积如山的时候，冰冷的河水和秋天的潮湿唤醒了沉睡在他血液里的敌人，他突然发起了高烧。急性风湿症折磨了他两个星期。从医院回到工厂以后，他只能趴在工作台上干活了。工长见了直摇头。过了几天，一个毫无偏见的委员会认定保尔已经丧失了劳动能力，于是让他退职，并给了他享受抚恤金的权利，但是他愤怒地拒绝领取抚恤金。

保尔怀着沉痛的心情离开了心爱的工厂。他拄着手杖，忍着剧痛，缓慢地移动着脚步。母亲曾多次来信，叫他回家看看，现在他想起老人家以及她在送别时说的那句话来了："总要等你们生病了，受伤了，我才能见到你们。"

他到省委会领来两份卷在一起的组织关系证明信：一份是共青团的，一份是党的。为了不致太伤感，他几乎没同任何人告别，就动身去看母亲了。一连两个星期，母亲又用草药熏，又按摩，给他医治那两条肿腿。一个月以后，他又可以甩掉手杖走路了。喜悦重又浮上心头，黄昏再度变成光明。列车把他载到了省城。过了三天，组织部给他开了一份介绍信，他携带介绍信去省军区军务部，军务部分配他去担任地方武装的政治工作。

又过了一星期，他来到这个冰天雪地的小镇，担任第二军训营的政委。接着，又从共青团专区委员会接受一项任务，把分散的共青团员组织起来，建立起新区的团组织。瞧，生活发生了多大的转折呀。

外面暑气逼人。一根樱桃树枝从敞开的窗户外窥视着执行委员会主席的办公室。执行委员会对面，隔一条马路，是一座哥特式的波兰天主教教堂，太阳照得钟楼上镀金的十字架闪闪发光。窗前小花园里，执行委员会看门人的妻子饲养的一群小鹅正在机敏地寻找食物，小鹅跟它们周围的小草一样，淡绿色的，嫩嫩的，毛茸茸的，煞是可爱。

执行委员会主席读完刚刚收到的一份紧急电报。他的脸上掠过一道阴影。他把骨节粗大的手指插进蓬松的鬈发里，停在那里不动了。

别烈兹多夫镇执行委员会主席尼古拉·尼古拉耶维奇·利西岑今年才二十四岁。这一点，党内外同志都不知道。他魁梧，有力，为人严肃，有时甚至很严厉，看上去足有三十五岁了。他身体结实，粗壮的脖子上长着一个大脑壳，深棕色的眼睛锐利而冷峻，下颏上的线条清晰刚健。他下身穿一条蓝马裤，上身着一件显示其威武的弗伦奇式军上衣，左胸口袋上别着一枚红旗勋章。

十月革命前利西岑在图拉兵工厂"指挥"镞床。他祖父、父亲和他本人几乎都从童年起就在那里切铁和削铁。

有一年，在一个秋天的夜晚，这个一向只造武器的利西岑第一次拿起了武器，从那时起他就投身到大风暴中来了。革命和党把他投入到一场又一场火热的斗争中去，使这个图拉的军械匠走过一条光荣的道路，从一个红军战士成长为一个战斗指挥员兼政委。

战火和炮声已经过去了。现在，利西岑被调到这个边境地区工作，过起了安定生活。他常常伏案研究关于农作物收成的综合报告到深夜。但是他刚接到的这份急电立刻又使他想起了不久前的战地生活。简略的电文提出了预报：

"绝密。别烈兹多夫执行委员会主席利西岑：

近发现波兰频繁派遣大批匪徒越境，似拟骚扰我边境地区。望采取防范措施。财务部现款及贵重物品宜转移至专区，勿滞留税款。"

利西岑可以通过办公室的窗户从里往外看见每一个走进区执行委员会的人。现在他看见柯察金走上了台阶。过一会儿，传来了敲门声。

"坐吧，咱们谈谈。"利西岑握着柯察金的手说。

整整一小时，执行委员会主席没有接见任何人。

柯察金走出办公室的时候，又是中午时分。利西岑的妹妹妞拉从花园跑了出来。保尔管她叫安妞特卡。小姑娘挺腼腆，严肃得跟她的年龄不相称。但是每次见到柯察金都微微一笑。这一次她也是，用孩子的方式，笨拙地打了个招呼，一面把额头上的短发向后一甩说：

"我哥哥那里没人了吧？我嫂子等他回家吃午饭呢，等好一会儿了。"

"安妞特卡，去找他吧。屋里就他一个人。"

第二天破晓以前，三辆套着壮马的大车来到执行委员会门前。车上的人低声交谈着。从财务科搬出几个封好的大口袋，装上车，车轮滚滚，上了公路。大车周围的护卫队是由柯察金指挥的。他们走了四十公里（其中二十五公里是林区），安全到达了专区中心，把贵重物品转移到了专区财务处的保险柜里。

几天以后，一个骑兵从边境那边向别烈兹多夫疾驰而来。镇上那些闲着没事的人以一种困惑不解的目光目送着那匹大汗淋漓的马和马背上的骑手。

到了执行委员会门口，骑兵扑通一声翻身下马，一手扶着军刀，踏着笨重的马靴，咚咚咚地跑上台阶。利西岑皱着眉头从来人手里接过公文袋，拆了封，在封袋上签了字。边防军人不容马缓口气，跃上马鞍，疾驰而去，沿原路返回了。

除了刚读过公文的执行委员会主席，没有一个人知道公文的内容。但是镇上的不少居民嗅觉十分灵敏。这里的小商贩当中，三个里准有两个是小走私犯，走私活动养成他们一种能力，就是凭着本能预测危险的临近。人行道上有两个人快步向军训营营部走去，其中一个是柯察金。当地居民全认识他，因为他总带着枪。但是今天另一个人，区党委书记特罗菲莫夫也扎上了武装带，别上了一把手枪，这就不是什么好兆头了。

过了几分钟，营部跑出来十五个人，手里端着上好刺刀的步枪，奔向十字路口的磨坊。其余的党团员也在党委会里武装起来。执行委员会主席戴着哥萨克羊皮帽，腰里照例别着毛瑟枪，也骑马跑了出去，显然出了什么事。无论宽阔的广场，还是僻静的胡同，都变得死一般寂静，一个人影也没有。转眼之间好多小店铺的门都挂上了中世纪的大锁，护窗板也乒乒乓乓关上了。只有无所畏惧的母鸡和热得发懒的猪还在粪堆里使劲找食吃。

在镇子边上的几个果园里布置了埋伏哨，从这里往外是田野，远远就能看见一条笔直的大路。

利西岑收到的情报没几句话：

昨夜一股骑匪百余人，携轻机枪两挺，经波杜勃齐区激烈交锋后窜入我苏维埃国境。望即刻采取有效措施。匪徒窜入斯拉武特林区后失去踪迹。日内将有百余名红军骑兵取道别烈兹多夫追击匪徒，特预先告知，切勿误会。

边防军独立营营长加弗里洛夫

一小时以后，在通往别烈兹多夫镇的大路上出现了一个骑马的人。在他身后一公里是一队骑兵。柯察金聚精会神地注视着前方。骑马的人走得很小心，但他没发现那些园子里有哨卡。这是红军哥萨克第七团的一名青年战士，做侦察工作是个新手。园子里的人突然跳到路上，把他包围起来。当他看见包围者军便服上佩戴的那些共产国际徽章时，不好意思地笑了。经过简短谈判之后，他又掉转马头，奔向正在小跑过来的百人骑兵大队。岗哨把这支红军哥萨克骑兵队放了过去，又重新在那几个园子里埋伏下来。

　　几个动荡不安的日子过去了。利西岑接到通报说，匪徒企图搞颠覆破坏活动，没能得逞，在红军骑兵的追击下，被迫仓皇逃窜，退到国境线那边去了。

　　这里的布尔什维克人数很少，总共十九人。这十九个人正在全区加紧进行苏维埃政权建设工作。新区刚刚组建，一切都得重新做起。因为毗邻国境线，人们时刻都得保持高度警惕。

　　改选苏维埃，清剿土匪，开展文化活动，缉查走私，加强军队中的党团建设——所有这些都是利西岑、特罗菲莫夫、柯察金和团结在他们周围的少数积极分子的工作，这些事常使他们从清晨忙到深夜。

　　白天，跳下马鞍奔办公桌，离开办公桌去新兵训练场；然后就到俱乐部、学校，参加两三个会议；一到夜里，就骑上马，挎上毛瑟枪去巡逻，见人厉声喝问："站住，什么人？"还要监听走私马车的辘辘声。第二军训营政委保尔·柯察金的所有白天和多数夜晚都是这样度过的。

　　别烈兹多夫区团委会由三个人组成：柯察金，莉达·波列维赫和任卡·拉兹瓦利欣。莉达是妇女部长，小眼睛，出生在伏尔加附近。拉兹瓦利欣个子很高，长得很漂亮，不久前还是个中学生，"年轻而早熟"，喜欢惊心动魄的冒险小说，熟悉歇洛克·福尔摩斯的侦探故事和路易·布斯纳的作品。他原来在区党委做过行政工作，大约四个月前才加入共青团，可是他在其他团员面前总爱摆"老布尔什维克"的架子。因为没人可派，专区团委经过长时间考虑，就把这个拉兹瓦利欣派到别烈兹多夫来负责政治教育工作了。

烈日当空,暑气渗进每一个最隐蔽的角落,所有的动物都躲到阴凉地方去了,连狗也热得无精打采,爬到粮仓仓檐底下,躺在那里懒洋洋地打盹。动物似乎全都离开了村庄,只有一头猪躺在井边的一个水洼里,身上糊满了稀泥,怡然自得地哼哼着。

柯察金解开缰绳,忍着膝盖的疼痛,咬着嘴唇跨上了马。一个女教师站在学校的台阶上,手搭凉棚遮住阳光,微笑着对保尔说:

"下次再见,政委同志。"

马不耐烦地跺了一下蹄子,又伸伸脖子,绷紧了缰绳。

"拉基金娜同志,就这样决定了:明天您来上第一课。"

马感觉到缰绳松了,立刻小跑起来。就在这时,柯察金身后传来一阵凄厉的号叫。只有村子里失火的时候,妇女们才会叫得这样惨。保尔用力一拉嚼子,马头陡然转了过来,这时他看见一个年轻农妇正气喘吁吁地从村外跑来。拉基金娜走到路当中拦住了她。街坊邻居各家门口也站了不少人,大多是老头老太太。年轻力壮的都下地了。

"哎呀,乡亲们哪,那边出事啦!真不得了啊,太吓人啦!"

当柯察金策马走近他们的时候,四面八方的人都跑了过来。人们把村妇团团围住,拉着她的白衬衣袖子,惊慌之中提了一大堆问题。但是她回答得文不对题,叫人一句也听不明白。只听见她喊着"杀人啦!用刀子拼命呢!"这时有个胡须蓬松的老头,一只手提着亚麻布裤子,怪模怪样地跳着过来,责备那女人说:

"别喊了,像个疯子似的!哪儿打起来啦?为什么打呀?别使劲乱嚷嚷!呸,真见鬼!"

"我们村和波杜勃齐的人打起来了……为了地界!波杜勃齐人正把我们村的人往死里打呢!"

大家这才明白,大难临头了。于是,街上的妇女们嚎啕大哭,老头们愤怒地大声喊叫,消息像呼唤人的警钟一样传遍整个村庄,传到每个院子里:"波杜勃齐人强占地界,用镰刀砍咱们的人啦!"凡是能走会动的人都从家里冲出来,抄起叉子、斧头,或者干脆从篱笆上抽出一根木棍,朝村外正在进行血战的田野跑去了。两村为解决地界争议,每年都要发生械斗。

柯察金朝他的黑马狠狠踢了一脚,马立刻飞跑起来。黑马由主人的喊声催促着,赶过了奔跑着的人群,飞也似的向前冲去。它把耳朵紧贴在头上,四蹄翻飞,越跑越快。前面是一座小山冈,山冈上有一架风车。风车向四面张开它的翅膀,好像要伸出手来挡住保尔的去路。风车右侧,山冈下面,是一层低平的河旁草地。风车左面,是一望无际、随着山坡起伏的麦田。风从成熟的黑麦上掠过,好像在用手抚摩它。路旁的罂粟花正开得鲜红耀眼。现在,这里很安静,但是酷热难当。冈下很远的地方,有一条银蛇似的小河,好似在太阳下取暖,只从那边传来一片喊叫声。

马跑下山冈,疯狂地向草地飞奔而去。"只要马蹄绊一下,我和它就得一起完蛋。"保尔脑子里突然闪过这样一个念头。但是马已经勒不住了。保尔只能身体贴紧马脖子,听凭风在耳边呼呼作响。

马迅速奔到了草地上。这里的人们像失去理智的野兽一样,正在疯狂厮杀。几个人已经满身是血躺倒在地上。

保尔的马用胸脯撞倒了一个大胡子。大胡子正举着一截长镰刀把追赶一个满脸是血的小伙子。另一个肤色黝黑、身体强壮的农民把对手打倒在地,正用沉重的靴子狠命踹他的肋下。

保尔催马以全力闯进正在厮杀的人群,把他们冲开了。没容他们弄清怎么回事,他又急速调转马头,再次冲到那些野兽般的人群里去。他觉得,要驱散这伙打红了眼的人群,非用同样野蛮和可怕的办法不可。他狂怒地大喊:

"散开,这帮畜生!我把你们统统枪毙,你们这些强盗!"

接着,他从枪套里抽出毛瑟枪,在一个满脸杀气的人头顶上开一枪,马向前一扑,枪声响了,有几个人扔下镰刀,转身就跑。保尔就这样一面狂怒地策马在草地上横冲直撞,一面不断地开枪。他终于达到了目的:人们离开草地向四面八方逃走了。他们逃跑,一来是为了逃避责任,二来也是为了躲开这个不知从哪里冒出来的、凶神恶煞的、带着一把连射的"要命机子"的人。

后来,区法院的人来到了波杜勃齐。人民审判员调查了很长时间,传讯了很多证人,还是没有查出祸首来。械斗中没有出人命,受伤的也都复原了。审判员以布尔什维克的耐心,努力向愁眉苦脸站在他面前的农民说明,他们进行这场械斗是野蛮的,也是犯法的。

"审判员同志,毛病都出在地界上。我们的地界全乱套了!每年都为这些地界打架。"

但是有几个人还是受了处罚。

一星期之后，丈量队走遍了刈草场，在双方有争执的地方钉上了一些木桩。一个上了年纪的土地丈量员，因为天热，又走了许多路，弄得汗流浃背，他一边卷着皮尺，一边对柯察金说：

"我丈量土地三十年了，到处为地界闹纠纷。您看看这些草地的分界线，曲里拐弯，像个什么样子！就是醉鬼走路也比它直。再说那些耕地，一块地也就三步宽，犬牙交错，全是插花地，要分清楚，简直得把你气疯。就这么一小块地，还在一年年地分下去，越分越小。儿子跟父亲分家，一块地就要一分为二。我可以向您担保，再过二十年，这些耕地都会变成地界，再也没有可以耕种的地方了。要知道，现在就已经有百分之十的耕地做了地界，成了休闲地。"

柯察金笑了。

"再过二十年，我们连一条地界也没有了，丈量员同志。"

老头宽厚地看一眼对话者。

"你说的是共产主义社会吧？不过，您知道，那是遥远的未来的事情。"

"布达诺夫卡集体农庄，您听说了吧？"

"啊，您指的是这个呀！"

"是啊。"

"布达诺夫卡我去过……毕竟那是个例外，柯察金同志。"

丈量队在继续丈量土地。两个小伙子在钉木桩。刈草场两边站着很多农民，他们眼光锐利，都在监视着，一定要把木桩钉在原先的地界上，而原先的地界不过是露出草地的几根烂木棍，勉强可以看得出来。

赶车的是个爱说话的人，他用鞭杆儿抽一下瘦弱的辕马，转过头来对坐在车上的人说：

"谁知道是怎么回事，我们这儿也冒出了不少共青团员。从前可没这玩意儿。这些事情看样子都是那个女老师搞出来的，她姓拉基金娜。你们大概认识她吧？她还挺年轻，叫真是个害人精。她把村里的娘儿们鼓动起来，召集到一块，开会啦什么的，弄得大家都不得安生。气急了给老婆一耳光，这是常有的事，老婆不打哪行啊。要在从前，打完了，她只能揉揉脸，不敢吭声。现在可好，你还没碰她一下，她就嚷嚷开了。说是要到人民法院去告你，年轻一点的，还会跟你闹离婚，给你背出所有的法律条文。就拿我那口子甘卡来说吧，是个天生不爱说话的女人，如今也当上了代表。可能是个管老娘儿们的头头，全村妇女都来找她。开头，我真想用马缰绳抽她一顿。后来想，算了，不管她了，让她们见鬼去吧，让她们争吵去吧。不过，我那口子身板好，论管家务，也行。"

赶车人搔了搔从麻布衬衫开襟露出来的毛茸茸的胸脯，又习惯地照辕马肚子上抽了一鞭子。车上坐的是拉兹瓦利欣和莉达。他们此行去波杜勃齐，各有各的事。莉达去主持召开一个妇女代表会，拉兹瓦利欣去安排团支部的工作。

"怎么，难道您不喜欢共青团员吗？"莉达开玩笑地问赶车人。

赶车人揪了揪胡须，不慌不忙地回答：

"不，哪儿的话呢……年轻的时候可以玩玩，演个戏什么的。我自己就喜欢看滑稽戏，只要演得好。开头我们以为年轻人瞎胡闹，结果完全相反。听人说，像喝酒耍流氓这类事他们管得挺严。他们多半是学习。就有一样不好，他们跟上帝过不去，总是让人家把教堂改成俱乐部。这可办不到，为了这点，老年人都瞧不起共青团员，对他们挺不满意。别的还有什么呢？噢，还有一件事办得不地道，光让那些给人当雇工的穷光蛋，或是没有一点家业的人入团，有钱人家的孩子一个也不收。"

马车下了山坡，到了小学门口。

看门女工把两个旅客安顿在她屋里，自己到干草棚去睡了。会议拖得太长，莉达和拉兹瓦利欣刚回来。莉达脱掉皮鞋，爬上床，不一会儿就睡着了。但是拉兹瓦利欣两手粗鲁的触摸又把她惊醒了，他的动机是十分明显的。

"你要干什么？"

"小声点，莉达，你嚷嚷什么？你知道，我一个人就这么干躺着，怪闷得慌，真受不了！难道你就想不出比打呼噜更有趣儿的事吗？"

"撒开手，马上下床去，滚你的！"莉达说着，推了他一下。她本来就受不了拉兹瓦利欣那猥亵的微笑。现在她真想辱骂他一顿，挖苦他一阵，但睡意制服了她，她又合上了眼睛。

"装什么蒜？你以为你这样做才符合知识分子身份吗？顺便问一句，您该不是贵族女子学校出来的大小姐吧？你以为这么一来，我就真的信你了？别冒傻气。要是你真懂事，就首先满足我的要求，然后要睡多久都随便。"

他认为用不着再多费口舌，就离开长凳又坐到床边来了，而且态度生硬，伸手就去扳莉达的肩膀。

"滚蛋！"她立刻又惊醒了，接着说，"老实跟你说，明天我一定把这件事情告诉柯察金。"

拉兹瓦利欣十分恼火，抓住她的胳膊小声说：

"我才不在乎你的什么柯察金呢，你别再固执了，反正你得听我的。"

拉兹瓦利欣和莉达之间发生了短促的搏斗，静静的屋子里响起了清脆的左右开弓的耳光声，一下，两下……拉兹瓦利欣闪到一边去了。莉达在黑暗中跌跌撞撞摸到了门，推开门后，跑到了外面。她站在月光下，几乎气疯了。

"进来吧，傻瓜！"拉兹瓦利欣恶狠狠地叫了她一声。

他只好把自己的铺盖搬到遮阳棚下，露天睡了一夜。莉达则闩上门，蜷缩成一团，躺在床上。

第二天早晨回家的路上，拉兹瓦利欣坐在赶车的老头身边，一支接一支抽烟，心里直犯嘀咕。

"这个碰不得的女人十有八九真会去告诉柯察金。真是个酸溜溜的小妞！模样倒挺漂亮，就是不开窍。我得跟她和好，要不将来准会吃亏。柯察金本来就瞧不起我。"

这样想着，拉兹瓦利欣就往莉达跟前凑。他装出一副难为情的样子，眼神甚至有点忧郁，编了一套不能自圆其说的辩解词，表示他已经后悔了。

这一招产生了效果。快进镇的时候莉达答应他，不把昨天晚上的事情告诉任何人。

边境各村一个接一个建起了团支部。团区委干部为这些共产主义运动的幼芽付出了很多心血。柯察金和莉达整天在这些村子里跑来跑去。

拉兹瓦利欣不愿意下村。他不会接近那些村里的年轻人，也得不到他们的信任，还常常把好事办坏。而这对莉达和柯察金来说，是既简单又自然的。莉达把姑娘们团结在自己周围，交了一些知心朋友，和她们经常保持联系，不知不觉地就培养了她们对共青团生活和工作的兴趣。全区青年都认识柯察金。第二军训营负责对一千六百名即将应征入伍的青年进行军事训练。在各村的晚会上和大街上，手风琴对各村宣传工作的开展起到了前所未有的作用。手风琴使保尔成了村民"自家的小伙子"。手风琴奏起快速的进行曲，热烈而动人，奏起乌克兰民歌，亲切而温柔，许多头发蓬乱的小伙子，就是在这迷人的琴声引导下，走上共青团道路的。大家倾听着手风琴的演奏，也倾听着手风琴手的讲话。柯察金从前是工人，现在是军训营政委兼共青团书记。年轻政委的琴声和话语在青年心中已经融成一个和谐的整体。各村都能听到新的歌曲，各家除了祷告和圆梦的书，也有了别的书籍。

　　走私犯的处境越来越困难了。他们要提防的已经不仅是边防军，因为苏维埃政府已经有了许多年轻的朋友和热心的助手。边境地区有些团支部的团员，由于亲手捉敌心切，有时竟做过了头。那时，柯察金就不得不去援救他们。有一次，波杜勃齐共青团支部书记，一个蓝眼睛，急性子，特别好辩论又坚决反对宗教的小伙子，叫格里沙·霍罗沃季科，通过他自己的特殊渠道得到一则消息，说是夜里将有一批走私货运交村里的磨坊主。于是他把全支部的同志都动员起来了。大家以一支教练枪和两把刺刀武装起来，由他领着，当天夜里小心翼翼地包围了磨坊，等候野兽落网。这时，国家政治保安部的边境哨所也掌握了走私团伙的动向，并且设下了埋伏。夜间双方由于误会而发生了冲突，多亏保安人员沉着冷静，十分克制，共青团员在格斗中才没有伤亡。他们只是被解除武装，押到四公里以外的邻村关了起来。

　　当时柯察金正在加弗里洛夫营长那里。发生事情的第二天早晨，营长把他刚接到的报告告诉了保尔，于是这位团区委书记就马上骑马去搭救他的团员了。

　　当地保安机关负责人笑着对他讲了夜里发生事情的经过。

　　"咱们这么办吧，柯察金同志。他们都是好小伙子，我们不能委屈他们，给他们加什么罪名。不过，为了他们今后不再包办我们的任务，你不妨吓唬吓唬他们。"

　　卫兵打开草棚的门，十一个小伙子从地上站了起来。他们两只脚倒来倒去，不好意思地站在那里。

"您瞧瞧他们吧，"保安机关负责人双手一摊，不高兴地说，"闯下这么大祸，我只好把他们押送到专区去。"

格里沙一听就着急了，忙说：

"萨哈罗夫同志，我们干什么坏事了？我们不过想给苏维埃政府出点力。我们早就盯上这个富农了，可是你们倒把我们当土匪关起来。"说完，他委屈地把头扭了过去。

柯察金和萨哈罗夫两个人好不容易板着面孔，装腔作势地交涉了一番，才结束了这场"吓唬"。

"要是你给他们担保，答应我们，以后不再到我们边境上来，而是用其他方式协助我们，我就把他们好好放回去。"萨哈罗夫对柯察金说。

"好吧，我担保。但愿他们以后别再让我下不来台。"

团员们一路唱着歌，回到了波杜勃齐。这件事压了下来，没有张扬出去。但是磨坊主还是很快落网了，这次是依法逮捕的。

一批德国移民在麦丹别墅一带的森林庄园里过着富足的生活。一些富农的院落彼此相距半公里，房子盖得都很坚固，加上各种附属建筑物，就像一座座小小的堡垒。安托纽克匪帮就在麦丹别墅藏形匿迹。安托纽克曾是沙皇军队的一个司务长。他搜罗自己的亲友，拼凑了一个七人帮，开始在附近大路上持枪抢劫。他们杀人不眨眼，既不轻饶投机商人，也不放过苏维埃工作人员。安托纽克行踪诡秘，变幻莫测。他今天在这里干掉两个农业合作社社员，明天就可以在二十公里以外解除一个邮递员的武装，把他抢得个一文不名。安托纽克的竞争对手，另一个土匪头子是戈尔季，他们展开劫持竞赛，一个比一个厉害。两个人都令专区警察局和国家政治保安部花费了大量时间。安托纽克就在别烈兹多夫镇附近流窜。所以，从这里进城的各条大路都不安全。这个匪首很难捕捉。风声一紧，他就跑到国境线外去避风，过些时候，他又出人意料地出现了。每当听到这个难以捕捉的危险野兽出来进行血腥的袭击时，利西岑都烦躁得紧咬嘴唇。

"这个坏蛋还要搅乱我们到哪一天呀？畜生，总有一天我要亲自抓他归案！"他透过咬紧的牙缝一字一字挤出这句话。有两次，他发现了这个匪首的新线索，立刻带上柯察金和另外三个共产党员跟踪追击，还是让他逃脱了。

专区给别烈兹多夫镇派来了一支剿匪队，领队的是个穿戴讲究的小伙子，姓菲拉托夫。按照边防条例规定，他应该向区执行委员会主席报到，可是小伙子像只小公鸡一样傲慢，认为没有必要这样做，便擅自做主，把队伍开到了就近的谢马基村。夜间队伍进村后，在村头第一家房子里住了下来。这么一伙全副武装，行动隐蔽的陌生人进村，引起了隔壁一个共青团员的注意，他马上跑去报告村苏维埃主席。村主席丝毫不了解这支队伍的来历，把他们当成了土匪，就急忙派这个团员骑马到区里去报信。菲拉托夫这样轻举妄动，险些断送许多人的生命。利西岑一得到"匪情"报告，连夜集合民警，带上十几个人，骑马奔向谢马基村。他飞一样来到村头，跳下马，翻过篱笆，直向那座房子扑去。房门口的哨兵头部挨了一枪柄，像口袋一样倒在了地上。利西岑用肩膀使劲一拱，房门哗啦一声开了，人们随即冲了进去。房子里天花板下挂着一盏灯，灯光暗淡。利西岑把准备投掷的手榴弹仰身向后一举，另一只手紧握着毛瑟枪，大喝一声，震得玻璃直响：

"赶快投降，要不就把你们炸个稀巴烂！"

再迟一秒钟，冲进来的人们也许就会来一阵枪林弹雨，把这些睡得迷迷糊糊刚从地板上跳起来的家伙撂倒。可是一看到利西岑高举手榴弹那杀气逼人的架势，几十双手立刻举起来了。过一会儿，当这一小队俘虏只穿着内衣被赶到院子里去的时候，菲拉托夫看见了利西岑胸前的勋章，才敢开口说话。

利西岑狠狠啐了一口，极其轻蔑地骂了一句：

"草包！"

德国革命的消息传到了区里。汉堡巷战的枪声也传到这里来了。边境一带的人都十分兴奋。人们紧张地期待着，一遍又一遍地读着报纸上刊登的新闻，十月风暴从西方吹来了。共青团员纷纷要求参加红军，申请入伍的志愿书像雪片一样，不断送到团区委会来。柯察金煞费口舌，同各团支部派来的代表谈话，向他们说明，苏维埃国家推行的是和平政策，现在不想同任何邻国打仗。但是这种说服工作效果不好。每逢星期天，各支部的团员都到镇上来，在从前神甫家的大花园里举行全区团员大会。有一天中午，波杜勃齐村共青团支部全体团员排着队，迈着整齐的步伐进了区委大院。柯察金从窗口看见他们,立即走出房间来到了台阶上。十一个小伙子,以格里沙为首,穿着高筒靴,背着鼓鼓囊囊的大口袋,在门口停下来。

"这是怎么回事,格里沙?"柯察金吃惊地问。

格里沙给保尔使了个眼色,然后跟他进了屋。莉达、拉兹瓦利欣和另外两个团员马上围过来。格里沙关好房门,严肃地皱起他的淡淡的眉毛说:"同志们,我这是要考验考验我们的战斗力。今天早晨我对我们支部的团员说,区里来了一份电报,当然是绝密的。电报上说,跟德国资本家的仗已经打起来了,跟波兰地主打仗也为期不远了。莫斯科的命令说,全体共青团员都要上前线。谁要害怕,不敢去,只要递个申请,就可以留在家里。我命令他们打仗的事谁也不要往外说,每人带一个大面包和一块腌肉,没有腌肉的就带点蒜头或者洋葱,一小时以后在村外秘密集合。先去区里,再去专区,到专区领武器。我这一宣布,可真对他们起了作用。他们问这问那,向我提了各种各样的问题。我告诉他们,没什么可说的,就照我说的办!谁不想去就写申请,出征完全是自愿的。团员们解散以后,我的心里倒不踏实了,要是一个人都不来,怎么办呢?我只好解散这个支部,自己也远走他乡。我坐在村外等着,一个一个地来了,有人脸上的眼泪还没擦干,但尽量不让别人看出来。十个人全来了,没有一个临阵逃脱的。怎么样,这就是我们的波杜勃齐团支部!"格里沙自吹自擂,把话说完了,还得意洋洋地用拳头捶了捶胸脯。

当莉达非常生气,训得他窘态毕露的时候,他惊愕地睁大眼睛看着她说:

"你跟我说些什么呀?这可是最好的考验方法!这样才能真正看透每一个人。为了更郑重一点,我本来想把他们拉到专区去的,可是小伙子们有点累了。现在放他们回家去吧。不过,柯察金,你一定得给他们讲讲话,要不,怎么交代呀?不讲话可不行……你就说,动员令已经撤销了。他们表现得很英勇,值得尊敬和表扬。"

柯察金很少到专区中心去。往返一趟要费去好几天时间,区委的工作又一天也离不开。拉兹瓦利欣却是一有机会就往城里跑。每次进城,他都从头到脚武装起来,在想象中把自己比作库柏小说中的主人公,心满意足地完成旅行。进了树林,他开枪射击,打打乌鸦或是机灵的小松鼠。见了

单个行人,就拦住人家盘问一番,像真正的侦察员似的,问人家是什么人,从哪里来到哪里去。走到离城不远的地方,他就收起武器,把步枪往干草垛里一塞,把手枪放进衣袋,和平常一样,没事似的走进专区团委会。

"说说吧,你们别烈兹多夫有什么新闻?"费多托夫问他。

专区团委书记费多托夫的办公室里,总有满满一屋子人。大家都争先恐后跟他说话。在这样的环境里工作,还真得有点功夫,你要能同时听四个人讲话,手写着东西,还回答第五个人的问题。费多托夫非常年轻,可是在1919年就入党了。只有在那种大动荡的时期,十五岁才能入党。

对费多托夫的问话,拉兹瓦利欣漫不经心地回答:

"新闻有的是,一下讲不完。从早到晚忙得团团转。所有的漏洞都得去堵,一个基础十分薄弱的地方,一切都得从头做起。噢,我又新建了两个团支部。叫我来有什么事情吗?"说着,他大模大样地在圈椅上坐了下来。

经济部长克雷姆斯基正在处理一大堆公文。他暂时停下手头工作,回过头来看他一眼说:

"我们叫的是柯察金,并没叫你来。"

拉兹瓦利欣从嘴里喷出一口浓烟说:

"柯察金不愿意到这里来,连这种事也得我来替他跑腿……有些书记当得可舒服了,什么事也不干,光拿像我这样的人当驴使唤。柯察金一去边境,就是两三个星期不回来。他不在的时候,所有的担子都落在我一个人身上。"

拉兹瓦利欣一味这样说,无非是要人明白,他才是区团委书记最合适的人选。

"我不怎么喜欢这个傲慢的家伙。"拉兹瓦利欣走后,费多托夫直率地对专区团委的几个同志说。

拉兹瓦利欣的这些把戏是在无意中被拆穿的。每个从区里到专区来办事的人,都要把大家的邮件带回去。这一天,利西岑顺便来费多托夫这里取信件,两人谈了很长时间,于是拉兹瓦利欣就被揭穿了。

"不过,你还是让柯察金来一趟,跟大家见见面,我们这里的人还不大认识他呢。"利西岑告辞的时候,费多托夫对他这样说。

"好吧,不过咱们有言在先,你们可不能把他从我们那里挖走。你们要那么办,我们是绝对不能同意的。"

这一年，边境上庆祝十月革命节的活动举行得空前隆重。柯察金被选为边境各村庆祝十月革命节委员会主任。在波杜勃齐村开完庆祝大会以后，三个村子的男女农民五千余人，以军训营和乐队为前导，排成长达半公里的游行队伍，举着鲜艳的红旗，浩浩荡荡走出村庄，向边境前进。游行队伍秩序井然，纪律严明，沿着界桩在苏维埃国土上行进，朝那些被苏波国界分成两半的村庄方向走去。边境上的波兰人从来没有见过如此宏伟的场面。边防军营长加弗里洛夫和柯察金骑马走在队伍最前头。他们身后，铜号奏出的乐曲声，风卷红旗的哗啦声和此伏彼起的歌声响成一片，是的，就是那此伏彼起的歌声！青年农民穿着节日的盛装，村姑们银铃般的笑声传遍四方。成年人表情严肃，老年人神态庄重。这股人流像一条大河，奔向目力所及的远方。它的堤岸就是那条国境线。人们寸步不离苏维埃国土，没有一只脚跨过那条严禁逾越的国界。柯察金停下来，把身边的人流让过去。这时的队伍正唱着《共青团之歌》：

>……从西伯利亚的森林，
>到不列颠的海滨，
>最强大的力量
>是我们的红军。

接下来是女声合唱：

>嗨，在那边山冈上，
>收割正忙……

苏维埃哨兵用愉快的微笑迎接游行队伍，波兰哨兵见到游行队伍都惶恐不安。沿国境线游行一事虽然早已向波兰指挥机关打过招呼，但是行动起来仍然引起了对方的惊慌。一队队骑马的战地宪兵四处巡逻，岗哨比往常增加了四倍，洼地里还隐藏着后备队，以应付可能出现的事变。但是，游行队伍始终走在自己的国土上，热烈而欢快，嘹亮的歌声震破了长空。

小土冈上站着一个波兰哨兵。游行队伍迈着整齐的步伐走过来了。当

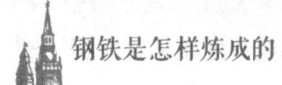

进行曲奏起的音乐传到哨兵耳际的时候,他立刻卸下肩头的枪支,把它贴近脚边,行了一个注目礼。柯察金听见一句清晰的波兰话:

"公社万岁!"

看那哨兵的眼睛就可以知道,话是他说的。保尔目不转睛地望着他。

是朋友!在一件士兵大衣下面跳动着一颗同情游行群众的心,于是柯察金用波兰话轻轻回答了一句:

"同志,向你致敬!"

哨兵落在后面了。游行队伍从他面前经过的时候,他始终保持着持枪立正的姿势。保尔几次回过头去看他那小小的黑色身影。前面又是一个波兰哨兵。哨兵留着花白胡子,戴一顶四角帽。四角帽镶着镍边,帽檐下露出一双呆滞无光的眼睛。柯察金依然沉浸在刚才听那句话时的感情里,便首先开口,像自言自语一样,用波兰话说了一句:

"你好,同志!"

但是没有得到回答。

加弗里洛夫笑了。原来,两次说话他全部听见了。

"你太奢求了。"他说,"这里除了普通步兵,还有战地宪兵。你看见他袖口上的标志了吗?他是个宪兵。"

游行队伍的排头已经开始下坡,朝一个被国界分为两半的村庄走去。苏维埃这半边做好了隆重欢迎客人的准备。全村人都在界河岸小桥旁集合好了,男女青年列成两队站在道路两旁。波兰那半边,房顶和板棚顶上都站满了人,他们全神贯注地看着河对岸发生的事情。还有三个一群两个一伙的农民站在门口和篱笆旁边看热闹。当游行队伍走进夹道欢迎的人群时,乐队奏起了《国际歌》。许多人在一个临时搭起的,装饰着青枝绿叶的台子上发表了热情洋溢的演说,讲话的有年纪轻轻的小伙子,也有白发苍苍的老年人。柯察金也用他的本民族语言——乌克兰语讲了话。他的话飘过了界河,传到了对岸。波兰当局唯恐这篇讲话打动人心,采取了紧急措施。他们出动了宪兵队,骑着马在村子里横冲直撞,用鞭子把人们赶回屋里,还朝房顶上开了几枪。

对面街道上没有人了。青年人也被枪弹从房顶上赶下来跑得无影无踪。这一切,苏维埃这一边的人全看得清清楚楚。他们皱起了眉头。这时,一个老羊倌,由几个小伙子搀扶着,登上了讲台,他抑制不住内心的愤慨，激动地说：

"好啊！瞧瞧吧，孩子们！他们从前也是这样打我们的。现在咱们村子里，像这样当官儿的拿鞭子抽庄稼人的事，谁也见不到了。打倒了地主老爷，咱们背上也就不挨鞭子了。孩子们，你们可要牢牢掌好这个权哪。我老了，不会讲话，可是心里要说的话很多。沙皇在的时候，我们像老牛拉车一样，受了一辈子苦，这会儿，看着那边的老百姓，我心里不好受啊……"他向对岸挥了一下他那干瘦的手，放声大哭起来，只有小孩子和老年人才会这样号啕痛哭。

接下来是格里沙上台发言。加弗里洛夫一边听着他那愤怒的讲话，一边掉转马头，仔细观察对岸，看是不是有人在做记录。但是，那里空荡荡的，连桥头的岗哨也撤走了。

"看样子，这次不会向外交人民委员会发抗议照会了。"他开着玩笑说。

11月底，一个秋雨连绵的夜晚，安托纽克和他的七人帮终于结束了他们的血腥生涯。这伙豺狼在麦丹别墅一个富裕移民家里参加婚礼的时候，被赫罗林的党团员们揭露出来，落入了法网。

一帮妇女闲聊天，把这些客人来参加婚礼的消息泄漏了出去。赫罗林党团员共十二个人，立刻集合，带上他们所有的武器，坐上马车，奔赴麦丹别墅庄园。同时派一个人，骑马飞速到别烈兹多夫镇报信。报信人在谢马基村碰上了菲拉托夫的剿匪队，菲拉托夫便带领自己的一队人马，朝麦丹别墅冲去。这时，赫罗林的党团员已经把庄园包围了，并同匪帮接上了火。安托纽克和他的喽啰们躲在一间厢房里，瞧见人头就开枪。他们不顾一切冲出厢房，妄想突围出去，但是，赫罗林的党团员撂倒了一个匪徒，把他们赶了回去。安托纽克陷入这种绝境已不是第一回，可是他每次都安全逃脱了，手榴弹和黑夜是他的两大救星。这一次，又险些让他逃走。赫罗林支部已经牺牲了两个人，幸好这时菲拉托夫赶到了庄园。安托纽克看出，这回他真的陷入无路可走的绝境了。他整夜都从厢房的各个窗口向外射击，直到天亮才被俘获。七人帮中没有人投降。为了消灭这伙豺狼，有四个人献出了生命，其中三个是成立不久的赫罗林共青团支部的团员。

柯察金的军训营接到了参加地方部队秋季演习的命令。他们冒着倾盆大雨到四十公里以外的一个师的营地去，清晨出发，深夜抵达，走了整整一天。这次长途行军只有营长古谢夫和政委柯察金是骑马的。八百名即将应征入伍的青年徒步走到营房，倒下就睡了。师部给这个营的调集令下达晚了。第二天早晨演习一开始，他们这个营就接受检阅。全营在操场上整好了队。不久，从师部来了几个骑马的人。军训营已经领到服装和步枪，面貌一新了。营长古谢夫和政委柯察金两人为训练这支队伍花费了不少时间，付出了许多心血，对于赢得这场演习，他们充满信心。但当正规检阅完毕，军训营做完变换队形的表演之后，一个面孔漂亮但肌肉松弛的指挥员厉声责问保尔：

"您为什么骑马？我们地方军训部队的营级指挥员不应骑马。我命令您把马送回马厩，徒步参加演习。"

柯察金知道，他徒步行军，连一公里也走不了，不骑马就不能参加演习。这种情况对这个装饰着十来条各种肩带和皮带，大喊大叫的花花公子该怎么说呢？

"我不骑马就不能参加演习。"

"为什么？"

柯察金明白，没有什么好办法解释他拒绝步行的理由，只好低声说：

"我的两腿全肿了，连走带跑一星期，我做不到。此外，同志，我还不知道您是什么人？"

"我是你们团的参谋长，这是一。第二，我再一次命令您下马。如果您是个残废，那不是我叫您在部队服役的，不能怪我。"

柯察金好像挨了一鞭子。他猛地一拉马嚼子，但是古谢夫那只强有力的手阻止了他。保尔受到这样的侮辱，忍不住要发作，同时又竭力克制自己，内心斗争了好几分钟。可是现在的保尔·柯察金已经不是当年那个由着自己的性子从一个部队跑到另一个部队去的普通一兵了。柯察金是一营的政委。全营战士就站在他身后。他自己的行动会给全营树立什么样遵纪守法的榜样呢？况且他不是为这个花花公子才来训练自己的队伍的。想到这里，他脱镫下马，忍着关节的剧痛，朝队伍的右翼走去了。

一连几天都是难得的好天气。演习已经接近尾声。这次演习的终点是舍佩托夫卡，第五天他们就在这一带进行演习。别烈兹多夫营接受的任务是从克里缅托维奇村方面攻占车站。

柯察金十分熟悉这一带地形,他把所有的路径都告诉了古谢夫。全营兵分两路,深入迂回,秘密绕到敌后,高喊"乌拉"声,冲进了车站。评判员认为,这一仗打得非常漂亮。车站已被别烈兹多夫营占领,防守车站的那个营损兵折将百分之五十,后撤到一片树林里去了。

柯察金负责指挥半个营。他同三连连长和指导员正站在街心部署兵力。一个战士气喘吁吁地跑到他们面前,向柯察金报告说:

"政委同志,营长问,各交叉路口是不是都有机枪射手把守。评判委员会马上就要到了。"

保尔和两个连指挥员一起向一个路口走去。

团司令部人员早已到齐了。他们祝贺古谢夫演习成功。战败的那个营的代表们羞愧不安地站在那里,两脚不停地倒来倒去,并不想替自己辩护。古谢夫倒是比较谦虚,他说:

"这不是我的功劳,柯察金是本地人,是他给我们领的路。"

团参谋长骑马走到保尔面前,讥讽了一句:

"同志,您的腿跑得蛮不错嘛,看来,您骑马是为了抖抖威风吧?"他本想再说两句,一见柯察金的眼神不对,忙把话咽了下去。

团部的人走后,保尔悄悄问古谢夫:

"你知道他姓什么吗?"

古谢夫拍拍他的肩膀说:

"算了,别理这个骗子。他姓丘扎宁,革命前好像是个准尉。"

柯察金似乎在什么地方听到过这个名字,这天他竭力回想,还是没有想起来。

演习结束了。军训营成绩优异,获得好评,返回了别烈兹多夫。柯察金身体完全累垮了,他留在母亲身边住了两天。保尔把马拴在阿尔焦姆家里。头两天睡大觉,每天睡十二个小时。第三天,他到机车库来找阿尔焦姆。这座熏黑了的厂房,使保尔备感亲切。他贪婪地吸了一口煤烟的气味。他从童年时代就熟悉这种气味,在这种气味中长大,和这种气味结了缘。现在这种气味强烈地诱惑着他,使他产生了一种丢掉宝贵东西的感觉。他已经好几个月没有听见火车头呜呜的尖叫了。一个久别归来的水手，每当他重见碧蓝的茫茫大海时，都止不住心潮澎湃。保尔现在的心情也是这样。机车库的亲切气氛正在吸引着他，召唤着这个昔日的司炉和电工。他十分激动，久久不能平静。保尔跟哥哥没谈多少话。他发现阿尔焦姆额上又添了一道皱纹。阿尔焦姆在一座移动式锻工炉前干活，已经有了第二个孩子，看得出，生活很艰难，虽然他没直说，但情况是不言而喻的。

兄弟俩一起干了一个多小时活，就分手了。保尔在交叉路口勒住马，遥望车站良久，然后狠抽黑马一鞭，在林间大路上飞跑起来。

现在穿行林间大路已经没有什么危险。布尔什维克肃清了大大小小的匪帮，焚毁了他们的巢穴，这一带乡村比过去太平多了。

柯察金回到别烈兹多夫，已经快到中午了。莉达高兴地在区委会门口的台阶上迎接他。

"你可回来了！你不在，我们寂寞死了。"说着，莉达把手搭在他的肩膀上，和他一起进了屋。

"拉兹瓦利欣呢？"柯察金一边脱大衣，一边问莉达。

莉达回答得不太情愿：

"不知道他哪儿去了。噢，我想起来了！他早上说要到学校去替你上社会概论课，他还说什么：'这是我分内的事，不是柯察金的。'"

这消息使保尔感到奇怪，也很不痛快。他从来就不喜欢拉兹瓦利欣。"这家伙到学校去搞什么名堂？"柯察金不高兴地想着。

"得了，去就去吧。你讲讲，你们这里有什么好消息。你到格鲁舍夫卡去过吗？那里的同志们情况怎么样？"

柯察金在长沙发上休息，不断地揉着他那疲倦不堪的双腿。莉达把最近的情况全都告诉了他。

"前天吸收拉基金娜做了预备党员。这又加强了我们的波杜勃齐党支部的力量。拉基金娜是个相当不错的姑娘，我很喜欢她。你看，教师开始有了变化，有的人已经完全站到我们这边来了。"

利西岑、柯察金和新区委书记雷奇科夫三个人，晚上常常在利西岑家围着大桌子坐到深夜。

通往外室的门关着。安妞特卡和利西岑的妻子都睡着了，他们三个人还坐在桌旁，低头读一本不太厚的书，波克罗夫斯基的《俄国史》。只有夜里利西岑才有时间读书。保尔下乡巡视回来，晚上就到利西岑这里来。当他发现利西岑他们两人的学习进度超过自己时，心里总有点不舒服。

一天，从波杜勃齐传来了噩耗：格里沙夜里被人暗杀了。柯察金听到消息，忘记了腿疼，几分钟就跑到执行委员会的马厩，以疯狂的速度备好了马。跨上马背之后，他用皮鞭左右抽打马肋，朝边界飞驰而去。

在苏维埃一间宽敞的屋子里，格里沙的遗体停放在一张用青松翠柏装饰起来的桌子上，身上覆盖着一面苏维埃的红旗。房门口有一个边防军战士和一个共青团员站岗，在上级负责人到来之前，不准任何人进去。柯察金进了屋，走到桌子跟前，掀起了红旗。

格里沙躺在那里，头歪向一旁。他面色很白，眼睛睁得很大，保持着临死前的痛苦表情。后脑勺被锐利的凶器击破，现在用云杉遮掩着。

格里沙是个独生子，母亲是个寡妇，父亲从前给磨坊主当雇工，后来是村贫农委员会委员，在革命中牺牲了。是谁向这个青年下的毒手呢？

母亲听到儿子的死讯，立刻昏倒在地上。邻居们正在抢救这个人事不省的老人，可是儿子却默默地躺在那里，保守着他的死亡之谜。

格里沙的死惊动了全村。这个共青团的年轻领导人和贫苦农民的保护者在村里的朋友远比敌人多。

拉基金娜为格里沙的遇害所震动，躲在自己的房间里痛哭。柯察金走进来的时候，她连头都没有抬。

"拉基金娜，你想是谁害死他的呢？"柯察金沉重地坐在椅子上，低声问她。

"除了磨坊主那帮人，还有谁！要知道，格里沙卡他们的脖子，妨碍他们走私呀。"

两个村子的人都参加了格里沙的葬礼。柯察金带来了他的军训营，全体共青团员都来给自己的同志送葬。二百五十名边防军战士由加弗里洛夫整队，站在村苏维埃广场上。在悲壮的哀乐声中，人们抬出了覆盖着红旗的棺材，把它安放在广场上新挖好的墓穴前，墓穴旁边是内战时期人们埋葬布尔什维克游击队员们的坟墓。

格里沙的流血使他生前努力保护的那些人更加团结了。贫苦的青年和村民表示坚决支持团支部。致悼词的人满腔悲愤，强烈要求处死凶手，要求抓住他们，把他们带到广场来，在烈士墓前当众审判，以使每一个人都

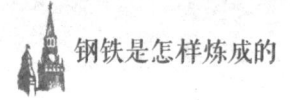

认清敌人的面目。

接着,放了三响排射。又在新掘的墓穴里铺好了新砍下的常青树枝。当天晚上,团支部进行选举,拉基金娜被选为新书记。同时,国家政治保安部的边境哨所通知柯察金,他们那边已经发现了凶手的线索。

一星期以后,第二次区苏维埃代表大会在别烈兹多夫剧院开幕了。利西岑表情严肃,神态庄重,开始向大会做报告。

"同志们,我以十分满意的心情通报大会,一年来由于大家的共同努力,我们各方面的工作取得了很大进展。我们大大巩固了本区的苏维埃政权,彻底肃清了土匪,狠狠打击了走私活动。各村建立了坚强可靠的贫农组织,共青团组织壮大了十倍,党的组织也有所发展。最近,富农在波杜勃齐杀害了我们的同志格里沙·霍罗沃季科,现在案件已经侦破,凶手就是磨坊主和他的女婿。他们已经被捕,不久省法院的巡回法庭将要审判他们。许多村的代表团都向大会主席团建议,希望大会通过决议案,要求将这些杀人凶犯处以极刑……"

会场立刻响起震耳欲聋的喊声:

"坚决拥护!把苏维埃政权的敌人判处死刑!"

莉达在一个侧门门口出现了。她打了一个手势,要保尔出去。

在走廊上,莉达交给他一件盖有"急件"字样的公函,保尔立刻拆开了。信函内容如下:

"别烈兹多夫共青团区委会。抄送区党委会。省委常委会决定从你区调回柯察金同志,另派其担任重要的共青团工作。"

柯察金同他工作了一年的别烈兹多夫区告别了。最后一次区党委会议上讨论了两个问题:第一,批准柯察金同志转为共产党正式党员;第二,解除他区团委书记的职务,并对他的工作能力和思想品格做出鉴定。

利西岑和莉达紧紧地握着保尔的手,亲切地拥抱了他。当保尔骑马走出院子,转向大路的时候,十几支手枪齐放,向他致敬。

第五章

电车发动机一路轰隆轰隆响着,拖着车厢沿丰杜克列耶夫大街向上爬,爬到歌剧院门前停了下来。一群青年下了车,电车继续向上爬去。

潘克拉托夫不断催促着落在后面的人:

"快走吧,同志们,我们肯定迟到了。"

奥库涅夫到歌剧院门口才赶上他。

"伊格纳特,记得吗,三年前咱们也是这样来开会的。那时候杜巴瓦带一批'工人反对派'分子回到队伍中来了。那天晚上的会开得真好。可是今天,我们又要和杜巴瓦斗一斗了。"

他们在入口处向检查人员出示了证件,走进了大厅。这时,潘克拉托夫才回答奥库涅夫说:

"是呀,杜巴瓦的戏又要旧地重演了。"

会场上发出嘘声,示意他们保持肃静。他们只好就近找位子坐下。晚上的会议已经开始了,一个女同志正在台上发言。

"来得正是时候,好好坐着,听听你老婆说些什么。"潘克拉托夫用胳膊肘碰了碰奥库涅夫,悄声说。

"不错,辩论耗费了我们不少精力,但是青年们参加辩论,也学到了不少东西。我们非常满意地看到这样一个事实,就是在我们的组织里,托洛茨基信徒们的失败已成定局。他们再没有理由抱怨我们没给他们发言的机会,没让他们充分阐述自己的观点了。恰恰相反,他们滥用了我们赋予他们的行动自由,做出了一连串严重破坏党纪的事情。"

塔莉亚很激动,一绺头发垂到脸上,妨碍了她讲话,她把头用力向后一甩,继续讲下去:

"我们在这里听到了来自各区的许多同志的发言。他们都谈到了托洛茨基分子采用的种种手段。这次大会上托洛茨基派的代表相当多,各区有意发给他们代表证,为的是大家能在这次市党代会上再听听他们的意见。他们发言不多,这怪不得我们,也许在各区和各基层支部遭到的彻底失败,使他们学乖了一点,他们很难再跑上这个讲台来重弹老调了。"

忽然,一个尖锐的声音从会场右角传来,打断了塔莉亚的发言:

"我们还是要说的!"

塔莉亚转过身对那人建议:

"好吧,杜巴瓦,就请到台上来说吧,我们洗耳恭听。"

杜巴瓦气恼地盯着她,神经质地撇了撇嘴。

"到时候我们会说的!"他喊了一句,立刻想起昨天在索罗缅卡区遭到的惨败,那里的人都知道他。

会场上发出一片不满的嗡嗡声。潘克拉托夫再也忍耐不住了,他喊道:

"怎么,想再一次动摇党的基础吗?"

杜巴瓦听出了他的声音,但是连头也没转,只是紧咬嘴唇低下了头。

塔莉亚继续说道:

"拿杜巴瓦来说,他就是托洛茨基分子破坏党纪的一个鲜明例子。他是我们共青团的一个老工作者,好多人都认识他,兵工厂的人尤其了解他。杜巴瓦现在是哈尔科夫共产主义大学的学员,但是我们大家都知道,他已经在这里和舒姆斯基一起耗了三星期。在学校功课正紧张的时候,是什么把他们吸引到这儿来的呢?城里没有一个区他们没发表过演说。不错,舒姆斯基最近几天开始回心转意了。是什么人派他们到这里来的呢?除了他们俩,我们这里还有许多外地来的托洛茨基分子。这些人从前都在本地工作过,现在来到这里就是为了给党内斗争煽风点火。他们所在的党组织是否知道他们现在在什么地方呢?当然不知道。大会一直在期待托洛茨基分子公开承认自己的错误。"

塔莉亚试图启发他们承认错误,所以她仿佛不是在主席台上讲话,而是在和同志促膝谈心,于是说道:

"想必大家还记得,三年以前,也就是在这个剧院里,杜巴瓦和一批以前的'工人反对派'成员回到我们的队伍里来了。大家也许还没忘记他当时说的话:'党的旗帜永远不会从我们手中丢掉。'如今还不到三年,它已经从杜巴瓦的手里丢掉了。是的,是丢掉了,我可以肯定地告诉大家。他不是说过'到时候我们会说的'吗?这说明,杜巴瓦和他的同伙还要沿着错误道路继续走下去。"

后排有人喊了一句:

"让图弗塔谈谈晴雨表吧,他在他们眼中可是个气象学家哟。"

会场上响起一阵激愤的声音:

"别乱开玩笑!"

"让他们回答:他们停止不停止对党的攻击!"

"让他们交代,是谁起草的反党宣言!"

会场上,大家的情绪越来越激昂,执行主席不断地摇铃。

吵闹声中,塔莉亚的声音被淹没了。不过风暴很快过去,她继续说道:

"我们经常收到各地的来信,他们表示支持我们,这使我们深受鼓舞。现在请允许我读一段来信给大家听。信是奥尔加·尤列涅娃写来的,在座的许多人都认识她,她现在是共青团州委会的组织部部长。"

塔莉亚从一叠信中抽出一封,扫了一眼,然后读道:

"日常工作被撂在一边,四天来,所有的常委都下到各区去了,因为托洛茨基分子掀起了一场空前尖锐的斗争。昨天发生的一件事引起了全区党员的极大愤慨。反对派在全区所有支部都得不到多数的支持,他们就决定孤注一掷,在区军务部党支部搏一下。这个支部包括区计划部和工人教育部的党员。支部总共四十二名党员,可是当地的托洛茨基分子都集中到这里了。我们从来没听过这么恶毒的反党言论。一个军务部党员公然说:'如果党的机关不投降,我们就用武力干掉它。'反对派对这样的表白竟报以热烈的掌声。这时候柯察金挺身而出,说道:'你们都是党员,怎么能给这个法西斯分子鼓掌呢?'他们不让柯察金说下去,把椅子弄得乱响,还大喊大叫。支部党员对这种流氓行为十分愤慨,要求他们好好听柯察金发言。但是保尔刚一开口,他们又开始起哄。保尔冲他们嚷起来:'瞧你们的民主,可真叫好啊!不管你们怎么起哄,我还是要说下去!'当时就有几个人冲上去抓住他,想把他从台上拉下来。保尔一面抵挡,一面继续往下讲,但是那些人把他拖到后台,打开旁门把他扔到楼梯那边。一个下流坯还把他的脸打出了血。在这种情况下,支部的党员几乎都退了场,这件事擦亮了许多人的眼睛……"

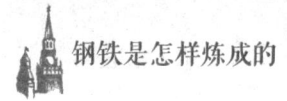

读到这里,塔莉亚走下了讲台。

谢加尔做省党委宣传鼓动部部长已经两个月了。现在他和托卡列夫并排坐在主席团的席位上,认真听着市党代会代表们的发言。到现在为止,发言的还都是做共青团工作的优秀年轻党员。

"这几年他们成长得多快呀!"谢加尔心里想。

"这些反对派已经招架不住了,"谢加尔对托卡列夫说,"重炮还没上阵呢,现在轰击托洛茨基分子的还都是年轻人。"

图弗塔跳上了主席台,会场里对他报以不满的喧嚷和哄笑。图弗塔转身面向主席团,想对这种反应提出抗议,但是会场已经安静下来了。

"刚才有人叫我气象学家,多数派同志们,你们就是这样讥笑我的政治观点的吗!"他一口气说了出来。

一阵哄堂大笑盖住了他的声音,图弗塔气愤地把会场的情形指给主席团看。

"不管你们怎么笑,我再说一遍,青年就是晴雨表,列宁有好几次就是这样说的。"

会场上立刻安静了下来。

"列宁是怎么说的?"有人问。

图弗塔活跃起来了。

"准备十月起义的时候,列宁发过指示:要把坚定的青年工人召集起来,发给他们武器,把他们和水兵一起派到最重要的地方去。我把这段话念给你们听听怎么样?我这里有全部引文的卡片。"说着,图弗塔就把手伸进了皮包。

"这我们知道!"

"关于团结问题,列宁是怎么说的呢?"

"关于党的纪律呢?"

"列宁在什么地方把青年和老近卫军对立起来过?"

图弗塔接不上茬,赶紧转换话题:

"刚才塔莉亚读了尤列涅娃的信,辩论中出现某些不正常现象,可不该由我们负责。"

茨维塔耶夫和舒姆斯基并排坐着,他气得要死,对舒姆斯基小声说:

"你派傻瓜去祷告上帝,他连头都能磕破,也太过分了!"

舒姆斯基也小声说道:

"就是啊!这个笨蛋会把我们都拖垮。"

图弗塔那又尖又细的声音还在往大家耳朵里灌:

"既然你们组织了多数派,我们就有权组织少数派!"

会场里又掀起了一阵风暴。

图弗塔的耳朵差不多被劈头盖脸而来的愤怒吼声震聋了:

"你说什么?再一次分裂成布尔什维克和孟什维克吗!"

"俄国共产党不是议会!"

"他们在为所有的孟什维克张目——从米亚斯尼科夫到马尔托夫!"

图弗塔像游泳起跳一样双手一扬,又激动地讲起来,而且越说越快:

"对,就是要有组织集团的自由,否则,我们这些持不同意见者,怎么能为捍卫自己的观点而同那些有组织、被统一的纪律团结起来的多数派斗争呢?"

会场上的吵嚷声越来越高,潘克拉托夫站起来喊道:

"让他把话说完,听听大有裨益。图弗塔把有些人想说而没说的话和盘托出了。"

会场肃静了。图弗塔这时才发觉他说过头了,这些话恐怕现在还不该说。他灵机一动,赶忙收场,说了这么一堆不着边际的话:

"当然啰,你们可以开除我们,把我们打入冷宫,不是已经开始这样做了嘛。我就已经被团省委排挤出来了。没关系,谁是谁非,不久就会见分晓。"说完他匆匆跑下了主席台。

杜巴瓦接过茨维塔耶夫一张字条,上面写着:

"季米特里,你要马上去发言。不错,我们的败局已定,发言也无法挽回局面,但是图弗塔的发言必须纠正。他是个信口开河的混蛋。"

杜巴瓦请求发言,立刻得到允许。

当他走上主席台的时候,全场鸦雀无声,都在警戒中等待着。这种讲话前的沉寂本来是常有的现象,现在却使杜巴瓦感到一种疏远和冷漠,他已经没有前几天在各支部发言时的那种气焰了。他的情绪一天比一天低落,现在就像被水浇过的一堆篝火,已经罩上一层呛人的浓烟,这浓烟就是他那被无法掩饰的失败和老朋友们反击所刺伤的病态的自尊心,以及他

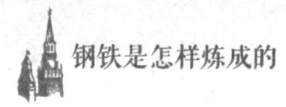

那不想承认错误的顽固态度。他决心硬着头皮顶到底,虽然他明知道这样一来只会离大多数同志更远。他讲话声音不高,但是非常清楚。

"我请求大家不要打断我,也不要中间插话。我想把我们的立场完整地申述一下,虽然我已经料到这于事无补,因为你们是多数派。"

他发言结束的时候,会场里仿佛爆炸了一颗手榴弹,飓风般的责难向杜巴瓦袭来,愤怒的呼喊像皮鞭抽脸一样痛笞着他:

"可耻!"

"打倒分裂主义分子!"

"够了,别再造谣诽谤了!"

嘲笑声伴着杜巴瓦走下台,这让他丧气极了,比起这些,怒气十足的大喊大叫倒会使他好受一些。现在人们讥笑他,就像讥笑一个故意拿腔而又唱走了调的演员一样。

"现在请舒姆斯基发言。"执行主席宣布。

舒姆斯基站起来说:

"我不说了。"

后排传来潘克拉托夫低沉的声音:

"我来说几句!"

杜巴瓦一听潘克拉托夫说话的声音,就知道了他的情绪。这个码头装卸工只有在受了严重侮辱的时候,才用这种声音说话。所以,杜巴瓦在以忧郁的目光目送微微驼背、身躯高大的伊格纳特快步走上主席台的时候,心里感到了压抑和不安。他知道伊格纳特要说什么。他想起了昨天在索罗缅卡区老朋友们的聚会,当时大家是如何诚恳地动员他脱离反对派。当时同他站在一起的是茨维塔耶夫和舒姆斯基。聚会是在托卡列夫家里举行的。在场的有伊格纳特、奥库涅夫、塔莉亚、沃林采夫、泽列诺娃、斯塔罗维洛夫、阿尔丘欣。他们说了许多希望恢复团结的话,杜巴瓦始终装聋作哑,一言不发。大家谈得最热烈的时候,他竟和茨维塔耶夫扬长而去,以此表示不愿放弃错误观点。舒姆斯基当时没有走,今天又拒绝发言。"这个没有骨气的知识分子!准让他们给争取过去了。"杜巴瓦愤愤然地想着。在这场忘乎所以、不知节制的斗争中,他已陆陆续续失去了所有朋友。在共产主义大学,他和扎尔基的多年友谊破裂了,因为扎尔基在常委会上激烈反对"四十六人声明"。后来,当分歧进一步加剧的时候,他就不再和扎尔基说话了。他有好几次在家里遇到扎尔基，扎尔基是来找安娜的。安娜早在一年前就嫁给他了，但他和安娜各有自己的房间。杜巴瓦认为，由于安娜不同意他的观点而造成了夫妻间日益恶化的紧张关系，另一个原因就是扎尔基成了安娜的常客。这倒不是出于嫉妒，而是因为安娜和他杜巴瓦已经与之绝交的扎尔基仍保持着友好关系，这一点使他十分恼火。杜巴瓦把这一切想法和过程都对安娜讲过，结果是大吵一场，关系越发紧张。这次赴会，他对安娜连招呼都没打，就到这里来了。

杜巴瓦追忆往事的思路被潘克拉托夫的声音所打断，潘克拉托夫开始发言了：

"同志们！"潘克拉托夫说这个词的时候吐字清楚而有力。他登上主席台，站在脚灯旁边，"同志们！九天来我们都在听着反对派的发言。坦率地说，他们都不是作为战友，作为革命战士，作为我们的阶级弟兄和并肩战斗的同志在这里发言的。他们的发言充满了敌意，与我们势不两立，十分恶毒，又带有诽谤性。是的，同志们，这是诽谤性的言论！他们把我们布尔什维克说成是党内专横制度的拥护者，背叛阶级利益和革命利益的人。他们污蔑我们党内最优秀的、久经考验的、光荣的布尔什维克老战士，也就是说，污蔑那些培育和锻炼了俄国共产党的人，那些在沙皇的监狱里备受折磨的人，那些在列宁同志领导下同国际上的孟什维主义，同托洛茨基分子进行了无情斗争的人。他们污蔑这些人是党内官僚主义的代表。除了敌人，还有谁能说出这种话来呢？难道党和党的机关不是一个整体吗？请大家说说看，这像什么话？假如有人恰恰在部队被敌人包围的时候，教唆年轻的红军战士出来反对他们的指挥员、政委、司令部，我们该叫这些人什么呢？在托洛茨基分子看来，我今天当钳工，还可以算个'好人'，要是我明天当上了党委书记，我就是'官僚'，成了'机关老爷'了。这叫什么话！在那些起劲地叫嚷反对官僚主义，争取民主的人当中，就有图弗塔、茨维塔耶夫、阿法纳西耶夫这样一些人。图弗塔不久前是因为犯官僚主义错误而被撤职的。茨维塔耶夫是因为他那套'民主'而在索罗缅卡区出了名的。阿法纳西耶夫曾经因为在波多尔区强迫命令和压制民主而三次被省委撤职。同志们，你们看，由这些人来反对官僚主义岂不是咄咄怪事？然而事实就是这样：现在凡是受过党的批评处分的人，都纠合在一起进行反党活动了。至于托洛茨基的'布尔什维主义'是些什么货色，还是让老布尔什维克来介绍一下吧。现在,当人们把他的名字和党加以比较的时候,应该让青年们了解一下托洛茨基反对布尔什维克的历史,了解一下他是怎样反复无常,从一个阵营跳到另一个阵营的。同反对派的斗争,使我们的队伍更加团结,使青年们的思想更加坚强了。布尔什维克党和共青团在反对各种小资产阶级思潮的斗争中得到了锻炼。反对派里那些患有歇斯底里恐慌症的先生们预言,我们在政治上和经济上要彻底破产。而我们的未来将会证明,他们的这种预言是多么荒谬。他们要求把我们的老同志,比如托卡列夫、谢加尔,都派去开车床,而让杜巴瓦这类把反党活动当作英雄行为的失灵晴雨表来占据他们的位置。不行,同志们,我们不能这样做。老同志们要有人来接班,但是绝不能让那些一有风吹草动就向党的路线猖狂进攻的人来接替他们。我们绝不允许任何人破坏我们伟大的党的团结。老近卫军和青年近卫军永远不会分裂。我们在列宁的旗帜下,同各种小资产阶级思潮进行的斗争,一定会取得胜利!"

潘克拉托夫走下讲台,会场响起热烈的掌声。

第二天,图弗塔那里聚集了十来个人,杜巴瓦说:

"我和舒姆斯基今天要动身回哈尔科夫。我们在这里已经没有什么事可做了。你们要尽量抱成团,千万不要散伙。我们只能等待时局发生变化。显然,全俄党代会将批判我们,不过依我看,还不至于马上采取迫害行动。多数派决定在工作中再考验我们一段时间。现在,特别是党代会之后,再搞公开斗争,就会被开除出党,而那是不符合我们的行动计划的。前景如何,很难预料,好像也没什么好说的了。"说完,杜巴瓦站起来就想走。

薄嘴唇的瘦子斯塔罗维洛夫也站起来了。他卷着舌头结结巴巴地说:

"季米特里,这我就不懂了,你的意思是不是说,代表会议的决议我们可以不服从?"

茨维塔耶夫粗暴地打断了他的话:

"形式上还得服从,否则他们会收回你的党证。咱们得看看风向再说,现在可以散会了。"

图弗塔坐在椅子里不安地晃了一下,舒姆斯基愁眉不展,脸色苍白,由于连夜失眠而眼圈发黑。他一直坐在窗户旁边,啃他的指甲。听到茨维塔耶夫后面几句话,他停止了那恼人的动作,朝在场的人转过身来。

"我反对使这套花招,"他突然生起气来,粗声粗气地说,"我个人认为,党代会的决议我们必须服从,我们已经申述和坚持了自己的意见,会议既然做出了决议,我们就应该服从。"

斯塔罗维洛夫以赞同的目光看了他一眼,转着舌头小声说:

"我也是这个意思。"

杜巴瓦逼视着舒姆斯基,从牙缝里挤出两句故意挖苦的话:

"悉听尊便,你还可以到省党代会上去'认罪'呢。"

"季米特里,你这是什么态度?不瞒你说,你的话只能使我离你远远的,仔细考虑考虑昨天的立场。"

杜巴瓦挥手往外轰他:

"你也只有这条路可走了,快去认罪吧,现在还不晚。"

于是,杜巴瓦和图弗塔等人握手告别。

随后,舒姆斯基和斯塔罗维洛夫也很快离开了。

1924年是以滴水成冰的酷寒载入史册的。整个1月份,天气异常寒冷,冰雪覆盖着祖国大地。月中开始,风暴骤起,大雪肆虐,半月不停。

西南铁路线的整个道路都被大雪封住了。人们和无情的天灾展开了搏斗,除雪机的铁犁头切入高大的雪堆,给列车开出一条路来。因为严寒和风雪,结了冰的电报线断了不少,十二条线中只有印欧线和另外两条直通线还可以通报。

在舍佩托夫卡火车一号站的报务室里,三架莫尔斯电报机哒哒哒地响着,只有内行人的耳朵才能听懂这不绝于耳的密语。

两个女报务员都很年轻。从开始工作到现在,经她们的手发出的电报纸条不超过两万米长,而她们的同事,一个老报务员,收发的纸条已突破二十万米大关了。他不像她们那样,皱着眉头读纸条,拼读那些难解的单词和句子,他根据电报机的哒哒声,就能把电文译出来,逐字写在电报纸上。现在他正在收听并记录一份电文:"同文发往各站,同文发往各站,同文发往各站!"

老报务员一边抄录一边想:"大概又是清除积雪的通告。"外面狂风呼啸,卷起团团白雪,向窗玻璃打来,使报务员觉得好像有人在敲窗户。他转过头来，不由得欣赏起玻璃上那美丽的霜花来。霜花的图案精巧别致，有枝有叶，世上没有一只巧手能刻得出来。

他看得出了神，竟忘记了听机子的响声，等他移开视线，转过头来的时候，已经漏过了一段电文，他赶紧托起纸条来看，见那内容是：

"1月21日6时50分……"

他迅速记下这段电文，然后放下纸条，手托着头，继续往下听：

"在高尔克逝世……"电报员慢慢记下了这句话。他一生中收听过多少喜讯和讣闻哪，他总是最先知道别人的悲痛和幸福。那些高度浓缩而又不完整的句子究竟说些什么，他早就不去留意了。他把耳朵捕捉到的字句机械地搬到纸面上，至于它是什么含义，他早就不去思索了。

不过是某某人死了，通知某某人而已，老报务员已经忘记了电文开头的那几个字："同文发往各站，同文发往各站，同文发往各站！"机子继续响着，他把机锤敲击的哒哒声译成单字"弗…拉…基…米…尔—伊…里…奇…"他平静地坐在那里，已经有点累了。在某个地方死了一个叫作弗拉基米尔·伊里奇的人。他现在把这个噩耗抄下来，要通知某个人。收到死讯后，有人又要悲痛欲绝，号啕痛哭。不过这都和他没什么关系，他只是一个局外人，旁观者。机器哒哒地拍出几点，一横，又是几点，又是一横。老报务员听着这熟悉的声音，立即译出了第一个字母"Л"，把它写在了电文纸上。接着写上第二个字母"E"，然后又工工整整地写上"H"，还把两竖中间那个短横描了两次。接下来是"И"，最后一个字母不用动脑子，一听就知道是"H"。

收报机接着打出一个停顿符号，报务员仅用十分之一秒的时间扫了一眼刚才抄下来的五个字母，就拼写出一个姓氏"ЛЕНИН（列宁）"。

电报机还在哒哒地响着。老报务员刚才偶然碰到的那个熟悉的名字再一次出现在他的脑海里，他看了一遍最后那两个字——列宁。怎么？……列宁？……他把电报纸拿远一些，看看电报的全文，瞪大眼睛看了好一会儿，于是他干这行三十二年以来，第一次不相信自己亲手抄的东西了。

他逐行看电文，反复看了三次，看来看去还是那句话："弗拉基米尔·伊里奇·列宁逝世。"老报务员一下子跳了起来，抓住那卷曲成螺旋形的纸条儿，两眼紧紧盯着电文。然而，他不敢相信的消息还是被这张小纸条证实了！他把惨白的脸转向那两个女同志，她们听到他一声惊呼：

"列宁逝世了!"

惊人的噩耗从敞开的房门溜出报务室,像狂风一样迅速掠过车站,冲进暴风雪,在铁路沿线和各交叉点上旋卷着,又随一股寒冷的气流钻进机车库那扇半开的大铁门里。

机车库里一号修车地沟上停着一辆火车头,小修队正在修理它。波利托夫斯基老头亲自下到地沟里,钻到车头底下,把有毛病的地方指给钳工们看。扎哈尔·勃鲁扎克和阿尔焦姆正在把一个压弯了的炉条捶平。勃鲁扎克钳住炉条,把它平放在铁砧上,阿尔焦姆一锤一锤地打着。勃鲁扎克这几年老多了,经历的往事在他额头上刻下了深深的皱纹,也给他的两鬓平添了银丝。他的背也驼了,深陷的眼窝常常流露出忧郁的神色。

机车库的门半开着,射进一线光亮,一个人从门外闪了进来,在傍晚的黑暗中却看不清他是谁。铁锤的敲打声淹没了他的第一声叫喊。但当他跑到在车头旁边干活的人们跟前时,阿尔焦姆抡起的铁锤突然在半空停住了。

"同志们,列宁逝世了!"

那铁锤缓慢地从阿尔焦姆的肩膀上溜下来,他用一只手把它轻轻地放在地上。

"你说什么?"阿尔焦姆听到来人报告的可怕消息,手像老虎钳一样抓住了他的短皮大衣。

那个满身是雪,喘着粗气的人,低沉而又伤感地重复了一遍:

"真的,同志们,列宁去世了……"

因为说话的人没有高声叫喊,阿尔焦姆才明白这个可怕的消息是真的。他马上仔细看看那人的脸,原来是车库党支部书记。

人们纷纷从修车的地沟里爬上来,默默地听着有关这位世界名人逝世的消息。

突然,大门旁边一台机车吼了起来,大家都打了一个寒战。接着,车站尽头的一台机车出来响应,随后是第三台……发电厂的汽笛也应和着机车那强有力的、充满不安的召唤,像霰弹飞啸一样发出了尖叫。一列客车正准备开往基辅,它那高速而漂亮的C型机车敲响了铜钟,清脆嘹亮的钟声压过了其他声音。

舍佩托夫卡—华沙直达列车上的一名波兰司机知道了这些汽笛声的意义，他又倾听了一会儿，就慢慢举起手，拉下了那个打开汽笛活塞的小铁链。这一出人意料的举动，把国家政治保安部的一个工作人员吓了一跳。波兰司机知道，这是他最后一次拉汽笛，以后他再也不能开车了，但是他的手一直没有松开链子。这辆车的吼叫声吓坏了包厢里的波兰信使和外交官员，他们慌忙从柔软的沙发上跳了起来。

机车车库挤满了人。人们从各个门往里拥。当整个车库的巨大厂房已经人满为患的时候，在哀悼的静默中有人开始讲话了。

讲话的是舍佩托夫卡专区党委书记，老布尔什维克沙拉布林。

"同志们！全世界无产阶级的领袖列宁逝世了。我们党遭受了无法弥补的损失——那位缔造了布尔什维克并教育她同敌人进行毫不妥协的斗争的领袖永远离开了我们……党和无产阶级的领袖逝世，是一种召唤，它召唤无产阶级的优秀儿女加入我们的队伍……"

哀乐奏起，几百人脱下了帽子。十五年来没有掉过眼泪的阿尔焦姆突然感到喉咙哽住了。他那有力的肩膀也颤抖起来。

铁路工人俱乐部的四壁似乎承受不住这么多人的压力。外面是刺骨的严寒，门旁的两棵云杉蒙上了厚雪，挂上了冰柱，会场里却闷热得很，这不只是由于荷兰式的炉子烧得太热，还由于六百多人的呼吸。他们都是来参加党召开的追悼大会的。

会场里没有惯常的嘈杂声、说笑声。巨大的悲痛使人们的嗓音哑了。他们谈话的声音都很低，而且几百双眼睛流露出的都是悲伤与不安。聚集在这里的好像是一班失去领航员的船员，他们的领航员久经考验，却被狂风巨浪卷走了。

党委会的委员们默默地在主席台上坐下来。又矮又胖的西罗坚科小心地拿起铃，只轻轻一摇，就放下了，这已经够了。

一种令人感到压抑的沉寂逐渐笼罩了会场。

报告完了以后，党委书记西罗坚科立刻从桌子后面站起来宣布一件事。这种事在追悼会上宣布是很少见的，但并没有使任何人感到惊奇。他说：

"三十七位工人同志联名写了一份申请书，请求大会予以审查。"接

着,他宣读了这份申请书:

"西南铁路舍佩托夫卡站布尔什维克共产党组织:

领袖的逝世号召我们加入布尔什维克的行列,我们请求在今天的大会上审查我们并接受我们加入列宁的党。"

在这简短的申请书下面是两行签名。西罗坚科念了这些签名,每念完一个就停几秒钟,以便与会者记住这些熟悉的名字。

"波利托夫斯基·斯塔尼斯拉夫·济格蒙多维奇,火车司机,三十六年工龄。"

一片赞同的声浪滚过会场。

"柯察金·阿尔焦姆·安德烈耶维奇,钳工,十七年工龄。"

"勃鲁扎克·扎哈尔·瓦西里耶维奇,火车司机,二十一年工龄。"

会场里说话的声音越来越大了。西罗坚科继续往下念名字,大家听到的都是终年和钢铁、机油打交道的产业大军的姓名。

当第一个签名的人走上讲台的时候,全场立刻鸦雀无声了。

波利托夫斯基老人讲起自己的生平时,怎么也抑制不住内心的激动:

"……同志们,我还能说什么呢?旧社会工人生活怎么样,大家都清楚。一生当牛做马,到老了就要沦为叫花子。说实在的,革命刚闹起来的时候,我想我上岁数了,拖家带口的,就忽略了入党的事。两军交战的时候,虽然我从来没有帮过敌人的忙,但也很少参加战斗。1905年在华沙工厂参加过罢工委员会,跟布尔什维克干过一段。当时年轻,干事也干脆。老话就不用提了!现在,列宁一死,太伤我的心了,我们永远失去了自己的朋友和贴心人。什么老不老,岁数大不大,我不能再说这话了!……我不会讲话,让那些比我会讲的来讲吧,我向你们说的只有一句:跟布尔什维克走,绝不含糊。"

老司机那白发苍苍的头倔强地晃了一下,灰白眉毛下的目光十分坚定,一眨不眨地盯着会场,他似乎在等待听众的裁决。

没有一个人举手反对这个矮个子的白发老人入党,当党委会请非党员发表意见时,也没有人投弃权票。

波利托夫斯基以共产党员的身份走下了讲台。

会场上的每个人都懂得,眼前发生的一切非同寻常。刚才老司机讲话的地方,现在站上了身材魁梧的阿尔焦姆。钳工不知道他的大手往哪里放好，就不停地摆弄手里那顶大耳帽子。他那件衣襟磨光了的羊皮短大衣完全敞开着，露出的灰色军便服，领口上整整齐齐扣着两颗铜纽扣，倒使他显出过节一样的整洁。阿尔焦姆把脸转向会场，猛然间，他看见了一个熟悉的女人面孔：石匠女儿加莉娜正坐在缝纫厂工人中间。她对阿尔焦姆宽恕地一笑，微笑中包含着对他的鼓励，嘴角上露出一种含蓄的，只能意会而难于言传的表情。

"请讲讲你的经历吧，阿尔焦姆。"西罗坚科对他说。

阿尔焦姆·柯察金不知从何说起，因为他不习惯在大会上讲话。只有这时他才感觉到，他无法把生活中积累的一切事情都讲给大家听。词句组织不到一起，加上心情激动，就更有话说不出来了。他还从来没有体验过这种滋味。他清楚地意识到，生活将要发生一个急转弯。他现在正在跨出关键的一步，这一步将使他那因循守旧、萎靡不振的生活变得更温暖，更富有意义。

"母亲生了我们四个孩子。"阿尔焦姆开始说。

会场里静极了，六百人在聚精会神地听这个高个子，鹰钩鼻，浓眉毛，深眼窝的工人讲话。

"我母亲给有钱人家当用人，父亲不大记得了，只知道他和母亲合不来，酒喝得很凶，我们和母亲一起过。喂这么多张嘴，她非常不容易。东家每月付给她四个卢布，管饭吃。她起早贪黑给人干活，腰都直不起来。我算运气不错，上了两个冬天小学，学会了读书写字。我满九岁那年，母亲迫不得已打发我到一家小铁工厂去当学徒。不拿工资，白干三年，只管饭。铁厂老板是德国人，姓费斯特。他嫌我岁数小，不愿意要，好在我体格结实，母亲又给我多报了两岁，才把我收下。我给德国人干了三年，他什么手艺也没教我，尽派我干杂活，打酒。他一喝起酒来就不要命，铲煤、搬铁都是我的事……老板娘也把我当小听差使唤，叫我倒尿罐，削土豆皮。他们俩动不动就用脚踢我，常常是无缘无故的，只是因为习惯。老板喝醉酒，老板娘拿别人撒气，稍有不如意，就扇我一两个耳光。有时候，我从她手里挣脱出来，跑到街上去，可是上哪儿去呢？有苦向谁诉呢？母亲离我有四十俄里，再说她那里也没有安身的地方啊……工厂里也好不到哪儿去，工头是老板的弟弟，这混蛋常常拿我开心。有一次，他指着放铁匠炉的屋角说：'去把那个铁套圈给我拿来。'我跑过去伸手就拿，谁知他刚把它捶完,从炉子里夹出来,扔在了地上。铁套圈放在地上是黑色的,用手一抓,皮都烫掉了。我疼得又哭又喊,他却在那里放声大笑。我实在受不了这种压榨,就逃回母亲那里。但母亲没有地方安顿我,又领我回了德国人那儿。她送我回去的时候,一路走一路哭。第三年,他们开始教我点儿钳工手艺了,可是照旧打耳光。我又跑了,一下子跑到康斯坦丁诺夫旧城,进了一家灌腊肠的小作坊。在作坊里洗肠子,干了不到两年。后来,老板赌钱输光了家当,四个月工钱分文不付就溜号了,我也就离开了那个鬼地方。我搭上了一趟火车,到了日美林卡,下了车我就找活干。感谢一个机车库的工人,他很同情我的处境,他听说我多少会点钳工手艺,就当我是他侄子,到上司那里去说情,央求上司收下我。我个子高,给我报了十七岁,于是我当上了钳工的助手。后来我转到这里干活,至今已经九个年头了。这就是我以前的情况,到这里以后这一段你们全都清楚。"

阿尔焦姆用帽子擦了擦前额,长长地舒了一口气,现在还有一件最重要的,也是他最难讲的事要说,不能等着别人发问。他皱了皱浓眉,又继续说下去了:

"每个人都可能问我:革命烈火刚刚烧起来的时候,我为什么没有成为布尔什维克?对这个问题,我能说什么呢?不是年龄问题,因为我离年老还远着呢。我只能说,今天到这里才找到了该走的路。还有什么好隐瞒的?就是当初没看清路。早在1918年举行反德大罢工的时候,就该走这条路了。那时候有个水兵叫朱赫来,他就跟我们谈过不止一次。直到1920年我才背起步枪参加战斗。后来,战乱结束了,把白匪扔进了黑海,我们就转回来了。接着是成家,生孩子——我就一头扎进家务琐事里去了。今天,我们的列宁同志去世了,党向我们发出了号召,我回顾一下自己的生活,才看清了我生活中缺少的是什么。仅仅保卫过自己的政权是不够的,我们还应当齐心协力,像一家人一样去接替列宁,把苏维埃政权建成铁打的江山。我们都应当成为布尔什维克——难道她不是我们自己的党吗?"

阿尔焦姆朴实而又极其真诚地结束了自己的发言,还有点为自己那不同寻常的措辞感到不好意思。现在,他像卸下了肩上的重担,挺直身子,等待大家提问题。

"也许,有人想问点什么吧?"西罗坚科打破了沉默。

座位上的人开始动弹，但还没有人马上答话。一个从火车头上下来就直接来到会场，黑得像甲虫一样的司炉给了一个令人快慰的答案：

"有什么可问的？难道我们还不了解他吗？把党证给他不就得了！"

敦敦实实的锻工吉利亚卡又热又紧张，脸涨得通红，用患了感冒的沙哑声音说：

"这种人不会玷污党员的称号，他会成为一个坚强的同志。表决吧，西罗坚科！"

后面共青团员席位上站起来一个人，由于光线太暗，看不清是谁，他提了一个问题：

"让柯察金同志说说，他为什么让土地给缠住了，这会不会使他丧失无产阶级意识？"

会议上掠过一阵轻轻的、不以为然的议论声，有人出来表示异议：

"说简单点！别跑到这里来卖弄……"

但是阿尔焦姆已经开始回答了：

"没关系，同志们。这个小伙子说得对，我是让土地给缠住了，这是事实。不过我并没有因为务农而把工人阶级的良心丢掉。从今天开始，这一切都结束了。我要全家迁到工厂附近来，住在这里更牢靠些。不然的话，那块地会压得我喘不过气来。"

当阿尔焦姆看到如林的手臂纷纷举起的时候，他的心又一次震颤了。他感到浑身轻松，挺胸阔步向自己的座位走去。身后传来了西罗坚科的声音：

"一致通过。"

第三个走上主席台的是扎哈尔·勃鲁扎克。波利托夫斯基这个少言寡语的老助手，早就当上司机了。他介绍了自己劳苦的一生，快结束的时候，讲到了近些天的感受。他说话声音很低，但是大家都听得很清楚。

"我应该接替我的两个孩子，去完成他们没有完成的事业。他们的死，不是为了让我躲到房后去哭。我还没有补上他们牺牲的损失。这回领袖逝世打开了我的眼界。过去的事大家就不要问我了，我们真正的生活要从现在起重新开始。"

勃鲁扎克追忆往事，心绪很乱，忧郁地皱着眉头。会上没人给他提出任何尖锐问题，就举手通过他入党了。他的眼睛闪出光彩，斑白的头也扬了起来。

　　机车库审查接收新党员的大会一直开到深夜，只有那些大家十分了解，经过长期生活考验的，最优秀的分子，才被接收入了党。

　　列宁逝世使几十万工人成为布尔什维克。领袖逝世了，但是党的队伍没有涣散。一棵根子深深扎进土壤的大树，只削去它的树顶，它是不会死去的。

第六章

旅馆音乐厅门口站着两个人。其中一个是高个子,他戴着一副夹鼻眼镜,胳臂上佩戴着写有"纠察队长"字样的红袖章。

"乌克兰代表团是在这儿开会吗?"丽达问。

"是的。有什么事情?"那高个子打着官腔回答。

"请让我进去。"丽达说。

那高个子堵住入口处,打量了一下丽达。问:"您的证件呢?只有正式代表和列席代表才能进去。"

丽达从皮包里拿出烫金的代表证。高个子看到上面印着"中央委员会委员"的字样,于是他那打官腔的怠慢态度立刻消失,变得彬彬有礼,像对自家人一样亲热地说:

"请吧,请进,左边有空位子。"

丽达从一排排椅子中间穿过去,找到一个空位子,坐了下来。

看样子,会议就要结束了。丽达注意听着主席的讲话。她觉得这个人的声音听起来挺耳熟。

"同志们,出席全俄代表大会的各代表团首席代表会议的代表,以及出席代表团会议的代表,已经选举完毕。现在离开会还有两个小时。请允许我再次核对一下出席代表大会的代表名单。"

丽达认出这个人是阿基姆。他正匆匆忙忙地念着代表名单。

每叫到一个名字时,就有一只拿着红色或白色代表证的手举起来。

丽达聚精会神地听着。

她听到一个熟悉的名字:

"潘克拉托夫。"

丽达回头朝举手的地方看去,那里坐着一排排代表,却看不到那码头工人熟悉的面孔。名单念得很快,她又听到一个熟悉的名字——奥库涅夫,紧接着又是一个——扎尔基。

丽达看见了扎尔基。他就坐在离她不远的地方,身子半朝着她。那不就是他的侧影吗,已经不大认得出来了……是他,是伊万。丽达已经有好几年没有见到他了。

名单迅速地往下念,突然,听到一个名字,她不由得哆嗦了一下:

"柯察金。"

前面很远的地方举起一只手,随后又放下了。说来奇怪,丽达竟迫不及待地想去看看那个与她已故的朋友同姓的人。她目不转睛地盯着刚才举手的地方,但是所有的脑袋看上去全都一样。丽达站起来,沿着靠墙的通道向前排走去。这时候阿基姆念完了名单,顿时响起一阵挪动椅子的嘈杂声,代表们大声说起话来,年轻人发出爽朗的笑声。阿基姆竭力想盖过大厅里的嘈杂声,大声喊道:

"大家别迟到!……大剧院,七点!……"大厅门口非常拥挤。

丽达明白,她不可能在这一股拥挤的人流中找到刚才名单中念到的熟人。唯一的办法就是盯住阿基姆,再通过他找到其他人。她让最后一批代表从她身边走过,就朝阿基姆走去。

这时候她突然听到身后有人说:

"怎么样,柯察金,咱们也走吧,老弟!"

接着她听到一个那么熟悉,那么难忘的声音回答说:

"走吧。"

丽达急忙回过头来。只见面前站着一个身材高大、皮肤微黑的青年。他穿着草绿色军便服和蓝色马裤,腰上系着一条高加索窄皮带。

丽达睁大眼睛望着他,直到一双手亲热抱住她,颤抖的声音轻轻地叫了一声"丽达",她才明白,这真是保尔·柯察金。

"你还活着?"

这句问话说明一切,原来她一直不知道他死去的消息是误传。

大厅里的人已经走光了。从敞开的窗户里传来了本市这条交通要道——特维尔斯卡雅大街的喧闹声。时钟响亮地敲了六下,可是他们俩都觉得见面才几分钟。时钟催促他们到大剧院去。当他们沿着宽阔的阶梯向大门走去的时候,她又仔细地看了看保尔。他现在比她高出半头。还是从前的模样,只是比以前更加英武,更加沉着了。

"你看,我还没有问你在哪儿工作呢。"

"我现在是共青团专区委员会书记,或者像杜巴瓦说的,当了'机关老爷'了。"保尔微笑着说。

"你见过他吗?"

"见过,不过那次见面给我留下的印象很不愉快。"

他们走上了大街。街上,汽车鸣着喇叭疾驰而过。喧嚷的行人来来往往。到剧院去的路上,他们俩几乎没有说话,心中却想着同一件事情。剧院周围人山人海。狂热而固执的人群一次又一次地向剧院石砌的大厦拥过去,一心想冲进红军战士把守的入口,但是铁面无私的卫兵只让代表进去。代表们自豪地举着证件,从警戒线穿过去。

剧院周围的人海里全是共青团员。他们没有列席代表证,但是都千方百计想参加代表大会的开幕式。有些小伙子挺机灵的,混在代表群里朝前挤,手里也拿着一张红纸片,冒充证件。他们有的竟能混到会场门口,有的人甚至钻进了大门。但是他们马上就被引导来宾和代表进入会场的值班中央委员或纠察队员抓住,赶出门来。这使得那些混不进去的"无证代表"大为高兴。

想参加开幕式的人很多,可是剧院连二十分之一也容纳不了。

丽达和保尔费了很大劲才挤到会场门口。代表们乘坐有轨电车、汽车陆续来到会场。门口挤得水泄不通。红军战士——他们也是共青团员——招架不住了,他们被挤得紧紧贴在墙上,门前喊声响成一片:

"挤呀!兄弟们!挤呀!"

"挤呀!伙伴们,咱们要胜利了!"

"加——油——啊!"

一个戴着共产国际徽章的小伙子灵活得像条泥鳅,随着保尔和丽达挤进了大门。他躲过纠察队长,神速地跑进休息室,一转眼就钻进代表群中不见了。

"我们就坐在这儿吧。"他们走进大厅后,丽达指着后排的位子说。

他们在一个角落里坐了下来。

"有一个问题,我想要你回答。"丽达说,"虽然事情已经过去,但是我

想你会告诉我的:当初你为什么要中断咱们的学习和咱们的友谊呢?"

虽然保尔刚见到她,就预料到她会提这个问题,现在他还是感到尴尬。他们的目光相遇了,保尔看出,她是知道原因的。

"丽达,我想你是完全知道的。这是三年前的事了。今天我只能责备当时的保尔。总的说来,保尔·柯察金一生中犯过许多大大小小的错误,你刚才提到的就是其中一个。"

丽达微微一笑。

"这是一个很好的开场白。但是我想听到你的答案。"

保尔低声地说:

"这件事不能只怪我,'牛虻'和它的革命浪漫主义也有责任。有一些书塑造了革命者的鲜明形象,他们英勇无畏,刚毅坚强,彻底献身于革命事业。这些书给我留下了不可磨灭的印象,使我产生了做这样的人的愿望。对你的感情,我就是照'牛虻'的方式处理的。这样做,我现在感到很可笑,不过更多的是遗憾。"

"这么说,今天你对'牛虻'的评价改变了?"

"不,丽达,基本上没有改变!我否定的只是毫无必要地以苦行考验意志的悲剧成分。但是'牛虻'的主要方面我是肯定的。我赞成他的勇敢,他的非凡的毅力,我赞成他这种类型的人,他们能够忍受巨大的痛苦而不在任何人面前流露。我赞成这种革命者的典型,对他们来说,个人的一切同集体事业相比较是微不足道的。"

"保尔,这些话三年前你就应该说,可是直到现在才说,只有使人感到遗憾了。"丽达若有所思地微微一笑。

"丽达,你说使人遗憾,是不是因为我永远只能是你的同志,而不能成为更亲近的人呢?"

"不,保尔,你本来是可以成为更亲近的人。"

"那么,事情还来得及补救。"

"有点迟了,牛虻同志。"

丽达微笑着说了这句话,接着她又解释说:

"我现在已经有了一个小女孩。她有个父亲,是我的好朋友。我们三个人生活得很美满,现在是三位一体,密不可分。"

她用手指轻轻地触了一下保尔的手,表示对他的关切。但是她马上就明白了，这个动作是多余的。是的，这三年来，他不仅仅是在体格方面成长了。丽达知道他现在很难过——从他的眼睛里可以看得出来，但是他毫不做作地真诚地说：

"不管怎样，我得到的东西比我失去的东西要多得多，这是没法相比的。"

保尔和丽达站了起来。应该坐到离台近一些的地方去了。他们朝着乌克兰代表团座席走去。乐队奏乐了。巨大的横幅标语鲜红似火，闪光的大字仿佛在呼喊："未来是属于我们的。"楼上楼下的几千个座位和包厢已坐满了人。这几千人聚集在一起，形成了一个强大的变压器——一个取之不尽、用之不竭的原动力。宏伟的剧院接待了伟大的工人阶级的青年近卫军的精华。几千双眼睛凝视着沉重的帷幕上方，每双眼睛都是亮晶晶的，反映出"未来是属于我们的"几个闪光的大字。

人们还在不断地拥进会场。再过几分钟，沉重的天鹅绒帷幕就要慢慢地拉开，全俄共青团中央委员会书记恰普林，在这无比庄严的时刻，也会暂时失去平静，他将激动地宣布：

"全俄共产主义青年团第六次代表大会现在开幕！"

保尔从来没有这样鲜明、这样深刻地感到革命的伟大和威力。他感到有一种难以言喻的骄傲和前所未有的喜悦。这是生活给他的，是生活把他这个战士和建设者送到这里来，参加这个布尔什维主义青年近卫军的胜利大会的。

大会占去了参加者的全部时间——从清晨直到深夜。保尔只是在最后一次讨论会上才见到了丽达。她正和乌克兰代表在一起。

丽达对他说：

"明天大会闭幕以后，我立刻就要回去。不知道临别前我们还能不能再谈一次。所以我今天把过去的两本日记找了出来，还写了一封信，准备留给你。你看完了，把日记给我寄回来。这些东西会把我没有向你说的事情全告诉你。"

保尔握了握她的手，目不转睛地看了她一会儿，好像要把她的面容铭记在心里似的。

第二天，他们按照约定的时间在大门口见了面。丽达交给他一个包和一封封好的信。周围的人很多,因此他们告别的时候很拘谨,保尔只是在她那湿润的眼睛里看到了深切的温情和淡淡的忧郁。

一天以后,火车载着他们朝不同的方向开走了。

乌克兰代表们分坐在几节车厢里。保尔跟基辅代表们在一起。晚上,大家都睡了,奥库涅夫也在旁边的铺位上发出了轻轻的鼾声。保尔移近灯光,打开了那封信:

保尔,亲爱的!

　　这些话我本来可以亲自告诉你,不过,还是写信更好一些。我只有一个希望,就是我们在大会开幕那天谈的事,不要在你的生活里留下痛苦的回忆。我知道你很坚强,所以我相信你说的话。我对生活的看法并不拘泥于形式。在私人关系上,有时候——当然非常少见——如果确实出于不平常的、深沉的感情,是可以有例外的。你就可以得到这种例外。但是,我还是打消了偿还我们青春宿债的念头。我觉得那样做并不会使我们得到很大的愉快。保尔,你对自己不要那样苛刻。我们的生活里不仅有斗争,而且也有美好感情带来的欢乐。

　　至于你生活的其他方面,我指的是你生活的主要内容,我是完全放心的。紧握你的手。

丽达

保尔沉思着,把信撕成碎片,然后两手伸出窗外,任凭风把那碎片从他手中吹走。

第二天早晨,保尔读完了两本日记,把它们包起捆好。到了哈尔科夫,乌克兰的部分代表,其中有奥库涅夫、潘克拉托夫和保尔都下了车。奥库涅夫准备到基辅去,把住在安娜家的塔莉亚接走。潘克拉托夫当选为乌克兰共青团中央委员,有事要办。保尔决定同他们一起到基辅去,顺便看看扎尔基和安娜。他到车站邮局给丽达寄日记本,耽搁了一会儿,出来的时候,朋友们已经走了。

他坐电车到了安娜和杜巴瓦的住所。保尔走上二楼,敲了一下左边的门——安娜就住在这里，里面没有人应声。时间还很早，安娜不可能这么早去上班。"她也许还在睡觉。"——保尔想。这时隔壁的门打开了，睡眼惺忪的杜巴瓦走了出来，站在门口。他脸色灰暗，眼圈发黑，身上散发着刺鼻的洋葱味。保尔那灵敏的嗅觉马上闻到了他嘴里喷出来的隔夜的酒气。从半开着的房门里，保尔看见了床上躺着一个胖女人，确切地说，看到了那女人的肩膀和一条光着的大肥腿。

杜巴瓦注意到了保尔的目光，用脚一踹，把门关上了。

"怎么，你是来找安娜·鲍尔哈特同志吗？"他眼睛看着墙角用沙哑的声音问，"她已经不在这儿住了，你难道不知道吗？"

保尔皱着眉头，仔细打量着他。

"我不知道，她搬到哪儿去了？"他问道。

杜巴瓦突然大发脾气说：

"这我可不感兴趣。"他打了个嗝，又压住火气，不怀好意地说，"怎么，你是来安慰她的吧？好啊，来得正是时候。位子已经腾出来了，赶快行动吧！你肯定不会碰钉子，她跟我提过好多次，说她挺喜欢你……或者像娘儿们的另一种说法……抓住机会吧。这回你们的精神和肉体就都一致起来了！"

保尔感到两颊发烧。他竭力克制自己，轻轻地说：

"季米特里，你怎么堕落到这种地步！没想到你会变得这么无赖。要知道，过去你是个挺不错的小伙子嘛。你为什么要堕落下去呢？"

杜巴瓦把身子靠在墙上。看样子，他光脚站在水泥地上有点冷，所以把身子蜷缩起来。房门打开了，一个睡眼惺忪、两腮浮肿的女人探出头来，说：

"我的猫咪，快进来吧，在那儿站着干吗？……"

杜巴瓦没有等她说完，就猛地把门关上，用自己的身子顶住。

"真是一个好开端……"保尔说，"你把什么人领到房里来了！你这样下去怎么得了啊？"

看样子杜巴瓦是不愿意再谈下去了，他大声喊道：

"连我跟什么人睡觉也要你们下指示吗？这些说教我早已听够了！你从哪儿来的，就滚回哪去吧！走吧，去告诉大家，就说杜巴瓦现在又喝酒，又嫖女人！"

保尔走到他跟前，激动地说：

"季米特里，把这女人赶出去，我想最后再跟你谈一次……"

杜巴瓦把脸一沉，转身走进房间。

"呸，你这个坏蛋！"保尔低声骂了一句，慢慢地走下楼去。

两年过去了。无情的时光一天天、一月月流逝着，而生活则飞速前进。丰富多彩的生活总是给这些表面似乎单调的日子带来新的内容，每天都同前一天不一样。一亿六千万伟大的人民，开天辟地第一次成为自己辽阔土地和无穷宝藏的主人，他们正在为恢复被战争破坏的国民经济而勇敢紧张地劳动。国家在日益巩固，在积聚力量。不久前不少工厂还废弃着，没有一点生气，一片荒凉，可是现在烟囱全都冒烟了。

保尔觉得这两年过得快极了，简直是不知不觉地过去的。他不会从容不迫地过日子，早晨不会懒洋洋地打着哈欠迎接黎明，晚上也不会十点钟准时上床睡觉。他总是急急忙忙地生活着。不仅自己急急忙忙，而且还要催促别人。

他舍不得在睡眠上多花时间。深夜，还经常可以看到他的窗户亮着灯光，屋子里有几个人围着桌子在埋头读书，这是他们在学习。两年里他读完了《资本论》第三卷，弄清了资本主义剥削的精巧结构。

有一天，拉兹瓦利欣突然来到保尔工作的那个专区。省委派他来，建议让他担任一个区的共青团书记。他到达的时候，保尔正在外地出差。在保尔缺席的情况下，常委会把拉兹瓦利欣派到一个区里。保尔回来后，知道了这件事，但是什么话也没有说。

一个月过去了，保尔突然来到拉兹瓦利欣那个区视察工作。他发现的问题虽然不多，但是其中已经有这样一些情况：拉兹瓦利欣酗酒，拉拢一帮阿谀奉承的人，排挤好同志。保尔把这些问题提到常委会上讨论。当委员们一致主张给拉兹瓦利欣一次严重警告处分时，保尔出人意料地说：

"应该永远开除，不许再入团。"

他的话使大家感到吃惊，大家认为这个处分太重，但是保尔却坚持说：

"一定要开除这个坏蛋。对这个堕落的少爷学生，我们已经给过他重新做人的机会，他纯粹是混进团里的异己分子。"接着，保尔把在别烈兹多夫发生的事讲了一遍。

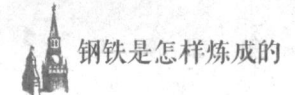

"我强烈抗议柯察金的这个意见。这是报私仇!谁都可以捏造罪名陷害我。让他拿出真凭实据来。我也会编几条说他柯察金干过走私勾当——凭这个就把他开除吗?不行,得让他拿出证据来!"拉兹瓦利欣大喊大叫。

"别着急,会给你拿证据来的。"保尔对他说。

拉兹瓦利欣出去了。半小时后,保尔说服了大家,常委会通过了决议:将异己分子拉兹瓦利欣开除出团。

夏天到了。朋友们一个个都去度假了。身体不好的都到海滨去。一到这个时候,休养成了大家热切盼望的事。保尔忙着给他们张罗疗养证、申请补助,打发他们去休息。同志们走的时候,脸色苍白、疲惫不堪,但是都很高兴。他们留下的工作全压在保尔的肩上。他全力以赴地工作,像一匹驯服的马拉着重载爬坡一样。这些同志回来的时候一个个晒得黑黑的,精神饱满,精力充沛。接着,另一批同志又疗养去了。整个夏天总有人外出,可是生活是不会在原地踏步的,生活要前进,保尔也就没有一天能离开他的岗位。

夏天常常是这样过的。

保尔不喜欢秋天和冬天,因为这两个季节给他肉体造成许多痛苦。

今年,他特别焦急地盼望夏天的到来。他的精力一年不如一年,甚至连他自己也不得不痛苦地承认这一点。现在只有两条出路:要么承认自己经受不了繁重的工作带来的困难,也就是说,承认自己是残废;要么坚守岗位,直到完全不能工作为止。他选择了后一条。

有一天,专区党委常委会开会的时候,专区卫生处长巴尔捷利克,一个做过地下工作的老医生,凑到保尔跟前说:

"保尔,你的气色很不好。到医务委员会做过体检吗?身体怎么样?大概没有去过吧?我记不清了。不过,你得检查一下,亲爱的朋友。星期四来吧,下午来。"

保尔有事脱不开身,没有到医务委员会去。可是巴尔捷利克并没有忘记他,亲自把保尔拉到自己那里。医生们给保尔仔细检查了身体,巴尔捷利克也以神经病心理学家的身份参加了,检查之后医生写下了如下的处理意见:

"医务委员会认为柯察金同志必须立即停止工作,到克里木去长期休养,并做进一步的认真治疗,否则难免发生严重后果。"

处理意见的前面,用拉丁文写了一长串病名。从这些病名中,保尔了解的只是:他的主要灾难不在他的两条腿上,而是中枢神经系统受了严重的损伤。

巴尔捷利克把医委会的决定送交常委会批准,没有一个人反对,立即解除保尔的工作。但是保尔本人提议,等共青团专区委员会组织部长斯比特涅夫休假回来之后,他再离开。保尔怕专区团委的工作没有人负责。这个要求虽然遭到巴尔捷利克的反对,大家还是同意了。

再过三个星期,保尔就要去度他一生中的第一次休假了。他办公桌的抽屉里已放着到叶夫帕托里亚疗养院去的疗养证。

这些日子保尔对工作抓得更紧了。他召开了专区团委会全体会议。为了能够做到放心离开,他竭力在走之前把工作安排妥当。

就在他要去休养,要去看他一生中从未见过的大海的前夕,他遇到了一件十分荒唐而可憎的事,这事完全出乎他的意料。

学习班下课之后,保尔来到党委宣传部办公室,坐在书架后面窗户敞开着的窗台上,等着开宣传工作会议。他进来的时候,办公室里没有一个人。过了一会儿,进来几个人。保尔在书架后面,没有看见他们,但是从说话声音里,他听出有法伊洛,法伊洛是专区国民经济处处长,高高的个子,一副军人派头,长得很漂亮。保尔不止一次听说他爱喝酒,喜欢追逐漂亮的姑娘。

法伊洛过去打过游击,一有机会,就眉飞色舞地吹嘘,说他每一天都能砍下十个马赫诺匪帮的脑袋。保尔非常厌恶他。有一次,一个女团员找到保尔大哭了一场,说法伊洛答应和她结婚,可是同居了一个星期后就把她抛弃了,现在见面连招呼都不打。监察委员会调查这件事的时候,那个姑娘拿不出证据,法伊洛蒙混过了关。可是保尔相信她说的是实话。保尔留心进屋的人的谈话,他们都不知道他在里面,其中一个人说:

"喂,法伊洛,你的事情怎么样?又搞了点新名堂没有?"

问话的是格里博夫,法伊洛的朋友,跟他是一路货。格里博夫浅薄无知,是个大笨蛋,可是不知道为什么也当上了宣传员,而且很喜欢摆出一副宣传家的架势,不管什么场合一有机会他就要显示一番。

"你给我道喜吧。昨天我把科罗塔耶娃弄到手了。你还说,我不会成功。告诉你,老弟,要是我看中了哪个娘们儿,你放心吧,我准能……"法伊洛接着说了一句不堪入耳的下流话。

保尔感到神经一阵震颤——这是他极端愤怒的征兆。科罗塔耶娃是专区党委的妇女部长。她和保尔同时调到这里工作。共事期间他们成了好朋友。她是一个大家都愿意接近的党员,对每一个妇女,对每一个向她请教和求助的人,她都热情接待,体贴关怀。科罗塔耶娃受到专区委员会工作人员的普遍尊敬。她还没有结婚。法伊洛说的,无疑就是她。

"法伊洛,你没有撒谎吗?"格里博夫说,"她可不像那种人。"

"我撒谎?你把我看成什么人了?比科罗塔耶娃更难对付的娘们儿,我都搞到过。这得有本事。一个娘们儿一个样,要用不同的手段。有的娘们儿第二天就是你的了,这样的当然都是不值钱的货。可有的你得追上一个月。要紧的是要懂得心理学,干什么都有一套专门的方法。老弟,这可是一门高深的学问!我在这方面是专家。哈——哈——哈……"

法伊洛自鸣得意,兴奋得连气都喘不过来了。一小群听众怂恿他往下讲,他们迫不及待地想知道细节。

保尔站了起来,攥紧拳头。他觉得心在急剧地跳动。

"像科罗塔耶娃这样的女人,你想碰运气,轻而易举就弄到手,那是痴心妄想。可是把她放过去,我又不甘心,何况我跟格里博夫还打了一箱子葡萄酒的赌。于是我就开始运用战术。我假装顺便走进她屋里,去了一回,又一回。一看,不行,她尽给我白眼。外面对我有不少流言飞语,说不定已经传到她耳朵里去了……一句话,侧击是失败了。于是我就施展迂回战术。哈——哈!你明白吗?我跟她说,我打过仗,杀过不少人,到处流浪,吃尽了苦头,可是连个可心的女人都没给自己找到。现在我活得就像一条孤苦伶仃的狗,没人体贴我,没有人问寒问暖……我就这样胡诌瞎编,一个劲地诉苦。一句话,抓住她的弱点进攻。我在她身上费了不少工夫。有一阵子,我甚至想,见他妈的鬼去吧,我不再演这种滑稽戏了!但是事关原则呀,为了原则,我不能放过她……最后,我总算把她弄到手了。功夫不负苦心人——没想到我碰上的不是个婆娘,而是个黄花闺女。嘿,太有意思了!"

法伊洛还在继续讲他的下流故事。

保尔不记得，他是怎么一下子冲到法伊洛的跟前的。

"畜生！"保尔大喝一声。

"你骂谁？偷听别人的谈话，你才是畜生！"

保尔大概又说了一句什么话，法伊洛伸手揪住他的前襟：

"你竟敢侮辱我！"

说着就给保尔一拳。原来他是喝醉了。

保尔抓起一只橡木凳子，一下子就把法伊洛打倒在地。保尔衣袋里没有带手枪，这样法伊洛才算捡了一条命。

于是，就发生了这样的荒唐事：在预定动身去克里木的那天，保尔不得不出席法庭。

党组织的全体成员都到市剧院来了。宣传鼓动部里发生的这件事使与会者很愤慨，审判发展成了一场关于生活道德问题的激烈辩论。日常生活准则，人与人之间的关系，党的伦理道德等问题成了辩论的中心。审理的案件反而退居于次要的地位。这个案件只是一个信号。法伊洛在法庭上态度非常放肆。他厚颜无耻地摆出一副笑脸，说什么这个案件人民法院会审理清楚的，柯察金打破了他的头，应该判处强制劳动。他拒绝回答向他提出的一切问题。

"怎么，你们想拿这件事当作笑话的资料吗？对不起。你们愿意给我加上什么罪名就加吧。至于那些娘们儿对我有那么大的火，道理很简单，那是因为平时我根本不答理她们。其实那件事不过是小事一桩，连个鸡蛋壳都不如。要是在1918年，我会按自己的办法跟柯察金这个疯子算账的。现在没有我，你们也可以处理。"说完，法伊洛拂袖而去。

当法庭主席要保尔谈谈冲突经过的时候，他讲得很平静，但是可以感觉得出来，他是在竭力克制自己。他说：

"今天大家在这里议论的这件事之所以会发生，是因为我没有能控制住自己。以前我做工作，拳头用得多，脑子动得少。这样的时候早就过去了。这次出了事，在我清醒过来之前，法伊洛的脑袋已经挨了一下子。最近几年，我身上的这种'游击作风'还是第一次暴露出来。说句实话，虽然这次他挨打是罪有应得，但是我谴责自己的这种举动。法伊洛这种人是我们共产党生活中的一个丑恶现象。我不明白，一个革命者，一个共产党员，怎么可以同时又是一个下流的畜生、恶棍！我永远也不能同这种现象妥协。这个事件迫使我们讨论生活道德问题，这是整个事件中唯一的积极方面。"

参加会议的党员以压倒多数通过决议，把法伊洛开除出党。格里博夫因为提供假证词，而受到警告和严厉申斥处分。其余参加那次谈话的人都承认了错误，受到了批评。

巴尔捷利克介绍了保尔的神经状况。党的检查员建议给保尔申斥处分，但是由于大会的强烈反对，他只好撤回了这个建议。保尔被宣布无罪。

几天之后，保尔乘火车到了哈尔科夫。经保尔再三请求，专区党委同意把他的组织关系转到乌克兰共青团中央委员会，由那里分配工作。他拿到了一个挺不错的鉴定，就动身了。阿基姆是中央委员会书记之一。保尔去找他，把全部情况向他做了汇报。

阿基姆看了鉴定，见到在"对党无限忠诚"后面写着："具有党员应有的毅力，只是在极少数的情况下表现暴躁，不能克制，其原因是：神经系统受过严重损伤。"

"亲爱的保尔，这么好的一份鉴定书上，到底还是给你写上了这么一条。你别难过，即使神经很健全的人，有时也难免发生这种事。到南方去吧，把身体养好。等你回来的时候，我们再研究你到什么地方去工作。"

阿基姆紧紧握住了保尔的手。

保尔到了中央委员会所属的疗养院——"公社战士"。花园里有玫瑰花花坛，银光闪耀的喷泉水池，爬满了葡萄藤的楼房。疗养员穿着白色疗养服或者游泳衣。一个年轻的女医生记下保尔的姓名，把他领到拐角上的一座楼里。房间很宽敞，床上铺着洁白耀眼的床单，到处一尘不染，非常寂静。保尔到浴室洗了个澡，换上衣服，全身舒畅，径直朝海滨跑去。

眼前是深蓝色的大海，庄严而宁静，像光滑的大理石一样，伸向目力所能及的远方，消失在一片淡蓝色的轻烟之中。熔化了的太阳照到海面上，反射出一片火焰般的金光。远处，透过云雾，隐约显出群山的轮廓。保尔深深地吸着爽心清肺的海风，眼睛凝视着伟大而宁静的大海，久久不愿离开。

懒洋洋的波浪亲切地爬到脚下，舔着海岸金色的沙滩。

第七章

中央委员会的"公社战士"疗养院旁边,是中心医院的大花园。疗养院的人从海滨回来,都要从这个花园经过。花园的一堵灰色石头砌成的高墙附近,长着一棵枝叶茂盛的法国梧桐,保尔喜欢在这里的树荫下休息。这个地方很少有人来。从这里可以观看花园林荫道和小径上络绎不绝的行人。晚上,又可以远远避开大疗养区的令人烦恼的喧闹,在这里静听音乐。

今天,保尔又到这个角落里来了。他舒适地在一张藤制的摇椅上躺下,海水浴和阳光浴使他疲乏了,他打起瞌睡来。一条厚厚的浴巾和一本没有看完的富尔曼诺夫的小说《叛乱》,放在旁边的摇椅上。到疗养院来的头几天,他仍然处在神经过敏的紧张状态中,头痛的症状一直没有消失。教授们一直在研究他那复杂而少见的病情。没完没了的叩诊、听诊,使他感到又腻烦又疲劳。责任医生是一个讨人喜欢的年轻的女党员,姓耶路撒冷奇克,这个姓很怪。她每次都要费很大的劲,才能找到她的这个病人,然后又耐着性子劝说他一起去找这位专家或者那位专家。

"说实在的,这一套真叫我烦透了!"保尔说,"同样的问题,一天得回答他们五遍。什么您的祖母是不是精神病患者,什么您的曾祖父是不是得过风湿病啊,鬼才知道他得过什么病,我压根儿就没有见过他。而且,几乎每个大夫都想叫我承认得过淋病,或者别的什么更糟糕的病。老实说,为了这个,我有时真想敲敲他们的秃脑袋,还是让我休息一会儿吧!要是这一个半月老这么把我研究来研究去,我就要变成一个社会危险分子了!"

耶路撒冷奇克总是笑着,用玩笑回答他。过了几分钟,她已经挽着他的胳膊,一路上说着有趣的事,把他领到外科医生那里去了。

今天看样子不会检查了。离吃午饭还有一个小时。保尔在蒙眬的睡意中听到了脚步声。他没有睁开眼睛,心想:"他们也许以为我睡着了,就会走开的。"但是,希望落空了,摇椅嘎吱响了一声,有人坐了下来。飘过来的一股淡淡的香气,说明坐在旁边的是个女人。保尔睁开眼睛,首先映入他眼帘的是一件耀眼的白色连衣裙,两条晒得黝黑的腿和两只穿着羊皮便鞋的脚,然后是留着男孩发式的头,两只大眼睛,一排锐利细小的白牙齿。她不好意思地笑了笑,说:

"对不起,我好像是打搅您了吧?"

保尔没有做声。这可有点不礼貌,不过他还是希望这个女人会走开。

"这是您的书?"她翻着那本《叛乱》问道。

"是我的……"

又是一阵沉默。

"同志,请问您是'公社战士'疗养院的吗?"

保尔不耐烦地稍微挪动了一下,心想:"打哪儿来的这么一个人?这算什么休息?说不定她还要问我得的是什么病呢。我还是走吧。"于是他生硬地回答:

"不是。"

"可我好像是在哪儿见过您。"

保尔已经站了起来。就在这时候,背后传来一个女人的响亮的声音:

"你怎么钻到这儿来了,朵拉?"

一个晒得黝黑、体态丰满的金发女人,穿着疗养院的浴衣,在摇椅边上坐了下来。她看了保尔一眼。

"同志,我好像在哪儿见过您。您是不是在哈尔科夫工作?"

"是的,是在哈尔科夫。"

"做什么工作?"

保尔决心结束这场没完没了的谈话,回答说:

"掏茅房的!"

她们听了哈哈大笑,使保尔不由得哆嗦了一下。

"同志,您这种态度,恐怕不能说很有礼貌吧!"

他们的友谊就是这样开始的。哈尔科夫市委常委朵拉·罗德金娜后来不止一次回忆他们结识时的可笑情景。

有一天，保尔到"塔拉萨"疗养院的花园去看歌舞演出，没有想到在那里碰到了扎尔基。说来也怪，使他们相逢的竟是一场狐步舞。

一个肥胖的歌女狂荡地打着手势，唱完了一支《良夜销魂曲》之后，一男一女跳上了舞台。男的头上戴一顶红色圆筒高帽，半裸着身体，胯骨周围系着一串五颜六色的扣带，上身却穿着白得刺眼的胸衣，还扎着领带。一句话，装扮得像野人，看起来却又不伦不类。那女的长相倒不错，身上挂着许多布条。这一对一出场，一群站在疗养员的安乐椅和床后面的新经济政策的暴发户，就伸出他们的牛脖子，齐声喝彩。这一对宝贝在他们的喝彩声中，扭动屁股，踏着碎步，跳起了狐步舞。真是难以想象还有比这更令人作呕的场面了。戴着滑稽圆筒帽子的胖汉子和那个女人紧紧贴在一起，在舞台上扭来扭去，做出各种下流猥亵的姿势。保尔身后一个肥猪似的大胖子乐得呼哧呼哧直喘气。保尔刚要转身走开，靠近舞台的前排有一个人站了起来，愤怒地喊道：

"够了！别卖淫了！见鬼去吧！"

保尔认出，这个人就是扎尔基。

钢琴伴奏中断了，小提琴尖叫了一声，不再响了。舞台上的那一对男女也停止了他们的扭摆。暴发户们从椅子后面发出一片嘘声，气势汹汹地责骂刚才喊叫的那个人：

"把一出好戏给搅黄了，真他妈的不像话！"

"整个欧洲都在跳狐步舞啊！"

"简直岂有此理！"

这时候，在从"公社战士"疗养院来的一群观众里，共青团切列波韦茨县委书记谢廖沙·日巴诺夫把四个手指夹进嘴里，打了一个响亮的唿哨，其他人也群起响应。于是，舞台上那对宝贝像被风刮走了似的不见了。报幕的小丑像一个机灵的堂倌，跑出来向观众宣布，他们的歌舞班子马上就走。

"一条大路朝天，夹起尾巴滚蛋，要是爷爷问你，就说到莫斯科去看看！"一个穿着疗养衣的小伙子，在一片哄笑声中喊着，把报幕人送下了舞台。

保尔跑到前排，找到了扎尔基。他们在保尔的房间里谈了很久。扎尔基在一个专区的党委会负责宣传工作。

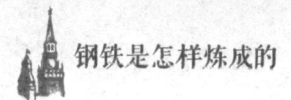

"告诉你,我已经结婚了。很快就要有孩子了,女儿或者儿子。"扎尔基说。

"是吗,你爱人是谁?"保尔惊奇地问。

扎尔基从上衣口袋里掏出一张相片给保尔看。

"认得她吗?"

这是他和安娜·鲍尔哈特的合影。

"那杜巴瓦哪去了呢?"保尔更惊讶地问。

"上莫斯科去了。他被开除党籍之后,就离开了共产主义大学,现在在莫斯科高等技校学习。听说他恢复了党籍。那也白搭!这个人是不可救药了……你知道潘克拉托夫在什么地方吗?他现在当上了造船厂的副厂长。其他的人的情况我就不太清楚了。大家都失去了联系,咱们分散在各地,能够碰到一起,谈谈过去的事情,真叫人高兴。"扎尔基说。

朵拉走进保尔的房间,同她一起进来的还有几个人。一个高个子的坦波夫人关上了门。朵拉看了一眼扎尔基胸前的勋章,问保尔:

"你的这位同志是党员吗?他在什么地方工作?"

保尔不明白怎么回事,就简单地把扎尔基的情况讲了一下。

"那就让他留下吧。刚从莫斯科来了几位同志,他们要给我们讲一讲党内最近的一些情况。我们决定在你屋里开个会,算是一次内部会议吧。"朵拉解释说。

在场的人,除了保尔和扎尔基之外,几乎全是老布尔什维克。莫斯科市监委委员巴尔塔绍夫,把有关托洛茨基、季诺维也夫和加米涅夫领导的新反对派的情况告诉了大家。

"在这样的紧要关头,我们必须坚守各自的岗位。我明天就动身。"巴尔塔绍夫说。

在保尔房间里开会三天之后,疗养员都走光了。保尔也提前出了院。

保尔在团中央没有被耽搁很久,就被派到一个工业专区去,担任共青团专区委员会书记。一个星期后,市共青团积极分子就听到了他的第一次演说。

深秋的一天,保尔和两个工作人员乘专区党委的汽车到离城很远的一个区去,路上汽车滑进路边的壕沟里,翻了车。

车上的人都受了重伤。保尔的右膝盖被压坏了。几天之后,他被送到哈尔科夫外科学院。几个医生会诊了他那红肿的膝盖，照了爱克斯光片，主张立即动手术。

保尔同意了。

主持会诊的胖教授最后说：

"那么，就定在明天早晨做吧。"他说完就起身走了，其他医生也跟着走了出去。

一间明亮的单人病室，非常清洁，散发着保尔早已淡忘的、医院特有的气味。保尔向周围看了看。一只铺着雪白台布的床头柜，一只白色方凳，这就是全部家具。

女护理员送来了晚饭。

保尔谢绝了。他半躺在床上写信。受伤了的腿很痛，影响思考，也不想吃饭。

他写完第四封信的时候，病室的门悄悄地打开了，保尔看见一个穿白大褂、戴白帽的年轻女人走到他的床前。

在薄暮中，保尔依稀看到她那两道描得细细的眉毛和一对似乎是黑色的大眼睛。她一手提着皮包，一手拿着纸和铅笔。

"我是您这个病室的责任医生，"她说，"今天我值班。现在我向您提出几个问题，您呢，不管愿意不愿意，要把您的全部情况都告诉我。"

她亲切地笑了一笑。这一笑，减轻了"审问"的不快。保尔讲了整整一个钟头，不仅讲了他自己的情况，而且连祖宗三代也都讲到了。

手术室里，几个人都戴着大口罩。

镀镍的手术器械闪着银光。一张窄长的手术台下面放着一个大盆。保尔躺在手术台上的时候，教授已经快洗完手了。手术前的准备工作正在保尔身后紧张地进行着。保尔回头看了看。女护士在安放手术刀、镊子。责任医生巴扎诺娃解开他腿上的绷带，轻声对他说：

"柯察金同志，别往那边看，这对神经有刺激。"

"您说的是谁的神经，大夫？"保尔不以为然地笑了笑。

几分钟之后，保尔的脸给蒙上了厚实的面罩。教授对他说：

"不要紧张，现在我们就要给您施行氯仿麻醉。请您深呼吸，用鼻子吸气，数数吧。"

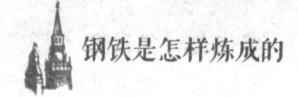

面罩下面传出了低沉而平静的声音：

"好的。大夫，我保不准会说出脏话来，那就事先请你们原谅了。"

教授忍不住笑了。

几滴氯仿麻醉剂，散发着一股令人窒息的难闻气味。

保尔深深地吸了一口气，开始数起数来，努力把数字念得清楚些。

他的生活悲剧就这样揭开了第一幕。

阿尔焦姆差点儿要把信封撕成两半。他打开信的时候，不知道为什么心情有点忐忑不安。眼睛一看到信的开头，他就急忙一口气读了下去：

阿尔焦姆！咱们很少通信。一年一次，最多也就是两次吧！但是，次数多少有什么关系呢？你来信说，为了同老根一刀两断，你已经带着全家离开了舍佩托夫卡，到卡扎京的机车库工作了。我明白你的意思，你说的老根就是指斯捷莎和她一家那种小私有者的落后的心理，以及诸如此类的东西。要改造斯捷莎这一类人是很困难的，我担心你未必做得到。你说'上了年纪，学习很困难'，可是你学习得并不坏嘛，让你脱产去做市苏维埃主席的工作，你坚决不答应，这是不对的。你不是为了夺取政权战斗过吗？那你就应该掌握政权。你应当明天就去承担市苏维埃的工作，努力干起来。

现在谈谈我自己。我的情况有点不妙。经常住院，开了两次刀，流了不少血，体力也有很大的消耗，谁也不回答我，什么时候才是尽头。

我脱离了工作，给自己找到了一个新的职业——当病号。我忍受着种种痛苦，而结果呢，是右膝关节不能活动了，身上添了好几个刀口。另外，医生最近发现，我的脊梁骨七年前受过暗伤。现在他们说，这个伤可能要我付出很高的代价。我准备忍受一切，只要能重新归队就行。

对我的生活来说，没有比掉队更可怕的事情了。我甚至连想都不敢想。正因为这样，我才愿意忍受一切，只是一直不见起色，相反，阴云越聚越浓。第一次手术之后，我刚能走动，就恢复了工作，但是很快又被关进了医院。我现在拿到了叶夫帕托里亚的迈纳克疗养院的入院证,明天就动身。别难过,阿尔焦姆,要我进棺材并不那么容易!我的生命力顶三个人不成问题。咱们还能干一阵呢,哥哥!你要注意身体,别再一下子扛十普特重的东西了。不然,以后党要付出很大的代价给你诊治。岁月给我们经验,学习给我们知识,而得到这一切,并不是为了一个又一个去医院里做客。握你的手。

保尔·柯察金

就在阿尔焦姆皱着两道浓眉,阅读弟弟来信的时候,保尔正在医院和巴扎诺娃告别。她把手伸给他,问:

"您明天动身到克里木去吗?今天您打算在哪儿过呢?"

保尔回答:

"朵拉同志马上就来。今天白天和晚上我都在她家里,明天一早她送我上火车。"

巴扎诺娃认识朵拉,因为她常来看保尔。

"柯察金同志,我们说过,您临走之前要同我父亲见一面,您还记得吗?我已经把您的病情详细地告诉他了。我很想让他给您检查一下。今天晚上就可以。"

保尔立即同意了。

当天晚上,巴扎诺娃把保尔领到她父亲宽敞的工作室。

这位著名的外科专家当着女儿的面给保尔做了一次详细检查。巴扎诺娃从医院拿来了爱克斯光片和全部化验单。她父亲用拉丁语说了很长一段话,她听了话,脸色马上变得煞白,这不能不引起保尔的注意。保尔盯着教授那秃顶的大脑袋,想从他敏锐的目光中看出点什么来,但是巴扎诺夫教授丝毫不露声色,无法捉摸。

等保尔穿好衣服,巴扎诺夫客气地向他告别:他要去参加一个会议。他嘱咐女儿把检查结果告诉保尔。

在巴扎诺娃那间陈设雅致的房间里,保尔靠在沙发上,等待她开口。但是她不知道从哪儿说起,说些什么:她感到很为难。父亲告诉她,保尔体内的致命炎症正在发展,医学至今还无法控制。教授反对再做任何外科手术。他说:"这个年轻人面临着完全瘫痪的悲剧,我们却没有能力阻止它。"

作为保尔的医生和朋友,巴扎诺娃觉得不能把这一切都告诉保尔,于是她用谨慎的措辞向他透露了一小部分实情。

"柯察金同志,我相信,叶夫帕托里亚的治疗会使您的病情好转。秋天,您就可以上班工作了。"

但是她说这些话的时候,却忘记了有一对敏锐的眼睛一直在注视着她。

"从您的话里,更确切地说,从您所避免说出的话里,我已经完全明白我的病情的严重性。您该记得,我请求过您永远要对我说真话,什么事情都不要瞒着我,我听了不会晕倒,也不会去自杀。可是我很想知道我今后会怎么样。"保尔说。

巴扎诺娃说了句笑话,把话岔开了。

这天晚上,保尔终究没有能了解到真实情况。不知道他的明天会怎样。当他们分手的时候,巴扎诺娃轻声地叮咛他:

"柯察金同志,别忘记我对您的友情。你生活里什么情况都可能发生。如果您需要我的帮助,或者希望我出个主意,就请来信,我一定全力帮助您。"

她从窗口看着他那穿着皮外套的高大身躯,吃力地拄着手杖,从大门口向一辆轻便马车走去。

又到了叶夫帕托里亚。又是南方的炎热和晒得黝黑的,戴绣金小圆帽的,吵吵嚷嚷的人群。小汽车用十分钟就把乘客送到迈纳克疗养院了。这是一座石灰石砌成的两层楼房。

值班医生把新来的人领到各个房间。

走到十一号房间门口,医生停下来问保尔:

"同志,你是哪个单位介绍来的?"

"乌克兰共产党(布)中央委员会。"

"那就请您住在这儿,和埃勃涅同志住在一起。他是德国人,他希望给他找一个俄国同伴。"医生解释了一下,就敲了门。从房间里传出一句外国腔的俄语:

"请进。"

保尔进了房间,放下手里的提箱,朝躺在床上的德国人转过身去。那个德国人满头金发，长着两只漂亮而灵活的蓝眼睛。他向保尔和蔼地微微一笑。

"Gutten Morgen，Genosse.①我想说'你好'。"他改用俄语说，并向保尔伸出一只苍白的手。

几分钟以后，保尔已经坐在德国人的床边，两个人用一种"国际"语言热烈地交谈着。用这种语言谈话，词语的作用反而是次要的。不懂的地方就靠猜想、手势、表情——总之，用一种无师自通的世界语里的一切方法来帮助沟通。保尔已经知道，埃勃涅是个德国工人。

在1923年的汉堡起义中，埃勃涅大腿上中了一枪。这一次他旧伤复发，又倒在床上。尽管很痛苦，他仍然精神饱满，因此立刻赢得了保尔的尊敬。

同一个这样好的病友住在一起，保尔是求之不得的。这样的人绝不会因为自己的病痛成天向你诉苦，唉声叹气。相反，同他在一起，你会连自己的痛苦也忘得一干二净。

"可惜的是我对德语一窍不通。"保尔这样想。

花园的一角有几把摇椅、一张竹桌和两把轮椅。五个病人，每天治疗完毕，都到这里来消磨一整天，病友们都管他们叫"共产国际执行委员会"。一把轮椅上是半躺半坐的埃勃涅，另一把上是保尔——医生禁止他步行；其余三个人，一个是膀大腰圆的爱沙尼亚人瓦伊曼，他是克里米亚共和国贸易人民委员会的工作人员；另一个是玛尔塔·劳琳，是一个长着两只深棕色眼睛，像十八岁少女一样年轻的拉脱维亚女性；还有一个是列杰尼奥夫—— 一个两鬓灰白、身材魁梧的西伯利亚人。这里的确有五个民族——德意志人，爱沙尼亚人，拉脱维亚人，俄罗斯人和乌克兰人。玛尔塔和瓦伊曼会说德语，所以埃勃涅请他们当翻译。保尔和埃勃涅由于同住一个病室而成了朋友。玛尔塔、瓦伊曼和埃勃涅因为语言相通而亲近起来，使列杰尼奥夫和保尔结交的则是国际象棋。

列杰尼奥夫来到疗养院之前，保尔是这里的国际象棋"冠军"。他是经过一场顽强的冠军争夺战，才从瓦伊曼手里夺过这个称号的。这个爱沙尼亚人瓦伊曼，平时从来不动感情，这次败在保尔手里，心里却很不平静，

---

① 同志，你好！（德语）

一直对保尔耿耿于怀。不久，疗养院来了一个高个子老头，他虽然五十岁了，看上去却非常年轻。他邀保尔下一盘。保尔没有想到对方是强手，他不慌不忙地开了一个后翼弃卒局。列杰尼奥夫不吃弃卒，以挺进中卒相应。保尔作为"冠军"，有义务同每一个新到来的棋手对阵。每到下棋的时候总有很多人围着观看。走到第九步上，保尔就发现，列杰尼奥夫那些沉着推进的小卒向他步步紧逼。保尔这才明白，他遇到了强手，悔不该对这场比赛掉以轻心。经过三个小时鏖战，尽管保尔竭尽全力，结果还是不得不认输。他比所有看棋的人都更早地料到自己必败无疑。保尔看了他的对手一眼。列杰尼奥夫慈祥地微微一笑。显然，他也看出保尔要失败了。爱沙尼亚人一直紧张地注视着战局，巴不得保尔一败涂地，但是却什么也没有看出来。

"我永远要坚持战斗到最后一卒。"保尔说，这句话只有列杰尼奥夫听得懂，他点了点头，表示赞许。

五天里保尔同列杰尼奥夫下了十盘棋，结果是七负两胜一和。瓦伊曼洋洋得意地说：

"好极了，谢谢您，列杰尼奥夫同志！这回你算把他打得落花流水了！活该！他把我们这些老棋手全给打败了，可他还是在一个老头手里栽了跟斗！哈哈哈！"

接着，他嘲弄这个曾经打败过他的败将说：

"怎么样？打败仗的滋味不好受吧？"

保尔丢掉了"冠军"称号。然而，他虽然失去棋坛荣誉，却结识了列杰尼奥夫，后来列杰尼奥夫成了他最亲近、最尊敬的人。保尔这次棋赛败北并不是偶然的。他只懂得象棋战略的一些皮毛，一个普通的棋手当然要输给精通棋艺的大师。

保尔和列杰尼奥夫有一个共同的值得纪念的日期：保尔出生和列杰尼奥夫人党恰好是同一年。他们是布尔什维克近卫军老一代和青年一代的典型代表。一个具有丰富的生活经验和政治斗争经验，从事过多年的地下工作，蹲过沙皇监狱，后来一直担任国家的重要行政工作；另一个有着烈火般的青春，虽然只有短短八年的斗争经历，但是这八年却抵得上几个人的一生。他们两个，一老一少，都有一颗火热的心和一个健康受到严重损伤的身体。

一到晚上,埃勃涅和保尔的房间便成了俱乐部。所有的政治新闻都是从这里传出来的。晚上,十一号房间里热闹极了。瓦伊曼动不动就想讲点黄色笑话,对这类东西,他总是津津乐道。但是他马上就会遭到玛尔塔和保尔的攻击。玛尔塔善于用机巧辛辣的嘲讽堵他的嘴;如果还不成,保尔就出来干预。

比如有一次,玛尔塔说:

"瓦伊曼,你不妨问问大伙儿,你的那种'俏皮话'是否合我们的口味……"

保尔接着用一种不平静的语气说:

"我真不明白,你这种人怎么会……"

瓦伊曼噘着厚嘴唇,用他那对小眼睛嘲弄地在大家脸上扫视一下,说:"看来得在中央政治教育委员会里设一个道德监督处,并请柯察金当督察长。对玛尔塔我还可以理解,女同志嘛,是当然的反对派,可是柯察金竟想把自己装扮成天真无邪的小孩子,像个共青团小宝宝似的……再说,我根本不喜欢鸡蛋来教训母鸡。"

这场关于共产主义伦理的激烈争论发生以后,讲黄色笑话被当作一个原则问题提出来讨论。玛尔塔把各种观点翻译给埃勃涅听。

"黄色笑话不好。我和保尔看法一样。"埃勃涅表态说。

瓦伊曼只好退却了。他竭力用玩笑来打掩护,但是,从此以后他再也不讲这类笑话了。

保尔一直以为玛尔塔是个共青团员。他估计她大约只有十九岁。但是有一天,他同玛尔塔聊天,大吃了一惊,原来她已经三十一岁了,1917年就入了党,而且是拉脱维亚共产党的一名积极的工作人员。1918年白匪曾将她判处枪决,后来她和另外一些同志被苏维埃政府赎换回来。现在她在《真理报》工作,同时在大学里读书,不久就可以毕业。保尔没有注意他们的友谊是怎样开始的,但是这个常来看埃勃涅的矮小的拉脱维亚人成了他们"五人小组"的不可缺少的成员。

一个名叫埃格利特的地下工作者,也是拉脱维亚人,调皮地逗她说:

"亲爱的玛尔塔,你那可怜的奥佐尔在莫斯科怎么办呀?这样下去可不行呀!"

每天早晨,在起床铃响前一分钟,疗养院里总有一只公鸡大声啼叫。

埃勃涅学鸡叫真是学到家了。疗养院的工作人员到处寻找这只不知道从哪里钻出来的公鸡，但是毫无结果。这使埃勃涅非常得意。

到了月底，保尔的病情恶化了。医生不许他起床。这使埃勃涅很难过。他很喜欢这个乐观、开朗，从来不灰心丧气的青年布尔什维克。这个年轻人是这样朝气蓬勃，却又这样过早地失去了健康。玛尔塔告诉他，医生都说保尔的未来是很不幸的。埃勃涅听了这些话心里十分焦急。

直到保尔离开疗养院，医生压根儿就没有让他下地走动。

保尔想尽办法不让周围的人看出他的痛苦，只有玛尔塔根据他那异常苍白的脸色，才猜出几分。出院前一个星期，保尔收到乌克兰共青团中央委员会的一封信，通知他假期延长两个月，并且说，根据疗养院的意见，按照他目前的健康情况，恢复工作是不可能的。随信还汇来了一笔钱。

保尔经受住了这初次的打击，就像当年向朱赫来学习拳术时经受住了朱赫来的打击一样：那时他也常常被打倒，但是立刻就站了起来。

他意外地收到一封母亲的来信。老人在信里告诉保尔说，她有一位老朋友，叫阿莉比娜·丘察姆，住在离叶夫帕托里亚不远的一个港口上，她们已经十五年没有见面了。母亲要儿子一定到她家去看一看。这封意外的信，对保尔的生活产生了重大的影响。

一星期后，疗养院的病友都到码头热情欢送保尔。分别的时候，埃勃涅热烈地拥抱和亲吻保尔，就像送别自己的弟弟一样。玛尔塔不知道躲到哪里去了，保尔没有能向她告别就走了。

第二天早晨，保尔从码头乘坐一辆敞篷马车来到一座带小花园的小房子前面。保尔让陪送他的人去打听一下，丘察姆家是不是住在这里。

丘察姆一家五口人：母亲阿莉比娜·丘察姆是一个胖胖的上了年纪的妇人，两只黑眼睛郁郁寡欢，衰老的脸上还残留着往日秀丽的痕迹；她的两个女儿廖莉娅和达雅；廖莉娅的小男孩，还有那个胖得像猪似的令人厌恶的老头子丘察姆。

老头子在合作社工作，小女儿达雅在外面做些粗活；大女儿廖莉娅过去是打字员，不久前同丈夫——一个酒鬼和流氓离了婚，现在失业在家。她整天哄哄男孩子，帮助母亲管管家务。

除了两个女儿以外，阿莉比娜还有一个儿子，叫乔治，他现在在列宁格勒。

丘察姆一家亲切地接待了保尔,只有老头子用不友好的戒备目光把客人仔细打量了一下。

保尔把他所知道的家事,耐心地一一讲给阿莉比娜听,顺便也问问她们的生活情况。

廖莉娅已二十二岁。她是个心地淳朴的女子,栗色的头发剪得短短的,脸庞宽阔,显得开朗大方。她和保尔一见如故,把她家的私事全都主动告诉他。保尔从她嘴里了解到老头子专横暴虐,扼杀一切主动精神,不给人丝毫自由,把全家压得气都透不过来。他心胸狭隘,目光短浅,喜欢吹毛求疵,全家人都被他管得死死的,整天提心吊胆,因此,极端厌恶他。妻子对他更是恨之入骨,她二十五年以来一直在反对他的暴虐行为,女儿总是站在母亲方面。家里不断发生争吵,生活很不愉快。每天都为大大小小的事情怄气,日子就是这样一天天过去的。

乔治是家中的第二个祸害。从廖莉娅的话里可以知道,他是一个地地道道的花花公子,一个只知道吃好菜,喝好酒,穿漂亮衣服的自负而又傲慢的家伙。念完九年制中学之后,乔治——这个母亲的心肝宝贝,就伸手向母亲要钱到莫斯科去。他说:

"我要去上大学。叫廖莉娅把她的戒指卖了,你的东西也卖了。我需要钱。至于你们怎样去弄到钱,那我不管。"

乔治摸透了母亲的脾气,知道母亲对他总是有求必应,因此就恬不知耻地利用她的这个弱点。他对两个姐妹很傲慢,根本看不起她们,认为她们比他低一等。母亲把从老头子手里抠来的钱连同达雅的工钱全给儿子寄去。可是,他呢,大学入学考试考得一塌糊涂,名落孙山,却逍遥自在地住在叔叔家里,接二连三地给母亲拍电报吓唬母亲,逼她寄钱。

这天很晚,保尔才见到小女儿达雅。母亲在过道里低声地告诉她来了客人。达雅腼腆地伸出手,同保尔握手问好,在这个陌生的年轻人面前,羞得脸红到耳根。保尔没有马上放开她那长了茧的有力的手。

达雅满十八岁了,她长得不算漂亮,但是那一对深棕色的大眼睛,两道蒙古型的细眉毛,端正的鼻子和固执的红嘴唇,使得她很招人喜欢。带条纹的工装上衣,紧紧地箍着她那富有弹性的年轻的胸脯。

姐妹俩各住在一间狭小的房间里。达雅的房间里有一张小铁床,一个衣柜,衣柜上放着各种小摆设和一面不大的镜子,墙上挂着三十来张相片和画片，窗台上摆着两盆花——一盆深红的天竺葵和一盆粉色的翠菊。薄纱窗帘用一条天蓝色的绦带拢在一边。

"达雅向来不欢迎男人进她的房间，可是，您瞧，为您竟破了例！"廖莉娅开妹妹的玩笑说。

第二天晚上，全家在两个老人房间里喝茶，只有达雅留在自己屋里，听大家谈话。老丘察姆一面专心致志地搅着茶杯里的糖，一面从眼镜上边恶狠狠地打量着坐在他对面的客人，说：

"我反对现在的新的家庭规矩：想结婚就结婚，想离婚就离婚，完全自由。"

老头子呛了一下，咳嗽起来，喘过气来之后，他指着廖莉娅说：

"这不是，谁也没问一句，就跟那个野汉子同居了；跟谁也没商量，又散了伙。现在可好，还得养活她和一个野孩子。太不像话了！"

廖莉娅痛苦地涨红了脸，藏起满眼泪水，不让保尔看见。

"怎么，照你这么说，她倒应该跟那个寄生虫过下去了？"保尔问，两只眼睛闪着愤怒的火花，直瞪着老头子。

"本该先看好了，要嫁的是个什么人。"老头子说。

这时候阿莉比娜插嘴了。她强忍住满腔恼怒，断断续续地说：

"我说，老头子，为什么要当着生人的面谈这个呢？谈点别的行不行？"

老头子猛地凑到她跟前说：

"该说什么我自己知道！从哪天起你竟敢教训起我来了？"

那天夜里，保尔把丘察姆家的事情想了很久。一个偶然的机缘使他来到这里，不由自主地卷入了他们的家庭悲剧。他在想，怎样才能帮助她们母女冲出牢笼。保尔自己的生活正遇到困难，他本人还有许多问题没有解决，眼前要采取果断的行动，比任何时候都困难。

出路只有一条，那就是拆散这个家庭——让母女三人永远离开老头子。但是这件事并不那么简单。发动这场家庭革命，他现在力不从心，再过几天他就要离开这里，而且可能再也见不到这些人了。那么，就一切听其自然，不要在这低矮狭窄的小屋子里扬起积尘？但是老头子那副可憎的模样实在使他不能平静。保尔拟好几个方案，不过这些方案似乎又都行不通。

第二天是星期日，保尔从城里回来，只有达雅一个人在家，其他人都到亲戚家串门去了。

保尔走进她的房间。他很疲倦,在椅子上坐了下来。

"你为什么不出去走走,散散心呢?"他问达雅。

"我哪儿也不想去。"她低声回答。

他想起夜里考虑过的几个方案,决定试探一下,看看她的反应。

为了赶在家人回来之前结束这场谈话,他就开门见山地说:

"达雅,你听我说,我们互相称呼'你'吧。何必还用那些没用的客套呢?我很快就要走了。真不凑巧,这次到你们家里来,正赶上我的处境也十分狼狈,不然的话,情况一定会两样。要是在一年前,我们可以一起离开这里。像你和廖莉娅这样肯干的人,一定能找到工作!你们应该跟老头子一刀两断,这种人是不听劝的。但是现在还不能这么做。我连自己将来会怎样都还不知道,所以我说,我是被解除武装的。那么,现在怎么办呢?我要去力争恢复我的工作。关于我的病情,谁知道大夫都写了什么,同志们竟要我没完没了地治疗下去。不过,不管怎样,这种情况一定能扭转过来……我给我母亲去信联系一下,到时候咱们就用快刀斩断这团乱麻。我反正不能扔下你们不管。只是有一点,达雅,你们的生活,特别是你的生活,一定要翻它个底朝天。你有力量和愿望这样做吗?"

达雅抬起垂着的头,小声回答说:

"愿望我倒是有,可就是没有力量——我不知道。"

她回答得这样犹豫,保尔是理解的。他说:

"达雅,亲爱的,这没有关系!只要有愿望,事情就好办。告诉我,你对这个家庭很留恋吗?"

问题提得太突然,她没有马上回答,过了一会儿才说:

"我很可怜我母亲。父亲欺侮了她一辈子,现在乔治又来折磨她。我很可怜她……虽然她对乔治比对我好……"

这天他们谈了很多。家里人快要回来了,保尔开玩笑地说:

"真奇怪,老头子怎么还没给你找个婆家,把你打发出去呢?"

达雅惊慌地摆了一下手,说:

"我才不结婚,廖莉娅受的那种罪我看够了。我死也不嫁人!"

保尔笑了笑,说:

"这么说,你发誓一辈子不结婚了?要是突然来一个棒小伙子追求你,

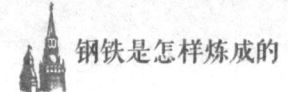

一句话,要是一个挺不错的小伙子盯住你不放,那你怎么办?"

"那也不干!他们在你窗前转来转去,追求你的时候,全是挺不错的。"

保尔把一只手放在她肩上,用和解的口气说:

"好了。不结婚也可以活得不错。不过,你这样对待年轻的小伙子,未免太狠心了点儿。好在你还没有怀疑我在向你求婚,不然的话,我可就真下不来台了!"说着,他用他那冰凉的手亲切地抚摩了一下这个感到难为情的姑娘的手。

"你们这样的人找对象,是不会找我们的。我们对你们有什么用呢?"达雅小声说。

几天之后,保尔乘火车到哈尔科夫去。达雅、廖莉娅、阿莉比娜还有她的妹妹萝扎都到车站送行。临别时,阿莉比娜要他保证:不忘记她的女儿们,帮助她们冲出牢笼。她们像是在送别亲人,达雅两只眼睛含着泪水。车开出好远了,保尔还从窗口看到廖莉娅手中挥动的白手帕和达雅那件条纹上衣。

到了哈尔科夫,保尔不愿意麻烦朵拉,就住在他的朋友彼佳·诺维科夫那里。稍事休息之后,他乘车到中央委员会。在那里等了一会儿,见到了阿基姆。当只剩下他们两个人的时候,保尔要求马上给他分配工作。可是阿基姆摇头拒绝说:

"保尔,这可不行!我们这里有医务委员会和党中央委员会的决定,上面写着:'鉴于保尔·柯察金的病情严重,应送神经病理学院治疗。不予恢复工作。'"

"他们什么不能写呀,阿基姆!我求求你,让我工作吧!老是跑医院,有什么用!"

阿基姆还是不同意。

"我们不能违反决定。你要明白,保夫鲁沙,这样对你更好些。"

但是,保尔一再要求,阿基姆实在没有办法,只好答应他。

第二天,保尔就到中央委员会书记处机要科上班了。他本来以为,只要开始工作,失去的精力就会恢复的。但是,第一天他就觉得自己想错了。他在科里往往一坐就是八个小时,饭也吃不上,因为他没有力气从三层楼跑下去,到隔壁的食堂去吃饭:不是这只手,就是那只脚,经常麻木。有的时候,他整个身子都不能动弹,而且发烧。到了上班的时候,他常常突然起不来床。等这阵发作过去,他又绝望地发现已经迟到一小时了。他终于因为经常迟到而受到了警告,这时他才意识到,他生活中最可怕的事情开始了——他要被迫掉队了。

阿基姆又帮了他两次忙,调动他的工作,但是不可避免的事情还是发生了:过了一个多月,保尔又卧床不起。这时候,他想起了巴扎诺娃临别时的叮咛,于是给她写了一封信。她当天就来了,他从她嘴里了解到一个很重要的情况,就是他不一定非住院不可。

"这么说,我已经健康到不值得一治了。"他本来想开个玩笑,但是结果并不可笑。

体力刚刚有些恢复,保尔又来到中央委员会。这回阿基姆怎么也不肯通融了,他坚决要求保尔住院。保尔闷声闷气地回答说:

"我哪儿也不去。住院没有用,这是权威人士的意见。我的出路只剩下一条——退休,领抚恤金。但是我决不走这条路。你们让我脱离工作,这办不到。我才二十四岁。我不能拿着残废证混一辈子,明知没用还到处求医问药。你们应该给我找一个适合我身体条件的工作。我可以把活儿拿回家去做,或者就住在机关里……只是别叫我当一个光在发文簿子上登记发文号码的文书。给我的工作应该使我内心不感到孤独离群。"

保尔越说越激动,声音越来越响亮。

阿基姆很了解这个不久前还生龙活虎的青年的感情。他了解保尔的悲剧,知道对他这样一个把自己短短的生命献给了党的人来说,脱离斗争,退到后方,那是非常可怕的。因此他决心尽力帮助他。他说:

"好吧,保尔,你不要着急。明天我们书记处开会,我一定把你的问题提出来。我保证,尽我的力量给你想办法。"

保尔吃力地站起来,把手伸给他,说:

"阿基姆,你真的以为,生活会把我赶到死胡同里,把我压成一片薄饼吗?只要我的心还在这里跳动,"他一把抓过阿基姆的手,紧贴在自己胸膛上。阿基姆清晰地感觉到了他的心脏的微弱而急速的跳动。"只要这颗心还在跳动,就没有力量能使我离开党。能使我离开战斗的行列的,只有死。记住这个吧,我的兄弟。"

阿基姆没有做声。这绝不是漂亮的空话,而是一个身受重伤的战士的呼喊。他知道，像保尔这样的人不可能说出另外的话，不可能有另外的感情。

两天之后，阿基姆告诉保尔，一个中央刊物编辑部里有一个重要的工作可以让他做，但是还要考核一下，看他是不是适合在文学战线上工作。保尔在编辑委员会里受到了亲切的接待。副总编辑是个做过多年地下工作的女同志，现在是乌克兰共产党中央监察委员会主席团委员，她向保尔提了几个问题：

"同志，您是什么文化程度？"

"小学三年。"

"上过党校和政治学校没有？"

"没有。"

"啊，这没有什么，没有上过这些学校的人也有可能锻炼成一个好的新闻工作者，这种事是有的。阿基姆同志给我们讲过您的情况。我们可以给您一个工作在家里干，不必到这里来上班，总之，可以创造一些适合于您的工作条件。但是，干这一行需要有广泛的知识，特别是文学和语言方面的知识。"

这些话对保尔来说，是一个不祥之兆。经过半小时的谈话，证明他的知识不足，在他写的一篇文章里，这个女同志用红铅笔画出了三十多处修辞上的毛病和不少拼写错误。

"柯察金同志！您的根底很厚。如果好好进修一下，您将来完全可以成为一个文学工作者。但是您现在写的文章还不够通顺。从这篇文章可以看出，您还没有掌握俄语。这并不奇怪，因为您一直没有时间学习。很遗憾，我们不能任用您。我再说一遍：您的自身条件很好，您写的这篇东西，只要在文字上加加工，不用改动内容，就可以成为一篇很好的文章。可是，我们需要的是能修改别人文章的人。"

保尔抓住手杖站了起来，他的右眼眉在抽动。

"就这样吧，我同意您的意见。我能成为什么文学家呢！我以前是个好司炉工，也是一个不错的电工。我骑马骑得很好，很会鼓动共青团员。但是，在你们这条战线上，我是一个不称职的战士。"

他告别之后，走出了房间。

在走廊拐弯的地方，他差点儿跌倒。一个提公文包的女同志扶住了他。

"同志，怎么啦？您的脸色很难看！"

过了几秒钟，保尔才镇定下来。然后他轻轻挣脱那个女同志的手，拄着手杖走了。

从这天起，保尔的健康状况一天不如一天。恢复工作是根本谈不上了，越来越多的时间是在病床上度过的。中央委员会解除了他的工作，并且要求社会保险总局发给他抚恤金。他拿到了抚恤金，同时也领到了一张残废证。中央委员会另外又发给他一笔钱，个人档案也交给他随身带，他可以到任何他想去的地方。玛尔塔这时来了一封信。她邀请保尔到她那里小住和休养。保尔本来就打算到莫斯科去，他仍然怀着一线希望，想在联共中央委员会找到幸福，也就是说，能找到用不着走动的工作。但在莫斯科也一样，大家都劝他治疗，并且答应给他找个好医院。他谢绝了。

保尔不知不觉在玛尔塔和她的女友娜佳·佩捷尔松的家里住了十九天。他整天一个人待在屋子里。玛尔塔和娜佳一早就出去，晚上才回来。保尔如饥似渴地读着书，一本接一本——玛尔塔有很多藏书。到了晚上，玛尔塔的许多女朋友，有时也有男朋友来看望他们。

从港口来了几封信。丘察姆家邀请他到她们那里去。生活的绳扣，拉得越来越紧，她们盼望着他的帮助。

一天早晨，保尔离开了古西亚尼科夫胡同那座安静的住宅。列车载着他奔向南方，奔向海洋，躲开潮湿多雨的秋天，奔向克里木南部温暖的海岸。他看着电线杆在窗外飞过。他的双眉紧锁着，两只近乎黑色的眼睛里隐藏着顽强的毅力。

第八章

海浪在他脚下哗啦哗啦地拍打着岸边的乱石。从遥远的土耳其刮来的干燥的海风吹拂着他的脸。这里的海岸曲折地弯进陆地,形成一个弧形似的港湾,港口筑有一条钢筋水泥的防波堤。蜿蜒起伏的山峦延伸到海滨,突然中断了。市郊的一座座小白房像玩具似的,顺着山势向上,伸展到很远的地方。

郊外古老的公园里静悄悄的。很久没有人收拾的小径长满了杂草。被秋风吹落的枯黄的槭树叶,徐徐地飘向地面。

一个波斯老车夫把保尔从城里拉到这里。他扶着这位古怪的乘客下车的时候,忍不住问道:

"你到这儿来干吗?这里没有姑娘,也没有剧院,只有豺狼。而且你还是一个人逛……真不明白,你到这儿来干什么!还是坐我的车回去吧,同志!"

保尔付了车钱,老车夫也就走了。

公园里一个人也没有。保尔在海边找到一条长椅,坐了下来,让已经不太厉害的太阳光照着他的脸。

今天,保尔特意到这个僻静的地方来,回顾他的生活历程,考虑今后怎么办。该是进行总结、做出决定的时候了。

保尔第二次来到丘察姆家,使这一家的矛盾激化到了极点。老头子听说他来了,暴跳如雷,在家里大闹了一场。领着母女三人进行反抗的自然是保尔了。老头子万万没有想到,妻子和女儿会给他这样有力的反击。从保尔第二次来到的那天起,这一家人就分开过了,两边的人互相敌对,彼此仇视。通向两个老人房间的过道给钉死了,把一间小厢房租给了保尔。

房钱是预先付给老头子的。他似乎很快就感到心安理得了：两个女儿既然同他分了家，就再也不会向他要生活费了。

从外交上着想，阿莉比娜仍然跟老头子住在一起。老头子从来不到年轻人这边来，他不愿意碰到那个"冤家"。但是在院子里，他却像火车头一样喘着粗气，表明他是这里的主人。

老头子没有到合作社工作之前，会两门手艺——掌鞋和做木工。他把板棚改成了作坊，抽空捞点外快。现在，为了同房客捣乱，他故意把工作台搬到保尔的窗户底下，幸灾乐祸地使劲敲钉子。他很清楚，这样一来，保尔就看不成书了。

"等着吧，我迟早要把你赶出去……"他小声嘟哝着。

在接近地平线的地方，轮船吐出来的黑烟，像乌云一样在慢慢扩散。一群海鸥尖叫着，向海上飞去。

保尔双手抱着头，陷入了沉思。他的一生，从童年到现在，一幕幕在他眼前闪过。这二十四年他过得怎样？好，还是不好？他一年又一年地回忆着，像一个铁面无私的法官，检查着自己的一生。结果他非常满意，这一生过得并不坏。当然也犯过不少错误，有时因为糊涂，有时因为年轻，而更多的是由于无知。但是最主要的一点是，在火热的斗争年代，他没有睡大觉，在夺取政权的激烈搏斗中，他找到了自己的岗位，在革命的红旗上，也有他的几滴鲜血。

在丧失劳动力之前，他从来没有离开过战斗的队伍。现在，他身体垮了，再也不能在前线坚持战斗，唯一能做的事是进后方医院。他还记得，在进攻华沙的激战中，有个战士被子弹打中了，从马上跌了下来，摔倒在地上。战友们给他匆忙地包扎好伤口，把他交给卫生员，又翻身上马，追赶敌人去了。骑兵队伍并没有因为失去了一个战士而停止前进。为伟大的事业进行斗争的时候就是这样，也应该是这样。不错，也有例外。他就见到过失去双腿的机枪手，在机枪旁坚持战斗。这些勇敢的战士对敌人来说是最可怕的人。他们的机枪给敌人送去死亡和毁灭。这些同志意志如钢，枪法准确，他们是团队的骄傲。不过，这样的战士毕竟不多。

现在，他的身体彻底垮了，失去了重新归队的希望，他该怎样对待自己呢？他终于使巴扎诺娃吐露了真情。这个女医生告诉他，前面还有更可怕的不幸在等待着他，怎么办？这个恼人的问题就摆在他的面前，逼着他去解决。

他已经失去了最宝贵的东西——战斗的能力,活着还有什么用呢?在今天,在凄凉的明天,他用什么来证明自己生活得有价值呢?又用什么来充实自己的生活呢?光是吃、喝、呼吸吗?当一名力不从心的旁观者,看着战友们向前冲杀吗?就这样成为战斗队伍的累赘吗?把那背叛了自己的身体消灭掉,怎么样?朝胸口开一枪,不就完事了!过去既然能够生活得不坏,现在也应该能够适时地结束自己的生命。一个战士不愿再受临终前痛苦的折磨,谁能去责备他呢?

他的手摸到了口袋里光滑的勃朗宁手枪,手指习惯地抓住了枪柄。他慢慢地掏出手枪。

"谁想到你会有今天?"

枪口轻蔑地望着他的眼睛。他把手枪放到膝盖上,恶狠狠地骂了起来:

"老弟,这不是英雄,而是假英雄!任何一个笨蛋,随便什么时候,都会对自己开一枪。这样摆脱困境,是最怯懦、最省事的办法。生活不下去——就一死了之。你有没有试过去战胜这种生活呢?你是不是尽了一切努力去冲破这铁环?难道你忘了在诺沃格勒—沃伦斯基附近,是怎样一天发起十七次冲锋,终于排除万难,攻克了那座城市吗?把枪藏起来,永远也不要对任何人提起这件事。即使到了生活已经无法忍受的时候,也要设法生活下去,要竭尽全力,使生命变得有益于社会,有益于人民!"

他站了起来,朝大路走去。一个过路的山地人,赶着四轮马车,顺便把他拉进城里。进城后,他在一个十字路口买了一份当地的报纸。报上登着本市党组织在杰米扬·别德内依俱乐部开会的通知。保尔回到住处的时候,已经是深夜了。他在积极分子会议上讲了话,自己也没有想到,这竟是他最后一次在大会上讲话。

达雅还没有睡。保尔出去这么久没有回来,她很担心。他怎么啦?到哪儿去了呢?她发觉保尔那双一向活泼的眼睛,今天却显得严峻而冷漠。他很少谈自己,但是达雅感觉到,他正经受着某种不幸。

母亲房里的钟敲了两下,外面传来了叩门声。她立即披上外套,跑去开门。廖莉娅在自己房间里睡着了,喃喃地说着梦话。

"我都担心你出了什么事呢!"保尔走进过道的时候,达雅高兴地小声对他说。

"我是到死也不会出什么事的，达尤莎。怎么，廖莉娅睡了吗？你知道，我一点也不想睡。我想把今天的事跟你谈一谈。到你屋里去吧，要不，会把廖莉娅吵醒的。"

达雅犹豫了一下。她怎么好深更半夜还同他在一起谈话呢？母亲知道了，会怎么想呢？但是这话又不便对保尔讲，他会不高兴的。再说，他究竟要告诉她什么呢？她一边想，一边走进了自己的房间。

"是这么回事，达雅。"他们在黑暗的房间里面对面地坐下之后，保尔压低了声音说。他俩离得很近，达雅连他的呼吸都可以感觉到。"生活起了这样的变化，我自己也有点莫名其妙。这些日子我的心情很不好。我不知道在这个世界上今后该怎么生活。有生以来，我从来没有像这几天这样感到前途黯淡。今天，我召开了自己的'政治局会议'，做出了非常重要的决议。我把这些告诉你，你可不要感到奇怪。"

保尔把近几个月来的全部心情和今天在郊外公园里的种种想法都告诉了她。

"情况就是这样。现在谈谈主要的吧。你们家的这场好戏还刚刚开场，你得冲出去，吸收新鲜空气，离开这个家越远越好，应该重新开始生活。我既然卷入了这场斗争，就得把它进行到底。我们两人的个人生活现在都不痛快。我决心放一把火，让它烧起来。你明白，这是什么意思吗？你愿意做我的朋友，做我的妻子吗？"

达雅非常激动地听着他的倾诉，听到最后一句话时，她感到很意外，大吃一惊。保尔接着说：

"我不要求你今天就答复我。你得好好地全面想一想。你肯定不明白，这个人怎么不献一点殷勤，不说一句甜言蜜语，就提出这种问题。可是那些无聊的花言巧语又有什么用呢！我把手伸给你，就在这儿，小姑娘，握住它吧。要是这次你相信我，你是绝对不会受骗的。我有许多东西是你需要的，反过来也是一样。我已经想好了：咱俩的结合要一直延续到你成长为一个真正的人，成为我们的同志。我一定能帮助你做到这一点，不然，我就一点价值也没有了。在这之前，咱们都不能破坏这个结合。一旦你成熟了，则可以不受任何义务的约束。谁知道，也许有一天我会完全瘫痪。你记住，那时候，我也决不拖累你。"

稍停片刻，他又亲切而温情地说：

"现在，我把我的友谊和爱情献给你。"

他握住她的手不放，心情很平静，好像她已经答应了似的。

"你不会抛弃我吗？"

"达雅，口说不足为凭，可有一点你得相信：像我这样的人是不会背叛朋友的……但愿朋友也不背叛我。"他饱含辛酸地说。

"我今天什么都不能对你说，这一切来得太突然了。"她回答说。

保尔站了起来，说：

"睡吧，达雅，天快亮了。"

他回到自己的房间，和衣躺在床上，头刚挨着枕头，就睡着了。

保尔的房间里，靠着窗户有一张桌子，上面放着几摞从党委资料室借来的书，一叠报纸和几本记得满满的笔记本。还有一张从房东那里借来的床，两把椅子；有一扇门通达雅的房间，门上挂着一幅很大的中国地图，上面插着许多红色和黑色的小旗。保尔得到当地党委的同意，可以利用党委资料室的书刊。党委还指定本城最大的港口图书馆主任当他的读书指导。不久他就陆续借来了大批的书籍。廖莉娅看着他，觉得很惊奇。他从早到晚一直埋头读书，做笔记，只是在吃饭的时候才休息一会儿。每天晚上，他们三个人都在廖莉娅的房间里聊天，保尔把读到的东西讲给姐妹俩听。

老头子后半夜到院子里，总是看到那个不受欢迎的房客的窗户板缝里透出一线灯光。老头子踮起脚，悄悄走到窗前，从窗户缝里看到了伏在桌上读书的保尔。

"别人都睡了，可这位呢，却点着灯整宿不睡。大模大样，像是他当家一样。两个丫头也敢跟我顶嘴了。"老头子闷闷不乐地想着，走开了。

八年来，保尔第一次不担任任何工作，有这么多的空闲时间。他像一个刚刚入门的学生，如饥似渴地读着书，每天一坐就是十八个小时。

长此以往，他的健康会受到多大危害，那就难说。幸好有一天，达雅像是随便告诉他说：

"我把柜子搬开了，通你房间的门现在可以打开。你有什么事要找我谈，可以直接走这个门，不用再穿过廖莉娅的房间了。"

保尔的脸上露出了光彩。达雅高兴起来，微微一笑——他们的结合成

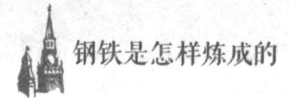

功了。

从此，老头子深更半夜再也看不到厢房窗户里透出的灯光了。母亲发现达雅的眼神里有一种掩饰不住的欢乐。她那双眼睛被内心的火烧得亮晶晶的，眼睛下面隐约现出两块暗影——这是睡眠不足留下的痕迹。这座不大的住宅里，经常可以听到吉他的琴声和达雅的歌声了。

这个获得幸福的女人，也常常感到苦恼。她觉得自己的爱情好像是偷来的。听到一点响声，她就吓得哆嗦，总觉得这是母亲的脚步声。她老是担心，万一有人问她为什么每天晚上要把房门扣上，她该怎么回答呢。保尔看出了她的心情，便温柔地安慰她说：

"你怕什么呢？仔细分析起来，你和我就是这里的主人。放心睡吧，谁也没有权力干涉咱俩的生活。"

达雅的脸紧贴着爱人的胸脯，双手搂着他，安心地睡着了。保尔久久地听着她的呼吸，一动也不动，生怕惊醒她的美梦。他对这个把一生托付给他的少女，充满了深切的柔情。

达雅的眼睛近来总是那样明亮，第一个知道这个原因的，是廖莉娅。从此，姐妹俩就疏远了。不久，母亲也知道了，确切些说，是猜到了。她警觉起来，没有想到保尔会这样。有一次，她对廖莉娅说：

"达雅配不上他。这么下去会有什么结果呢？"

她忧心忡忡，却又没有勇气同保尔谈谈。

青年们开始来访问保尔了。小房间有时挤得满满的。像蜜蜂那样嗡嗡叫的嘈杂声不时传到老头子的耳朵里。他们常常齐声歌唱：

> 我们的大海一片荒凉，
> 日日夜夜不停地喧嚷……

有时唱保尔喜欢的歌：

> 泪水洒遍茫茫大地……

这是工人党员积极分子小组在开会，保尔曾写信要求担负一点宣传工作,于是党委就把这个小组交给了他。保尔的日子,就是这样度过的。

保尔双手重新握住了舵轮,生活的巨轮几经周折,又朝着新的目的地驶去。他想通过学习,通过文学,重返战斗行列。

但是,生活给他设置了一个又一个障碍。每次遇到波折,他都不安地想:这对他所要达到的目的,不知会有多大的影响。

突然,那个考大学不走运的乔治带着老婆从莫斯科回来了。他住在那个沙皇时代当过律师的岳父家里,可是还常回来,刮他母亲的钱。

乔治一回来,家庭关系更加恶化了。乔治毫不犹豫地站在父亲一边,并且同敌视苏维埃政权的岳父一家串通一气,施展阴谋诡计,一心要把保尔从家里轰出去,把达雅夺回来。

乔治回来以后两个星期,廖莉娅在郊区找到了工作,她把母亲和儿子都带走了。保尔和达雅也搬到一个很远的滨海小城去了。

阿尔焦姆很少收到弟弟的信。每当他在苏维埃办公桌上见到灰色信封和那有棱有角的熟悉的字体时,他就会失去往常的平静。现在,他一面撕开信封,一面深情地想道:

"唉,保夫鲁沙,保夫鲁沙!我们要是住在一起该多好。弟弟,你经常给我出点主意,对我一定很有用。"

保尔信上说:

阿尔焦姆:

我想跟你谈谈我的情况。除你以外,我大概是不会给任何人写这样的信的。你了解我,能理解我的每一句话。我在为恢复健康而斗争的战场上,继续遭到生活的排挤。

我受到接连不断的打击。一次打击过后,我刚刚站起来,另一次打击又接踵而来,比上一次更厉害。最可怕的是我现在没有力量反抗了。左臂已经不听使唤,这就够苦的了,接着两条腿也不能活动了。我本来还能在房间里勉强走动,可现在从床边挪到桌子跟前也要费很大劲。但是,这大概还不算完。明天会怎么样?还很难说。

我再也不能到屋子外边去了,只能从窗口看到大海的一角:当一个人有一颗布尔什维克的心,有布尔什维克的坚强意志时,他是那样迫不及待地向往劳动，向往加入你们全线进攻的大军，向往投身到滚滚向前、排山倒海的钢铁巨流中去，可是他的躯体却背叛了他，不听他使唤。这两者集中在一个人身上，难道还有比这更可怕的悲剧吗？

不过，我还相信我能够重返战斗的行列，相信在冲锋陷阵的大军中也会有我的一把刺刀。我不能不相信，我没有权利不相信。十年来，党和共青团教给我反抗的艺术。领袖说过，没有布尔什维克攻不克的堡垒。这句话对我也适用。

现在我的生活就是学习。读书、读书，还是读书。阿尔焦姆，我已经读了许多书。我读完了主要的古典文学作品，修完了共产主义函授大学一年级的课程，考试也都及格了。晚上我辅导一个青年党员小组学习。通过这些同志，我同党的实际工作保持联系。此外，还有达雅，她的成长和她的进步，当然，还有她的爱情，她那妻子的温存和体贴。我们俩生活得很和美。我们的经济情况是一目了然的——我的三十二个卢布的抚恤金和达雅的工资。她正沿着我走过的道路走到党的行列中来：她以前给人家当用人，现在是食堂里的洗碗女工（这个小城里没有工厂）。

前几天，达雅兴高采烈地把她第一次当选为妇女部代表的证件给我看。对她来说，这不是一张普通的硬纸片。我注意观察着她，在她身上，我看到一个新人在逐步成长。我要尽自己的全部力量帮助她。总有一天，她会进入一个大工厂，生活在工人集体中间，那时候，她就会成熟了。目前在我们这个小城里，她还只能走这条唯一可行的道路。

达雅的母亲来过两次。她不自觉地在拉女儿的后腿，要把女儿拉回到充满卑微琐事的生活中去，让她再陷入狭隘、孤独的生活圈子里。我竭力劝说老太太，告诉她不应该让她过去的生活在女儿前进的道路上投下阴影。但是，这一切努力，都白费了。我觉得，达雅的母亲总有一天会成为她走向新生活的障碍，同这个老太太的斗争是不可避免的。

握手！

你的保尔

老马采斯塔第五疗养院是一座石砌的三层楼房，修建在悬崖上开辟出来的平地上。四周林木环抱，一条弯弯曲曲的道路通到山脚下。所有房间的窗户全敞开着，微风吹拂，送来了山下矿泉的硫黄气味。保尔房间里现在只有他一个人。明天要来一批新疗养员，那时他就有同伴了。窗外传来一阵脚步声，有几个人在谈话，其中一个人的声音很耳熟。他在什么地方听到过这浑厚的男低音呢？他苦苦思索，终于把藏在记忆深处的一个还没有忘却的名字找了出来：英诺肯季·帕夫洛维奇·列杰尼奥夫，正是他，不会是别人。保尔确信自己没有弄错，便喊了他一声。过了一分钟，列杰尼奥夫已经坐到他的身边，快活地拉着他的手，说：

"你还活着哪？怎么样，有什么好事让我高兴高兴？你这是怎么啦，真当起病号来了？这我可不赞成。你得向我学习。大夫也早说过我非退休不可，我就不听他们那一套，一直坚持到现在。"列杰尼奥夫温厚地笑了起来。

保尔体会到他的笑谈中隐藏着同情，又流露出一丝忧虑。

他们畅谈了两个小时。列杰尼奥夫讲了莫斯科的新闻。从他那儿，保尔第一次听到党关于农业集体化和改造农村的重要决定，他如饥似渴地听着每一句话。

"我还以为你在你们乌克兰的什么地方做事呢。哪知道你是这样的不幸。不过，没关系，我原来的情况还不如你，那时候我差点儿躺倒起不来了。现在你看，我不是挺精神吗？现在说什么也不能无精打采地混日子。你明白吗？这样不行！有时候，我也有不好的念头，心想，也许该休息一下了，哪怕稍微松口气也好。到了这个年纪，一天干十一二个小时，真有点吃不消。好吧，那就好好想想，哪些工作可以分出去一部分，有时候甚至都要落实了，到头来，每次都是一个样：坐下来办'移交'，一办起来就没个完，晚上十二点钟以前也回不了家。机器开得越快，齿轮也就转得越快。现在我们的前进速度一天胜过一天，结果就是我们这些老头子也得像年轻时候一样干。"

列杰尼奥夫用手摸了摸高高的额头，像慈父一般亲切地说：

"好吧，现在你讲讲你的情况吧。"

列杰尼奥夫听保尔讲他前些时候的生活，保尔注意到，列杰尼奥夫一直用赞许的炯炯有神的目光看着他。

凉台的一角，在浓密的树荫下坐着几个疗养员。紧紧皱起两道浓眉，在小桌旁边看《真理报》的，是切尔诺科佐夫。他穿着俄罗斯斜领黑衬衫，戴一顶旧鸭舌帽，消瘦的脸晒得黝黑，胡子好久没有刮了，两只蓝眼睛深深地凹了进去，一看就知道他是一个老矿工。十二年前，他参加边区领导工作的时候，就放下了镐头，可是现在他的样子，仍然像刚从矿井上来的一样。这从他的举止言谈上，从他讲话的用词上，都可以看得出来。

切尔诺科佐夫是边疆区党委常委和政府委员。他腿上得了坏疽，这个病折磨着他，不断消耗他的体力。他恨透了这条腿，它强迫他躺在床上，已经快半年了。

坐在他对面，抽着烟沉思的是亚历山德拉·阿列克谢耶夫娜·日吉廖娃。她今年三十七岁，入党都有十九年了。在彼得堡做地下工作的时候，大家管她叫"金工姑娘小舒拉"。差不多还是孩子的时候，她就尝到了西伯利亚流放的滋味。

坐在桌旁边的第三个人是潘科夫。他低着他那像古代雕像一样美丽的头，正在读一本德文杂志，不时用手扶一扶鼻梁上的角质大眼镜。说起来真叫人难以相信，这个三十岁的大力士，竟要费很大力气才能抬起那条不听指挥的腿。米哈伊尔·瓦西里耶维奇·潘科夫是个编辑、作家，在教育人民委员会工作。他熟悉欧洲，会好几种外国语。他满肚子学问，就连那个持重的切尔诺科佐夫对他也很尊敬。

"他就是跟你同屋的病友吗？"日吉廖娃向坐在轮椅上的保尔那边抬了抬头，小声问切尔诺科佐夫。

切尔诺科佐夫放下报纸，脸上立即露出了兴奋的神情。

"是呀，他就是保尔·柯察金。亚历山德拉，您一定得跟他认识一下。他让病魔给缠住了，不然把这个小伙子派到咱们难对付的地方去，倒是一把好手。他是第一代共青团员。一句话，要是咱们都扶他一把，他还可以工作。我是下了这个决心的。"

潘科夫倾听着切尔诺科佐夫的讲述。

"他得的是什么病？"日吉廖娃又小声地问。

"1920年受伤留下的病根。脊椎骨上的毛病。我问过这儿的大夫,你知道吗,他们都担心,这个病会叫他全身瘫痪。你瞧有多么严重!"

"我马上把他推过来。"日吉廖娃说。

他们的友谊就是这样开始的。保尔没有想到,日吉廖娃和切尔诺科佐夫以后都成了他最亲近的人。在后来病重的那几年里,他们是他最有力的支柱。

……生活还是和从前一样。达雅做工,保尔学习。他刚要去做小组的工作,一个新的不幸又偷偷地向他袭来:他双腿瘫痪了。只有右手还能活动。他做了许多努力,都没有效果,他知道再也不能行动了。这时候,他把嘴唇都咬出了血。达雅勇敢地掩饰着她的绝望和由于无力帮助他而产生的痛苦。而保尔却抱歉地微笑着说:

"达雅,亲爱的,咱俩离婚吧。反正也没有约定说,碰到这种倒霉的事还要一起过下去。这件事今天我要好好想一想,我亲爱的小姑娘。"

达雅不让他说下去。她忍不住放声痛哭起来。她哽咽着,把保尔的头紧紧搂在怀里。

阿尔焦姆知道弟弟又遭到新的不幸,写信告诉了母亲。玛丽亚·雅科夫列夫娜扔下一切,马上到儿子这里来了。老太太、保尔和达雅住在一起,婆媳俩相处得很和睦。

保尔继续在学习。

在一个阴湿的冬天的晚上,达雅带回来她获得第一个胜利的好消息——她当选为市苏维埃委员了。从那时起,保尔就很难见到她了。下班以后,达雅经常从她工作的那个疗养院食堂,径直到妇女部或苏维埃去,深夜才回到家里。她虽然很疲劳,可脑子里却装满了新鲜事儿。吸收她为预备党员的日子临近了。她以十分激动的心情迎接这一天的到来。可是,偏偏在这个时候,一个新的不幸又突然袭来。保尔的病情在继续发展。他的右眼发炎,火烧火燎的,疼得难以忍受,接着左眼也感染上了。保尔有生以来,第一次尝到了失明的滋味——周围的一切都像蒙上了一层黑纱。

一个可怕的、不可逾越的障碍,悄悄地出现在大道上!挡住了他前进的路。母亲和达雅悲痛到了极点,保尔本人却很冷静,暗暗下定了决心:

"应该再等一等。要是真的不可能再前进,要是为恢复工作所做的一切

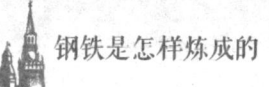

努力都被失明一笔勾销,要是重返战斗行列已经不可能——那就应该了结了。"

保尔写信给朋友们。他们纷纷来信,鼓励他坚强起来,继续斗争下去。

就在他最痛苦的日子里,达雅激动而高兴地告诉他:

"保夫鲁沙,我现在是预备党员了。"

保尔一面听她讲党支部接受她入党的经过,一面回想自己入党前后的情况。

"柯察金娜同志,这么说,咱们俩可以组成一个党小组了。"说着,他紧紧握住她的手。第二天,他写信给区委书记,请他来一趟。傍晚,一辆溅满泥浆的小汽车在房前停了下来,区委书记沃利梅尔走进屋里。他是个年过半百的拉脱维亚人,一脸络腮胡子。他握住保尔的手,说:

"日子过得怎么样?你怎么能这样过日子呢?起来吧,我们马上派你下地干活去。"说完,他就哈哈大笑起来。

区委书记在保尔家待了两个小时,甚至忘了晚上还要开会。保尔讲得很激动。区委书记一面听,一面在屋里踱来踱去,最后他说:

"你别提小组的事了。你需要的是休息,再把眼病好好看看,弄出个结果来。不见得就没办法了吧。要不要到莫斯科去一趟,啊?你考虑一下……"

保尔打断他的话,说:

"我需要的是人,沃利梅尔同志,是活的人!孤单单的一个人,我是活不下去的。我现在比任何时候更需要同活人接触。给我派几个年轻人来吧,最好是那些小青年。他们在你们乡下,总想搞得'左'一点,嫌集体农庄不过瘾,想成立公社。这些共青团员你要是照顾不到,他们就会冒进,脱离群众。我过去就是这样,这一点我是很清楚的。"

沃利梅尔停下脚步问:

"这些情况今天才从区里传来,你是从哪儿知道的?"

保尔微微一笑。

"你大概还记得我爱人吧?你们昨天才吸收她入党,是她告诉我的。"

"啊,柯察金娜,就是那个洗碗工?她是你爱人?哈哈,我还不知道呢!"沃利梅尔想了一会儿,用手拍了拍前额,接着说:"有了,我们给你派个人来吧,就是列夫·别尔谢涅夫。这个同志再合适不过了。你们两个脾气挺相近，准合得来。你们有点像两只高频变压器。你知道吗，我以前当过电工，所以爱用这样的字眼，打这样的比喻。列夫还会给你装上个收音机，他是个无线电专家。你知道，我常在他家听耳机，一听就是半夜两点，连我老伴都起了疑心，说：'你这个老鬼，天天晚上到哪儿去了？'"

保尔微笑着问：

"别尔谢涅夫是个什么样的人？"

沃利梅尔来回走累了，坐在椅子上说：

"别尔谢涅夫是我们区里的公证人。但是他当公证人就跟我跳芭蕾舞一样，是个外行。不久前他还是个大干部。1912年参加革命，十月革命时入了党。国内战争时期他是军队干部，在骑兵第二集团军革命军事法庭工作；在高加索消灭过'白虱子'。他到过察里津，去过南方战线，在远东主管过一个共和国的最高军事法庭。他这个人什么艰难困苦都经历过，后来肺结核把他撂倒了。他从远东来到这儿。在高加索，他当过省法院院长、边疆区法院副院长。最后，他的两个肺都坏了。眼看就要不行了，这才把他调到我们这里来。这就是咱们这个不平常的公证人的来历。这个职务挺清闲，所以他还活着。可是，今天悄悄让他领导一个支部，明天又要他参加区委会；接着，又塞给他一个政治学校让他管，又要他参加监察委员会；成立处理难题的重要委员会时，又都少不了他。除了这些，他还爱打猎，又是个无线电迷。别看他少了一个肺，可一点也不像个病人。他精力很充沛。他要是死，大概也要死在从区委到法院的路上。"

保尔打断了他的话，提出了一个尖锐的问题：

"那你们为什么要给他那么多工作呢？他在这儿比原先的工作还忙。"

沃利梅尔眯缝着眼睛，瞟了保尔一下。

"要是让你领导一个小组，再加点别的工作，别尔谢涅夫也准会说：'你为什么给他那么多工作呢？'可是他对他自己呢，却会说：'宁可猛干工作活一年，也不愿躺在病床上混五年。'爱惜人这件事，看来只有等社会主义建成之后才能做到了。"

"他说得对。我也赞成猛干工作活一年，反对苟且偷生混五年。不过，我们这里还是常常随便浪费人力，这等于犯罪。现在我才明白，这样做与其说是英雄行为，不如说是任性和不负责任。直到现在我才开始懂得，我没有权利这样糟蹋自己的健康。看来，这并不是什么英雄行为。要不是因

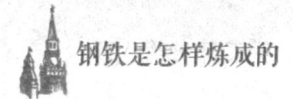

为蛮干,我也许还可以坚持几年。一句话,对我来说,'左'派幼稚病是一个主要的危险。"

"也许说得好听罢了,真让他下床干起来,早就什么都不顾了。"沃利梅尔心里这样想,但是没有说出来。

第二天晚上,别尔谢涅夫来看保尔,一直谈到深夜才走。别尔谢涅夫离开新朋友的时候,心情是很激动的,就像刚刚见到了失散多年的弟弟一样。

早晨,有几个人爬上屋顶,架起了天线。别尔谢涅夫在房间里一面安装收音机,一面讲着他经历过的最有意思的事情。虽然保尔看不见他,但是根据达雅的描述,他知道别尔谢涅夫长着淡黄色的头发,浅蓝色的眼睛,体格匀称,动作敏捷,也就是说,他的模样跟保尔同他见面时想象的完全一样。

天黑的时候,房间里的三只小灯亮了。别尔谢涅夫庄重地把耳机递给保尔。太空中传来一片杂音。港口的莫尔斯电报机像小鸟一样啁啾地叫着,轮船上的无线电台正在某个地方(看样子是在近海)发报。一片嘈杂声中,可变电感器的线圈突然收到了沉重而又充满自信的声音:

"请注意!请注意!这是莫斯科广播电台……"

小小的收音机,通过天线,可以收到世界上六十个电台的播音。疾病割断了保尔同生活的联系,现在生活穿过耳机的膜片,又冲了进来,他又重新触摸到了生活的强有力的脉搏。

疲劳的别尔谢涅夫看见保尔的眼睛闪烁着光芒,微微地笑了。

家里的人都睡了。达雅在睡梦中不安地嘟哝着。她每天很晚才回家,又冷又累。保尔很少见到她。她越是一心扑在工作上,晚上的空闲时间就越少,于是保尔情不自禁地想起了别尔谢涅夫的话:

"如果一个布尔什维克的妻子也是党员,他们就不能常见面。这有两个好处:一是彼此不会嫌弃,二是没有时间吵嘴!"

他怎么能反对呢?这是预料之中的事。过去,达雅把她的每个晚上都给了他。那时候,他比现在有更多的温暖,更多的体贴。不过那时候,她仅仅是个朋友、妻子,而现在则是他的学生和党内的同志。

他懂得,随着达雅的成长,达雅照顾他的时间会越来越少,他认为这是理所当然的。

保尔接受了辅导一个小组的任务。

晚上家里又热闹起来了。保尔每天同青年人在一起度过几个小时,就会获得新的活力。

其余的时间他都在听广播。母亲喂他吃饭,要费很大劲才能摘掉他的耳机。

失明夺去的东西,无线电收音机又给了他——他又可以学习了。他以无坚不摧的顽强精神进行学习,忘记了一直在发烧的身体,忘记了肉体的剧烈疼痛,忘记了两眼火烧火燎的炎肿,忘记了严酷无情的生活。

在马格尼托戈尔斯克钢铁企业建筑工地上,继保尔那一代共青团员之后,青年们举起了青年共产国际的旗帜,建立了功勋。当电波把这个消息传来的时候,保尔感到无比幸福。

在他的想象中出现了暴风雪——像狼群一样猖獗的暴风雪和乌拉尔的严寒。狂风怒号,大雪铺天盖地而来。就在这样的黑夜里,由第二代共青团员组成的突击队,在明亮的弧光灯下,在庞大的建筑物顶上安装玻璃,从冰雪严寒中抢救那个举世闻名的联合企业刚建成的第一批车间。基辅第一代共青团员顶风冒雪铺设的森林铁路同它相比就显得微不足道了。国家壮大了,人也成长了。

在第聂伯河上,大水汹涌澎湃,冲垮了钢闸,淹没了机器和人。又是共青团员们迎战自然灾害,他们顾不上睡眠和休息,苦战两昼夜,终于把洪水赶进了闸门。在这场艰巨的抢险斗争中,走在前面的是新一代的共青团员。在英雄模范人物的名单中,保尔高兴地听到一个熟悉的名字——伊格纳特·潘克拉托夫。

第九章

保尔和达雅来到莫斯科，在一个机关的档案库里住了几天。这个机关的首长帮助保尔住进了一所专科医院。

保尔现在才明白，当一个人身体健康，充满青春活力的时候，坚强是比较简单和比较容易做到的事。只有生活像铁环那样，把你紧紧箍住的时候，坚强才是光荣的。

从保尔住进档案库那个晚上起到现在，已经过去一年半了。这十八个月他所遭受的痛苦是难以形容的。

在医院里，阿韦尔巴赫教授坦率地告诉保尔，恢复视力是不可能的。如果将来有一天炎症能够消失，可以试着给他做做瞳孔手术。建议他目前先进行外科治疗，消除炎症。

他们征求保尔的意见，保尔表示，只要医生认为是必要的，他都同意。

当保尔躺在手术台上，手术刀割开颈部，切除一侧甲状腺的时候，死神的黑翅膀曾经先后三次触及他的身体。然而，保尔的生命力特别强。达雅在外面提心吊胆地守候，手术过后，她看见丈夫，虽然像死人一样惨白，但是仍然很有生气，并且像平常一样，温柔、安详。

"你放心好了，小姑娘。要我进棺材不那么容易。我还要活下去，而且要跟那些医学权威们所做的结论捣捣乱。他们对我的病情做出的诊断都是正确的，但是硬说我已百分之百地丧失了劳动力那是完全错误的。咱们还是走着瞧吧。"

保尔坚定地选择了一条道路，决心通过这条道路回到新生活建设者的行列中去。

冬天过去了,春天推开了紧闭着的窗户。失血过多的保尔挺过了最后一次手术,他觉得他再也不能在医院里待下去了。十几个月来,感觉到的是周围人们的种种痛苦,听到的是垂死病人的呻吟和哀号,这比忍受自己的病痛还要困难得多。

医生建议他再做一次手术,他冷淡而坚决地回答说:

"不用了,我做够了。我已经把一部分血献给了科学,剩下的留给我做点别的事吧。"

当天,保尔给中央委员会写了一封信,请求中央委员会帮助他在莫斯科安下家来,因为他的妻子就在这里工作,而且他再流浪下去也没有好处。这是他生平第一次向党请求帮助。莫斯科市苏维埃收到他的信以后,拨给他一间房。于是他离开了医院,现在他唯一的希望是以后再也不回到这里来了。

房子在克鲁泡特金大街一条僻静的胡同里,很简陋,但是在保尔看来,这已经是最高的享受了。夜里醒来的时候,他常常不相信他已经离开了医院,而且离得远远的了。

达雅现在已经是正式党员了,她顽强地工作着。尽管生活中有那么多的不幸,可她并没有落在其他突击手的后面。群众对这个沉默寡言的女工表示了极大的信任,选举她当了厂委会的委员。保尔为妻子成了布尔什维克而感到自豪,这大大减轻了他的痛苦。

有一次巴扎诺娃到莫斯科出差,顺便来看保尔。他们谈了很久。保尔兴致勃勃地告诉她,他已经选定了一条道路,不久的将来,他就可以重新回到战士的行列。

巴扎诺娃注意到保尔两鬓已经出现了白发,她小声地对他说:

"我看得出,您经受了不少痛苦。但是,您仍然没有失去您那永不熄灭的热情。还有什么比这更可贵的呢?您做了五年的准备,现在您决定动笔了,这很好。不过,您怎么写呢?"

保尔笑了笑,安慰她说:

"明天他们就要给我拿来一块硬纸做的格子板。没有这种格子板,我就没法写字。写写就串行。我琢磨了好长时间,才想出了这个办法——在硬纸板上刻出一条条空格，写的时候，铅笔就不会出格子了。看不见所写的东西，写起来当然挺困难，但并不是不可能。这一点，我是深信不疑的。有好长一段时间怎么也写不好，现在我慢慢写，每个字母都仔细写，结果相当不错。"

保尔开始工作了。

他打算写一部中篇小说，描写科托夫斯基的骑兵师，书名不用多考虑就出来了：

《暴风雨中诞生的》

从这天起，保尔全神贯注地投入了这本书的创作。他缓慢地写了一行又一行，写了一页又一页。他忘记了一切，完全被人物形象迷住了，他第一次尝到了创作的痛苦。那些鲜明难忘的情景清晰地浮现在眼前，他却找不到恰当的词句来表达，写出的东西苍白无力，缺乏火一般的激情。

以前写好的东西，他必须逐字逐句地记住，否则线索一断，工作就会停顿。母亲惴惴不安地关注着儿子的工作。

写作过程中，保尔往往要凭记忆，整页整页地，甚至整章整章地背诵。母亲有时觉得他儿子像是发疯了。儿子写作的时候，她不敢走近他，只有趁着替他把落在地上的手稿捡起来的机会，才胆怯地说：

"你干点别的不好吗，保夫鲁沙？哪有你这样的，一写起来，就没完没了……"

对母亲的担心，他总是会心地笑一笑，并且安慰老人家说，他还没有到完全"发疯"的程度。

小说已经写完了三章。保尔把它寄到敖德萨，给科托夫斯基师的老战友们看，征求他们的意见。他很快就收到了回信，大家都称赞他的小说写得好。但是，原稿在寄回来的途中却被邮局丢失了。六个月的心血全都白费了。这对保尔是一个很大的打击。他非常懊悔没有复制一份留着，而把唯一的一份手稿寄出去了。他把邮件丢失的事告诉了列杰尼奥夫。

"你怎么这样粗心大意呢？别生气了，现在责骂也不管用了。重新开始吧！"列杰尼奥夫竭力安慰保尔说。

"可是，列杰尼奥夫同志，你知道，我六个月的心血就这样给白白地糟蹋了。这是我每天紧张工作八小时的成果啊！这帮寄生虫，真该死！"

列杰尼奥夫想方设法安慰他。

一切不得不重新开始。列杰尼奥夫给他弄到一些纸,帮助他把写好的稿子用打字机打出来。一个半月之后,第一章又脱稿了。

跟保尔住一幢楼房的是阿列克谢耶夫一家。他家的大儿子亚历山大是本市一个区的团委书记。亚历山大有一个十八岁的妹妹,叫加莉亚,刚从工厂工人学校毕业。这是一个朝气蓬勃的姑娘。保尔让母亲跟她商量,看她是否愿意帮助他,做他的"秘书"。加莉亚欣然同意了,她满脸笑容,热情地走了出来。她听说保尔正在创作一部小说,就说:

"柯察金同志,我很愿意帮助您。这同给我爸爸写枯燥的住宅卫生条例完全不一样。"

从这天起,写作就以加倍的速度向前推进。一个月的工夫写了那么多,连保尔自己也感到惊讶。加莉亚很同情保尔,积极主动地帮助他工作。她的铅笔在纸上沙沙地响着,遇到特喜爱的地方,她总是反复念上几遍,并为他的成绩感到由衷的高兴。在这所房子里,几乎只有她一个人相信保尔的工作是有意义的,其余的人都认为保尔是白费精力,只是因为什么也不能干了,又闲不住,才找点事儿来打发日子。

因公外出的列杰尼奥夫回到莫斯科,他读了小说的头几章以后,说:

"坚持干下去,朋友!胜利一定属于我们。还有更大的喜悦在等待着你,保尔同志。我坚信,你归队的理想很快就能实现。不要失去信心,孩子。"

这个老同志看到保尔精力十分充沛,满意地走了。

加莉亚经常来,她的铅笔在纸上沙沙地响,一行一行的字句在不断增加,追述着难忘的往事。每当保尔凝神深思,沉浸在回忆中的时候,加莉亚就看到他的睫毛在颤动,他的眼神随着思路的转换不断变化,简直叫人难以相信他的双目已经失明。你瞧,他那对清澈无瑕的瞳孔是多么有生气啊!

一天的工作结束了,加莉亚把记下来的东西念给保尔听,她发现保尔总是全神贯注地听着,时而皱起眉头。

"您干吗皱眉头呢,柯察金同志?不是写得挺好嘛!"

"不,加莉亚,写得不好。"

他认为不成功的地方,就亲自动手重写。有时他实在忍受不了格子板的狭窄框框的束缚,就扔下不写了。他恨透了这夺去他视力的生活,盛怒之下咔咔把铅笔折断,把嘴唇咬得出血。

忧伤,以及常人的各种热烈的或者温柔的普通感情,几乎人人都可以自由抒发,唯独保尔没有这个权利,它们被永不松懈的意志禁锢着。但是,工作越接近尾声,这些感情就越经常地冲击他,力图摆脱意志的控制。要是他屈服于这些感情中的一种,听任它发作,就会产生悲剧性的结果。

达雅常常是深夜才从工厂回到家里,跟保尔的母亲小声交谈几句,就上床去睡了。

最后一章写完了。加莉亚花了几天时间把小说给保尔通读了一遍。

明天就要把书稿寄到列宁格勒去,请州委文化宣传部审阅。如果他们同意给这部小说开"出生证",就会把它送到出版社,那么一来……

想到这里,他的心怦怦地跳了起来。那么一来……新的生活就要开始,这是由多年紧张而顽强的劳动换来的啊。

书的命运决定着保尔的命运。如果书稿被彻底否定,那他的日子就到头了。如果失败是局部的,通过进一步加工还可以挽救,他马上就开始新的进攻。

母亲把沉甸甸的包裹送到邮局。焦急等待的日子开始了。保尔一生中还从来没有像现在这样痛苦而焦急地等过来信。他从早班信盼到晚班信。列宁格勒一直没有回信。

出版社的沉默逐渐成为一种威胁。失败的预感一天比一天强烈。保尔意识到,一旦小说遭到无条件的拒绝,那就是他的灭亡。那时他就没法再活下去了。活下去也没有意义了。

此时此刻,郊区海滨公园的一幕又浮现在眼前,他一次又一次地问自己:

"为了冲破铁环,重返战斗行列,使你的生命变得有益于人民,你尽了一切努力了吗?"

每次回答都是:

"是的,看来,是尽了一切努力了。"

好多天过去了,正当期待变得无法忍受的时候,同儿子一样焦虑的母亲,一面往屋里跑,一面激动地喊道:

"列宁格勒来信了！！！"

这是州委打来的电报。电报上只有简单几个字：

"小说备受赞赏，即将出版，祝贺成功。"

他的心欢腾地跳动起来。多年的梦想终于变成了现实！铁环已经被砸碎，他拿起新的武器，重新回到战斗的行列，开始了新的生活。

阅读测评

"百炼成钢"阅读任务单

班级_____ 姓名_____ 学号_____

🎯 阅读完这部分,我的时间轴是这样的

👉 自我评价及成果展示

💬 我的组员对我说

💬 我的老师对我说

🗺 天马行空自由发挥区

阅读拓展

重读长篇小说《钢铁是怎样炼成的》
任光宣

　　奥斯特洛夫斯基的长篇小说《钢铁是怎样炼成的》曾经一致被认为是苏联文学中的一部描写革命者的最优秀的作品。著名作家肖洛霍夫在谈到这本书时说:"奥斯特洛夫斯基的著作已成为一部别开生面的生活教科书。"作家A.普拉东诺夫曾这样评论这部小说的主人公:"保尔·柯察金是终于塑造出那种身受革命的培育、给予自己时代的一辈人以崭新的、高尚的精神品质的人的比较成功的尝试之一,并且他成为自己祖国全体青年效仿的榜样。"的确,奥斯特洛夫斯基的小说《钢铁是怎样炼成的》曾经是一部家喻户晓的作品,主人公保尔·柯察金成了苏联优秀青年的榜样,并与他们生活和战斗在一起。在伟大的卫国战争期间,成千上万的像卓娅、马特洛索夫、奥列格·科歇沃伊等苏联青年以保尔·柯察金为自己的人生榜样,为保卫祖国献出了青春的生命(在许多牺牲的苏联士兵身上找到的遗物,是让子弹打穿的《钢铁是怎样炼成的》一书)。在战后的和平建设时期,又有许许多多保尔式的英雄人物积极参加恢复国民经济的建设,成为社会主义建设的生力军。他们在自己的岗位上无愧于祖国和人民,让自己的生命闪耀出光芒。可见,奥斯特洛夫斯基的《钢铁是怎样炼成的》的主人公保尔·柯察金在苏联青年心目中的地位和所起的巨大作用。

　　20世纪90年代的俄罗斯文学界,有些人在强调文学非意识形态化的口号下，对苏维埃时期的文学，尤其对描写革命者的苏联文学作品，像对奥斯特洛夫斯基的小说《钢铁是怎样炼成的》以及对主人公保尔形象的评价与从前的评价相比发生了很大的变化。这些人认为奥斯特洛夫斯基的《钢铁是怎样炼成的》这本书是一部当代神话，是斯大林主义的产物，认为奥斯特洛夫斯基本人也是人为制造的神话[①]，认为保尔·柯察金这位红色使徒已为当代社会所不需。目前，这种观点在俄罗斯文学界很有市场。所以，作家奥斯特洛夫斯基及其《钢铁是怎样炼成的》一书已从当今的某些俄罗斯文学史著作中消失了，奥斯特洛夫斯基和他的《钢铁是怎样炼成的》也被某些编写者从学校的俄罗斯文学教科书中拿掉了。如今，在俄罗斯有些人竭力想通过学校把自己的价值观和道德观传给青年一代，把十月革命、苏维埃政权及其七十多年的历史从广大青少年的记忆中抹去，仿佛苏维埃时代是历史的黑洞。所以，奥斯特洛夫斯基笔下的保尔·柯察金形象已被许多青年人忘却，他的精神已被否定。这就是奥斯特洛夫斯基的小说《钢铁是怎样炼成的》的主人公保尔·柯察金在当今俄罗斯的命运。

奥斯特洛夫斯基的小说《钢铁是怎样炼成的》及其主人公保尔·柯察金在中国的命运如何呢？早在1942年，这本书就在中国由著名的翻译家梅益先生翻译出版了。小说的主人公保尔·柯察金深受广大中国读者的喜爱，成了许多中国青年的榜样，无论在抗日战争和解放战争时期，还是在全国解放后的50年代中，保尔·柯察金的榜样和精神激励和鼓舞着中国青年积极地投身于祖国的解放事业和建设事业。那么，在今日的中国，奥斯特洛夫斯基的小说《钢铁是怎样炼成的》的主人公保尔·柯察金在青年心目中的地位又如何呢？为了解这一情况，笔者对自己任教的一所大学俄罗斯语言文学系的一个本科生班和一个研究生班的学生做了一次询问调查。情况是这样的：在本科生班，全班仅有两个人读完这部小说（占全班人数

[①] 其实，这种说法并非是某些人的新发明，早在20世纪30年代，当《钢铁是怎样炼成的》这本书刚刚出版问世时，西方就有人说奥斯特洛夫斯基是苏俄宣传的一部神话，说《钢铁是怎样炼成的》是一帮有经验的作家杜撰的产物。

的14%)。其余人有的没有读过，有的读过但读不下去。在研究生班，情况要好一些，多数的学生读过（占全班人数的60%），其余人或没有读过，或只看过同名电影，听过同名小说的连续广播。那么，如今的学生怎样看待小说主人公保尔·柯察金形象呢？主要有两种观点：多数读过这部小说的学生认为，保尔·柯察金是个十分吸引人、感染人、鼓舞人的形象。他敢于向命运挑战，有一种自强不息、奋发向上的精神。保尔的崇高的革命理想，高尚的道德情操，忘我的献身精神，坚强的斗争意志，乐观的生活态度，明确的人生目标都是青年学生学习的榜样，而且保尔的这些优良的品质是任何时代的人都需要的。当然，我们今天的社会的人也需要这些品质。有的学生说："现代社会需要保尔这样的人，因为坚定的信念是我们人生航程中的灯塔，给我们希望和信心；顽强的意志是我们前进的动力，给我们勇气和力量，是我们战胜困难、走向未来的坚强后盾，也是个人充分发展和个人价值实现的必要条件。"还有的学生认为，"保尔·柯察金身上有一种令人敬佩的优秀品质，那就是他令人不可思议地把实现自我价值与实现共产主义理想结合起来"，"保尔·柯察金生活的时代虽已成为历史，但他的精神是永存的，对于我们跨世纪的一代人树立正确的人生观是至关重要的。人活的就是一种精神。有了这种精神，我们就能克服前进道路上的一切困难和障碍，创造辉煌的人生！"然而，也有另外一种看法：有些学生认为保尔的形象及其精神已经过时，已不为当今社会所需要。有一个学生说："保尔不属于当今的时代。他是其生活时期的、单一的社会大环境所孕育的特有的一代人的典型。保尔这样的人已经不适合当今社会的发展。他属于过去的年代，他所具有的是过去年代的特征，所能适应的也是过去年代的生活方式。"

　　从我们进行的调查来看，青年学生对保尔·柯察金形象的看法是不一致的。那么，究竟应当怎样正确地去看待《钢铁是怎样炼成的》这部小说的主人公保尔·柯察金形象呢？下面我想谈谈自己的几点看法。

　　首先，应当历史地去看待保尔·柯察金生活和成长的环境，即十月革命后苏维埃国家最初年代的那段历史和当时的时代精神。因为保尔正是在那样的历史环境里走完了自己短暂的一生,正确地回答了"人的一生应当怎样度过"这个重要的人生观问题。

保尔·柯察金是个普通工人的儿子。他从小失去了父亲,与母亲一起艰难地生活着。十二岁时保尔就被母亲送到车站食堂当了杂役,他饱尝了人生的艰辛和社会的不公平。因此,他从小就对社会有一种不满和反抗的情绪。后来,他成为一名红军战士,为保卫年轻的苏维埃政权与阶级敌人浴血奋战,并多次负伤。十月革命和国内战争使他从一个仅有着朴素的阶级感情的少年成长为优秀的无产阶级战士。国内战争结束后,他不顾自己病弱的身体,又以饱满的革命热情投入恢复国民经济的建设。无论在国内战争的炮火中,还是在国民经济恢复的艰难岁月里,保尔·柯察金都表现出钢铁一般的意志和大无畏的精神,表现出他对祖国和人民的革命事业的忠诚。然而他的人生历程十分坎坷,由于在战争中多次受伤以及在国民经济恢复的建设劳动中劳累过度,他先是双目失明,后又全身瘫痪,饱受了精神和肉体的折磨。但是保尔·柯察金没有被这一切所吓倒,他身残志不残,以乐观主义的精神对待人生,对待疾病,为能回到革命的队伍做一切努力。因为对于他来说,"没有比掉队更可怕的事情了",他"准备忍受一切,只要能重新归队就行"。为此,他克服了巨大的困难,拿起笔写出长篇小说《钢铁是怎样炼成的》,实现了自己归队的愿望。小说的结尾写道:"多年的梦想终于变成了现实!铁环已经被砸碎,他拿起新的武器,重新回到战斗的行列,开始了新的生活。"这就是保尔的一生。他的一生证实了他的人生格言——"人最宝贵的是生命。生命每个人只有一次。人的一生应当这样度过:回忆往事,他不因虚度年华而悔恨,也不因碌碌无为而羞愧;临死的时候,他能够说:'我的整个生命和全部精力,都献给了世界上最壮丽的事业——为解放全人类而斗争。'"保尔·柯察金把自己的一切——生命、爱情、理想等都融于解放人类的伟大斗争中去了。他的一生是一个革命者为无产阶级革命和社会主义建设奋斗的一生,是为祖国和人民鞠躬尽瘁的一生。我们从保尔·柯察金的人生道路中可以发现一个人的人生价值,看到真正人生的全部意义,是革命人生观的最完美的体现。他的一生回答了人为什么而活,怎样活的问题。因此,这个形象不但完美高大,而且还具有一种榜样的力量和作用。

其次,保尔·柯察金是个真实感人、有艺术魅力的文学形象。这个形象之所以真实,是因为他来自现实生活。作家奥斯特洛夫斯基以从十月革命爆发,到国内战争、国民经济恢复年代的苏联现实生活为背景,以自己的亲身经历为线索,通过艺术的构思创作出《钢铁是怎样炼成的》这部小说。小说描写20世纪二三十年代苏联的动荡而艰苦的社会生活,描写苏维埃人为自己的崇高理想和目标所进行的艰苦卓绝的奋斗,表现出当时人们的精神风貌和实干精神。尤其是主人公保尔·柯察金形象既是奥斯特洛夫斯基本人生活经历的写照(奥斯特洛夫斯基就是保尔·柯察金的原型,作家的亲身经历基本上是保尔·柯察金的人生轨迹。当然,保尔·柯察金是文学形象,绝不能把保尔和奥斯特洛夫斯基等同起来),又是他同时代青年的革命精神的集中体现。这部作品不但符合时代的要求和精神,也符合30年代苏维埃人对人生的审美追求。众所周知,20世纪30年代,苏联人怀着对未来的社会主义社会美好的期望和憧憬掀起了大规模的建设社会主义的热潮。那是充满激情的火红的年代。这种时代呼唤一大批具有自我牺牲和奉献精神的人物,需要以新的人生观和价值观去对待伟大的建设事业的英雄。奥斯特洛夫斯基深刻地理解时代的要求和精神,创作出保尔·柯察金这位符合时代的呼唤和时代的精神的英雄人物。必须指出的是,那时的苏维埃人曾经真诚地相信社会主义的伟大事业的胜利,相信共产主义的伟大理想的实现,相信他们所从事的事业的伟大和光荣,相信会建设起幸福美好的生活。这就是当时的时代真实和历史真实,全然不像现在某些人所说的那样,仿佛当时的历史并不是这样,而是有人欺骗、强迫苏维埃人去那样相信的。奥斯特洛夫斯基的小说真实地再现了那个时代苏联人民的信念、理想和情操,真实地再现了苏联人民在那个时代的奋斗精神和忘我的劳动热情，真实地再现了那个时代的英雄模范人物。而保尔·柯察金就是那个时代产生的千百万英雄人物中的一个。那时候，苏维埃人不但把为伟大的社会主义事业所做的自我牺牲和奉献视为人的美好的精神品格，而且还将之视为人的重要的审美品格。人生不但应有其精神的内涵，还应有其审美的品格，即人应有审美的人生。保尔·柯察金在革命的暴风雨年代和和平的建设年代中的行动，表明他的一生是符合当时苏联人对人生的审美需求的。正因如此，广大的苏联人民和苏联读者接受并喜爱保尔·柯察金这个人物，苏联文学界高度地评价这一形象。法捷耶夫在1936年给奥斯特洛夫斯基的信中赞誉说："我觉得在整个苏联文学中，暂时还没有其他的如此纯洁、迷人而又生动的艺术形象。"

保尔·柯察金这个形象之所以真实，还因为这个形象没有游离于俄罗斯文学形象的传统之外，是在俄罗斯文学的沃土上生长出来的文学形象，是对俄罗斯文学中具有"自我牺牲精神"的文学形象的继承。熟悉俄罗斯文学史的人都知道，在近千年的俄罗斯文学作品中有不少为了自己的理想和目标、为了自己的追求和信念敢于进取、敢于斗争、勇于奉献、勇于牺牲的主人公。在17世纪俄罗斯文学中，《使徒传》的主人公阿瓦库姆，为了维护宗教守旧派的思想和信仰，不怕以牧首尼康为首的宗教上层人士的残酷迫害，敢于与牧首尼康等人进行大无畏的、坚决的斗争。阿瓦库姆为自己的信仰所表现出来的斗争精神和牺牲精神，开了俄罗斯文学英雄人物性格的先河。在19世纪俄罗斯文学中，车尔尼雪夫斯基的小说《怎么办？》的主人公拉赫美托夫是俄罗斯文学中第一位职业革命家的形象。这位贵族自从掌握了革命理论之后，便开始过起俭朴的生活。为了锻炼自己的意志，以适应今后革命斗争的需要并经受各种严酷考验，他平时甚至睡在钉有几百个小钉的毡毯上；为了革命的需要，他甚至弃绝了个人的感情生活。总之，拉赫美托夫是一个为了自己的理想、信仰和事业舍弃个人的一切、充满自我牺牲精神的革命者形象。拉赫美托夫形象成为后来的俄国革命家们效仿的榜样。普列汉诺夫说过："在每个杰出的俄国革命家身上，都有许多拉赫美托夫的气质。"当然，阿瓦库姆、拉赫美托夫所处的时代不同，他俩的理想、信仰和斗争的目标也不同，阿瓦库姆是为了自己的宗教理想和信仰，拉赫美托夫是为了自己的革命理想和信仰，但他们都是为了信仰而弃绝个人的一切的人，都具有自我牺牲精神。主人公所表现的这种"自我牺牲精神"已成为俄罗斯文学的一种传统。保尔·柯察金形象是这种"自我牺牲精神"在20世纪俄罗斯文学中的继续，是又一位为了理想和信仰而宁愿献身的人。当然，保尔·柯察金与他的前辈们不同，他有自己新的时代特征和个性特征。譬如，他不是禁欲主义。他与冬妮亚、丽达、达雅之间的感情关系伴随着他人生的各个阶段，爱情以一种特殊的抒情力量贯串在他的整个生活之中，但保尔的感情服从于理想和事业的需要，他对同志、朋友、亲人、情人所表现出来的崇高品德和纯洁心灵，不仅是他的道德的品质和特征，而且也是他的理想和信仰的一部分。所以，他的感情和理想、信仰是统一的。如果个人感情违背他的理想和信仰，阻碍他实现自己的理想和信念，那么，他便毫不犹豫地拒绝这种感情。在战争年代是这样，在和平的环境中也是如此。

保尔·柯察金形象之所以有魅力，是因为他是一个有理想、有追求的人。一个人必须有理想、有追求，没有理想、没有追求就没有人生的动力。一切美好的现实都是从理想开始的。但是人的理想和追求是不同的：有的人的理想和追求是利己的，是为了满足利己的私欲，把获得权力、地位、金钱、美女当作自己的理想和追求的目标；有的人的理想和追求是利他的，是为了满足广大人民的利益。保尔·柯察金的理想和追求就属于后一种。他的理想和追求是把自己"献给了世界上最壮丽的事业——为人类的解放而斗争"。因此，保尔·柯察金的理想是崇高的，追求是伟大的，全面地展现出他的崇高的思想境界。此外，保尔·柯察金形象可贵的是，他追求理想的态度始终不变，他追求的目标坚定不移。任何艰难困苦、病痛折磨，甚至死亡的威胁都无法让他离开他所追求的理想和目标。无论在硝烟纷飞的战场，还是在艰苦的建设工地上，总之，在任何岗位上，他都忘我地奋斗，毫无保留地贡献出自己的全部力量，他知道这样做是向自己的理想和追求的目标接近，因而感到巨大的幸福和快乐。保尔·柯察金为了自己的理想和追求一直奋斗，直到心脏停止跳动，真可谓做到了"生命不息，战斗不止"。因此，与《钢铁是怎样炼成的》这本书里那些曾像他一样立下雄心壮志，但遇到困难和挫折就把理想抛到九霄云外去的人相比，与那些面对着生与死的考验和选择成为可耻的懦夫和逃兵的人相比，保尔·柯察金形象更加可贵。

保尔·柯察金形象之所以感人，是因为他的形象和精神具有一种美感。保尔·柯察金的崇高的理想、革命的精神、执着的追求、献身的精神、浪漫的激情等品质与毫无理想、碌碌无为、无所追求、自私自利、萎靡不振等品质相比，本身就具有一种美感，让他的人生分外光彩照人。保尔·柯察金形象之所以感人，另外一点是因为他身上永远洋溢着青春的活力，在他身上显示出革命和青春之间有一种内在的联系。革命需要勇敢、热情、奉献、牺牲，而青春正好以这些品质作为自己的价值取向。所以，有一首歌词写道："革命人永远是年轻"，就是说明了青春本质上是革命的这个道理。保尔·柯察金的充满无私奉献的人生是把革命与青春联系在一起的杰出范例，这也是保尔·柯察金形象永葆其光辉和魅力的一个原因。

通过对保尔·柯察金形象的分析，我们可以看到他身上的优秀品质属于人类永恒的道德范畴，具有一种普遍的意义。因此，这个形象的艺术魅力不会随着时间的推移而消失，他的精神具有一种永存的价值。所以，就是在人民的理想和道德取向发生了根本变化的今日的俄罗斯，也有人呼吁不要忘掉保尔·柯察金、奥列格、密列西耶夫等英雄人物及其革命精神，因为"劳动人民的子弟们应当知道他们的祖辈、父辈在沙皇时代是怎样生活的，他们怎样为自由而战斗，怎样进行了劳动人民的革命，怎样在自己的国家里建立了社会的公正，怎样打败了法西斯！……因此，无论如何也不应当把《钢铁是怎样炼成的》《青年近卫军》《真正的人》这三部作品从大纲中删掉……"我认为，这是一种从全人类的道德观去评价人物的态度，是十分正确和可取的。在我国改革开放的今天，我认为保尔的那种为了自己的理想勇于奋斗、奉献、牺牲的精神也依然没有过时，我们仍然需要保尔那样的具有奉献精神和牺牲精神的人们。实际上，我们中华民族有今天，正因为历史上有千千万万的为了崇高的革命理想和伟大的目标而敢于斗争、敢于胜利的人。在战争年代，有千百万像刘胡兰、董存瑞、黄继光等革命烈士；在和平时代，有像吴运铎、雷锋、焦裕禄、蒋筑英、孔繁森、张海迪等英雄模范人物。他们是我们时代的英雄和栋梁，是我们的榜样和楷模，过去、现在、将来都永远鼓舞我们向着自己的理想和追求的目标迈进。因此，我认为保尔·柯察金形象永放光芒，保尔·柯察金的革命精神永存。

走进去，跳出来：我看《钢铁是怎样炼成的》

杜　林

本文是我参加大连广播电台文艺台《滨城时空》栏目讨论时的想法，写在这里，并请与任光宣、余一中二位先生商榷。

任、余二文争论的中心，是作品的历史真实性问题，和对保尔·柯察金形象的分析，这是我们今天评价这部作品的两个焦点。我认为，对这两个问题的认识，有一个"走进去，跳出来"的方法论在里边。"走进去"，就是走进作品，看作品到底反映了哪些时代内容，作品赋予主人公怎样的精神特质；"跳出来"，就是跳出作品，站在一个历史的、道德的、审美的高度，看作品是怎样反映当时的历史事实，怎样描绘他的主人公的。诚然，这不是一个新的和唯一正确的批评方法，却是一个比较科学的方法。

一　关于作品的历史真实性问题

总体说来，进入20世纪以后，俄国因受资本主义力量的侵入、战争的影响和革命的冲击,经济形势一直十分严峻,缺衣少食、饥饿寒冷,加上战乱,是困扰俄国近半个世纪之久的重大问题。20世纪初,日俄战争使沙皇政府大伤元气;1906年,英法向沙俄提供了25亿法郎贷款,才使其免于经济崩溃。斯托雷平的改革虽然带来一度的好时光,但紧随其后的第一次世界大战,和资本主义发展造成的劳资矛盾加剧,又使沙俄经济迅速下滑,到1917年十月革命爆发前夕,俄国经济又一次面临崩溃的边缘。战争使国家每天耗费4000万卢布,纸币贬值,物价上涨,工厂缺乏原料和燃料,工人没有面包,运输系统瘫痪,工厂倒闭。仅1917年5至7月份,全国就有7439家工厂倒闭,94900多名工人失业。列宁领导的苏维埃政权实际上是建立在这样一个旧经济的烂摊子上的。苏维埃政权建立后,由于经济政策过于僵硬,富裕农民拒绝出售粮食给新政府,旧职员怠工,外国实行经济封锁,加上正在进行的国内战争,经济状况持续恶化。到1918年春天,莫斯科和彼得堡的工人每隔一天才能领到四分之一磅杂粮面包。燃料不足,工厂停工。鉴于如此严峻的状况,列宁在1921年3月俄共(布)第十次代表大会上,提出实行以粮食税收代替粮食征购、开放自由贸易、吸引外资、出租企业等为主的新经济政策,经济一度复苏。1924年列宁逝世后,新经济政策曾进一步放宽,鼓励个体经营,到1927年,新经济政策达到顶峰,苏联国内工农业生产持续上升,但已开始出现排挤私人资本的倾向。1928年,斯大林中止新经济政策,转而大搞集体农庄,消灭富农,工业上搞五年计划;同时,政治上排除异己,20年代后期反布哈林、30年代搞"大清洗",人为地加剧了社会动荡,激化了阶级斗争,造成社会经济的破坏,给国民经济带来完全可以避免的巨大损失。

《钢铁是怎样炼成的》一书的历史背景,就是从1915年至1933年间的乌克兰动荡的社会,其中又以保尔生病前的1915年至1924年的生活经历为主。1924年以后,只描写了列宁逝世后大批工人加入布尔什维克党的场面、他生病后的重新登记和分配工作、他的病痛休养、恋爱和写作。这一部分无论内容还是描写,与前面比起来,显然写得粗疏且欠生动,可见出斯大林文艺政策和当时政治口号的影响。

保尔生病前的描写是本书的主体部分。作品从保尔还是一个小学生写起。他的被学校开除、在火车站食堂当伙夫、当锅炉工，他的初恋、他与朱赫来的友谊，他的哥哥阿尔焦姆，他的被捕与被释放，他的参军与战斗生活，他的朋友们被敌人杀害的经过，他的受伤与转业，他参加抢修铁路的工作，在厂里的工作，被调往州共青团领导岗位，新经济政策时期的混乱，和保尔等人对托洛茨基的咒骂，等等。细读作品，不难看出，这一切，都是以一个下层社会的穷孩子、下层士兵和战士保尔的眼光为主观视角的，写的是保尔在动荡的年代里的生活经历，以保尔的生活为描写的主体，或者说，我们仅能从保尔的生活经历中看到历史变迁的痕迹，看到历史对保尔生活的影响。如果说《静静的顿河》运用了全方位的背景描写展示哥萨克及葛里高利在战争年代的遭遇与追求，那么，在《钢铁是怎样炼成的》中，运用的显然是单视角，仅仅展示了一个穷孩子投身当时席卷整个俄罗斯的革命大潮的经过。这个经历对奥斯特洛夫斯基来说是真实的，是他年轻生命的全部热情所在。不论人们将来怎样评价这段历史，肯定或否定这场革命与内战的意义，《钢铁是怎样炼成的》都向我们述说了一个穷孩子、一个下层布尔什维克战士投身其中的过程。无论保尔眼中的历史是否符合历史学家眼中的历史真实，我们看到的是一个特定的人在特定的历史环境中的生活与奋斗，看到的是历史对作家心灵的影响，和作家对历史事件的态度，它仅仅是历史观察的一个侧面，对于一部作品来说应该是足够了。这也正是我们走出作品之后所应该、所能够得出的结论。如果仅仅从作品是否完全符合历史真实的角度检验作品，就排除了作家的主观因素对作品的影响，照此推理，现代派作品就没有几部可以肯定的了。

以上的观点似乎有将《钢铁是怎样炼成的》只作为一种文学现象，推入历史长河的博物馆之嫌，脱离了"这部作品在今天还有没有意义"的论题。保尔形象的评价牵涉到道德评价和价值取舍，不可避免地使我们回到本题上来。

二 保尔形象的评价

保尔的形象到底值不值得肯定？他的特质是什么？这个人物作为文学形象是否成功？本文认为保尔的形象是成功的，值得肯定的。他的勇敢、执着、坚持信仰、战胜困难的勇气和在厄运面前绝不低头的坚强意志，已由许多学者和读者所称颂，正如任光宣先生所言："……他身上的优秀品质属于人类永恒的道德范畴，具有一种普遍的意义。"

余一中先生关于保尔形象的评价引起我的极大兴趣，仔细拜读了余先生的文章，又重读了作品，有些不同的感想，请与余先生和国内同行商榷。

首先是保尔形象的定位。保尔到底是不是一个革命战士的形象？他是活生生的、感人的，还是单纯的斯大林时代文艺政策的演绎？除了具有英雄的共同特点外，他是否还有个性化的、善与美的内涵存在？本文认为，保尔是一个无产阶级战士，但他只是一个下层战士的形象。

保尔·柯察金原来是一个没有多少文化、对旧的世界和被压迫的处境有着本能抵触的穷孩子。当革命的大潮流经他的家乡的时候，他从不自觉到自觉地投身革命并在其中找到生存的价值，应该说是符合他的生活状态和整体水准的。以他的水平和所处的位置，他既不可能把握整个革命形势的全貌，也不可能对国家瞬息万变的经济政策有深刻的了解，他为潮流所裹挟，为口号所影响、所激励，也应该说是很正常的。葛里高利顽强地要寻找一条属于哥萨克的、符合他的人道主义理想的道路，并因此摇摆于红、白两个阵营之间，是因为他始终是两个阵营之外的人，他的灵魂从未真正属于过哪一方，他有自己的理想与追求：保卫家乡，实现人道与正义。而保尔则是革命阵营的一分子，他的理想是受革命理论的影响建立起来的，并且由于他的局限性——无疑他是有局限的——他不能与当时投身其中的大潮拉开距离，理智地审视它、判断它，因为他没有自己的标准，而只有革命的标准，如果说葛里高利是用自己的标准审视革命与反革命阵营,并看出了它们各自的失误与弱点;那么保尔显然是正相反,他是用革命的标准审视自己、检验自己,使自己更符合革命的要求,却不会想到革命也会有失误和偏谬。"不识庐山真面目,只缘身在此山中",怕是保尔与革命关系的形象写照。

因此,我们看待这一形象,应该看其作为一个下层战士的特质与得失,而不是用"英雄"或"战士"的定义去检验他。英雄有多种多样,勇敢、坚强、为人民的利益勇于牺牲,是他们共同的特点,这些特点保尔无疑是具备的。"战士"也各各不同,我们可以称一位领袖为伟大的共产主义战士,亦可称一个普通士兵为伟大的共产主义战士,但他们的差异是显而易见的。保尔的特质就在于他的真诚、他的忘我,他对共产主义理想的执着与奉献,他在遇到灭顶之灾时的顽强。这不仅是作为一个革命战士的优秀品质,也是人类自古以来所肯定与赞叹的一切阶级的英雄的特质。正是由于具备了这种特质,保尔的形象获得了超出阶级与时代的、普遍人性的魅力,和永远激发人们向上的精神力量。而在他所处的时代和阶层中,也无疑具有典型意义。

作品没有回避保尔性格上的缺点:任性、喜欢打架、不善思考、对党的事业忠诚到盲从;过分的愤世嫉俗,以及敏感到有几分神经质的自尊,等等。这一切,铸成了保尔性格的另一个侧面,使他的一系列行为有了依据。这些性格特质贯穿作品始终,无论是穷孩子保尔,还是革命战士保尔,都是倔强、热情的,常常不守纪律、不分场合地与人打架或顶撞,甚至开小差去前线参战。保尔这些缺点的一致,使其性格在作品中没有多少发展,大致呈静止状态,但从对保尔后期生活的描写中,还是可以感到一些逐渐增多的沉稳,和对生活的理解。正是保尔性格上的缺点,使这个形象颇具人情味,与其坚定、勇敢、善良、热情的特色相辅相成,他的性格因此真实可信。这个形象的魅力在很大程度上正是来自他的缺点,它们刻画了一个活生生的、个性突出的战士形象,保尔是不可替代的。他之所以为广大读者所接受、所热爱,除了他的英雄特质,还在于他的人情味,这是他性格中不可或缺的成分。

保尔形象评价的另一个问题是这个形象与俄罗斯文学传统的关系问题。余先生认为,保尔的形象比起俄罗斯文学中的其他革命者形象大为逊色,这一形象没有体现俄罗斯文学长于思考、长于心理描写的特点。这一看法颇有见地。保尔的形象确实没有体现俄罗斯文学的上述传统,这与作者文化水平较低、思想较单纯不无关系。奥氏的另一部作品《暴风雨所诞生的》虽然写作上大有长进,仍可看出作者长于热情、疏于思索、生活面较窄的弱点。这当然影响了作品的深度,是毋庸讳言的。但《钢铁是怎样炼成的》从另一方面说,又体现了俄罗斯文学的又一个特点:道德感情的纯洁。

自普希金以来,俄罗斯文学中道德感情的纯洁就已经形成传统。这一特点主要体现在两方面:一是作者道德标准的纯洁,即作者用以衡量社会、批判社会的道德标准是纯洁高尚的,凡不符合这些道德标准的形象,均受到作家的批判。二是作品中人物形象道德感情的纯洁,他们行为的出发点、他们的思想活动都体现了这一点。这样一种纯洁的道德感情使俄罗斯文学具有宏大的善与美的道德力量,区别于西方文学,独树一帜。保尔的形象正是在这一点上继承了传统。至于保尔与拉赫美托夫、巴威尔相比,我倒以为保尔的形象要更胜一筹。而且,在拉赫美托夫的形象中,也有着《牛虻》中亚瑟的影子。保尔处理爱情、对待苦难的态度,不是与拉赫美托夫有着某些相似之处吗?因此,仅就奥氏没有写出思考的保尔就否定这一形象与俄罗斯文学传统的关系,显然是欠全面的,因为俄罗斯文学不仅仅具有一种传统。

综上所述,有理由认为《钢铁是怎样炼成的》是一本值得肯定的好书。

名著阅读力养成丛书

朝花夕拾	山海经
白洋淀纪事——孙犁小说	呐喊
湘行散记·从文自传	繁星·春水——冰心诗选
西游记	背影
猎人笔记	想念地坛
镜花缘	昆明的雨
骆驼祥子	紫藤萝瀑布·丁香结
海底两万里	城南旧事
飞向太空港	假如给我三天光明
昆虫记	三大师传
寂静的春天	居里夫人自传
星星离我们有多远	人类的群星闪耀时
傅雷家书	沙滩上的童话
给青年的十二封信	孤独的小螃蟹·大象的耳朵
钢铁是怎样炼成的	小狗的小房子·小柳树和小枣树
名人传	稻草人
雪落在中国的土地上——艾青诗选	项链·神奇咒语
泰戈尔诗选	愿望的实现
唐诗三百首	神笔马良
水浒传	笠翁对韵
世说新语	
聊斋志异	
儒林外史	
格列佛游记	
简·爱	
契诃夫短篇小说选	
我是猫	**更多图书即将面世……**